深入北方的小路

〔澳〕理查德·弗兰纳根 著
张竝 译

The
Narrow Road
to the
Deep North

南海出版公司

新经典文化股份有限公司
www.readinglife.com
出　品

献给第三百三十五号俘虏（335）

妈妈，他们写诗。

——保罗·策兰

叁 ○ 露水的世界
每颗露珠中
都有一个挣扎的世界。
——小林一茶
157

肆 ○ 这露水之世
仅是露水之世——
然而。
——小林一茶
269

伍 ○ 人生在世
行走于地狱的屋顶
凝望花朵。
——小林一茶
327

目录

○ *Contents*

壹 ○ 一只蜜蜂
从牡丹花里
蹒跚而出。
——松尾芭蕉 1

贰 ○ 暮色
从沙滩上那个女人
涌出，覆盖晚潮。
——小林一茶 53

壹

一只蜜蜂
从牡丹花里
蹒跚而出。

——松尾芭蕉

1

为什么万物之初总有光？多里戈·埃文斯最早的记忆就是阳光在教堂的大厅内倾洒一地，他和母亲、祖母都在教堂里。木头结构的教堂大厅。炫目的光，他跌跌撞撞，来来回回，在这超然友好的光的沐浴下进进出出，投入两个女人的怀中。爱他的女人。好似步入大海，又返回海滩。一而再，再而三。

为你祝福，他母亲说着，搂住他，又让他离去，为你祝福，儿子。

那一年应该是一九一五或一九一六年。他想必也就一两岁。阴影后来定格为上扬的前臂，黑色的轮廓在煤油灯油污的光下跳跃。杰基·马圭尔正坐在埃文斯夫妇家黑黢黢的小厨房里，哭泣着。那个时代，除了小婴儿没人哭。杰基·马圭尔是个老头子，也许有四十岁或者更老，他一直都在用手背从他那张麻子脸上擦去泪水。也说不定是在用手指抹眼泪？

唯有他的哭声定格在多里戈·埃文斯的记忆之中。就像是一种断裂的声音。渐缓的节奏令他想起了被套索勒住脖子的兔子用后腿踢腾地面的声响，这是他听过的唯一一种与之相似的声音。那时他九岁，进屋是想让母亲瞧瞧他大拇指上的血泡，他觉得没有一种声音能与马圭尔的哭声相比拟。之前，他就见过一次大人哭泣，那个场景令他震惊不已。当时他哥汤姆从法国的一战战场上回来，刚下火车，把军用背包往铁轨边滚烫的尘土中一抛，猛然间就哭了起来。

多里戈·埃文斯瞅着哥哥，心想究竟是什么会让一个成年男人哭泣。后来，哭成了对情感的简单确认，而情感成了生活唯一的指向。情感变得时尚，情绪成了剧场，人们作为演员，无从知晓下了舞台之后，自己究竟是谁。多里戈·埃文斯会活得很久，见证所有这些变化。他会记得有一段时间，人们都羞于哭泣，他们惧怕其中流露出的脆弱，脆弱会惹麻烦。而他会活下去，眼见人赞扬那些根本不值得赞扬的事物，只是因为真相使他们的情感难以承受。

汤姆回家的那天晚上，他们把德皇的相片投进篝火。关于他们听闻的战争、德国人、毒气、坦克、战壕，汤姆只字未提。他一言不发。一个人的情感并不总是和生活相等同。有时候，和任何东西都不等同。他只是定定地盯着火焰。

2

幸福的人没有过去，而不幸福的人除了过去一无所有。垂垂老矣的多里戈·埃文斯根本不知道这究竟是他读到的，还是他自己的杜撰。杜撰，混淆，破裂。持续不断地破裂。岩石成沙砾成尘土成烂泥成岩石，世界便是如此。母亲时常这么说。他常问母亲世界怎么会成为这样，成为那样，他要理由，要解释。世界便是如此，她会这么说，就是如此，儿子。为了搭一座堡垒，用来玩游戏，他一直在用力把石块从地表挖出来，而另一块更大的石头却砸到了他的大拇指上，在指甲盖底下砸出了一大片瘀血，一抽一抽地疼。

母亲把多里戈抱到餐桌上，那里灯光最亮，她避开杰基·马圭尔怪异的眼神，抬起儿子的大拇指，探到灯光底下。杰基·马圭尔抽泣着说了些话。他老婆这个礼拜带小儿子坐火车去了朗塞斯顿，没回来。

多里戈的母亲抄起切肉刀。刀刃上凝了一层奶油般的羊脂。她把刀尖探入炉膛的煤块里。一小圈煤烟一跃而起，厨房便弥漫着炭烤羊肉的味儿。她把刀抽出，刀尖亮着红光，白炽滚烫的炭灰爆着火星，多里戈一瞬间觉得这景象既魔幻又恐怖。

别动。她说着，用力握住他的手，力道之大，把他吓了一跳。

杰基·马圭尔在说他是怎么坐上邮政列车去了朗塞斯顿，去那儿找她，但哪儿都没找到她。多里戈·埃文斯眼睁睁看着血红滚烫的刀尖触到他的指甲盖，母亲在指甲盖上烧穿了一个洞，冒起了烟。他听见杰基·马圭尔说——

她就这么人间蒸发了，埃文斯太太。

烟灭后，一股黑血从他的大拇指上汩汩流出，瘀血引起的疼痛和炽热的切肉刀引起的恐惧均已烟消云散。

走开，多里戈的母亲边说边把他从餐桌上往下推，快走开，儿子。

人间蒸发了！杰基·马圭尔说。

彼时世界仍然宽广，塔斯马尼亚岛仍是多里戈的整个世界。在岛上众多偏僻遥远、遭人遗忘的村落之中，没有哪座小村子能像克利夫兰那般被人忘得一干二净，那般偏远，而多里戈就生活在这座只有四十来口人的小村子里。以前，世道艰难的时候，这座关押犯人的村子一蹶不振，逸出了人们的记忆，如今存活下来，成了一条铁路支线，几栋乔治王朝时期的破落楼房，零零散散的几座设了门廊的木屋，供那些流放、迷失了一个世纪之久的人遮风挡雨。

背景处的森林里，拳曲的杏仁桉和银荆树沐浴着热浪，飘摇舞动，夏季炽热难熬，而冬季除了难熬还是难熬。没通电，没广播，当时已是二十世纪二十年代，但这里和十九世纪八十年代甚至五十年代没什么两样。如同一个垂死的世界里的漫长秋天。许多年后，对讽喻一窍不通的汤姆说——是对老之将至和行将就木的恐惧使他这样说的——生命只是一则比喻，真正的故事还在别处。多里戈当时是这样想的。

他们的父亲是铁路养路工，他家就住在塔斯马尼亚政府铁路局建在铁轨边上装了封檐板的木屋里。每逢夏季缺水，他们就会提着水桶到给蒸汽机车供水的水箱里取水。他们盖着捕来的负鼠皮，大多时候，他们都会设套抓兔子，射杀沙袋鼠，种土豆，烤面包，靠这些度日。他们的父亲经历了十九世纪九十年代的萧条时期，在霍巴特亲眼见到有人饿得倒毙街头，因此简直不敢相信自己竟然有这么好的运气，还能生活在这样一处工人天堂里。没那么乐观的时候，他也会说："你们活得像条狗，也会像条狗一样死掉。"

多里戈 · 埃文斯有时候会和汤姆一起度假，他就是在那时候认识了杰基 · 马圭尔。若是去汤姆家，他会搭乔 · 派克的运货马车，从克利夫兰一直坐到芬戈谷岔道口。乔 · 派克把那匹拉车的老马叫作格雷西，那马跑动起来，步调轻快，多里戈晃来晃去，想象自己就像杏仁桉那些扭曲的枝条，拂动着头顶广袤的蓝天，飞掠而过。他会嗅闻湿漉漉的树皮、干巴巴的树叶，目送着一簇簇红绿相间的麝香鹦鹉在遥不可及的上空哈哈大笑。他会啜饮鹪鹩和吸蜜鸟的啼鸣，灰鵙鹟响鞭似的鸣声，间杂着格雷西笃定的嘚嘚声，马车上皮绳、木轴与铁链的吱嘎声、叮当声，这感官的宇宙，于他日后的梦中重现。

他们会沿着老旧的马车道一路而行，经过马车驿站。铁路的出现，让驿站再也没了用处，如今驿站倾圮破落，几与废墟无异。驿站里住了好几家一贫如洗的家庭，其中就包括杰基·马圭尔一家。每隔几天，遮天蔽日的尘埃宣告有汽车驶来，孩子们就会从灌木丛和充当住房的驿站里现身，追逐着喧闹的尘埃，直到肺部火烧火燎，双腿似铅般沉重才作罢。

到了芬戈谷岔道口，多里戈·埃文斯就会跳下车，冲乔和格雷西挥手作别，开始步行前往卢维林，这个镇子之所以与众不同，是因为它规模比克利夫兰还要小。一到卢维林，他就会折向东北方，穿过小围场，以白雪皑皑的本洛蒙德大山为指向，一头扎入灌木林，向着山后的雪乡行进。汤姆在那儿捕负鼠，干两周休一周。下午三点左右，他会来到汤姆的家，所谓的家就是个山洞，窝在山脊下一处转向平台上的庇护所山洞。比他们家的棚屋厨房还小一点，即便在洞里最高处，汤姆也只能低头站着。山洞两端窄如鸡蛋，开口处的上方凸出一块崖壁，这也就意味着，可以整晚燃着火，把山洞烘得暖暖的。

有时候，二十出头的汤姆会让杰基·马圭尔和他一起干。汤姆嗓音不错，晚上常常会唱上一两首歌。唱完，就着火光，多里戈就会给杰基·马圭尔和汤姆读过了期的《公报》和《史密斯周报》。对两个捕负鼠的猎人来说，这些报纸就成了他们的图书室，杰基·马圭尔不认字，汤姆则说他看得懂。他们喜欢听多里戈读罗丝大婶的读者问答专栏或丛林民谣，他们觉得那些东西写得灵光，有时甚至非常灵光。过一会儿，多里戈就会把上学用的一本书上的几首诗背诵给他们听，那本书叫《英文诗坛》。他们最喜欢的是丁尼生的《尤利西斯》。

杰基·马圭尔的麻子脸映衬着火光，露着笑容，好似刚出炉的葡萄干布丁般闪闪发光。他会说：哎呀，这些老家伙！他们那些词儿串一起串得紧巴巴的，比套兔子的铜套索勒得还紧！

多里戈没和汤姆说起杰基·马圭尔太太人间蒸发一周前他亲眼所见的那件事：哥哥把手伸进她的裙子，她——一个个子小巧、情感炽烈的女人，肤色黑黝黝的，富有异国情调——当时就靠着马车驿站后头的鸡舍。汤姆把脸凑在她的脖子上。他很清楚哥哥在吻那个女人。

许多年来，多里戈·埃文斯时常会想起杰基·马圭尔太太，他一直都不知道她的真名，那个真名应该就像他在战俘营里日思夜想的食物吧，既在又不在，紧紧压着他的颅骨，每当他伸过手去的紧要关头，那东西就会消失得无影无踪。过了一阵子，他想起她的次数没那么多了；再过一段时间，他也就完全不再想起她了。

3

家里就多里戈一个人在十二岁那年的期末通过了学业能力测试，拿了奖学金去朗塞斯顿中学就读。他比实际年龄老成。第一天上学，吃完午饭，他去了一个叫作大院的地方，那是一块平地，遍布枯草尘土和树皮树叶，院子的一头栽了几棵桉树。他发现院子里有些三四年级模样的大孩子，有的留了鬓角，大都已像是成年人，肌肉发达。男孩子们排成松松散散的两排，你推我撞，像是部落民在跳舞。然后就开始了对踢的戏法。一个男孩会把球从自己这排踢向院子那头的另一排。那排的所有男孩都会朝着球蜂拥扑去，如果球踢得太高，他们会跳向空中抢球。为争夺得分竞争相当激烈，无论谁成功抢到球，都会被奉若神明。而对那人来说，好处就是可以由他把球踢回另一排，如此循环往复。

踢球游戏就这样持续了整个午饭时间。高年级男孩自然掌控了局面，得分最高，大多数时候都是由他们来踢球。低年级的男孩分数就少，大多数得一分，或一分不得。

第一天的午饭时间，多里戈一直在观看。另一个一年级男生告诉他，至少得到二年级，才有机会踢球，大孩子体型太壮，速度太快；他们会用肘击脑袋、拳捣面门、膝顶后背的招数，毫无顾忌地干掉对手。多里戈注意到，有些个子小的男孩在行列后面晃来晃去，就隔着几步远，偶尔见到球踢得太高，从拥挤的人群头顶飞越而去的时候，就会跑去抢球。

第二天，他也加入了。第三天，他发现自己正好在行列后面，越过那些人的肩膀，看见一记凌空长球晃晃悠悠地向着他们飞来。那一刻，球正好挡住太阳，他明白自己应该去把球抢到手。他向人群里狂奔之时，能闻到桉树林里蚂蚁的气味，感受到桉树枝绳索般的阴影。时间放缓，他找准方向，往人群里猛冲，却发现个子最大、身体最强壮的男孩也在往那儿猛扑。他觉得从太阳上悬垂下来的这个球非他莫属，他只要升腾而起就行。他眼睛只盯着球，但能感觉到照他现在的这个速度奔跑根本不行，于是他一跃而起，脚踩住一个男孩的后背，膝盖抵住另一个人的肩头，这样就能攀爬而上，没入耀眼炫目的太阳之中，凌驾于所有男孩之上。战斗正酣之际，他高举双臂，感到球落入了他的双手，他明白现在可以从太阳里坠落了。

他双手紧搂着橄榄球，后背着地，力道之猛差点让他背过气去。他大口喘着粗气，站起身，站在阳光底下，抱着椭圆形的球，准备进入更为广阔的世界。

他踉踉跄跄地往后退去，混乱的人群在他周围清出一块满含敬意的空间。

你他妈是谁？有个大个子男孩问。

多里戈·埃文斯。

干得漂亮，多里戈。你来踢球。

桉树皮的气味，塔斯马尼亚正午时分肆无忌惮的湛蓝色光亮，锐利耀目，他不得不尽力眯起双眼，不让阳光刺痛他的眼睛，阳光的灼热映在他紧绷的皮肤上，人们的影子短而清晰，他感觉自己就站在门槛上，即将兴高采烈地跨入崭新的宇宙，而往昔仍旧可触可感，仍旧存留于心，尚未失去——他感受着这一切，连同这灼热的尘土，其他男孩的汗味与笑声，和其他人在一起时纯粹而奇异的快乐。

踢啊！他听见有人在喊，快他妈踢，铃一响，就没戏了。

在内心最幽深的隐蔽处，多里戈·埃文斯很清楚自己的整个生活都是一场向着这个时刻的旅行，他飞入太阳的这一刻，随后就是长久地远离。对他而言，没什么能比这更真实。生活再也不可能拥有这样的意义。

4

我俩不就是聪明的傻瓜吗？艾米说。他们躺在酒店房间的床上，距多里戈看见杰基·马圭尔当着母亲的面痛哭流涕已过了十八年，她用手指拨弄着他剪短的鬈发，听他背诵《尤利西斯》。酒店很破旧，房间就在三楼，打开门就是一条幽深的回廊，廊下的马路和对面的海滩完全不见踪影，使他们有种坐在南冰洋上的幻觉，能听见底下海水无止无休地撞击、摇曳。

那是个错觉，多里戈说，就像从耳朵后面掏出一枚硬币。

不对，不是这回事。

对，多里戈说，不是这回事。

那是什么？

多里戈也不明就里。

希腊人，特洛伊人，都是怎么回事？他们有什么区别？

特洛伊人是个大家庭。但他们输了。

那希腊人呢？

希腊人？

不是。是阿德莱德港足球俱乐部。当然就是希腊人。他们怎么样？

暴力。但希腊人是我们的英雄。他们打赢了。

为什么？

他也不知道到底是为什么。

他们有他们的手段，就这么回事，他说，特洛伊木马是献给众神的礼物，里面却藏着众人的死亡，一个藏在另一个里面。

那我们为什么不恨他们？不恨希腊人？

他也不知道到底为什么。这事他想得越多，就越说不清楚为什么会这样，亲如一家的特洛伊人为什么这么悲惨。他觉得众神是时间的又一个名称，但他能感受到说这种话，就像说我们根本不可能击败众神那样，都很愚蠢。但他现在已经二十七，即将二十八岁，对自己的命运早已秉持了些许宿命论的态度。就好像生命可以被展示，但永远无法被解释，而词语——所有没那么直截了当的词语——对他而言最为可信。

他的目光越过艾米赤裸的身子，掠过她胸部和胯部之间汗毛泛着光晕的新月形曲线，透过白漆剥落的法式房门望向海面，月光在海面上形成了一条细窄的路，那条路逃开他的注视，没入了弥漫无际的云层之中。仿佛那路正等待着他。

> 我目标坚定，
> 扬帆驶过日落，驶过西方群星沐浴之所
> 直至死亡。

你为什么这么喜爱词语？他听见艾米问。

他十九岁的时候，母亲死于肺结核。他当时不在她身边。甚至都没在塔斯马尼亚，而是在澳洲大陆，在墨尔本大学全奖攻读医学。事实上，阻隔他们的何止一片海。他在奥蒙德学院的时候，见过那些大家族出身的人，他们对家族的成就和谱系备感自豪，家系可以回溯至澳大利亚建国之前，都是英格兰的豪门望族。他们可以列出家族一代代的谱系，担任的政府职务，创建的公司，与王室的联姻，拥有的宅邸和绵羊牧场。直到暮年，他才意识到这些大多皆为虚构，比特罗洛普[1]的小说还有过之而无不及。

一方面，这些东西沉闷单调至极，另一方面，它们又富有吸引力。他以前从未见过人竟能如此确信无疑。犹太人和天主教徒都是低等人，爱尔兰人相貌奇丑，华人和土著连人都算不上。对这些事他们不假思索。他们确信。他们石头砌的大房子，他们沉甸甸的餐

---

① 安东尼·特罗洛普（Anthony Trollope，1815—1882），英国作家，代表作品《巴塞特郡纪事》。——编者注（若无特殊说明，本书注释均为编者注）

具，他们对他人生命的一无所知，他们对自然之美的熟视无睹，种种都使他讶异。他爱自己的家庭。但他并不为此自豪。他们的首要成就是活下来，他要用尽整整一生才能欣赏那究竟是何等的成就。不过彼时——他第一次站在荣誉、财产和名声的对立面时——那似乎只能算是失败。但他没有将这种羞辱展现出来，他只是尽量远离他们，直到母亲去世。在母亲的葬礼上，他没有哭。

快说呀，多瑞[①]，艾米说，为什么呀？她的手指顺着他的大腿往上划。

从那之后，他变得害怕密闭的空间、人群、电车、火车和舞会，害怕所有把他向内挤压并把光屏蔽在外的东西。他呼吸不过来。他在梦中听见她呼喊他。

儿子，她会说，过来吧，儿子。

但他不会去。他差点没通过考试。他一遍遍地读《尤利西斯》。他再次打起了橄榄球，寻找光亮，寻找他在教堂大厅里瞥见的那个世界，向着太阳一再地上升，直到成为队长，直到成为医生，直到成为外科医生，直到和艾米躺在那家酒店的床上，看着月亮从她腹部的谷地冉冉升起。他一遍遍地读《尤利西斯》。

> 长日消散：月儿缓缓攀升：海水幽深的
> 低吟声，声潮鼎沸。来吧，朋友们，
> 寻找新世界，为时未晚。

他攫住了万物之初的光。

他一遍遍地读《尤利西斯》。

---

① 多瑞（Dorry）为多里戈（Dorrigo）的昵称。

他回头看着艾米。

因为那是我最初见识到的美好，多里戈·埃文斯说。

5

一小时后，他醒了过来，她已把双唇涂成樱桃红，焰蓝色的双眼涂上了睫毛膏，头发向上扎起，露出的脸像一颗心。

艾米？

我得走了。

艾米——

再说——

留下来吧。

为什么？

我——

为什么？这话我都听过——

我要你。能够拥有你的每时每刻，我都想要你。

——太多次了。你会离开艾拉吗？

你会离开基思吗？

得走了，艾米说，说过一个小时后会到那儿。打一晚上牌，你敢相信吗？

我会回来。

你会？

我会。

然后呢？

保密。

我们？

不。对。不，是战争。军事机密。

什么？

我们坐船走。星期三。

什么？

还有三天——

我知道哪天是星期三。去哪儿？

去打仗。

去哪儿？

我们怎么知道。

你要去哪儿？

打仗。哪儿都在打仗，对不对？

我能再见到你吗？

我——

我们？我们呢？——

艾米——

多瑞，我能再见到你吗？

6

多里戈·埃文斯感觉五十年时光如制冷装置某处的一阵震颤般倏忽而过。治心绞痛的药已经起了作用，胸口的憋闷感正在消退，胳膊上的刺痛感也已不在，尽管无药可医的内心失调仍旧存留在他那战栗的灵魂里，但他仍然觉得好多了，可以从酒店房间的浴室走回卧室。

他走回他们的床前，看着她裸露的肩膀，柔嫩的肉体，柔软的曲线，始终为它们陶醉不已。她略略扬起睡意惺忪的脸，问——

你在说什么？

他躺了回去，面朝她的背跟她贴身躺着，意识到她指的是她睡着之前的那场谈话。清晨，忧郁的气息从他们所在的酒店房间里飘进飘出，远处，一辆汽车轰鸣而过，似乎是对这忧郁的氛围表示挑衅。

黑皮。他对着她的后背轻声说，似乎这话不言自明，后来意识到并非如此，便又补充道，加德纳。他说话的时候，下唇触碰着她的皮肤。我记不起他的脸长什么样了，他说。

反正和你的脸长得不一样，她说。

一点意义都没有，多里戈·埃文斯想，黑皮加德纳已经死了，这一点意义都没有。他心想为什么他不能把这么显而易见的事写下来，为什么他记不起黑皮加德纳的脸。

该死的，谁都躲不开你的脸，她说。

他笑了。他一直没法习惯她说“该死的”这种字眼。尽管他知道她骨子里粗俗，她的成长背景决定了她会用这种怪里怪气的词。他衰老干燥的双唇压在她肩头的肌肤上。女人身上究竟有什么，能使他到现在仍会像鱼一样战栗？

打开电视，翻开杂志，要是看不到你的鼻子探出来，那真是不可能的。她继续说着，对自己的笑话颇为得意。

对多里戈·埃文斯来说，他这张脸好像的确无处不在，尽管他自己从未重视过它。自从二十年前，电视上出现一档讲述他过往经历的节目起，他就引发了公众的关注，他的脸开始出现在慈善机构的信头上，纪念币上，与他对视。大鹰钩鼻，迷茫的神态，有点不修边幅，往昔的黑色鬈发如今已成了稀疏的白色波浪。在这个被多数人称作下坡路的年纪，他再次向上攀登，进入光亮之中。

近年来，他成了战争英雄，闻名遐迩、声誉卓著的外科医生，代表一个时代和一个悲剧的公共形象，也成了众多传记、戏剧和纪录片的主角，这连他自己都解释不清。同样，他也成了被崇拜、造神、吹捧的对象。他知道自己和所谓的战争英雄拥有某些共同的特征、习惯和经历。但他不是那个人。只不过比起死亡，他更擅长生存而已。而且现在还活着、能代表战俘营的人已所剩无几。拒绝他人的尊崇似乎就是在侮辱对死难者的记忆。他做不到。何况他已无力拒绝。

无论别人称呼他什么，英雄也好，懦夫也好，骗子也好，所有这一切似乎已和他愈来愈不相干。对他而言，那属于一个愈发遥远、虚幻缥缈的世界。他知道自己被举国敬仰，即使那些不得不和他这个年老体衰的外科医生共事的人都很绝望，即使在其他战俘营跟他有过相似经历的医生有点讨厌他，或者忌妒他，却只能心有不甘地感觉到，自己缺乏了他的一些性格特质，正是这些特质使他远远地超越他们，得到全国人民的爱戴。

那个该死的纪录片，他说。

但那时候，他并不介意被公众关注。或许他心里还暗自高兴呢。只是再也不会这样了。他并不是没有注意到批评的声音。绝大多数时候，他发现自己赞同那些说法。对他而言，他的名望正是他人缺乏洞察力的结果。他一直避免涉足生活中他认为明显会失败的地方，诸如政治和高尔夫球，但他尝试开发一种治疗结肠癌的外科新技术也失败了，更糟的是，可能还间接导致了好几个患者死亡。他无意间听到梅森叫他屠夫。回想起来，或许他的做法显得不计后果。但他知道一旦成功，他就会获得勇于冒险、眼界独到的赞誉。他追蜂逐蝶的行为，以及必然随之而来的掩饰欺骗，都只不过是私下流传的丑闻，公众对此视而不见。即便如今，甚至连他自己都没想到，他撒谎、操控、欺骗起来竟然如此得心应手。他认为他对自己的评价相当之低且低得符合实际，这不是他唯一的虚荣，却是他傻气的一面。

即便在这个年纪——上周他满七十七岁了——他仍然困惑于自己的天性对人生造成了什么影响。毕竟，他很清楚正是无所畏惧、不愿循规蹈矩、享受竞赛的乐趣、无望地渴盼把事情推向极限的特质，驱使他在战俘营中帮助他人，也驱使他投入丽奈特·梅森和不止一两个有夫之妇的怀中。丽奈特的丈夫里克·梅森是他关系密切的同事，与他同为外科医生协会理事会的成员，学富五车，才高八斗，却相当沉闷乏味。那天他一直在写一篇前言，希望在避免不必要的自我暴露的情况下，用谦卑的诚实态度把这些事说清楚，恢复自己真实的角色，医生而已，不多也不少；同时聚焦在那些早已被他遗忘的人，而非他自己身上，从而找回对他们的记忆。他觉得这是矫正和忏悔的必要手段。可内心深处他却又害怕这种自贬和自辱只会适得其反，对自己更有利。他困于其中，无法自拔。他的脸无处不在，而他再也无法见到那些人的脸。

我正在成为一个名字，他说。

谁？

丁尼生。

我没听说过。

《尤利西斯》。

没人读他了。

不管什么东西都没人读了。大家都以为勃朗宁[①]是手枪。

我还以为你只喜欢劳森[②]。

是啊。除了吉卜林[③]和勃朗宁。

还有丁尼生。

我是我全部经历的一部分。[④]

这是你胡乱编出来的，她说。

没。我这么说相当——怎么说来着？

贴切？

对。

那些东西你都能背下来，丽奈特·梅森说，一只手在他凋萎的大腿上掠过。你能背的东西太多了。可就是记不住别人的脸。

记不住。

想到死亡，他就想起雪莱，想起莎士比亚。他们都是不请自来，如今都成了他生命的一部分，犹如他自己的生命。仿佛生命可容纳于一本书、一句话、寥寥数语之中。都是些极其简单的字眼。汝已至死亡之盛宴。[⑤]苍白、冰冷、慵懒的笑容。[⑥]唉，这些老古董啊。

死亡就是我们的医生，他说。他发现她的乳头很美妙。那晚的晚宴上，有个记者问他对轰炸广岛和长崎一事的看法。

一次，也许说得过去，记者说，可是两次？为什么要炸两次？

---

① 罗伯特·勃朗宁（Robert Browning，1812—1889），英国维多利亚时期诗人。勃朗宁手枪以其发明者约翰·勃朗宁（John M. Browning，1855—1926）的姓氏命名。

② 亨利·劳森（Henry Lawson，1867—1922），澳大利亚诗人。

③ 鲁德亚德·吉卜林（Rudyard Kipling，1865—1936），英国作家、诗人，1907 年获得诺贝尔文学奖。

④ I am a part of all that I have met. 语出丁尼生《尤利西斯》。

⑤ Thou art come unto a feast of death. 语出莎士比亚《亨利六世》。

⑥ The pale, the cold, and the moony smile. 语出雪莱《咏死》。

他们都是魔鬼，多里戈 · 埃文斯说，你是理解不了的。

记者问，难道女人和孩子也是魔鬼？还有没出生的孩子呢？

多里戈 · 埃文斯说，辐射是不会影响下一代人的。

但他清楚那是答非所问，再说，他也不知道辐射的影响是否会扩散。很久以前有人告诉过他不会。也可能会。实在记不清了。现如今，他越来越依赖那个日益显得站不住脚的假定，即凡他说的都是正确的，凡正确的就是他说的。

记者说他写过一篇有关幸存者的报道，采访了那些人，还录了像。他说那些人的苦难相当深重，而且会持续终生。

你对战争并非一无所知，年轻人，多里戈 · 埃文斯说，可你了解的只是一件事情。而战争远不止这一件事。

说完他转过身去，后来又转了回来。

对了，你会唱歌吗？

如今，多里戈故技重演，想要将那段难堪尴尬的对话消融于肉体之中，他将丽奈特的乳房拢在手中，手指夹着乳头。但他的思绪仍在别处游荡。毫无疑问，那个记者会一直乐此不疲地讲述这个故事，他这个战争英雄其实是个爱好核武器的战争狂魔，年纪一大把，却是个蠢货，最后竟然还没话找话，问他会不会唱歌。

但那个记者身上有某种东西竟让他想起了黑皮加德纳，可他又说不清到底是什么。和脸无关，也和举止没关系。是笑容？脸颊？那股天不怕地不怕的劲头？多里戈当时对他很恼火，但对他不屈从于多里戈盛名之下的权威深感佩服。是某种一致的内在气质，正直，你可以这么说。或者是对真理的执着？不好说。他设法指出两人间的相似之处，比如一个手势，一种习惯。一种奇怪的羞耻感从他内心升腾而起。或许，他就是个蠢货。错得离谱。他再也不敢相信任何事物了。或许从黑皮挨打的那天起，他就已经对万事万物没了信任感。

我会成为食腐的怪兽。他对着她珊瑚螺似的耳朵悄声耳语，发现女人的这个器官会难以言喻地缓缓移动，好似镶嵌螺纹的旋涡，他始终觉得这像是一场冒险的邀约。他无比轻柔地吻了吻她的耳垂。

你应该用自己的话把你的想法说出来，丽奈特·梅森说，用多里戈·埃文斯的话说出来。

她五十二岁，比孩子还孩子气，但她不傻，她很瞧不起被这老头牢牢掌控的自己。她很清楚他不单单有老婆，身边还有一个女人。而且她怀疑还有一两个。她连当他唯一的情人这种充满情欲的荣光都无缘得沾。连她自己都不明白自己怎么了。他身上有股老年人的酸面团味。胸腔塌陷，奶头干瘪；做爱也不靠谱，可她却奇怪地觉得这样有益身心，和感官没有关系。和他在一起，她能感受到坚不可摧的，被爱着的安全感。不过，她也清楚，一部分的他——她最想了解的一部分，他内心有光的那部分——仍旧飘忽不定，不为人知。在她的梦中，多里戈总是飘浮在她上方几英寸远的地方。白天，她会冲他发火，指责他，威胁他，给他冷脸。可到了深夜，躺在他边上，她却只想要他。

天空脏兮兮的。他说，她能感受到他又准备起身了。总是在逃离，他接着说，似乎它也忍不下去了。

7

一九四三年初，当他们刚到暹罗的时候，情况截然不同。一方面，天空澄澈、广袤。熟悉的天空，他这么思忖着。适逢旱季，树上没一片叶子，丛林光秃，地上满是尘土。另一方面，那时候还有东西可吃。食物不多，也不够，但忍饥挨饿尚未成为惯例，饥饿也还没有发疯似的根植在他们的肚肠和脑海里。日本人让他们干活，但还没丧心病狂到把他们像苍蝇一般扑杀。日子确实艰难，但起先并不疯狂。

多里戈·埃文斯目光下移，看见笔直的一排木钉，被大日本帝国陆军工程兵敲入土里，用来标记铁轨所经之处，从他所站的地方向前延伸，他身后是一群沉默的战俘。他们从日本工程师那儿得知木钉阵共计四百一十五公里，从曼谷北部一直通往缅甸。

它们勾勒出路线的这条大规模铁路，目前还只是一系列不成熟的规划、匪夷所思的指令和来自日军最高司令部的大而无当的催促。这条传说中的铁路令人绝望而疯狂，由诸多神话和异想天开的幻象构成，就如同在未来一年的建造中由木材、钢铁和无数条生命构成一样。但有什么现实是现实主义者缔造的？

他们分到的是钝斧子和烂麻绳，凭这些完成他们的第一份工作——在规划好的铁轨所经之处，将沿途一公里的参天柚树悉数砍倒、挖走、清理干净。

我爸以前常说你们年轻人扛不了重担，吉米·比奇洛说着，拿食指敲了敲缺了口发钝的斧刃。真希望那老家伙这会儿在这儿。

8

以后，没有人会真的记得它。就像那些罄竹难书的罪行，仿佛从未发生过。苦难、死亡、悲哀，那么多人经受如此巨大的痛苦，悲惨无望，令人哀怜，却毫无意义；也许，它仅存在于这些纸页和少数其他几本书的字里行间。恐怖可以容纳于一本书里，被赋予形式和意义。但在生活中，恐怖没有意义，更遑论形式。恐怖就是如此。当它成为主宰时，宇宙间仿佛无处没有它的身影。

本书背后的故事始于一九四二年二月十五日，一个帝国随着新加坡陷落而终结，另一个帝国却冉冉升起。但到一九四三年，日本由于战线过长，捉襟见肘，屡屡战败，对这条铁路的需求变得尤为突出。盟军经由缅甸向中国蒋介石领导的国民党提供武器，美国人则控制着海洋。要想切断敌军的这条补给线，经由缅甸夺取印度——日军高层如今梦寐以求——日本必须通过陆路给缅甸的军队提供人力与物资。但他们既无资金，亦无设备来建造这条急需的铁路。况且也没有时间。

不过，战争有其自身的逻辑。日本帝国拥有必胜的信念——不可战胜的大和魂，西方所缺少的大和魂，大日本帝国称之为天皇意志并如此理解的大和魂；他们相信这种精神将会战无不胜，直至取得最后的胜利。而且帝国拥有俘虏以支持这种不屈不挠的精神，鼓励这样的信仰。成千上万的俘虏，既有亚洲人，也有欧洲人。其中澳大利亚战俘有两万两千人，绝大多数都是在新加坡陷落之时投降的，那时尚未全面开战，投降却被视作战略性的必然。他们中的九千人将会被遣去建造铁路。一九四三年十月二十五日，蒸汽机车 C5631 拖着三个车厢的日本、泰国政府高官，沿着竣工的“死亡铁路”驶完全程，这还是首次。它途经无尽的骸骨，其中包括那些澳大利亚战俘，他们每三个人中就有一个长眠于此。

如今，日本人自豪地将蒸汽机车C5631陈列于博物馆内，它成为日本非官方战争纪念馆——位于东京的靖国神社的馆藏。除了蒸汽机车C5631，神社内还藏有《灵玺簿》。书中罗列了一八六七年至一九五一年间为效忠天皇而死的两百万人名单。凡列于《灵玺簿》、供奉于此地的亡者，皆可涤除一切罪恶。其中的一千零六十八人二战之后被判战争罪，并被处以死刑。而因战争罪被处死的这一千零六十八人中，便有一些人负责建造“死亡铁路”，犯下了虐待战俘的罪行。

C5631机车前竖着的牌子对此只字未提。修建铁路时惨绝人寰的过往也没被提及。其间死去的成千上万人无名无姓。说到底，连究竟有多少人死在“死亡铁路”上也没有一个确切的数目。大量奴工从事这项规模浩大的工程，盟军战俘约有六万人，只占了一小部分。跟他们一同做苦力的还有二十五万泰米尔人、中国人、爪哇人、马来人、泰国人和缅甸人。甚至更多。有些历史学家说共有五万名奴工死亡，有的说有十万，有的说有二十万，没有人知道。

永远没有人会知道。他们的名字早已被遗忘。没有簿记为他们招魂。让他们拥有这断编残简吧。

多里戈·埃文斯那天早些时候这样结束了为盖伊·亨德里克斯描绘战俘营的素描图集撰写的前言，他让秘书给了他三个小时的空当，别打扰他。这项任务他已经拖了好几个月，实在是拖得太久了。他觉得自己一直想要去理解这其中的意义，可写完之后，却发现再一次失败了，它被包装成一篇写给他人的简介，解释了何为“死亡铁路”，仅此而已。

他觉得自己的语气太直白，又太个人化；不知为何，这使他想起了终其一生都未曾解决的那些问题。他思绪纷杂，却又难以将这些思绪落笔于纸上。有太多的事情，太多的名字，太多的死者，他却连一个名字都无法写下。他在前言开篇大致描述了一下盖伊 · 亨德里克斯，简略地勾勒了一番他死亡那天发生的几件事，其中就提到了黑皮加德纳。

但对那天最为重要的细节，他只字未提。看着那篇用他惯用的绿墨水写好的前言，他怀着一个充满愧疚的简单希望——他希望在那道横亘于他的梦想和失败之间的深渊中，也许有些文字还值得一读，能让人感受到其间的真实。

9

战俘们有充分的理由，把接下来向着疯狂境地缓慢下坠的过程概括为一个字：线。对他们而言，自此以后只有两类人：在线上的人和除此之外的所有人，那些不在线上的人。或许，只有一类人：从线上幸存的人。或许，到最后，就连这种界定也不充分了：多里戈 · 埃文斯有一个日益萦怀的执念，那就是只有死在线上的人这唯一一类人。他怕的是，只有在他们身上，苦难和智识才会实现令人恐惧的完美结合，使人真正成为人。

视线重又向下看着铁路道钉，多里戈 · 埃文斯发现围绕着它们有太多的东西无法理解，无法沟通，不可理喻，难以预料，难以描述。直白的事实说明了铁路道钉的存在。但那样却等于没说。一条线是什么，他琢磨着，那这条“线”呢？一条线是从一点到另一点，从现实到非现实，从人世到地狱，“没有宽度的长度”，他记得中学几何中欧几里得是这样描述一条线的。没有宽度的长度，没有意义的生命，从生到死的行进，去往地狱的路途。

半个世纪后，多里戈·埃文斯在帕拉玛塔镇的酒店房间里打瞌睡，他翻来覆去，梦见了卡戎，那个浑身污秽不堪的摆渡人，载着亡者渡过冥河，驶往地狱，要价就是他们口中含着的一枚银币。他在梦中默念维吉尔描述卡戎的诗句：他可怕可憎，脸上白毛凌乱，眼神狂暴，如烈焰四起，污秽的斗篷在肩头打结，飘然垂落。

入夜，他和丽奈特·梅森躺在一起，床头放了书。中年时他重拾了读书的习惯，无论身在何处，他总是在床头放上一本书。他曾经下过结论，一本好书会让你想要一读再读。一本伟大的书会迫使你反复审视自己的灵魂。在他看来，这样的书极为罕见，随着他年事日高，就更稀有了。不过，他仍在搜寻，搜寻另一个让他魂牵梦绕的伊萨基岛[①]。他看书会看一整个下午。晚上，他对书来者不拒，因为书的存在就像是护身符，幸运物，犹如熟悉的神，照看着他，让他在梦的世界里安然穿梭。

他那天晚上的书是日本的一个妇女代表团送给他的，她们前来为日本犯下的战争罪行致歉，礼仪周全，并且带着摄像机。她们带来的礼物中，有一件很有意思：一部日本辞世诗集的英译本，源自日本诗人临死之际作辞世诗的传统。他把书放在枕边的深色木质床头柜上，小心翼翼地使之与自己的脑袋齐平。他相信书的光环可以保护他，床边没书，他就会一命归西。他可以在身畔没有女人的情况下酣然入梦。可没书，他根本就睡不着。

① 伊萨基岛（Ithaca），希腊伊奥尼亚群岛之一，古希腊英雄奥德修斯的故乡。——译者注

10

那天早些时候，多里戈·埃文斯翻看这本书，一首诗吸引了他。临终前，十八世纪的俳句诗人之水最终响应了写辞世诗的要求，他抓起毛笔，画下了一首诗，旋即撒手而去。之水的追随者发现他在纸上画了一个圆，震惊不已。

之水的诗在多里戈·埃文斯的潜意识里翻滚，包含的空白，无尽的谜团，没有长度的宽度，宏伟的转轮，永恒的回返：圆——线的对立面。

含在亡者口中用来付给摆渡人的银币。

11

在被分配到“线”上之前，多里戈·埃文斯在一个位于爪哇高地的战俘营里待过，他作为陆军上校，成了负责一千名被俘士兵的二把手，战俘中的绝大多数都是澳大利亚人。时间无止无尽，生命好似滴落殆尽。他们以运动、教育项目、音乐会、歌唱对家乡的思念、成天雕琢中东的美好日子消磨时间——薄暮时分驮着砂岩的骆驼队；罗马时代的废墟和十字军城堡；切尔克斯雇佣兵身穿镶着银边的黑色大衣，头戴阿斯特拉罕黑羔皮高筒帽；塞内加尔士兵身材高大，脖子上挂着靴子从他们身边走过。他们恋恋不舍地回忆大马士革的法国姑娘；在巴勒斯坦，他们坐在卡车后车厢里，驶过阿拉伯人身边，对着他们大喊犹太杂种，直到遇见耶路撒冷的阿拉伯女工；见到犹太人，就从后车厢里高喊阿拉伯杂种，但一见到基布兹的犹太姑娘，蓝短裤、白衣衫，塞给他们一袋袋橘子，他们就不吭声了。他们又为小龙虾伯罗斯的故事开怀大笑。小龙虾针刺般的头发好似从针鼹那儿借来的，他花了二十四小时逛开罗的妓院，回来就一个劲儿挠裤裆。使他得到小龙虾这个外号的，是他当时低头问：这脏兮兮的小龙虾是什么？肯定是在吉卜赛人的马桶圈上沾来的，是不？

可怜的老伙计小龙虾，他们会说，可怜的混球。

很长一段时间都相安无事。多里戈就会坐在开罗咖啡馆的桌边帮朋友写情书，桌面被洒掉的中东亚力酒弄得黏糊糊的，速朽的情欲从笔下不朽的吹嘘中缓缓渗出，开头总是一成不变：我借着炮火的光为你写下这封信……

后来，叙利亚战役打响了，到处是岩石、干燥的山羊粪球、干枯的橄榄叶，他们沉甸甸的装备悄悄地掠过不时可见的塞内加尔人膨胀的尸体，大家都各怀心思，同时远方传来别处大大小小的战斗那嗒嗒的枪声和轰隆隆的爆炸声。死者连同他们的武器装备像石子儿一样四散，随处可见，无可逃避，他们没有绕道而行，而是不假思索地径直踏过。三个塞浦路斯骡夫中的一个问多里戈·埃文斯他们究竟在往哪个方向走。他也完全摸不着头脑，但早在那时，他就明白一定得说点什么，得把大家团结好。

边上的一头骡子叫唤起来，他抹掉眼角的沙砾球，环顾置身的高粱地，又看了看两份地图，一份他自己的和一份骡夫的，但两份地图在重要细节上都合不拢。最后，他又看了看指南针，结果和两份地图哪份都对不上，但他做过那么多决定，结果证明跟着直觉走大都错不了，就算错了，至少能让人行动起来，他知道许多时候行动起来至关重要。他是澳大利亚帝国部队第 2/7 伤亡处理站的二把手，驻地靠近前线，他们接到命令要在混乱的战略撤退中，收拾好野战医院的设备一同后撤，可到了第二天，又说要战略推进，让人摸不着头脑。

伤亡处理站的其他人都已坐上卡车撤退到远离前线的大后方，但他还和余下的器材设备待在一起，等待最后一辆卡车。没承想，等来的却是二十头壮骡组成的骡队、三名塞浦路斯骡夫，以及新的命令，要他带着物资前进到新辟的前线上的一座村子。从他们的地图上看，村子在南二十英里，从他自己的地图上看，村子在西二十六英里。塞浦路斯人个头小，个个健谈，他们给盟军在叙利亚对抗法国维希政府的行动出了一份力，在规模远比这大得多的战争中，根本没人还记得这场小规模战斗。

12

原本两天的行程，他们走了近一个星期。第二天，在一条通往山里的陡峭小道上，多里戈和三名骡夫遇到了一个野战排的七名塔斯马尼亚机枪手，他们的卡车抛锚了。在一个被叫作黑皮加德纳的年轻中士的带领下，他们向着同一目的地前进。他们把维克斯机枪、三角枪座和装弹药带的金属箱搬到几匹备用的骡子上，一起继续行进。他们爬上又翻过岩石坡和石屑堆，穿越山径、毁坏的村庄，经过腐烂的尸体和半立半塌、东倒西歪的石墙，黑皮加德纳有时会轻声哼哼歌。一次又一次，泼溅的橄榄油的气息，死马的气息，房屋倒塌屋顶坍落的气息，四散的椅子和缺胳膊少腿的桌子、床铺的气息，敌军的七十五毫米野战炮在他们的身前身后炸个不停。

他们从山上下来回到低地，经过几堵干燥的石墙，在二十五磅重的炮弹的轰击下，这些石墙没能为那些如今静静地躺在炸得七零八落的武器和法国锡盔之间的人提供任何遮蔽。他们继续向前，在死人中间穿行。死人在由岩石漫无目的地堆砌而成的半月形掩体里；死人在高粱地里鼓鼓胀胀，一条古老的石砌水道被炮弹炸塌后，涌出的水把高粱地变成了可怕的沼泽；试图逃生而躲进一个七户人家的村子里的十五个死人；坍落的宣礼塔前有个死去的女人，她用破布将物什捆成了一个小包裹，如今那些东西都散落在街巷的尘埃之中，她的牙齿飞落在一只南瓜的顶上；从烧成残骸的卡车骨架里，被炸碎的尸块散发出恶臭。

后来，多里戈·埃文斯还记得那块破布上褪色的红白花图案有多漂亮，他有种奇异的羞愧感，其他东西竟然一点都不记得。他忘了弥漫于村舍四周的石屑呛人的气息，瘦骨嶙峋的死驴的气味和不幸的山羊死亡的气息，露台坍塌的气息和橄榄树丛被夷为平地的气息，烈性炸药酸涩的臭气，翻倒的橄榄油浓重的油味，这些全都融为一种单一的气息，他把这种气息和深陷困境的人类联系在了一起。他们抽烟，想要把死亡从鼻孔里驱离；他们开玩笑，想要让死亡再也无法猎捕他们的心灵；他们吃饭喝酒，就是想提醒自己还活着。黑皮加德纳围绕着他是否会被杀死发表了一通长篇大论，他相信自己活下来的可能性越来越大。

午夜穿越玉米田的时候，他们的绿色信号灯照亮了一座被炸塌的村子；法国人经过激烈的战斗从澳大利亚人手中夺取了村子，又不知何故弃之不顾。法国人进攻时所用的迫击炮将澳大利亚守军打得不成人样：暗红色的肉块，苍蝇乱舞的内脏，骨头断裂、被碾碎，脸紧绷绷地皱成一团，露着牙齿，那些恐怖的死亡的牙齿裸露着，从此多里戈·埃文斯每次见别人笑，总能看到那些牙齿。

最后他们终于来到了指定的那座村子，发现它还被法国人占着，正遭受英国皇家海军的猛烈轰炸。远处的大海上，战舰呼哧呼哧地喷吐着浓烟，舰上的大炮正在有条不紊地开火，每发射一次，便端掉一栋房子，先炸谷仓，再炸它边上的石头房子，接下来再炸后面的附楼。多里戈·埃文斯、骡夫与机枪手保持着安全距离，眼睁睁地看着整个村子在他们面前变成了一堆瓦砾废墟。

尽管很难想象还有什么活物，但炮弹仍如雨点般落下。到中午时分，法国人出人意料地撤退了。这群澳大利亚人踏上被炮弹烤焦的黄土，穿过坍塌的排屋残余的墙体，踩着碎裂的瓦片，绕过炸断的树木及其安然无恙的根株、扭曲变形的枪炮零件，枪炮手已在膨胀变形，若非他们凸起的眼珠里流出黏糊糊的胶质，同胡子拉碴的颧骨上的污泥搅成一堆脏兮兮的肉糊，有的人看上去就像在正午的大太阳底下酣睡。除了饥饿与疲惫，他们没有任何感觉。一头山羊一瘸一拐地从他们面前悄然走过，肠子垂在身体一侧，肋骨裸露，头颅高扬，一声不响，仿佛能单靠这坚忍活下去。或许它做到了。

这他妈不就是“美男子”杰斯特[①]吗，一头红发的瘦高个机枪手

---

① 指1939年的美国电影《火爆三兄弟》（*Beau Geste*）中的主人公，勇于冒险和战斗的“美男子”杰斯特。——译者注

说。他们还是射杀了它。机枪手的全名是加利波利·冯·凯斯勒，一个休恩谷的苹果园主，习惯用懒洋洋的纳粹军礼跟人打招呼。他的姓氏源于他德国父亲的自欺欺人，说他在老欧洲也算是个人物，所以就在凯斯勒这个农民的姓氏前加了个表示贵族的冯，这名字也源自他父亲在新世界对于失去一切的恐惧，在一战歇斯底里的反德狂热中，他家的谷仓被烧成了灰烬。他们和其他德国移民住在霍巴特背后的山上定居点里，定居点的名称很快就从俾斯麦变成了柯林斯谷，卡尔·冯·凯斯勒也给儿子改了名，原本的名是为了纪念他父亲，改后的名是为了纪念澳大利亚在儿子出生前一年参与了对土耳其的灾难性入侵。[1] 这宏大的名字和他干巴巴的苹果核似的脸很不相配。人们只叫他凯斯。

到了镇上，他们经过一辆烧得通红的法军坦克，翻倒的卡车，炸烂了的装甲车，布满弹眼的轿车，成堆成堆的弹药，纸张，衣服，炮弹壳，机枪步枪，这些东西在马路上散落得满地都是。尽管一片混乱，到处都是废墟，商店却开着门，买卖照做不误，大家都在打扫卫生，似乎刚发生的是一场自然灾害。休假的澳大利亚兵四处晃悠，购买和讨要纪念品。

豺狗嚎叫着，进村啃食死人，他们枕着豺狗的嚎叫声进入梦乡。

13

天色刚亮，多里戈起床发现黑皮加德纳在村子主街的正中央生

① 加利波利是土耳其港口城市，第一次世界大战中协约国军队在此同奥斯曼帝国展开加利波利战役，澳新军团作为英军的一部分参战。

起了火。他坐在火堆前的一把富丽堂皇的椅子上，椅子蒙着蓝色的锦缎椅套，上面绣了银色小鱼，他一条腿搭在扶手上晃悠，手里把玩着一只已经压扁了的法国烟盒。在椅子上的那片海洋里，他黑瘦的身体裹着肮脏的卡其布军服，令多里戈想到一捆被冲上陌生海岸的褐藻。

黑皮加德纳的背包似乎比其他人的都要小上一半，但食品、香烟之类的补给品却总是能从包里源源不断地冒出来——黑市上换的，收罗来的，也有偷的——这些小小的奇迹给他挣得了“黑皮王子”的别名。他刚给多里戈·埃文斯扔来一罐葡萄牙沙丁鱼，维希政府的法军便开始用七十五毫米野战炮、重型机枪猛轰村子，一架军机也飞来一通扫射。不过每件事似乎都发生在别处，所以他们照旧喝着吉米·比奇洛找到的法国咖啡，边喝边聊，等着指令或等战争找上门来。

兔子亨德里克斯——一个敦实的男人戴着一副不适合的假牙——正在一张大马士革明信片的背面给他为蜥蜴布朗库西的老婆梅茜画的素描添上最后几笔，这张画将替代梅茜的照片。照片四分五裂，细密的裂纹犹如蛛网遍布于她的脸庞，残留的显影剂皱缩成许多细小的秋叶，现在这女人的面孔只能靠猜。兔子亨德里克斯的铅笔画捕捉到了和照片上的梅茜相同的姿势和脖子，但眼睛周围却有那么点像梅·韦斯特[①]，胸部就太像梅·韦斯特了，梅茜可从没有过这样的乳沟，脸部的神情显得更直接，更迷人，画里透着暧昧，梅茜可从来都不是这样。

给我解释解释，吉米·比奇洛说，为什么我们用机枪扫射一拨拨为法国人打仗的非洲人？而这些非洲人也想干掉我们这些在中东为英国人卖命的澳大利亚人？

---

① 梅·韦斯特（Mae West，1893—1980），美国好莱坞女星，著名的性感偶像。

画看上去挺假，因此显得像是背叛了他老婆——这让蜥蜴布朗库西有些不舒服。可由于大家都认为他老婆看着很不错，于是作为交换，他把自己的手表送给兔子亨德里克斯，宣称他的妞儿就是这样。兔子拒绝了他的表，取出素描本，开始给他们这群喝早咖啡的人画群像。

妈的，这里压根儿不在澳大利亚东边。彩虹杰克说。他的脸像隐士，舌头像码头工，可他是个养猪的农民。这儿就是北边，他说，难怪我们搞不清下一个村子会在哪儿，我们就连现在在哪儿都不知道。是在他妈的最北边。

你就是个共党分子，杰克，黑皮加德纳说，我和你打赌，一赔十二，赌我吃早饭前会死。没有比这更公道的。

彩虹杰克说他宁愿马上原地枪毙了他。

多里戈·埃文斯下了十先令的注，三赔二十，赌打完仗中士还活着。

没错，吉米·比奇洛说，我同意。你是幸存者，黑皮。

朝上抛两个硬币，黑皮加德纳说着，从脚边的背包里取出一瓶白兰地，把大家的咖啡杯满上，你们这是赌结果，可事实是，如果两个硬币连续扔三次都是正面朝上，从统计学上说，下一次两个硬币都是正面朝上的概率还是相同的。所以，你们再赌两个硬币正面朝上。每扔一次都是第一次。这想法不错吧？

没过一会儿，战争终于找上了门。多里戈·埃文斯正站在扶手椅边上倒咖啡，小龙虾伯罗斯刚从战地炊事房回来，手上捧着滚烫的盒子，里面装了他们的早饭，这时，他们听见七十五毫米野战炮的炮弹呼啸而至。黑皮加德纳从椅子上一跃而起，抓起多里戈·埃文斯的胳膊，拽着他就地卧倒。爆炸好似宇宙射线从他们身边一掠而过。

当多里戈睁开眼睛环顾四周的时候，蓝色扶手椅连同上面绣的银色小鱼全都消失不见了。浓密的尘埃里，一个阿拉伯男孩挺身站着。他们冲他大喊，让他快趴下，见男孩没听见，小龙虾伯罗斯撑起上身，挥手要他趴下，那男孩还是没反应，于是他向男孩跑去。就在这时候，又一发炮弹落地。冲击波将阿拉伯男孩往他们这儿抛来，他被弹片割破了喉咙。在有人赶到他身边前，他就已经死了。

多里戈·埃文斯扭头看黑皮加德纳，他还拽着自己。兔子亨德里克斯在他们边上，正把沾满土的假牙胡乱往嘴里塞。小龙虾伯罗斯不见踪影。

我下注喜欢万无一失，黑皮王子说。

多里戈刚要回话，一架敌机又从离他们较远的侧翼俯冲扫射。敌机拉升到他们的头顶，就突然冒起了股股黑烟。一个小点儿从上面掉了下来，降落伞如花般盛开，显然，飞行员逃生了。风将飞行员朝他们这儿刮来，公鸡麦克尼斯从一个塞浦路斯人手中夺过 303 机枪开始瞄准。多里戈·埃文斯把枪管推开，让他别他妈的犯蠢。

那小龙虾呢？公鸡麦克尼斯大吼了起来，他唇上沾满了碎砾，翻着疯狂的白眼珠子。那也是他妈的犯蠢？还有那孩子，也是他妈的犯蠢？

他的脸看似英俊，但正如彩虹杰克说的，凑近看，就像是用零件拼凑起来的。作为一个士兵，他出了名的笨手笨脚，因此当他把 303 机枪扛到肩上，再次瞄准射击时，大家都惊讶于他竟然射中了。跳伞的飞行员像被突如其来的狂风刮过似的抽搐了一下，然后瞬间跌落。

那天晚些时候，他们最终吃掉了小龙虾伯罗斯那会儿盛在热盒子里的粥，粥早就冷了，没人和公鸡麦克尼斯坐在一起。

14

他们一切照旧——开玩笑，讲故事，讲再也回不来的可怜虫，讲的黎波里的宫殿被征用，成了澳大利亚帝国军队的康复中心，还玩一正一反扔硬币、王冠和铁锚的游戏，喝啤酒，找女人，住在走廊另一头的女工过来加入游戏，想试试她们的手气，他们还在山村和叙利亚孩子踢足球。后来到了爪哇，缴械投降之后，他们有时结队外出收集柴火，看见女人穿着湿漉漉的纱笼采茶，她们换上干纱笼，替彼此摘除头发里的虱卵，实在是美得惊人——老天哪，加利波利 · 冯 · 凯斯勒说，当时，他们刚好走过，看得见摸不着，我把这叫作惩罚。

但他们的惩罚还只是刚刚开始。六个月后，卡车将他们运往海岸，去暹罗完成一项新的工程；他们一千来个人，像沙丁鱼一般在一艘满是油污的货轮里挤了三天，驶往新加坡，再前往樟宜监狱。那是个怡人的地方——刷白的两层营房，美观透气，齐整的草坪，穿着得体的澳洲士兵，个个健康强壮，军官手握短杖，袜子镶着红边，柔佛海峡的风光尽收眼底，还有菜园。而因骨瘦如柴，澳大利亚及荷兰军服混穿，很多人没有鞋子，多里戈手下的人特别显眼。爪哇人渣，樟宜的澳大利亚战俘指挥官卡拉汉准将这样称呼他们，然而，无视多里戈 · 埃文斯的多次请求，卡拉汉拒绝给他们提供服装、靴子和给养。相反，由于多里戈态度忤逆，竟敢要求他开仓取物，他还想撤掉多里戈 · 埃文斯的指挥官头衔，只是没有得逞。

小瓦特 · 库尼找到大马哈鱼费伊，说他有一个逃跑计划，就是设法混进在新加坡码头做工的人群中，在那儿让人把他们钉进板条箱或其他什么东西里面，箱子装上船，他们就能返回悉尼了。

计划不错啊，瓦特，大马哈鱼费伊说，就是实行不了。

他们和樟宜战俘营的顶尖球员踢了一场足球，输了八个球。在那之前，他们听了场羊头莫顿长达四十五分钟的讲话，开头的那几句，他们觉得可以青史留名——

兄弟们，我只有一件事要告诉你们，第一件是……

两星期后，爪哇人渣们穿着来时的破衣烂衫又出发了，没被钉进板条箱的瓦特·库尼也在其中。现在，他们正式被编为埃文斯的J部队，被带往火车站，塞入又小又封闭、用来运米的铁皮车厢里；每节车厢塞了二十七个人，连坐都坐不下。他们在赤道的酷热中穿越丛林和橡胶树的隧道，从许许多多汗流浃背的男人间和半开的滑门中望出去，无穷无尽缠绕交错的绿色统辖着他们，穿纱笼的马来人、印度人和做苦力的中国女人，全裹着鲜艳的布头巾，在稻田里干农活，消失在视线之外，而他们则置身于这火炉般酷热、密不透风的黑暗之中。和其他年轻人一样，他们尚不了解自己。身心里蛰伏的那么多东西，他们如今正要与之相逢。

身下的铁轨一刻不停地敲击着，他们浑身浸透汗水，滑溜溜地在彼此的胳膊和大腿间左摇右晃。第三天晚间，他们开始看见稻田和一丛丛的糖棕树一闪而过，还有泰国女人，黝黑丰满，拥有乌亮的头发和迷人的微笑。他们只能轮流落座，睡觉的时候各自把腿蜷着搁在旁边人身上，裹在浓烟似的恶臭里：呕吐物浓浓的臭气，身体的酸腐味儿，他们拉屎，呕吐，他们挺着，周身覆满煤烟，内心愤懑不平。一千英里的路，整整五天没吃没喝，停了六站，死了三个人。

第五天下午，在距曼谷四十英里地的班蓬，他们被带下火车，塞入护栏高高的卡车，每辆车像装牲口一般挤了三十个人，每个人都像猴子一般挂在同伴身上，在一条覆着六英寸厚土的路上穿越丛林。一只亮蓝色的蝴蝶在他们头顶振翅飞舞，落在一名西澳大利亚战俘的肩头，那人把它碾死了。

夜幕降临，路还在延伸，深夜他们来到塔尔萨，浑身肮脏不堪，积满了路上的灰。他们就睡在尘土里，拂晓又回到卡车上，整整一个小时沿着一条比放牛小路好不了多少的小径驶入山区。小径尽头，他们下了卡车，一直行军至傍晚，总算在河边的一小片空地上歇了脚。

他们跳入这条天赐的河里游泳。铁盒子里待了五天，卡车坐了两天——河水简直美不胜收！肉体的欢愉，掀开面纱的世界献上祝福——干净的皮肤，轻盈的身体，流水平静的宇宙奔腾不息。他们和衣而睡，似木头一般，直到猴儿的嘶鸣在拂晓时分将他们惊醒。

守卫押着他们在丛林中行进了三英里半。一个日军军官爬上一截树桩对他们讲话。

感谢你们，他说，长途跋涉前来为天皇修建铁路。成为战俘，是极大的羞耻！极大！为天皇修建铁路可以赎回荣誉。极大的荣誉！极大！

他指着一排勘察员用来标定铁路线的轨道钉。钉子很快就消失在了丛林里。

他们着手为第一片铁路区段清理柚木林，三天后任务完成，这时候他们才被告知要到几英里外的地方扎营。庞大的竹丛，八十英尺高的巨树，枝叶水平伸展的木棉，还有木槿和低矮的灌木——全被他们砍断，连根掘起，焚烧铲平，一群群近乎赤裸的人在烟与火的笼罩中时隐时现，二十个人齐心协力拽着一根绳索，犹如一群公牛，誓将高耸尖利的竹子连根拔除。

接下来，他们前去收集木料，在一英里外见到一座英国营地，臭气熏天，到处都是病号，军官对底下人不闻不问，只顾自己。士官长沿河巡逻，阻止士兵捕鱼；几个英国军官还有自己的钓竿，不希望普通士兵偷捕他们认为是属于他们的鱼。

当澳大利亚人返回营区空地时，一个年纪大的日本看守自报家门，说他叫最上健二，边说边猛捶自己的胸脯。

意思是山狮，他笑着告诉他们。

他教他们该怎么做：用长砍刀在屋顶框架上砍出凹槽；剥下木槿树皮的内皮，撕成长条，把木架捆扎好；用棕榈叶苫盖屋顶，地面铺上劈开砸平的竹子，整个过程不用一根钉子。干了几个小时，搭好了营地的第一个庇护所，年长的日本守卫说，伙计们，行了，休息吧。

他们都坐了下来。

他这人还不赖，黑皮加德纳说。

他是矮子里拔将军，彩虹杰克说，你知道吗？只要有那么一点机会，就算剃刀片儿再钝，我也会把他从眼睛到屁眼劈成两半。

最上健二又捶了捶胸脯，宣布山狮化身宾·克劳斯贝[①]。于是，山狮开始哼唱起来——

你们得——扩大——一个——正面性

消灭一个负面性

把自己和肯定性联系起来

别给一个中间人找麻烦

别别别，别给中间人找麻烦！[②]

① 指平·克劳斯贝（Bing Crosby，1903—1977），美国歌手和演员。但最上健二发音不准，念错为 Binga Crosby，故此处译为“宾·克劳斯贝”。——译者注

② 平·克劳斯贝的歌曲《多看正面》的歌词，这是一首很轻快的歌曲，最上健二做了自己的处理，许多地方都拖长了音调。——译者注

15

刚到“线”上时，他们还有能力做这类事，在竹子搭起的小舞台上办个音乐晚会，用舞台两侧的火堆照明。和多里戈 · 埃文斯一起看演出的还有指挥官雷克斯罗斯上校，他整个人极不协调，对比特别强烈：脑袋像马匪，身体像屠夫，纯正的口音和得体的举止搭配在一个潦倒的巴拉腊特布商的儿子身上，他虽然是澳大利亚人，但特别希望别人把他误认为英国人。他一九二七年参军是为了抓住机遇，因为在生活中的其他领域，他总是和机会擦身而过。尽管他和多里戈 · 埃文斯军衔一样，但凭着经验和身为军人而不是医生的优势，雷克斯罗斯成了多里戈的上级。

雷克斯罗斯上校转向多里戈 · 埃文斯说，他坚信只要他们英国人举国奋起，就足以解决问题，他们英国人的团队精神坚韧无比，他们英国人的精神不会终结，他们英国人抛洒的热血终将带领大家渡过难关。

来点奎宁也不是坏事吧，多里戈 · 埃文斯说。

几个英国人从他们的营地那儿过来，正在表演一出短剧，讲的是一战时期的德国战俘。夜晚的空气里弥漫着成群结队的虫子，让人看不太清那些表演者。

雷克斯罗斯上校说他不喜欢多里戈 · 埃文斯的态度：只知道看消极的方面。在当前的局势下应该多看积极的方面，颂扬民族品性，诸如此类。

我从来没治过什么民族品性，多里戈 · 埃文斯说。

澳大利亚人开始为台上的德国俘虏欢呼。

我倒是见过，他又继续说，许多人营养不足得了病。

我们拥有我们已有的，雷克斯罗斯上校说。

这些就更别提了，多里戈·埃文斯说，疟疾、痢疾和各种热带溃疡。

短剧在嘘声与倒彩声中结束。多里戈终于想起雷克斯罗斯上校总令他联想到什么：艾拉她爸以前经常吃的博斯克洋梨。他这才意识到自己已经饥肠辘辘，他从不喜欢吃那些铁锈色的梨子，可如今要是能吃上一只，他几乎愿意放弃一切。

都是饿出来的病，多里戈·埃文斯又说了一遍，有药就好了。但有吃的、能休息甚至更好。

即便为日本人修建铁路还没把人逼疯致死，身体也已经敲响了丧钟。莱斯·惠特尔因为糙皮病已经失去了几根手指，眼下正用绑在手腕上的一根竹棍演奏一架锈迹斑斑的手风琴——琴早已散了架，用针线和水牛皮一块块缝了起来。给他伴唱的歌手彩虹杰克已经失明了。看着他，多里戈·埃文斯想知道这是维生素缺乏症还是好几种疾病共同导致的，无论成因是什么，他痛苦地意识到，只要有吃的，不管是这种病，还是他见到的那些折磨，几乎都能治愈。彩虹杰克隐士一般的脸如今浮肿得像南瓜，疲软的身体也因患脚气病怪异地肿胀着，导致一处溃疡——已经蚀透红肿的胫部直到骨头——看上去像一只瞎掉的粉色瞳仁，从伤口中往外凝视着那群生了各种怪病的战俘，仿佛想寻找它梦寐以求的观众。

此刻台上正在表演影片《魂断蓝桥》里的一个场景，莱斯·惠特尔扮演罗伯特·泰勒，彩虹杰克演费雯·丽。他们在竹桥上向着对方走去。

我原以为再也见不到你了，罗伯特·泰勒假扮成缺了指头的莱斯·惠特尔，操着一口浓烈的英式口音，已经过了整整一生。

我也这样以为，费雯·丽说。她假扮成双眼失明、浑身浮肿、遍布溃疡的彩虹杰克。

亲爱的，莱斯·惠特尔说，你一点都没变。

下面哄堂大笑，之后，他们唱起影片的主题曲《友谊地久天长》。

瞧，雷克斯罗斯上校又说了起来，这就是我们的内在所承载的东西。

什么东西？

英国人的坚忍。

这是部美国电影。

还有勇气，雷克斯罗斯上校说。

我们军官从日本人那儿领薪水。一天二十五美分。他们都花在了自己身上。日本人不指望他们会自己干活儿。但他们应该。

应该什么，埃文斯？

应该在营里干活。挖厕所。去医院护理伤员。做勤务。给病人制作器械，比如拐杖。搭新的庇护所。组织演出。

他深吸了一口气。

他们还应该把薪水拿出来交公，我们就能用这些钱给病人买食物和药品。

又来了，埃文斯，雷克斯罗斯上校说，只有榜样的力量才会让我们度过难关，不是布尔什维克主义。

我同意，如果那是一个好榜样。

但雷克斯罗斯上校已经往舞台上走去。他对那些表演者表示了感谢，然后又评论说所谓大英帝国分裂成了诸个民族国家的说法完全没道理。从牛津到乌德纳达塔[1]，只有一个民族。

① 乌德纳达塔（Oodnadatta）是澳大利亚的城镇。——译者注

他的声音又薄又尖。他并没有鼓动听众的本事，却总是自我感觉良好，认为自己是领导者，天然就有这样的能力。他的声音听起来，就像加利波利 · 冯 · 凯斯勒说的，像是在用屁股吹笛子。

所以，雷克斯罗斯上校继续说，身为大英帝国的一员，身为英国人，我们必须遵守命令，服从纪律，那正是帝国的生命血脉。我们身为英国人受难，也会身为英国人凯旋。谢谢大家。

后来，他问多里戈 · 埃文斯，是否愿意一起设计建造一座可以俯瞰河流的墓地，可以将死者埋在那儿。

我宁愿让黑皮王子从日本人的仓库里多偷几听鱼罐头，让活着的人别死，多里戈 · 埃文斯说。

黑皮王子是个贼，雷克斯罗斯上校说，而这儿将是个风景优美的安息之地，值得为大家好好考虑考虑，也值得花上一些功夫，总比现在这样走进森林，随便找个地方草草一埋要好多了。

黑皮王子帮我拯救生命。

雷克斯罗斯上校画了一大幅地图，勾勒出了墓地的位置和坟墓的构造，不同的区段对应不同的军衔。他自豪地告诉多里戈，他给军官们保留了一个田园牧歌般的地方，可以俯瞰桂河。他指出眼下大家正在走向死亡，处理尸体是重中之重。

这事不容置疑，他说，目前来看，干这个活儿要费大量功夫。我希望你也能参加。

一只猴子在附近的竹林里发出凄厉的嚎声。

我这么做只是为了这些人，雷克斯罗斯上校说。

16

树木开始萌发新叶，叶片开始遮蔽天空，天空变成黑色，黑色吞噬了越来越多的世界。食物越来越少。雨季来临，起先，他们并不知道大雨意味着什么，所以都觉得很开心。

然后，“速度计”来了。

“速度计”的意思是不会再有安生日子，工作定额会大幅上涨，一再上涨，各个班次的工作时间拖得越来越长。“速度计”将健康者和病号之间本已模糊的界限，变成了愈发模糊的病号和濒死者的界限；由于“速度计”，越来越多的战俘都只能听命于两个班次，白天黑夜连轴转。

雨越来越大，柚树和竹子将他们紧紧围困其中；雷克斯罗斯上校死于痢疾，和其他人一样都埋在了丛林里。多里戈·埃文斯接过指挥权。广袤沉重的绿意直达黑色的天际，将他们往下猛拽，拽入黑色的泥土之中。他命令军官从自己的收入中拿出一部分钱为病号购买食物和药品。他连哄带劝，坚持让军官干活，与此同时，无休无止的绿色恐怖愈益嚣张地压迫着他们遍布疥疮的身躯和虚弱的意志，他们发热的头和肮脏的、溃烂的双腿，以及总在拉稀的屁股。

这些士兵当面称多里戈·埃文斯上校，但在其他场合都叫他大佬。有时候，大家对“大佬”的希冀，令他觉得自己实在渺小，难以承受。多里戈·埃文斯和他“大佬”的一面拥有共同的容貌、习惯和讲话方式，但“大佬”很高尚，多里戈不是，“大佬”会自我牺牲，多里戈却很自私。

他觉得自己正在朝这个方向前行，长此以往，他周围的那些人便越发认准了他的这一个角色。他们仿佛就想让他快快成形，死活非要有一个“大佬”不可，这个需求十万火急，他们的毕恭毕敬，他们的悄声耳语，他们对他的看法，这一切都使他陷入罗网，越陷越深，变成他知道自己根本不是的人。就好像不是他以榜样的力量引领着他们，而是他们用个人崇拜引领着他向前。

如今有他领导，他们就能跌跌撞撞地度过那些日子，它们累积起来像一声永不止息的水淋淋的绿色尖叫，多里戈·埃文斯发现，奎宁导致的耳聋、疟疾引起的混沌将这尖叫无限地放大了，使一分钟似整整一生般漫长，而有时，他们又回忆不起整整一周的悲惨与恐怖。所有这一切似乎都在期待着某个从未到来的结局，某个他和大家都能赋予它意义的事件，某种能令所有人脱离苦海的宣泄。

可是，偶尔，也会出现一个鸭蛋、一两个指尖大小的棕榈糖、一个笑话，被一而再再而三地谈及，犹如难得一见的美好尤物，令人欣赏沉醉，使幸存成了可能。希望仍然存在。军帽越来越大，战俘越来越小，他们仍然会说悄悄话，会咒骂——他们被扫入另一个宇宙，活得像蝼蚁，唯一重要的只有铁路。置身于他们所在的区段，他们是赤身裸体的奴工，身上一无所有，唯有绳索和木杆、榔头和铁棍、草篮和锄头，唯有肩扛、腿蹬、臂挽、手举，为铁路线清理丛林为铁路线捣碎岩石为铁路线扫除尘埃为铁路线搬来枕木为铁路线扛来铁轨。这些赤身裸体的奴工，在铁路线上饥肠辘辘，惨遭毒打，早已不知精疲力竭为何物。这些赤身裸体的奴工，开始为铁路线而死。

没人料得到自己是不是下一个，无论弱者还是强者。死者的数量开始持续增长。上星期三个，这星期八个，天知道今天还会死几个。用作医院的棚屋如今摆满了濒死之人，可这儿根本不能说是医院，只有危重病人能躺在长板条搭成的木台上，笼罩在污秽和坏疽散发的腐臭味之中。再也没有一个健康的人了。只有病人，病得很严重的人和濒死的人。摸不上女人对加利波利·冯·凯斯勒来说便算是惩罚的日子早已一去不返。就连对女人的念想都早已消失了。如今他们仅仅想着食物和休息。

饥饿潜行而入，将澳大利亚人紧紧攫住。它潜伏在每个人的每个举动和每个念头之中。为了抵御饥饿，他们只能发挥澳大利亚人的智慧，但智慧也仍然只是空想，比空空如也的肚子还要空洞无物。他们尽量抱团取暖，保持澳式沉默，骂出澳式脏话，沉迷于澳式回忆，维持着澳式友谊。但倏然间，澳大利亚已变得一文不值，它根本无法抵御跳蚤、饥饿、脚气病，无法抵御偷窃、殴打、日甚一日的奴役。澳大利亚在收紧，在缩小，一粒米如今都远比一片大陆大得多，唯一日益扩张的东西是破烂不堪、逐渐塌软的军帽，就像墨西哥宽檐帽，帽檐下是他们消瘦憔悴的脸和空洞暗淡的眼睛，这眼睛已经凹成了幽深的黑洞，等待蛆虫爬入。

死者的数量仍在持续增长。

17

多里戈·埃文斯的嘴里充满口水，他只能用手背一个劲儿地擦，才不让口水滴下来。他低头瞅着长方形锡制饭盒里切得七歪八扭、满是软骨，还烤过头了的牛排，被煤烟熏黑的油脂涂抹着锈蚀的盒壁，他这辈子做梦都想不到世界上还有什么能比这牛排更亲。他抬头望了望伙房的勤务兵，正是勤务兵给他端来这牛排当晚餐。勤务兵告诉他，前一天晚上，黑皮王子带了一帮人从一群泰国牛贩那里偷了一头母牛，在灌木丛里把牛给宰了，用里脊肉贿赂了看守，把剩余的部分悄悄带回了营地的伙房。一块牛排——一块牛排啊——被切好，烤好，端来给多里戈当晚餐。

多里戈·埃文斯看得出，勤务兵是个病号——由于饥饿，一身都是病，如果不是生病，怎么会在厨房里干活？多里戈·埃文斯很清楚，此时此刻，对这个人而言，牛排也是整个宇宙间他最渴望、对他来讲最特殊的东西。他匆匆忙忙做了个手势，让勤务兵把牛排拿到医院去，跟病得最重的人分着吃。勤务兵不确定他这话是否当真。他没动。

大家希望你吃，长官，勤务兵说。

为什么？多里戈·埃文斯心想，我为什么要说不想吃牛排？他可是拼了命都想吃，大家想让他吃，把这当作某种供奉。可是，尽管他知道没人会忌妒他享用这块肉，他还是将牛排理解成一场试炼：有见证人在，他必须通过这试炼，必须使之变成一个故事，讲述给所有人听。

拿走吧，多里戈·埃文斯说。

他咽了一大口口水，口水都快要溢出来了。他怕自己会发疯，或者以某种糟糕或使人发笑的方式崩溃。他觉得自己的灵魂还不够火候，他缺乏他们想从他身上看到的许多品质，那些使一个人够格应对成年生活的品质。他发现自己虽然是千把人的领导，但奇怪的是，实际上是由这些人引领着他变得不像他自己。

他又咽了口口水，他嘴里一直在冒口水。他没觉得自己是个了解自己有多么强大的强者——一个雷克斯罗斯那样的强者。多里戈·埃文斯想，雷克斯罗斯应该会把牛排吃掉，将这视作他的权利，吃完后，还会愉快地当着那些饥肠辘辘的兵的面，给自己那张马匪似的脸剔牙。相反，多里戈·埃文斯认为自己是个弱者，没有什么本领，可那千把号人却把他们期许的强者形象寄托在了他这个弱者身上。这实在不合理。他们都是日本人的俘虏，而他则是囿于他们的希望的囚徒。

快去！他厉声喝道，差点失去控制。

那勤务兵还是没动，或许认为他在开玩笑，或许怕自己理解有误。与此同时，多里戈·埃文斯一直都在担心，生怕那块牛排再在他面前多放上一会儿，他就会双手把它抓过来，整个儿吞下，从而通不过这次试炼，暴露了他的真面目。他很愤怒，觉得这伙人将他玩弄于股掌之间，他因自己如此软弱而勃然大怒，突然站起身，开始怒吼——

快走！这牛排是你们的，不是我的！快拿走！分着吃！分着吃！

勤务兵终于为自己竟然也能尝到一小块牛排而感到宽慰，为这位被大家称作“大佬”的上校的名副其实而感到高兴。于是他蹑手蹑脚地走了，把牛排带到了医院去，同时也带去了又一个故事，那就是他们的头儿实在是个了不得的人。

18

多里戈·埃文斯痛恨美德，痛恨人们推崇美德，痛恨假装认为他有美德的人或假装自己拥有美德的人。随着年事日高，人们赋予他越来越多的美德，这使他感到愈发厌恶。他不相信美德。美德就是盛装的虚荣，总在期待掌声。他受够了高尚和价值，倒是在浑身

缺陷的丽奈特 · 梅森身上，他发现了人性的美好。正是在她逢场作戏的怀抱里，他才发现了对某种奇异真理的遵循，那就是世间万物稍纵即逝。

她知道自己拥有这样的特权，对留下过夜她从不犹疑。由于美貌翩然而去，如船尾的浪花消散，而如今的小船已静止不动，梅森对他的需要远超他对她的欲求。他俩都没意识到的是，她成了他的又一项义务。不过，此时他的生命也只剩下了义务。对妻子的义务。对孩子的义务。对工作、委员会、慈善机构的义务。对丽奈特的义务。对其他女人的义务。这令人筋疲力尽。这需要旺盛的精力。偶尔，他也会觉得自己了不起，认为这样的成就应该受到认可。这需要某种奇异的勇气。这实在让人恶心。他恨自己，但他如今不能显露真实自我的程度，并没有甚于那时在雷克斯罗斯上校面前无法显露真实自我的程度。给了他理智、方向和继续下去的力量的，使这义务远超于其他义务之上的，正是他认为自己对战俘营里那些曾经和他在一起的士兵们所亏欠的东西。

你在想她，她说。

他仍然没吭声。如同承担其他责任一样，他用一种他认为很有男子气概的做法容忍丽奈特——也就是说，他将他们俩之间日益扩大的距离用更浓的爱意给掩盖了起来。她让他日渐厌烦，若非她仍然具有某种冒险般的价值，很多年前他就不会再和她见面。他们做爱也是断断续续，他不得不向自己，也向她承认，他们之间已今非昔比，可丽奈特似乎不以为意。老实说，他也觉得没什么。能闻闻她背部的气息，把手搁在她柔软的大腿之间，就已经足够。她这人醋意重，自私，他对此也没办法，但她的这种小家子气倒是令他心满意足。

她絮叨着杂志社里的权力斗争和八卦新闻，她在杂志社担任副主编，上级老是拿些鸡毛蒜皮的事让她难堪，而她觉得那些人根本不如她，她还絮叨着她在办公室里取得的胜利，她的恐惧，她内心深处的欲望，他又看见了“速度计”期间的天空，总是那么肮脏，他在想这么多年怎么就把黑皮加德纳忘得一干二净，直到前一天，当他想把他挨打的事情写下来的时候才突然想起。

他应邀给盖伊·亨德里克斯的素描本写前言，战俘亨德里克斯死在铁路线上，多里戈一直把他的素描本带在身上，藏得严严实实，直到战争结束。那儿的天空总是那么肮脏，始终在飘动，或许在他看来是这样，慌不择路地飘向一个更好的地方，在那里，没人会无缘无故地死亡，生命也不完全由运气掌控。黑皮加德纳说得没错：这就像是抛硬币，玩正反面的游戏。瘀青的天空，布满蓝色的鞭痕和蓄着血水的泥坑。多里戈想要记起黑皮加德纳，他的脸庞，他唱歌的模样，咧开嘴淘气的笑容。但无论他费多大的力气重现他的样子，他所能见到的仍旧只有那片污秽的天空，正飞也似的逃离那无边的恐怖。

每扔一次都算是第一次，多里戈还记得黑皮加德纳说的话，这想法不错吧？

你在想她，只是不愿承认，丽奈特·梅森说，那就想吧，是吗？是在想她吧？

你知道的，十先令我还没付呢。

我知道。

三赔十二。我还记得。

我就知道你在想她。

你知道吗，他对着丽奈特·梅森肉嘟嘟的肩头悄声说，我今天写前言，卡在了“速度计”，雨季期间，他们让我们没日没夜地干了七十天，没一天休息。我就想要回忆起来他们是在什么时候打黑皮加德纳的。就是那天，我们把可怜的盖伊·亨德里克斯给火化了。我只是想把自己记得的那天所发生的事写下来。那事听上去很恐怖，同时又很有道德意义，但其实根本就不是那么回事。

是啊，我知道。

那事很悲惨，也很愚蠢。

过来吧。

我觉得他们对这种事都已经厌了，就是打人这件事。我指的是日本人。

来。睡吧。

有个叫中村的，还有个绰号叫巨蜥的，是个猥琐的小人，走起路来趾高气扬，像个牵线木偶。还有两个日本工程师，还是三个来着？我就连这个都记不住了。我算个什么见证人？我的意思是，他们也许一开始只是想让他疼，但后来打人这种事他们已经厌了，就像我们对榔头、锥子厌了一样。你想象得到吗？打人只是又乏味又枯燥的活儿。

睡吧。

这活儿不好干，让人汗流浃背。就像挖沟。他们之中有人停了一会儿。我就想，好吧，总算住手了。感谢上帝。他把手举到额头上，把汗一抹，吸了吸鼻子。就像那样。然后，又回头继续用力打黑皮。这么做毫无意义，不管是那时候还是现在都是这样，可是这事你没法写，是吧？

你不是写了嘛。

我是写了。写了一点。没错。

你很诚实。

没有。

你不诚实?

我很准确。

室外的夜色中，一辆掉头的卡车发出凄凉的尖叫，仿佛是在寻找某个注定没法寻回的东西。

我不明白那事为什么对你来说特别重要，她说。

不。

我是真不明白。不是有很多人都在受苦吗?

很多人。他也同意。

那为什么这事就特别重要呢?

他缄默不语。

为什么?

他躺在帕拉玛塔酒店房间的床上，觉得还是应该多想想房间外面的世界那许许多多美好的事物，再过几个小时，湛蓝的天空就会重现，在他的脑海中，广袤湛蓝的天空总是与逝去的孩提时代的自由相关联。不过，战俘营那布满黑色条纹的天空始终浮现在他的思绪之中。

告诉我吧，她说。

那天空总是会令他想起浸在废机油中的破抹布。

我想知道，她说。

你不想的。

她死了，是吧? 我只忌妒活着的人。

贰

暮色
从沙滩上那个女人
涌出，覆盖晚潮。
——小林一茶

1

一九四〇年末，暑热肆虐，多里戈 · 埃文斯在阿德莱德，最后一次同第 2/7 伤亡处理站的其他人一道在沃拉代尔军营进行训练，之后便踏上了未知之途。他有半天的假，不过一点用都没有。汤姆从悉尼给他发来电报，说在阿德莱德郊外海岸开酒店的姑父基思很想见多里戈一面，会像国王一样招待他。多里戈从没见过基思 · 墨夫内。他只知道基思娶了他们父亲最小的妹妹，几年前她在车祸中丧生。尽管基思后来再婚，但还是和第一任妻子的家人保持着联系，圣诞节会给汤姆寄贺卡，正是汤姆把多里戈驻扎在阿德莱德的消息告诉了他。多里戈本想那天去见见姑父，但他原先想借的那辆车却发生了故障。因此，那天晚上他就进城参加了红十字会举办的舞会，和同属第 2/7 伤亡处理站的几个随军医生见了面。

那天是墨尔本杯赛马节，比赛结束后，街上一片懒洋洋的欢乐气氛。为了在舞会开始之前打发时间，他在城里逛了逛街，进了伦德尔路边上的一家老旧的书店。正好有个晚间活动，杂志发布之类的。一个信心十足的年轻人一头乱发，松松垮垮地打着大大的领结，正拿着一本杂志朗读。

我们知道没有疗救绝望的灵药

唯有烂醉，夜晚愤怒的企鹅
跨坐于广场的卵石上
就着雾蒙蒙的灯火系鞋带。

在多里戈·埃文斯听来，这些句子没头没尾。他的品味已经固化，青少年时期便徜徉于古希腊罗马典籍中遥远的异域，极少踏足其他领域，所以形成了自己的偏见。多数情况下，他对当代文学茫然无措，更偏爱半个世纪前的文学风尚——也就是维多利亚时期的诗人和古典时期的作家。

一小群人挤在那儿，他没法看书，便往书店尽头的原木楼梯走去，那儿看来还不错。二楼有两间窝在后面的小办公室，里面没人，还有一个大房间，也是空无一人，房间的地板由粗锯的宽木板铺成，一直铺到临街的阁楼式窗户。屋子里都是书，他可以好好翻阅；有的书堆得老高，摇摇欲坠，有的书装在盒子里，高及天花板的书架铺满了对面一整面墙，二手书横七竖八地塞在那儿，像是不守纪律的民兵。

屋子里很热，但对他来说，远不如楼下的读诗令人窒息。他随意抽出书浏览着，但始终吸引他注意的却是那穿过对角的光柱，阳光从阁楼式的窗户里滚涌而入。四周的尘埃升浮沉降，闪着微光，在翻滚的光束中战栗不已。他发现好几个架子上堆满了各个版本的古典作家作品，便随意翻看起来，希望能找到一版便宜的维吉尔的《埃涅阿斯纪》，他迄今只读过一个借来的本子。虽然《埃涅阿斯纪》算不上多里戈·埃文斯最想拥有的古代史诗，但他能感受到这种书周身的光晕——光晕不仅向外发散，也将他引入内心的另一个世界，使他觉得不再孤单。

这是一种深层的交流，这种感受有时会令他无法自拔。每当这时候，他总觉得宇宙间只有一本书，所有的书都只不过是入口，通向这个持续进行着的伟大作品，这取之不竭的美丽世界，并非得自想象，而是本真的世界，这既无起始，亦无终结的书籍。

楼梯底下传来喊叫声，随之而来的是几个男人和两个女人的喧闹声，她们其中一个身材高大，满头红发，戴了顶深色贝雷帽，另一个身量小些，金色头发，耳后戴着一朵鲜亮的绛红色花儿。他们时不时地用放肆的声音齐唱，半是歌曲，半是谣吟：*冲呀，罗利，冲呀！*

男人们穿着五花八门的军服：澳大利亚皇家空军、澳大利亚皇家海军、澳大利亚帝国部队——他猜他们有点醉了，都在用各种各样的办法试图吸引那个个子娇小的女人的注意。可她似乎对那些人都没什么兴趣。有些什么东西把她同他们隔开了，尽管他们想方设法地接近她，但没见哪个穿着军服的胳膊挽着她的胳膊，也没见哪条穿着军服的裤腿蹭着她的腿。

多里戈·埃文斯一瞥之间就把这一切看得清清楚楚，这个女人和那些男人使他觉得厌烦。他们只不过是这女人的装饰品，这些人受制于明显不属于他们的东西，实在让人瞧不起。他也很讨厌那女人的气焰——将男人变成他眼中的流口水的狗，因此他相当讨厌她。

他转身又往书架上看去。不管怎样，他在想艾拉，在墨尔本参加外科培训期间他认识了艾拉。艾拉的父亲是颇有名望的律师，母亲来自远近闻名的牧业世家，祖父是联邦宪法的起草者。她自己是位老师。即便她有时显得有些沉闷，但她所属的世界和外在的容貌对多里戈而言仍旧焕发着光彩。即便她的谈吐都是陈词滥调，像是生搬硬套，鹦鹉学舌，使人无法确定她内心究竟是怎么想的，但他仍然觉得艾拉善良而体贴。那个随她而至的世界令人安心，没有时间的牵绊，值得信赖，永世都不会改变；那个世界里有黑木装潢的客厅和俱乐部，有水晶制成的醒酒器，里面盛着雪利酒和单一麦芽威士忌，有新酿美酒那令人惆怅、迷醉，略显压抑的气息。艾拉的家人足够开明，对他这个底层出身、拥有远大前程的年轻人颇为欢迎，她的家人也很传统，他明白这种欢迎并非相互的，而是以他们的世界为基准的。

年轻的多里戈·埃文斯不会让人失望。他现在是个外科医生，想当然地认为自己会娶艾拉为妻，尽管他们从未谈婚论嫁，可他知道她也有这个想法。他认为和艾拉结婚就像获取医学院学位、获得行医授权那样自然，一步一个脚印，都是在往上攀登。自从去过汤姆的洞穴，了解到读书的力量之后，每前进一步对多里戈而言都是如此。

他从书架上拿下一本书，当他把书拿到胸前的时候，书便走出阴影，融入光束之中。他拿着书，看着那书，那光，那尘埃。仿佛存在着两个世界。这个世界，以及一个隐藏的世界，那个世界承载着傍晚转瞬即逝的光束，那才是真实的世界——飞舞的粒子疯狂地旋转闪烁，彼此无序冲撞，往崭新的方向倏然飞去。站在傍晚的光亮之中，很难想象会走不好哪一步。他从未想过去哪儿，去干什么，也从未想过为什么；他从未思考过如果不是前进，而是和阳光中的尘埃发生了碰撞又当如何。

屋子另一头的一小群人又开始向他这儿涌来，就像薄暮时分的鱼群或鸟群。多里戈不想掺和到一起，便走向书架尽头靠近临街窗户的地方。但人群好似鸟儿和鱼儿，突然站定脚步，簇拥在离书架几步远处。意识到有人在往他这儿看，他便更专注地看起了书。

当他再次抬起头时，便意识到人群当初为何移动。戴着红花的女人向他所站的地方走了过来，身上映着光和影的分界，就这样站在了他的面前。

2

她的双眼犹如煤气火焰中的蓝色火苗。咄咄逼人。有那么一会儿，他所意识到的只有这双眼睛。眼睛注视着他。但眼神空洞。像是要将多里戈一饮而尽。她这是在评估他？评判他？他不知道。也许正是这种稳操胜券的态度令他觉得恼火，有些不知所措。他怕这只不过是场精心策划的玩笑，过不了一会儿，她就会哈哈大笑，她手下的那帮男人也会加入进来，对他大肆嘲讽。他往后退了一步，撞到了书架，已退无可退。他便站在那儿，在自己和书架之间用一只手抵着，身子面对着她，扭成一个奇怪的角度。

我看见你进了书店。她说着，笑了笑。

如果过后有人问她相貌如何，他会很茫然。是因为那朵花，他最终得出结论，头发里插那么大一朵红花，花枝拢在耳后，她这么大胆，不正好可以说明一切。可他也很清楚，这么说丝毫无助于对她的了解。

你的眼睛，她冷不丁地说。

他没有作声。说实话，他压根儿不知道该说什么。他从没听过这么荒唐的话。眼睛？他不自觉地迎向她的目光，专注地盯着她，如同她那样，也要将她一饮而尽。她似乎觉得没什么。这是一种诡异奇幻、令人忐忑的亲密感，让人难以理喻，这让他很震惊——他正在肆无忌惮地打量着一个女人，而这女人竟对他的目光毫不在意。

这让他眩晕，也让他困惑。她身上的小缺陷似乎不在少数，但都通过右唇上方的美人痣完美地展现了出来。他这才发现这么多瑕疵合在一起，竟显得如此美丽动人，这美有一股力量，这力量既是有意为之，也是无意的流露。他暗自断定，她也许认为这美可以让她为所欲为。但是，她是不可能拥有他的。

你的眼睛好黑啊，她说着，又笑了笑，肯定别人已经跟你说过好多次了。

没有，他说。

他说的不完全是实话，不过别人确实没像她那样说过。有什么力量在阻止他从她身边走开，不去搭理她那怪异的谈话方式。他往书架那头的那一圈男人瞥了一眼。他感觉她那话并不只是随口说说，而且那些话都只说给他听，这让他不安。

你的花，多里戈·埃文斯说，那是——

他压根儿不知道那是什么花。

偷来的，她说。

她似乎拥有世界上所有的时间来揣摩他，揣摩完之后，觉得多里戈符合她的胃口，她笑了，笑的方式使多里戈觉得她已经从他身上发现了世界上所有最吸引人的地方。似乎她的美貌、眼眸，她的迷人之处，此时也存在于他的身上。

喜欢吗？她问。

非常喜欢。

山茶花丛里摘的。说完，她又笑了起来。之后，笑声——更像是从喉咙里发出的一串咯咯声，亲密——又戛然而止。她凑了过来。他能闻到她身上的香水味。还有酒气。不过，他看得出来她并没意识到他内心的忐忑，她这么做不算是在刻意展现自己的魅力。或者说，不能算是在调情。尽管他不愿这样，也不想这样，但他仍能感觉到他们之间有什么事正在发生，这点不容置疑。

他把搁在背后的手放了下来，转过身，好和她四目相对。光束射入窗户，在他们之间纷然而落，尘埃在光束中舞动，而他仿佛是透过牢房的窗子在看着她。他笑了笑，说了些什么——其实他也不知道自己说了些什么。他越过光束，看向那一圈人，她的那帮禁卫队都在阴影里等待，他希望有人或许会为了自己的利益走过来，抓住他不知所措的时机，再把她夺回去。

你是哪种兵？她问。

不能算是兵吧。

他用书敲了敲缝在军服肩部、中间缝着圆形绿布的褐色三角形徽章。

第 2/7 伤亡处理站。我是医生。

他发现自己有些恼火，也很紧张。她的美与他有什么关系？特别是她的表情、嗓音、穿着，还有身上的每一样东西，都让他觉得这是个有点地位的女人，虽然他现在已经是医生，也是名军官，但他并未完全远离自己的出身，所以对此还没有强烈的感受。

我是怕打扰到——

杂志发布会？噢，没有。我觉得只要是活人，他们都会欢迎。就算不是活人也没事。那儿的蒂皮——她冲另一个女人挥了挥手——蒂皮说那个朗读诗作的诗人将会彻底改变澳大利亚文学。

真勇敢。我只报名跟希特勒作对。

那些话你觉得能听明白吗？她说话的时候，表情立刻变得坚定，眼神也变得锐利。

企鹅?

她灿烂一笑，仿佛跨越了一座难以穿越的桥梁。

我更喜欢鞋带，她说。

她的一群仰慕者聚在那儿，其中一人学保罗·罗伯逊[1]的唱腔唱了起来：*老马罗利，滚滚向前。*

蒂皮要我们全都过来。她换成了唠家常的语调，好像他们是多少年的朋友了。我，她弟，还有他的几个朋友。她是楼下那个诗人的学生。我们本来在一个现役军官俱乐部里听赛马比赛，她想让我们来这儿听麦克斯。

麦克斯是谁？多里戈问。

那个诗人。但这不重要。

谁是罗利?

一匹马。也不重要。

他不吭声了，不知道该说什么，她的那些话前言不搭后语，和他们之间发生的事丝毫没有关联。如果马和诗人都没什么好说的，那什么才是大事？她身上有某种特质——专注？直白？还是狂野？——这让他感到不安。她到底有什么目的？这究竟是怎么一回事？他只盼着她走开。

听到一个男人的声音，多里戈扭头看过去，那群人中的一个——穿着澳大利亚皇家空军的天蓝色制服——站在他们边上，用矫揉造作的英式口音对她说，他们需要她回去帮助调解他们“关于如何估算胜率的争论”。顺着多里戈的目光看过去，她认出了那身天蓝色制服，表情完全变了。她像是变成了另一个女人，看多里戈的眼神本来那么活泼，眼下瞅着另一个人，瞬间死气沉沉。

---

①保罗·罗伯逊（Paul Robeson，1898—1976），美国男低音歌唱家、演员、社会活动家。

天蓝色制服的男人没去理会她的神情，向多里戈转过身来。

你知道是她挑了它，他说。

挑了谁？

老罗利。一赔一百。是墨尔本杯赛有史以来最高的赔率。她什么都清楚。哪匹马好，她一清二楚。哈里押了二十块。

多里戈还没来得及回答，那女人就对这空军军官说起了话，多里戈觉得她说话的方式很有魅力，但没有丝毫感情。

我还有个问题要问我的朋友，她说着指了指多里戈，然后我跟你过去聊有关赛马的这笔账。

短短几句说完后，她就向多里戈转过身，把这位天蓝色制服彻底晾在了一边，他待了一会儿，就回其他人那儿去了。

3

什么问题？

我也不知道问什么问题，她说。

他担心她是在戏弄他。他本能地想快点离开，但不知怎么还是没动。

看的什么书？她指了指他手里的书。

卡图卢斯。

是吗？她又漾起了笑容。

多里戈·埃文斯想摆脱她，可没法摆脱他自己。那双眼睛，那朵红花。那模样——他简直不敢相信——她冲他微笑的模样。他把手伸向背后，手指叩着那些书的书脊，叩着卢克莱修、希罗多德、奥维德。但他们都没回应。

是个罗马诗人，他说。

读一首给我听吧。

他打开书，低头刚想读，又抬起头。

你确定?

那当然。

很枯燥的。

阿德莱德也一样。

他便低头往书上看去，读了起来——

> 我感觉到另一阵饥饿
> 挺立起来
> 在我的短外衣和斗篷之间。

他合上书。

对我来说就像听天书，她说。

我们都一样，多里戈·埃文斯说。他本想用这首诗羞辱她一下，却发现没成功。她又漾起了笑容。不知怎么，她把羞辱都弄得听上去像调情，直到他也不清楚是否真的如此。

他望向窗外，想要寻求帮助。没用。

再念几句，她说。

他便匆忙翻了几页，停下来，找出几行，停下，又读了起来。

> 且让我们活下去、爱下去
> 丝毫不用在意老朽之人

他们只知说教争执。

沉没后，太阳会再次升起，

但我们——

他觉得胸中升起一股奇怪的怒火。他为什么从这么多诗中选了这首？为什么不读些可以让她感到被冒犯的东西？可是，有其他的力量在阻止他，引领他，使他的声音低沉坚定，于是他就这么读了下去。

但我们，我们短暂的光明闪耀过后，

必将长夜漫漫，永世长眠。

她的拇指和食指捏着衬衣的领子，把领子往上扯，同时却一直注视着他，眼神好似在说她想把领子往下拉。

他合上书，不知说什么好。许多事涌上心头，不相干的事，无趣的事，残忍的事，思绪使他离开了书架，离开了她，离开了她令人心悸的目光，离开了她那蓝色火焰般狂野的眼眸，但他什么都没说。所有可说的蠢话，所有他觉得天然且必须的事，他全没说，相反，他听见自己在说——

你的眼睛——

我们在谈论荒诞的爱是什么样。一个陌生的声音打断了他。

多里戈转过身，看见那位最不幸的追求者，也就是密友，从仰慕者那儿走了过来，来到了他们身边，应该是想把这个蓝眼睛的女人带回去。也许觉得好歹得对多里戈说几句话，这位密友便冲他笑了笑，多里戈觉得他这么做是想探探多里戈·埃文斯究竟是什么来头，和这女人有什么交情。什么也没有，他倒是很想这样告诉他。

绝大多数人的生命中都没有爱，这位朋友说，你不会不同意吧？

我不知道，多里戈回道。

这位朋友笑了笑，冲多里戈撇了撇嘴，又冲女人略略张了张嘴，不言自明地邀请她回来，回到他的世界，一窝懒汉的世界。她没搭理追求者，转身侧对着他，说一会儿就过去；意思很清楚，就是他可以走了，好让她和多里戈待在一起。严格意义上来说，那确实是他们俩之间的事，不过，多里戈看着她缄默不语却又明明白白的交流，意识到自己并不渴望，也不赞成眼下的境况。

聊来聊去都是爱，追求者还在说，但爱就是胡扯。根本不需要爱。最好的婚姻也只不过是在彼此忍受。科学证明我们都会产生电磁场。有人遇见了另一个人，在正确的方向，带着相反属性的离子，两者就会互相吸引。可那根本不是爱。

那是什么？多里戈问。

磁力，追求者说。

4

中村少校牌技很差，不过他刚赢了最后一局，因为不管谁和他打牌，下级军官也好，澳大利亚战俘也好，都很清楚最好别让他输。经由他的翻译官福原中尉，中村感谢澳军上校和少校晚上陪他打牌。日军少校站起身，往后踉跄着，差点摔倒，但最后还是保持住平衡。虽然刚才差点脸朝下摔倒在地上，但中村似乎反常地兴奋。

他拿给大家的湄公河威士忌使两名澳大利亚军官也喝得醉醺醺

的，多里戈·埃文斯小心谨慎地站了起来。他知道自己眼下得扮演“大佬”这个角色。一整晚他都很克制，但他判断现在该是他登场的时候了。

“速度计”持续三十七天了，一天没歇过，少校。多里戈·埃文斯开了口。中村笑眯眯地瞅着他。多里戈·埃文斯也报之以微笑。为了完成天皇的夙愿，我们最好能明智地利用手头的资源。为了更好地建造铁路，我们的人得有休息的时间，否则他们都会完蛋。休息一天不仅有助于他们恢复精力，也让他们不至于倒下。

他本以为中村会大发雷霆，把他打一顿，或威胁他一通，至少会冲他大喊大叫。但日本指挥官听了福原中尉的翻译后，只是哈哈笑了笑。他匆匆说了几句，福原给多里戈翻译的时候，他已经踉踉跄跄地出去了。

中村少校说俘虏都很幸运。通过为天皇而死，他们得以赎回自己的荣誉。

中村停下脚步，转身又对他们说起了话。

战争确实很残酷，福原中尉翻译道，哪一场战争不是如此？战争就是人。战争就是我们。战争就是我们的行为。修铁路会死人，但我不管人。我只管铁路。要进度，就不能有自由。进度不需要自由。中村少校他说，从其他方面来看，进度还能再快。你，医生，把这叫作不自由。我们把它叫作魂，民族，天皇。你，医生，把这叫作残酷。我们把它叫作宿命。有没有我们都无所谓，未来最重要。

多里戈·埃文斯鞠了一躬。斜眼儿泰勒，一位少校，也是他的二把手，也鞠躬致意。

但中村少校还没说完。他又讲了起来，他讲完后，福原说——

你们的大英帝国，中村少校说，上校，你认为它不需要不自由吗？它就是由一根枕木接着一根枕木的不自由建造起来的，由一座桥接着一座桥的不自由建造起来的。

中村少校转身离开了。多里戈·埃文斯趺趺撞撞地去了战俘军官的窝棚，他的铺位就在那儿，对他而言显得太短。小床是个很荒唐的特权，他之所以喜欢，就是因为那压根儿算不上特权。他看了看表。表上显示十二点四十分。他抱怨了几声。为了容纳下他的长腿，他又搭了个竹制三脚架，架上放了块敲平了的煤油罐铁皮，又用了些竹子把铁皮架稳。睡梦中翻个身，经常会把铁皮架弄翻。

他在小床边点上蜡烛头，躺了下来。他拿起一本卷页的书——营地里的珍贵物资——一本浪漫小说，他最近在睡前读它，可以让思绪飘到别处，现在差不多快要读完了。可是，此刻多里戈·埃文斯只觉得醉醺醺的，又累又乏，既无精力读书，也没有动弹的欲望，只想昏昏沉沉地睡过去。他把书放了回去，掐灭了烛火。

5

老头子梦见自己还年轻，睡在战俘营里。如今，做梦在多里戈·埃文斯看来是最为真实的事情。他犹如沉沉坠落的星星，循着知识的轨迹，漂游于人类思维最遥远的疆界之外。

他坐起身。

几点了？

差不多三点。

我得走了。

他不敢说出艾拉的名字。也不敢将妻子这个词说出口。家也不行。

苏格兰裙去哪儿了?

你又在想她了，对吧？

我的苏格兰裙呢?

你知道吗，这是在伤我的心。

妈的，苏格兰裙呢。

他是穿苏格兰裙来的，遵循了帕拉玛塔彭斯协会年度晚宴的礼仪，自从一九七四年来悉尼工作起，他就加入了这个协会，但除了爱喝威士忌这个公开的罪过和喜欢女人这个私下的罪过，他实在琢磨不透，究竟有什么理由会让自己成为协会的赞助人。可眼下，裙子不见了。

和艾拉不行，她说，因为那不是爱。

他想起妻子来。他发现自己的婚姻生活就是无尽的孤独。他不明白自己为什么要结婚，为什么和不同的女人同床共枕会被认为是个错误，为什么这些对他来说越来越没意义。他也说不清胃底不断增强的异样痛感是什么，为什么他会这么喜欢闻丽奈特·梅森的背部，为什么生活中唯一真实的事情就是自己的那些梦。

他打开冰箱，取出最后一小瓶格兰菲迪威士忌，注意到一个新推出的触摸屏技术——只要取出酒，就会自动记录，他摇了摇头。他感觉到整洁有序的新世界正在来临，这是一个更加驯顺的世界，一个界限和监控的世界，一切事物都被确知，任何体验都显得多余。他作为公众形象的自我——被印在硬币和邮票上的那一面——会和来临的新世界融合无间，而他另一面的自我，他不为人知的秘密会变得越来越难以理喻，倒人胃口，其他人会共同努力把这一面给隐藏起来。

他的这一面和这个正在来临的新时代格格不入，如今万事万物都大同小异，甚至包括情感，人们毫无节制地触摸彼此，谈论着自己的问题时，就好像以某种方式给生活命名便能描绘出它的神秘或者否认它的混沌，这令他困惑。他觉得有些东西正在凋零，风险被越来越多地评估，并尽可能地清除，取而代之的则是一个崭新的世界，置身于此，观摩烧菜做饭都会比阅读诗歌来得动人心弦；花钱买一碗野草熬的汤会让人兴奋不已。他在战俘营里喝过野菜熬的汤；相比之下，他更喜欢正儿八经的食物。他脑海中守护着的澳大利亚是以死者的故事描绘的，他发现生者的澳大利亚是一个日益陌生的国度。

多里戈·埃文斯成长的那个时代，生活还容得下想象，人可以栖居于诗的意象之中；而随着诗歌与他日益融合，他便越发觉得人可以生活在一首诗的阴影之中。尽管电视的来临，以及随之出现的名人概念——多里戈认为他们在其他情形下只是普通人，你不会想要认识他们——终结了那个时代，它偶尔也会利用那个时代。仍有些人要求自己的生活和优雅神秘的诗歌相契合，电视便从他们清晰的理念中找到适合生成影像的题材，以弥补画面的空洞无物。

一部纪录片拍摄了多里戈于一九七二年澳新军团日返回“线”上的活动，首次在国家意志中奠定了他的地位，后来他还参加了其他访谈节目，地位也就随之提高，他在节目中展现了保守人道主义的情感立场，而那只不过是又一个伪装而已。

他知道自己比他的时代活得更久，可他永恒的欲望却是活得随心所欲，于是他拧开了小瓶装威士忌的瓶盖。他喝了一大口酒，脚趾碰到了冰箱底座边上的苏格兰裙。他穿上裙子，往床那儿看了看，电子时钟和闪烁绿灯的烟雾报警器投射出陌生的夜光，丽奈特宛若浸没在水中。他注意到丽奈特的胳膊遮着眼睛。他抬起那条胳膊，她在哭。静静地，一动不动。

丽奈特?

没事，她说，你走吧。

他不想说什么，但又不得不说。

怎么了?

没什么。

他俯下身子，嘴唇碰了碰她透着青苔色的额头。有股香粉的气息。茉莉压抑的花香始终激起他心中逃离的欲望。

太难了，她说，当你想要什么东西，却又得不到的时候。

他抓起车钥匙。想着在乡间小路上借着酒意驾车，亮着车灯，确保自己不会因酒驾被抓，能又一次安然逃脱，他心中满溢着快感。他很快穿好衣服，将余下的一丁点儿格兰菲迪威士忌喝了个底朝天，又花了焦急的五分钟寻找不知放在什么地方的毛皮袋，最后发现袋子就压在日本诗人辞世诗集底下，可他离开的时候，竟忘了把那本书带上。

6

多里戈下周有四十八小时的假。他搭乘军用飞机返回墨尔本，和艾拉一起待了安静而空虚的两天一夜，他尽可能多地制造动静，安排活动。他比任何时候都需要艾拉，就像一个快被踢死的人拼尽一切攫住身下的泥土。

好几次，他都想把在阿德莱德书店里遇见的那个女人说给艾拉听。但究竟能说些什么呢? 毕竟什么都没发生。他和艾拉跳舞，喝酒。究竟发生了什么? 什么都没发生。

他像抱救生圈一样抱着艾拉。他想和艾拉上床来重新找到自己、找到她，这想法突然令他感到一阵莫名的不忠，幸好，艾拉丝毫没有这样的欲望。黑色的头发和眼眸，丰满的体态——艾拉确实很美，可他却没有任何感觉。

究竟发生了什么？他想的不是头发和眼眸，而是一种令人困惑的感觉，那感觉犹如无数舞动不休、毫无意义的尘埃。奇异的负疚感使他沮丧低迷。可他到底干了什么呢？他什么都没干。他最多讲了几分钟话，然后就转身离开了书店。连她的名字都不知道。他问了她什么吗？她又对他说了什么？没有！没有！他甚至连她的名字都不知道。

在此之前，艾拉的世界看上去始终是那么安全、舒适、可靠，他也曾希望自己能属于它，可倏然间，他觉得这世界竟苍白得毫无血色。尽管他设法从中寻得了某种说不清道不明的安逸感，种种权力和特权难以根除的气息，以前他曾倾心于此，可现在它们对他来说竟一无是处，甚至令人反胃。

艾拉和其他人认为，多里戈如今的难以相处可以用当时的局势来解释，战争可以解释一切。战争对人施压，战争使人疯狂，战争把人摧毁，战争必须道歉。但对多里戈而言，他早就迫不及待地期待战争的发生，如果战争是另一种选择的话。

后来他终于告诉了艾拉，仿佛那只是一次奇怪的偶遇，但在他自己听来，他的讲述之中不知为何仍萦绕着不忠的气息。他感到一种难以言说的羞耻。他为什么不想要艾拉呢？把那个陌生人描述成一个过分热情、不合常理的女人时，他觉得自己的说法背叛了事实，背叛了她，在某种意义上，也背叛了他自己。说完后，他打了个寒战。

她漂亮吗？艾拉问。

他说那女人并不起眼。不过，他觉得还应该再说些什么，便又说她有很好的——他在一无所存的记忆中寻找那女人的某些特征，某些不会被认为不好的特征——牙齿。她的牙齿不错，他说，就这些，真的。

应该更像獠牙吧。艾拉说，稍微提高了声音。她还在头上插了朵红色的山茶花？我想说，听上去就像个怪物。

可她并不是。她站在那儿，事情就这么发生了，他们之间有了些什么，可他多么希望没有。因为艾拉现在对他来说就像变了一个人，变成了他不认识的人。她的喋喋不休曾经让他快乐，现在他却觉得幼稚又虚假，她专门为他喷的香水闻起来散发着恶臭，他忍不住想伤害她，好让她离开。

我应该忌妒吗？艾拉问。

忌妒什么呀？他说，你真不知道能离开那家书店我有多开心。

过了一会儿，他亲吻艾拉。艾拉很善良，他告诉自己。内心里他可怜艾拉，他还有种藏得更深的感受，即她的善良和他的怜悯会让他们俩饱受折磨。他恨艾拉的善良，惧怕自己的怜悯，只想永远地逃离这一切。可越是恨，越是怕，越是想逃离，他就越是吻个不停，随着拥抱更加激情难抑，随着时间一分一秒、一天一天地过去，随着生命被生活填满，他沮丧的情绪也一扫而光，几乎完全不再想那个红色山茶花女孩了。

他的心情越来越好，假期似乎飞快地流逝，同时又变成了一个由聚会、偶遇和新相识组成的无休止的旋涡。无论是艾拉的朋友，还是她父母的朋友，每个人似乎都很想认识艾拉的未婚夫。他就这样结识了墨尔本社交圈的许多人，也用那些人的眼光来看待自己——一个战争过后就会飞黄腾达的年轻人。完美的生活，一切都如此融洽——他和艾拉、艾拉的家庭、他们的社会地位，很快他也将拥有这样的地位。以前和艾拉相处不易，如今却出乎意料地容易：他们之间已无任何障碍，仍一如既往，也许还要更好，而他也就彻底遗忘了那家书店和内心的疑虑。

返回阿德莱德后，他便沉浸在原本厌恶的常规医务人员的工作之中。他和几名军医就在沃拉代尔营地行政区的活动营房里办公，飞扬的尘土在阅兵场上打着旋儿，室内则是火炉般炙热，他只能设法专注于出征前的准备事宜——都是些不存在的或没人认为必需的给养和设施，还有大量搅扰不清的文书工作，目的究竟何在，他始终看不出个所以然。到了晚上，天气可能会转凉，还会有可畅饮冰啤和冰镇朗姆潘趣酒的派对，而他也就投身其间，试图寻找一种忘我状态，有时倒也能如愿。

基思·墨夫内寄来一张明信片，再次邀请他去康沃尔国王酒店见个面。明信片正面是一张手工上色的酒店照片，一栋宏伟的四层石砌建筑，每层都有三面环绕的走廊，可望见空无一人的绵长海滩。据明信片上说，酒店建于一八八六年。从照片上酒店门前那些人的草帽和胡子来看，明信片的年代应该稍晚。多里戈把它错归到了办公室文件里。

伦敦闪电战的消息传来，一起传来的还有澳大利亚在利比亚与意大利人交战的最早报告，人们的沮丧情绪日益严重，不过，他们仍然驻守在阿德莱德的营地里。登船出征前往某某地方的传言来了又去，有说希腊、英国、北非的，也有说入侵挪威的。

多里戈全身心地投入到生活之中，无休止的工作，各种狂热的派对，让所有其他的事都被冲淡。一天傍晚，在一堆担架征用表格的下面，他碰巧看见了基思·墨夫内的海滨酒店明信片。下个周末，多里戈·埃文斯正好可以休十二小时假，没其他事可干，他便从勤务兵的兄弟那儿借了辆燃煤的斯蒂庞克卡车，沿着海岸向酒店驶去。

薄暮时分，他来到了一小片居民区，是供阿德莱德人度假的村子。海风徐来，浪涛声声，炎热变得不但可以承受，还给人感官上的愉悦。海滩像明信片上那样广袤，而康沃尔国王酒店则比明信片上的要恢宏得多，也破旧得多，自有一种古老事物在困境中陷落所暗含的炼金术般的魅力。

酒店内有一个澳大利亚南部风格的深色长吧台，天花板很高，澳大利亚南部夏日酷烈的阳光使室内的幽暗显出一种怡人的氛围。体验过室外的骄阳，着色的木头和暗褐色的色调令眼睛得到了恢复和休息。头顶的吊扇颇有节奏地掠过酒客交谈时低沉的嗡嗡声。多里戈向吧台走去，一名女招待正在整理后侧酒架上的酒瓶。她背对着他，他问是否能叫一下基思 · 墨夫内。

我是基思的侄子，他补充了一句。

你肯定是多里戈，女招待边转身边说，一头金发绾成了发髻。我是——

一束幽暗的圆锥形电灯光柱照在吧台上，将她的蓝色眼眸映得熠熠生辉。那一刻，那眼眸中有些什么，随即又归于空无。

我是基思的妻子，她说。

7

他向四周快速扫视了一圈，视线从朗姆酒和威士忌酒架的顶部，移至其他酒客，再到写有“康沃尔国王”字样的吧台毛巾。毛巾上方有一只女人的手，拿着一条湿漉漉的茶巾。手指很优雅，指甲涂成了酒红色。一股疯狂的欲望紧紧攫住了他，他想将那手指含入口中好好感受一番。在这个女人面前，他觉得浑身战栗，头晕目眩。

告诉基思——

好。

我的休假时间缩短了。我不能留在这儿了。

那你是——

他的侄子。

多瑞?

他不记得自己的名字了，但听上去没错。

你是多瑞？多里戈？别人是这么叫你的吗?

嗯，对。对。

这名字……不一般。

我祖父出生在多里戈那个地方。大家说他和本·霍尔一起骑过马。

本·霍尔?

就是那个劫匪：

因为正如那些日子一样
特平和杜瓦尔的时代
平民之友是杀人越货者
无畏的本·霍尔便是这样的人

你用过自己的名字吗？她问。

多里戈是我中间的名字，不过它——

被人们记住了?

应该是吧。

基思不在。没见到你，他会很失望的。

都是因为战争。

是啊，那位希特勒先生。

那我下次再来。

一定，多瑞。没见到你，他一定会很遗憾。

他准备离开了。他内心深处正发生一场可怕的风暴，既兴奋，又觉得被背叛了，仿佛他属于她，而她却抛弃了他，随之而来的还有另一种感受，她属于他，他必须把她带回去。走到门口时，他又折了回来，快步来到吧台。

我们是否——？他问。

她用拇指和食指捏住衬衫领口，把衬衫往上提了提，两只艳丽的指甲犹如圣诞甲虫般振翅飞翔。

书店？

没错，她说。

他走到吧台里面。

他说，我以为他们是——

谁？

他能感受到他们之间发生的事，但又不清楚那究竟是什么。对此，他无能为力。他理解不了，却能感受得到。

就是那些男人。我以为他们是——

他们是什么？

和你在一起。就是——

嗯？

他们是——你的——你的追求者。

别傻了。就是军官俱乐部一个朋友的朋友，我很长时间没见他了。还有一些他们的朋友。那么，你就是那位年轻聪明的医生？

嗯，年轻，没错。你也是。

正在变老。我会告诉基思你来过。

她开始擦拭吧台。一个酒客把边缘沾着泡沫的玻璃杯朝她的方向倾了倾。

来了，她说。

他离开了，驾着卡车返回了城里，找到一家酒吧，毅然决然地把自己灌醉，醉得什么都忘了，就连斯蒂庞克停在哪儿都忘了。但他醒来时，却并没有彻底抹去对她的记忆。他的脑袋仿佛正被重锤击打，每一个行动、每一个动作、每一次思考中都满含疼痛，似乎都是因为她，也只有她能治疗，只有她，只有她。

接下来几个星期他设法让自己忙碌起来，他以军医官的身份，没日没夜地随同步兵连一起拉练，每天行进二十英里。先在谷地的葡萄园给水壶满上麝香葡萄酒和红酒，行至海岸边的沙滩，他们在那儿游泳，接着再原路返回，之后再次返回，一路上酷热难当，就像面对着一大劲敌。谁要是累趴下了，他就会背起那人的背包，他逼得自己毫无知觉，超乎常理。最后，指挥官命令他退到后面去，免得让别人像看傻瓜似的看他。

到了晚上，他就给艾拉写信，使用他从文学书里学来的各种各样有关爱情的文体和修辞，好在其中忘掉自己。信写得冗长、乏味又虚假。他的大脑被许多从未在书中读到过的思绪和情感折磨着，因此，他明白这些感受不可能是爱。他满脑子都是对基思妻子的憎恨和情欲。他想占有她的肉体。他希望再也不要见到她。他感受到一种轻蔑和奇怪的距离感，感受到同谋的关系——就好像知道了不应该知道的东西，奇怪的是，他感觉得到她也清楚这一点。他的推论是，一旦他的部队出征海外，他将高兴地再也不去想她。可现在，他无法停止对她的想念。

他吃得很少，消瘦了许多，看起来莫名其妙地一门心思扑在工作上，连队指挥官既对多里戈的这股特别的热情印象极深，又担心他的身体，便特地给他放了二十四小时的假。艾拉说过，如果他有短期休假，又没时间来墨尔本的话，她可以去阿德莱德。尽管他真心实意想和她一起度过这次休假，甚至都挑好了要带她去用餐的地方，但不知怎么的，在这么多写给艾拉的信件和明信片里，他从未说起获准休假的事。日子越来越近，他认为这时再说对她不公平，因为她来不及做准备，只会留下无尽的失望。于是，他决心继续保持沉默，并郑重起誓再也不会去康沃尔国王酒店。后来，他还是给姑父基思拨了电话，基思便邀请他去那儿过夜，说“我的艾米”——也就是他的妻子——会像基思一样很乐意见到他。

我的艾米，多里戈·埃文斯挂断电话时心里想着，我的艾米。

8

同澳大利亚军官打完牌后，中村少校由于喝了酒，便沉沉睡去。他的梦很奇特，在梦里，他迷失在一间黑乎乎的房间里，正摸索着一条象腿，努力想象这样的柱子会支撑起一间什么样的房子。蔓延的卷须和滞闷的叶片像一个巨大的黑洞，在眼睛四周形成了一个眼罩，挡住他的视线，使他什么也看不见。他能感受到周围的每一样东西都有生命，但没有一处生命是他能理解的。房间里的所有东西都很出人意料，而且毫无文明的迹象，不管是无边无际的丛林，还是几近赤身裸体的澳大利亚战俘，他知道他们像一群庞大、多毛、危险的类人猿一样把他包围了。

这是什么房间？他怎么才能出去？绿色的眼罩此时已围裹住了他的咽喉，使他窒息。他的心狂跳不已。他能尝到干燥的口中有铜勺的滋味，陈腐的汗水使他的后背湿乎乎油腻腻的，一片冰冷，肋骨痒得厉害，连他自己都能闻到一股酸腐味儿。他浑身发抖、打战，意识到有人想要把他摇醒。

什么事？中村吼道。

这些天他的睡眠很糟糕，半夜猛然被人摇醒，他迷迷糊糊的，觉得很愤怒。他嗅到了季风雨的气息，之后又听见雨水拍打地面的声音，其间还穿插着福原中尉烦人的喊声——在叫他的名字。

怎么回事？中村又吼了一声。

他睁开眼，看见跳跃的影子和颤动的光线，他开始挠身子。一件湿漉漉的胶皮斗篷形成了一个闪着微光的黑色圆锥体，从底部一直升到福原暗影中的脸上，即便形势再艰难，这张脸仍一如既往地整洁，还有他的寸头，带着水珠的角质架眼镜和一副短髭须。他身后举着煤油灯的是友川，被雨水浸透的军帽和垂到颈后的帽檐使这位下士的脑袋看起来像个白萝卜。

长官，友川下士在岗哨执勤的时候，有个卡车司机和第九铁路团的上校进了营地，福原说。

中村揉了揉眼睛，又用力挠了挠手肘，肘部结的痂都被挠了下来，便开始冒血。虽然看不见，但他知道自己肯定浑身都是扁虱。扁虱会咬人，咬他的胳膊内侧、后背、肋骨、胯部，哪儿都不放过。他挠个不停，但扁虱会钻得更深。它们非常小，小到能钻入皮肤底下肆虐。

友川！他吼了一声。能看见扁虱吗？能吗！

他举起一条胳膊。

友川偷偷瞥了一眼福原，走上前，举起煤油灯，查看了一下中村的胳膊。又退了回去。

看不见，长官。

扁虱！

看不见，长官。

扁虱实在太小，没人能看见。那就是它们令人毛骨悚然的本性的一部分。他搞不明白它们是怎么到他皮肤底下的，他怀疑它们在他的毛孔里产卵，卵在皮肤底下孵化，就在那儿出生，长大，直至死亡。一定得把扁虱给挠出来。暹罗扁虱，科学界还不清楚。

他曾让友川下士用放大镜仔细查看他的身体，可那蠢货只知道一个劲儿地回说看不见。中村知道他在撒谎。福原说扁虱根本就不存在，他的感觉是希洛苯的副作用。他该死的怎么知道？丛林里什么都有，太多没人见过或经历过的事。总有一天，科学会发现这种扁虱，给它命名，但现在他只能忍受它们的折磨，就像他得忍受许多其他事一样。

幸田上校从铁路指挥小组带来了最新命令，传达给您后，他就要去三塔山关口，福原继续说道，他现在在食堂吃饭。他接到的命令会在方便时第一时间传达给您。

中村用发抖的食指指了指小床边的折叠桌。

沙雾[①]。他嘟囔着。

友川立马把煤油灯从指挥官的脸前甩开，在煤烟色的阴影中搜寻起来，阴影在桌面上的技术图纸、报告和工作表上来来回回地飘

---

① 沙雾（Shabu），即冰毒，为文中提到的希洛苯和甲基苯丙胺的俗称。

动，许多资料上都已是一大块一大块的霉斑。

福原，热切、年轻、脖子像塘鹅的福原，他的热情越来越让中村觉得压抑，现在他还在一个劲儿地唠叨，说过去十天里路几乎没法通行，这可是第一辆来的卡车，雨下得这么大，它很可能是最后一辆——

是啊，是啊，中村说，沙雾！

卡车在三公里外陷入泥坑了，幸田上校担心当地人会抢劫卡车上的物资。福原中尉终于报告完毕。

沙雾！中村的嗓音嘶哑了。沙雾！

友川在桌边的椅子上找到了希洛苯药瓶。他把瓶子递给中村，这些日子，中村就是靠军队配发的甲基苯丙胺撑下来的。中村把瓶子倾斜着摇了摇，什么也没出来。他往行军床上一坐，盯着手中空空如也的药瓶。

用以激发战斗精神。中村一脸阴沉地读着希洛苯药瓶上的军队用药说明。中村很清楚他最需要的是睡眠，他也清楚现在睡觉已不可能，得熬整个通宵了，和幸田见面，组织人手把卡车拉出来，还得在总部规定的不可能完成任务的时间里把他那个区段的铁路建成。他需要沙雾。

他突然猛地将希洛苯药瓶从简易帐篷敞开的入口扔了出去，药瓶就这样消失了，像其他许多东西一样，悄无声息地没入泥泞、丛林和无尽暗夜的虚空之中。

友川下士！

到，长官！下士说。两人再没说一句话，友川便走出了帐篷，步入黑夜，短小的身体一瘸一拐。中村揉了揉额头。

他在想自己每天都得强撑意志，才能使铁路建造进程得到有效的推进。起初，军部下令建造连接暹罗和缅甸的铁路的时候，情况大为不同。作为大日本帝国陆军第五铁路团的一名军官，中村觉得前景一片大好。战前，英国人和美国人都做过调查，并宣称建这样一条铁路的想法根本不可能实现。日本军部下令要在最短的时间内建成铁路。中村对自己能在这项历史任务中担任这样一个重要的小角色颇为自得，能将自己的生命与民族和帝国的命运相连，中村充满了自豪。

但一九四三年三月进入这个神秘国度的核心地带之后，中村发现自己第一次远离了将他塑造成现在这副模样的人群和城市，远离了城市里人们依靠的那些叫人遵守的奇异规则。他们是工程师、士兵、守卫，他们带来的是军队的规则，他们是天皇愿望的化身，他们是大和魂塑造的规划、梦想和意志。他们就是日本。但他们人数太少，苦力和战俘太多，而丛林一天天向他们逼近，将他们合围。

来自人群也属于人群的中村日益觉得，他在这儿的生活蒙上了一层陌生而又难以预料的孤独感。这种孤独感让他越来越忐忑。为了消除这种不安的情绪，他全身心地投入到工作中，可他越卖力，工作就越像是一种疯狂。随着季风来临，水位暴涨，水流汹涌而来，河里漂满了树木，要将重型物资载往上游实在太危险。而道路，就像幸田上校亲眼所见的那样，几乎没法通行，给养缩减到了几乎一无所有的地步。没有机械设备，只有手工工具，而且都质量奇差。修建铁路的俘虏开始就不够用，如今那些还没死的，或者说还未濒死的囚徒，都已不成人形。最十万火急的是，一周前出现了霍乱，处理尸体都成了问题，因为得把健康的人从建造铁路的工地上抽调出来。食物越来越少，几乎没有药物，可铁路指挥小组还指望他做得更多。

中村用日式地图、日式计划、日式图表和日式的技术图纸，将日式命令和日式意义强加给毫无意义、毫无目的的丛林，强加给生病和濒死的战俘，这是一个无因无果的旋涡，这个绿色的大旋涡转动得越来越快。无数的命令在这大旋涡中进进出出，出现又消失的劳工和战俘组成的无尽洪流，如同桂河或霍乱弧菌那般难以预测，难以解释。偶尔会有日本军官来这儿待上一晚，喝酒、闲聊、讲讲新闻，大家会聊些日军的光辉事迹、不可战胜的大和魂和日本指日可待的胜利，来为彼此鼓气。然后，他们也会消失不见，去往他们自己的地狱，在那永远延长的疯狂的铁路线上。

一阵裹挟着湿气的风穿过简易帐篷，掀起折叠桌上潮湿的文件。中村看着表上的夜光指针。凌晨三点。还有两个半小时吹起床号。他很焦虑，扁虱愈发猖狂，他又开始使劲挠胸口，而福原一直等着他的命令。中村一言不发，直到友川下士返回帐篷，像往常那样对上司卑躬屈膝，一边鞠躬，一边递过一整瓶希洛苯。

中村一把夺过药瓶，一口气吞下了四粒药片。第二次染上疟疾之后，尽管身体疲惫无力，但他不得不继续工作，于是他就靠服用几片希洛苯片好让自己撑下去。如今，对他来说，沙雾比食物更必需。建造这样一条铁路——没有机械设备，穿越荒野丛林——简直是难以企及的任务。有了沙雾的刺激，哪怕在一天又一天的精疲力竭之后，他也能以加倍的热情继续这一工作。他放下药瓶，抬头看见两人都在看着他。

希洛苯帮我挺过发烧，中村说，突然觉得有些尴尬，它很有效，该死的扁虱也不咬了。

他感到凌晨的呆滞麻木竟奇迹般渐渐消失，他重又变得机智灵活、精力充沛。中村专注地盯着那两个人，直到他们垂下目光。

希洛苯绝不是鸦片，中村说，只有像中国人、欧洲人和印度人这些低等种族才会对鸦片上瘾。

福原表示同意。福原真是个无趣的人。

是我们发明了希洛苯，福原说。

对，中村说。

希洛苯是大和魂的一种体现。

对，中村说。

他站起身，这才意识到自己竟然是和衣睡的觉。甚至布满污泥的绑腿仍紧系在小腿上，而一条腿上的交叉系带已经松脱。

大日本帝国陆军给我们沙雾是为了让我们完成帝国的任务，友川说。

对，对，中村说。他转向福原，带二十名俘虏去那儿，把卡车抬出来。

现在？

当然，就现在，中村说，如有必要，把车子一直推进营地。

那接下来呢？福原问，今天不让他们上工？

接下来，他们就去铁路上干今天该干的活，中村说，你们起床了，我也起床了，我们继续干活吧。

中村挠痒痒的欲望正在消退。他的裤裆开始胀大。充满力量的感觉真好。福原刚要转身离开，中村叫住了他。

你是工程师，中村说，应该明白必须把所有人都当作为帝国服务的机器。

中村能感觉到沙雾使他的感官敏锐起来，虚弱之处变得充满力量，时常受疑虑困扰之处此时也变得确信无疑。沙雾消除恐惧，使他与自己的行为保持了必要的距离，使他心明眼亮，意志坚定。

如果机器出现故障，中村说，如果得一直靠武力来迫使机器干活，那就使用武力。

他意识到扁虱终于不再咬人了。

9

向他走来的那个人像一团虚无的巨大轮廓，一个剪影，此刻，多里戈 · 埃文斯正伸出手朝着这片虚无打招呼。

你肯定是基思姑父。

正午的太阳热力十足，基思庞大的身躯挡住了阳光，脑袋隐藏在阿库布拉帽投下的沥青色阴影之中，他看上去也就四十出头，不乏咄咄逼人的气场，看起来像一根摇摇欲坠的电线杆。但没有什么是看上去的那样，一切就像透过老式窗户一瞥之下所见的景象——弯曲、俯伏、战栗，热浪使沥青马路和水泥街沿、沃拉代尔阅兵场的尘埃、搭着锡管的活动营房泛起了波纹，多里戈 · 埃文斯就在营房前等候。

上了姑父的汽车，那辆最新款的福特敞篷车后，多里戈 · 埃文斯能看出他姑父的个头真大，相貌看上去也像有五十开外。和他在一起的那条狗很小巧，是一条杰克罗素梗犬，名叫贝阿特丽丝小姐，它的存在似乎更能凸显出基思 · 墨夫内硕大的块头——宽阔的后背，粗壮的大腿，巨大的双脚，而他身后那条喘个不停的狗蹲伏在那儿，像一只跌落的岩羚羊。

天气太热，不便抽烟，但他叼着烟斗照抽不误。烟雾缭绕，笼罩着他脸上的奇异笑容，多里戈后来才意识到那个笑容一直定格不动，即使面对种种生活艰难的证据，也会下定决心要找到世界欢快的一面。若非基思的嗓音偏高，使他想起十几岁男孩的声音，眼前的这景象可能会让他觉得瘆人。这嗓音无休无止，与阿德莱德令人难以忍受的炙热不相上下。多里戈·埃文斯渐渐明白，基思·墨夫内的世界是他自己的，自足的，围绕三个太阳旋转——他的酒店、他在当地议会中的议员席位、他的妻子。

驱车前往海滩的途中，基思对酒店的生意表示惋惜，多里戈觉得钟爱自己事业的人往往对自己投入的热情哀叹最多。开汽车的人，基思拖长尾音，真是成也这些人，败也这些人。开汽车的人老是抱怨卫生间、抱怨饭菜，有一天开了个八十个人的派对，所有人都指望着吃饱，但到下个礼拜天，能卖出去点便宜的阿富汗饼干都算运气好；开汽车的人老是向汽车协会和见鬼的皇家汽车俱乐部抱怨，说浴室不好，肥皂太脏。那些开汽车的人总是抱怨个不停。比他们更糟糕的只有旅行推销员。为什么呢，今天就有个推销员想租一间客房当办公室，卖安眠药和阿司匹林，但我觉得应该是干那事儿。

干那事儿？

你懂的，就是女人的身体、生孩子、不生孩子之类的事。法国情书和宣传英国自由思想的小册子啊，你懂的，就这些东西。

是啊。他的侄子说，口气很不确定，这让他觉得有必要澄清一下，不管其他人怎么看待康沃尔国王酒店，反正道德混乱的事一概没有。

多里戈，我这人挺开明的，基思·墨夫内又说，但我不想让康沃尔国王酒店像墨尔本《真理报》和阿德莱德法庭说的那样，变成一个广为人知的阿德莱德情人幽会的地方。我这人没那么保守，不像美国的那些酒店，要是有不是客人老婆的女士进房间，他们就坚持房门一定得打开。

他似乎对通奸和酒店住宿的话题来了兴趣，他说，你知道吗，在美国，有可能你会出现在家乡这样的布告里，上面写着“敬告诸位，因某先生在房内与一位并非妻子的女士寻欢作乐，兹要求其离开沃茨托利亚镇的威斯特里亚酒店”。想不到吧？我的意思是，他们允许人们在房间里见面，却又用这样的布告威胁敲诈他们。他们经营酒店的方式和斯大林对待倒霉的苏联没什么两样。

他又聊起了多里戈的家人，不过他的信息都是从小汤姆写的圣诞贺卡上得来的，绝大部分都已过时，贝阿特丽丝小姐对着拂面的风撕咬，差点从车窗那儿掉出去，这才把他们从基思才知道多里戈母亲已去世的尴尬场面中解救出来。他坐在车里，身子前倾，整个儿趴在方向盘上，像一根被狂风吹倒的树干。那双大手在方向盘上不停地上下移动，仿佛它是占卜师的水晶球，而他永远在阿德莱德漫长、笔直、平坦的马路上寻觅着什么，一个也许能帮他活下去的幻象。

但路上没有其他车，只有笔直和平坦，以及扭曲变形、冉冉升腾的热浪。基思 · 墨夫内说个不停，像是生怕沉默带来未知，或是担心多里戈问问题，于是他问了多里戈几个问题，然后又立刻自己回答。他的谈话经常会回到眼下他作为议员在市议会上向市长提议引入排污系统引发的争论。多里戈后来索性望向了窗外，让汗津津的手在微风中摆动。基思说起话来，丝毫不顾别人是否感兴趣，问完问题，又马上自己回答，每次答完就会露出笑容，似乎容不下半点疑义。就像适时响起的单簧管，他隔三岔五就会提到艾米。

一个很现代的女人。非常现代。常常出去参加活动，工作也很棒。可是……战争，现在一切都不一样了。这场战争把一切都消解了。战前可看不到这种情形，是吧？

呃——

是，我想你看不到。不仅是伦敦遭到了突袭。不是的。一年前的丑闻放到现在没人会在乎。我这人也很现代。但如果有家人能保证她结交的是一些正派人，我会非常感激。

尽管笑容没变，但他看上去似乎很痛苦。

还有一天晚上，她和一个叫蒂皮的红头发女人在一起。我真受不了那个女人。

蒂皮？

蒂皮，没错——你认识她？

呃——

我能问吗？这简直是一只虎皮鹦鹉的名字。我有个该死的市政会议要开，晚上得去。在高乐，离这儿几小时。就今晚。抱歉不能陪你。我没料到市长要我代表大家。为什么呢？

我猜——

我也不清楚为什么。不管怎么说，艾米会照顾你。还有，说实话，有你照顾艾米，我也很开心。你不介意吧？

回答与否并不重要，多里戈最后也就只能放弃了。

不管怎样，我肯定你能休息得好，基思·墨夫内说，床很舒服，比兵营里的行军床好多了。

到了康沃尔国王酒店，基思就把多里戈带到了四楼的一间房里。宽大的楼梯上地毯破旧不堪，他们往楼梯上走去时，遇见了正下楼的艾米抱着一大堆脏床单。多里戈内心升起一阵从未有过的雀跃，虽然很不合适，却又不容否认。艾米瞥了她丈夫一眼，多里戈从那眼神中看出了一种通常难以为外界所见的复杂的亲密感——睡眠、气息、声音、讨人喜欢或令人失望的习惯，快乐与悲伤，或小或大——普普通通的灰泥最终把两人合二为一。

她把头发拢成了马尾辫，在中庭透出的光线的映射下，头发呈金红色。基思将他介绍给她，在他们共谋某些事之前，共谋关系已经成立了。一瞥之下，他见她脸上闪着不自然的光彩，一绺松散的头发像一条鳟鱼般落至右耳前方，他很清楚他俩都已默认不提书店的事情。

嗯，艾米，基思说，希望你能好好招待招待我们的客人。

她耸了耸肩，他意识到在她那件印有矢车菊图案的蓝色衬衫里，乳房正微微颤动。

你喜欢费雯·丽吗？艾米问，城里在放费雯·丽的新电影，叫《魂断蓝桥》。你想不想——？

我看过了。多里戈说，其实他压根儿没看过，他突然觉得自己就是个混蛋，脑袋嗡嗡地响。他害怕和她在一起？他想证明自己能够掌控她？

可惜了，基思说，不过我觉得电影肯定不止这一部。

多里戈无法理解自己，也不知道他为什么要这么说。但他已经说了，接着，同样出乎意料的是，他听见自己说：

不过，再看一遍也不错。

半推半就：这就是接下来可以继续的方式。

艾米又耸了耸肩，多里戈·埃文斯逼着自己把目光从她身上移开，往楼梯下看去，直到她在下一层楼梯再次进入他的视线，她摊开手掌，手指沿着光洁的扶栏一路滑下去。他的目光专注地随着她跃动的马尾辫而去，目送她不停步地走入下方的虚空之中。

10

那天晚上，多里戈·埃文斯料到会发生许多事情，却没料到会被带往海德利街边的夜总会。她说既然他已经看过那部电影，就会知道接下来要演什么，这样会很无趣。他穿着制服，她则穿了件带有东方风情的杏仁色衬衫，套了条宽大的黑色丝质裤子，有种流水般的质感。在他眼里，她的身体明晰而有力，步伐平稳而顺滑。

关键在于什么都别知道最好，艾米说，你说呢？

他没去想。也不知道。夜总会的房间很大，光线昏暗，遮光的窗帘全都放下，到处都是阴影和制服。多里戈闻到一股发酵似的味儿，弥漫着春草微醺的气味。他们啜饮着马丁尼，一个爵士乐队演奏着。空气中弥漫着一种奇异的兴奋气息。过了一会儿，房间里灯光全熄，乐队的乐手各自点亮了乐谱架上的蜡烛，侍者也在桌上燃起烛光。

为什么点蜡烛？多里戈问。

等一会儿你就知道了，艾米说。

她聊起了自己。她二十四岁，比他小三岁。几年前她从悉尼搬来，她在那儿的百货公司工作过，在康沃尔国王酒店当招待时认识了基思。他对艾米说起了艾拉，可每一个字听上去都像在对抗自己的真实感受，又像是在背叛真实的自己。后来，他就把这样的感受抛开了。

多里戈告诉自己，他和艾米之间的隔阂无可置疑。他们之间只可能存在友谊，一边的支柱是她的丈夫、他的姑父，另一边的支柱则是他和艾拉即将举行的订婚礼。这对他而言是一种极大的安全感，使他轻松自如地和艾米相处，或许比他在其他情况下更放松。

他觉得和她在一起有种难以言喻的幸福感，他已经有很长时间没有这种感觉了。他注视着烛火的阴影在她的脸上跳跃，看着这张脸，他越发好奇。很奇怪的是，第一次在书店遇见她时，她的脸并未给他留下如此深刻的印象。可现在，他想象不出有比她更美的女人。他很享受与艾米的近在咫尺，甚至其他男人艳羡的眼神也令他自得，他们错误地以为她属于他。当然，他告诉自己，她不属于他，但这种感觉没有让他不愉快。他有种受宠若惊之感。

后来，他们和几个海军军官聊了会儿天，之后那些军官去了桌子那一头和别人聊了起来，只剩他们两人了。艾米探过身来，把手放在他的手上。他低下头，不知道这是什么意思。他尴尬极了，但并没有把手挪开。

这是什么意思？多里戈问。

他看到艾米也在看着他俩的手。

没什么，她说。

她的触摸令他浑身如遭电击，使他动弹不得，周围喧闹嘈杂，烟雾腾腾，人来人往，但他只感受到了她的触摸。宇宙和世界，他的生活和他的身体，一切都消失了，只剩下这电击般一触。他和她一起注视着他们的手。不过，他觉得这一切毫无意义，因为它必须没有意义。她的手放在他的手上。他的手在她的手中。因为相信任何其他的可能都是错误。到了明天，他将又是她的侄子，他很快就会订婚，而她是他姑父的妻子。但那动作肯定有什么意义，他拼命地想——

没什么？他听见自己重复了一遍这句话。

他想让自己放松，但艾米的触摸又令他情不自禁地感到兴奋。她的食指在他的手背上划过。

我属于基思，她说。

她继续心不在焉地低头看着他的手。

是，他说。

但她没在听。她只是看着自己的手指，手指长长的阴影，而他也在注视着她，他知道她没在听。

是，他说。

他感受到她的触摸，这感受穿透他的整个身体，令他无法思考。

而你，她说，你是我的。

他抬起头，心中一凛。他又一次被她弄得措手不及。他又一次感觉到莫名的恐惧，只是他慢慢意识到她并不是在嘲弄他，从她那奇怪的坦率语调中，他听出了她的真诚。这其中的含义令他不寒而栗。但她始终看着自己的手指，看着半空的玻璃杯之间他们的手，看着手指在手背上画圈。

你说什么？

直到这时，她才抬起头。

我的意思是，她说，我的意思是你是艾拉的。但今晚，今晚你是我的。

她轻轻地笑了，好像这一切都无关紧要。

陪你的一个伴儿。

她抬起手，朝耳后挥了挥，做了个不理会他异议的姿势。

你知道我的意思。

但他不知道。他根本就不知道。她说的话毫无意义，却又意味着一切，对此，他觉得既兴奋，又恐惧。她难以捉摸。他没了主意。

桌上的烛火被侍者熄灭，乐队奏起了《友谊地久天长》，是摇摆华尔兹。曲子讲的是一段重逢又分离的记忆，仿佛人们形成了圆圈又被硬生生撕裂。每隔几小节，就会有一个乐师伸出手将面前的烛火掐灭。

多里戈发现自己和艾米跳起了舞，随着舞池缓缓没入黑暗之中，她将头靠在了他的肩上。她的身体似乎在邀请他一起轻柔地摇摆。他将身体小心翼翼地融入她，再次告诉自己这不算什么，这没什么意义，也不会导致任何结果。

你在喃喃自语些什么？她问。

没什么，他悄声说道。

他们回旋翩跹，彼此依偎，寻找到了一种出奇的平静，同时又充斥着可怕的期待与张力。他能感受到她的呼吸，像最轻柔的微风拂过他的脖子。

最后一支蜡烛熄灭，房间里一片漆黑，窗帘倏然从窗户上落下，一面满月的光辉盈满屋内，人们赞叹地吸气。华尔兹此时已旋至终曲，他这才明白这整件事是一种对未来奇异的怀旧，每个人都怕未来不会属于自己，明日早已预言，唯有今晚能够改变。

在水银般的光亮和蓝墨水般的阴影中，一对对舞伴慢慢分开、鼓起掌来。他们彼此对视了一会儿，他知道自己可以吻她，只需略略往前一倾，没入她的阴影里，就会永远地坠落下去。但后来他记起了两人的处境，便问她是否还要再喝一杯。

带我回家吧，她说。

11

回到酒店，她带他去了她和基思住过的那个房间。他在一把黄褐色扶手椅上坐下。他能闻到基思沾到椅套上的发蜡的气味，以及留在织锦装饰物上的烟草气息。艾米转动留声机，放上一张想给他听的唱片，她放下唱针，坐到了多里戈那把椅子的扶手上。钢琴声杂乱无序，萨克斯的乐声随着海面的微风涌入复又涌出，风拂动着蕾丝窗帘，一个声音开始歌唱。

隔壁公寓里叮咚响起的钢琴声
那些磕磕绊绊的话语告诉你
我心中的思绪
游乐场彩色的秋千
这些傻里傻气的东西
让我想起了你

这是莱斯利·哈钦森[1]的歌，她说，你知道的，他和皇室的那些贵妇人显然都很亲密。

亲密？

她笑了笑。

对，她注视着他，嗓音非常轻柔，亲密。

她又哈哈笑了起来，那是发自喉咙的笑声，他心想，他太喜欢这种气息浓郁、放浪形骸的感觉了。

曲声已尽。他站起身来，准备离开。她又放了一遍唱片。他说再见。到了门口，他俯下身来，礼貌地吻了吻她的脸颊，当他要走开时，她却将脸贴到了他的脖子上。他等着她将头移开。

你要走了。他听见她轻声说，但她仍将脸贴着他。

留声机的唱针在唱片末尾旋绕不停，发出哧哧的响声。

① 莱斯利·哈钦森（Leslie Hutchinson，1900—1969），英国歌手，活跃于20世纪二十至三十年代。

对，他说。

他等待着，但什么都没发生。

唱针仍在片槽里旋转，刮下一圈圈粉末，扬入夜色。

对，他说。

他等待着，但她没动。过了一会儿，他用一只胳膊轻轻搂住了她。她没有挣脱。

很快就走，他说。

他屏住呼吸，直到他感觉到她在轻轻地迫近他。他没动。

艾米?

什么?

他不敢回答。他呼出一口气。他轻移脚步，以期更好地保持平衡。他不知道说什么，生怕多言会破坏这微妙的平衡。他任由自己的手垂落，搂住她的腰，期待她能把他推开。但她只是轻轻地说：

amie，在法语里是“朋友”的意思。

他的另一只手感受着她臀部美妙的曲线。

我很小的时候，我妈妈教了我这个词，她说。

她也没有把那只手推开。

Amy，amie，amour，她过去常这么叫我，艾米，朋友，爱。

一个三连胜式，他说。

她将唇压在了他的脖子上。他能感觉到皮肤上拂动着她的呼吸。他的身体能感受到她的身体，他勃起了，并尴尬地意识到她肯定也能感受到。他不敢往任何地方移动，以免打破这奇妙的时刻。他不清楚这究竟意味着什么，也不知道自己该怎么做。他不敢吻她。

12

多里戈感觉到一只温暖的手从他的大腿摩挲而上，一瞬惊醒。过了好一会儿，他才意识到那是清晨的阳光正在屋子里徜徉。他在门下发现艾米的纸条，说她要处理酒店的事情，会一直忙到下午，午饭时间有婚宴，所以没法来和他道别了。

他裹了条浴巾，来到宽敞的阳台上，点了根烟坐了下来，越过维多利亚拱廊，望向永无止息、广袤无垠的南大洋，洋面在他面前泛着涟漪。

什么事都没发生，他离开她的房间时，她就是这么说的。那就是她的原话。他们是拥抱了，但她说那什么也不是。对他来说，还能怎么样呢？除了拥抱，什么都没发生。确实如此。书店里也什么都没发生。拥抱？葬礼上人们做的都不止于拥抱。

艾米，朋友，爱。他轻轻地念叨着。

什么都没发生，可一切都变了。

他在坠落。

他倾听着浪涛拍岸，细沙闪烁，他在坠落。一阵微风从清晨绵长的阴影中漾起，他还在坠落。他在坠落，一直在坠落，一种不受控的自由。无论这是怎么回事，都像她一样，令人捉摸不透，困惑不解。他只能理解这么多。他不知道尽头会在哪里。

他站起身，兴奋，惶惑，决心已定。他把烟一扔，进入屋内，穿好衣服。什么都没发生，可他知道有些事情开始了。

13

他返回军营，返回充斥着秩序和纪律的生活。但对多里戈而言，那种生活已不再具有实质意义。它不再真实。人来人往，他们聊天，聊起很多事，却没一件令他感兴趣。他们聊希特勒、斯大林、北非、闪电战。没人谈论艾米。他们聊物资、战略、地图、时间表、士气、墨索里尼、丘吉尔、希姆莱。他真想大声呼喊艾米！朋友！爱！他真想拎起他们的脖子，告诉他们发生了什么事，他有多渴望她，她又使他产生了怎样的感觉。

尽管想让每个人都听他诉说，但他也只能沉默不语。他们枯燥乏味的谈话，对艾米的一无所知，他和艾米之间彼此渴求的激情，使他确信不可轻率行事。哪天那些人的话题转到了他和艾米身上，他们隐秘的激情就会变成人人皆知的悲剧。

他读书。一本都读不进去。他在字里行间搜寻艾米。她不在那儿。他去参加派对。那些人令他厌烦。他走在街上，凝视着陌生人的脸庞。艾米不在那儿。世界虽然奇妙无限，但也令他厌倦。他搜遍了他生活的每一个角落，但艾米却不见踪影。他想到艾米嫁给了他姑父，他心中的激情只是痴狂，没有未来，无论如何都得终结，他必须终结这一切。他想，他对自己的情感无能为力，所以也就必须避免触动这份情感。如果不见她，他就不会做什么错事。于是，他决定再也不去见艾米。

接下来的那次休假总共六天，他没回他姑父的酒店，而是连夜坐火车去了墨尔本，他把身上所有的钱都花在了出游和给艾拉买礼物上，想让自己迷失于艾拉之中，企图把记忆中与艾米的那次奇异相遇驱除殆尽。艾拉贪婪地凝视着他的脸庞，他的双眼，他能从艾拉的表情中看出，她千方百计想要从他的脸上和眼中觅得同样的渴望，这令他内心愈发忐忑，有时近乎恐惧。在多里戈·埃文斯看来，那张美丽的、充满异国情调的脸现在简直难以想象地乏味暗淡。当初，她幽黑的双眸令他神魂颠倒，可如今在他看来却是如此容易轻信，甚至好似奶牛一般，对他充满了盲目的信任，尽管他极力不往这方面去想，这样的想法令他对自己愈发憎恶。于是，他便重振精神，投入她的怀抱，聆听她的谈话，深入她的恐惧、玩笑和故事之中，希望这种亲密最终能将他对艾米·墨夫内的回忆彻底抹杀。

休假的最后一晚，他们去她父亲的俱乐部用晚餐。在那儿，他们遇见了一名澳大利亚皇家空军少校，他的笑话和故事令艾拉一次次捧腹大笑。当少校宣布他要去附近的夜总会时，艾拉请求多里戈和他同去，因为他实在太有趣了。多里戈感到一种奇异的情绪，既非忌妒，亦非感激，而是两者兼而有之。

我喜欢和人待在一起，艾拉说。

多里戈心想，与越多的人待在一起，我越觉得孤单。

14

此刻，俘虏还没睡醒，大多数守卫和工程师都没起床，一天的劳作就开始了，甚至在太阳出来之前好几个小时就已开始。中村在泥泞中大踏步地走去，呼吸着夜晚潮湿的空气，噩梦已经消散，甲基苯丙胺让他的心脏和头脑活跃起来，他感到一种愉快的期待。今天，这个营地，这片世界，都由他来塑造。福原说得没错，他在空荡荡的食堂里找到了幸田上校，幸田正坐在长条的竹桌旁吃鱼罐头。

上校身板结实，个子和澳大利亚人差不多高，他的体格和容貌有些不搭，中村觉得幸田的脸下垂得厉害，从鱼鳍般的鼻子两侧散落开去，漾起阵阵涟漪，余波一直拖到皱巴巴的双颊。

幸田没怎么寒暄便直奔主题，说早上一安排好车辆，他就会离开。上校从湿透的皮包里拿出一个涂了油蜡的布文件袋，从中取出一份打字机打出的命令稿和几张技术图纸，中村读的时候，湿透的图纸都贴在了他的手指上。命令既不复杂，也不受欢迎。

第一道命令是技术性的：即便铁路主干线地基的挖掘已完工一半，铁路指挥小组还是更改了中村原初的计划。他们想把挖掘的体积扩大三分之一，以期解决下一区段的坡度问题。还需要再挖三千立方米的岩石运走。

友川给他俩斟上用发酵茶叶泡的茶，中村弯下腰，将绑腿的带子重新系紧。他们没有足够的锯子斧子来清理丛林。俘虏都是手拿榔头和凿子来挖岩石的。他甚至拿不出合手的凿子给俘虏用，凿子一旦钝了，也没有足够的焦炭让他们重新打磨工具。中村直起上身。

带压缩机的钻探工具会很有用，他说。

幸田上校摩挲着下垂的脸颊。

机械设备？

他任由这个词悬在空中，让中村自己在头脑中想明白——谁都知道没有机械设备，他会为提出这样的请求感到羞愧，还有被嘲笑的感觉。中村低下脑袋。幸田这才开了腔。

没多余的了。没办法。

中村心里明白这个问题提错了，但幸田上校的理解让他心存感激。他读起了第二道命令。铁路完工的期限从十二月提前到了十月。中村心里充满了绝望。这个任务压根儿完不成。

我知道你能做到，幸田上校说。

现在不再是四月份，中村说，他委婉地提及总部批准最终计划的时间。现在是八月份。

幸田上校盯着中村的眼睛。

我们会加倍努力，屈服的中村最后说。

我不能向你撒谎，幸田上校说，我严重怀疑，不会有更多的机械设备和工具提供。也许能有更多苦力。但我也不能保证。我们有二十五万苦力和六万名俘虏在建造铁路。我知道英国人和澳大利亚人都很懒散。我知道他们总是抱怨太累、太饿，不能工作。他们铲一小撮土就要休息。锤一榔头就会停下来。他们抱怨诸如被扇耳光之类的这种小事。如果日本士兵干活偷懒，肯定会挨打。谁给懦夫不被扇耳光的权利？派到这儿来的缅甸和中国的苦力跑的跑，死的死。幸好马来亚太远，泰米尔人跑不回去，但现在到处都有泰米尔人得霍乱死亡，就算加上刚来的几千人，人手仍然不够。我也不知道啊。没一件事解决得了。

中村又读起了那封打印的信。第三道命令是要从他的营地抽调一百个俘虏，去三塔山关口附近的营地干活，在他们以北大约一百五十公里处的缅甸边境上。

我可抽不出一百个俘虏，中村想，我还需要一千个俘虏才能按时完成派给我的路段的任务，不能再失去更多人了。他抬头看着幸田上校。

一百个俘虏要行军去那儿？

季风雨季没别的办法。只能这样。

中村心里很清楚，许多人在行军途中就会死去。也许会死掉绝大多数人。但铁路需要这样，天皇下令建造铁路，铁路要建成就必须用这种方式，这是已经决定了的。他能看清这一点，现实就是如此，这个梦想与噩梦交织的现实，他每日每夜都得承受，没有任何其他办法把铁路建成。他仍然坚持已见。

请理解，中村说，我的问题都很实际。没有工具，人一天比一天少，我该怎么建造铁路？

就算绝大多数人都累死了，你也得完成工作，幸田上校说着耸了耸肩，就算死绝了也得完成。

中村能看出，这样牺牲人命也是因为没有其他办法能实现天皇的愿望。反正，战俘又算什么呢？不算人，只是用来建造铁路的材料，就像柚木、枕木、钢轨、道钉。即使他这名日本军官愿意当俘虏，最后回到家乡时也会遭到处决。

两个月前，我还在新几内亚，幸田上校说，布干维尔岛。天堂就是爪哇，他们说，地狱就是缅甸，但没有一个人从新几内亚回来。

上校笑了笑，他脸上凹陷的部位起起伏伏，使中村想起了层层梯田的山坡。

老兵的话不一定总是对的，我就是明证。但那儿是真的艰难。美国人的空中力量简直不可思议。我们每天都遭到他们洛克希德战机的轰炸。没日没夜的轰炸、扫射。我们只有一个礼拜的给养，却得战斗一个月。只要能在战场上弄到盐和火柴，我们什么事都能解决。但我告诉你，美国人和澳大利亚人是什么货色？他们就只能吹嘘物资有多丰富，机械设备和技术有多强大。走着瞧吧！我们会发动一场消灭战争。我们军队里的每个军官和士兵都满怀渴望，要把美国人和澳大利亚人杀个一干二净。我们一定会赢得胜利，因为当他们精神崩溃时，我们的精神将长存。

在中村看来，上校说话时，他那张梯田般的脸包容了如此多古老的日本智慧，那都是中村在祖国、在自己的生活中最为珍视的智慧。中村明白，语气轻柔的上校说的那些话超出了这个故事本身：他说的是无论何种逆境，无论多么缺乏工具和人力，中村都经受得住，铁路都能建成，战争都能打赢，这一切都是因为大和魂。

但什么是大和魂，它到底意味着什么，中村却很难说清楚。它纯粹、有力，对他而言，比起带刺的竹子和柚木，比起他们每天都要面对的大雨、烂泥、岩石、枕木、铁轨，它是一种更为真实的力量。它不知不觉间已成了他的本质，但又超越了语言。为了解释自己的这种感受，中村讲了一个故事。

昨晚，我和一个澳大利亚医生谈话。医生想知道日本为什么要发动战争。我给他解释了我们的指导理念——崇高的普世手足之情。我提到了我们的箴言——八纮一宇。但我觉得说得还不够清楚。所以我又说，简单来说，就是指亚洲人的亚洲，日本就是亚洲共荣圈的领导者。我告诉他我们如何使亚洲摆脱了欧洲人的殖民统治。要让他们明白很难。他一直在强调自由。

事实上，中村并不理解那个澳大利亚人在说什么。没错，他说了那些话，可那些想法根本毫无意义。

自由？幸田上校说。

他们哈哈大笑起来。

自由。中村说，接着他们又笑了起来。

对中村来说，他自己的想法犹如一片未知的丛林，或许根本无从知晓。况且，他对自己的那些想法也不在乎。他只在乎自己要确信、要可靠。对他病恹恹的头脑来说，幸田的话好似沙雾。中村在乎的是铁路、荣誉、天皇、日本，他觉得自己是个好样的、值得尊敬的军官。不过，他仍然想设法探究他感受到的那种困惑。

我记得早些时候，俘虏还开音乐会，有一天晚上，我也在观看。丛林，火光，那些人在唱歌，唱《跳华尔兹的玛蒂尔达》。那情景让我很感伤，甚至有些同情他们。要不动感情很难。

但这条铁路，幸田上校说，和缅甸前线一样都是战场。

确实如此，中村说，很难说清人性或非人性的行为有什么区别。没人能指着这个人说是人，那个人是魔鬼。

没错，幸田上校说，这是一场战争，战争超越了人性与非人性。修建暹缅铁路是为了军事目的，但这并不是最主要的。最重要的是这条铁路是我们这个世纪一项划时代的伟大建筑工程。没有欧洲人的机械设备，在这么短的时间内，我们将建成欧洲人说用很多年都不可能完成的工程。这条铁路一旦建成，我们和我们的态度会成为世界进步的新驱动力。

他们又喝了几杯茶，幸田上校对自己没在前线、不能为天皇而死惆怅万分。他们诅咒丛林、大雨、暹罗。中村说要让澳大利亚人出去干活比登天还难，如果他们能多接受一点命运赋予他们的伟大角色，他就不必如此无情地逼迫他们了。他本性没这么严苛。但眼见澳大利亚人如此冥顽不化，他也只能那么做了。

他们没有魂，幸田上校说，我在新几内亚就看出来了。你向他们发起冲锋，他们就会像蟑螂一样四散而逃。

如果他们有魂，中村说，那他们就会宁愿死，而不是忍受当俘虏的耻辱。

我记得当年军官学校毕业，第一次去满洲国时，幸田上校说，他攥着拳头，像是攥着手柄或抓手，我还是一名年轻的二等中尉。五年前的事，好像已经过了很长时间。我们得进行特殊的实战训练，为战斗做准备。一天，我们被带到监狱进行勇气考验。那些中国俘虏已经好几天没吃饭了，一个个都骨瘦如柴。他们被绑着手，蒙着眼，跪在一个大坑前。负责这次训练的中尉拔刺刀出鞘，用手从桶里舀出一点水，泼在刀刃的两侧。我始终记得水从刀身滴落的情景。

看好了，他说，就这样把脑袋砍下来。

15

接下来的那个周六下午酷热难当。吃完午饭，又准备好晚餐之后，艾米·墨夫内决定换衣服，去游个泳。康沃尔国王酒店对面的海滩上人头攒动，她沿着沙滩走去，听着拍岸的浪声和尖叫声，头戴草帽，穿着蓝色短裤，身上套了件白色的亚麻布衬衫，感受到男男女女投来的目光。

长日难尽、炽热酷暑的夏日，性感肉欲的夏夜，滞重闷热的卧室和基思的声音、气味，莫名其妙的躁动不安填满了艾米·墨夫内的身心。她满怀着渴望。去另一个地方，成为另一个人，远走高飞，永不停歇。可是，她心底深处愈是想要离开，她就愈发认识到自己已被冻结在一地，固定于一种生活之中。艾米·墨夫内想过千百种生活，她不希望任何一种生活是眼下的样子。

有时，她会利用战争和基思宽厚的天性，逃离一晚上，去其他地方。有一些小的冒险，比如一个皇家空军军官和她跳一晚上的舞，然后把她压在墙上，却只是狂吻乱摸了她几下而已，这让她既如释重负，又略感失望。她和一个旅行推销员上过床，他有时会出现在酒店后面的吧台那儿，一天晚上，她和推销员在城里一家电影院的门口见了面。那事儿简直糟糕透顶，可既已开始，结果也就只能顺其自然。和基思相比，销售员强壮年轻，精力充沛，相当专注，专注得有些过分。可一旦和他光着身子躺在床上，她就吓坏了：她忍受不了他的触摸、气味和肉体。她只想离开。

事后，她吐了一地，觉得空虚得可怕，于是下定决心再也不能这么干了；这样的决心使她克服了内心的负疚感。她想，她以一种最奇怪的方式，用这次的不忠确保以后对基思忠贞不移。而且由于她不爱那个旅行推销员，她认为那算不上真正的不忠。她对基思的爱——所谓的爱——仍然没有变：她仍然在乎他，喜欢被他逗乐，欣赏他的温柔和数不胜数的小小缱绻。从某种意义上说，那个灾难性的夜晚之后的好几个月是他们最好的时光。可是即便她睡得酣畅，醒来内心平静如水，基思给躺在床上的她端来一杯茶时，艾米·墨夫内仍然想要别的东西，但到底想要什么，她也说不上来。她抿着茶，注视着他宽大的后背笨重地步出房门，便不由自主地琢磨那究竟是怎样的希冀，那希冀咬啮着她的胃，令她情不自禁地战栗，她担心这无影无形、无名无姓、恐怖可怕的希冀才是生命的本真。

去年差不多就是这么过去的。她会调调情，但很小心谨慎；她会结交一些也许本不应该结交的朋友，但也是以一种从她和其他人看来虽然不太恰当，却没什么大不了的方式。出于这个理由，她反而觉得有种奇异的自由感，甚至是一种安全感，毕竟她已下定决心，与人结交但不做不合适的事，于是便可大胆放肆地对那些男人做一些出格的事，就像在书店里对高个子医生那样。但她又想，也许她的所作所为最终并没有什么错，因为从根本上来说，那些人她一个都不爱，她爱的仍然是基思。她觉得自己找到了某种平衡感，使爱更为茁壮，但她不知道为什么在书店里向那个高个子医生走去时，她会偷偷地将婚戒褪下来。

想着这些，艾米意识到对高个子医生所说的那些话，她从未对其他人说过。她无法理解这件事，也无法理解为什么会在俱乐部里把手放在他的手上，为什么在他离开房间时要那样搂着他。她只能决心再也不干那样的傻事。她设法说服自己，和他之间的事早已过去。但她内心里又怕出其他的事，只能想方设法不让自己的恐惧诉诸语言甚至想法。

她把浴巾扔到炫目的细沙上，草帽搁在上面，褪下衣服，觉得自己的青春和肉体充满了力量。尽管她如今无足轻重，但她很清楚，就算只有短短的一段时间，她也曾特殊，也曾重要过。她奔向海水。不像其他女人在及膝深的海水里游荡，艾米直接扑入波浪之中，浪花霎时在她身上朵朵碎裂。当她品味着咸涩、撞开海浪重新出现在水面时，天空一片辉煌，令人难以承受，她所有的困惑一扫而空，取而代之的是一种奇异的感觉，她觉得自己浮出水面，踏入了新生活的中心。那一刻，万物处于平衡之中，万物充满了期待。

艾米漂浮着。远处，一艘小游艇无精打采地停在寂静的海面上。当她返身游向海滩时，看见一个身穿老式羊毛泳衣的中年男人正盯着她。他浑身无毛，皮肤犹如送入烤炉前的禽肉。他把目光猛然转向了别处。

艾米·墨夫内又一次意识到束缚着她的那种竟日萦怀的奇异情感，但究竟欲求什么，她说不出来。她又往远处游了几下，仿佛大海、太阳和微风都在希望她有所行动，什么都行，但一定要行动。当她上上下下打量那些碎浪时，她看见其他人也与她一样，人很多，都满怀期待、充满希望，同样都在等待着又一波涌浪，希望借着波浪返回海岸。大海开始在她身后堆积成一堵翻滚的墙，她注意到波峰上跃动着一长排银白色黄眼珠鱼儿。

在她所能看到的范围，所有的鱼儿沿着波面指向同一个方向，都在奋力游动，想要避开汹涌巨浪的掌控。但海浪一直将它们牢牢地控制着，随心所欲地将它们带往别处，闪烁的银鲢鱼群丝毫无法改变自身的命运。艾米感到自己慢慢上升，没入涌动的海浪之中，她满怀着期待和兴奋之情，不知道自己能否成功赶上浪头，如果赶上了，那儿就将是她和鱼儿的最终抵达之处。

16

幸田上校松开手，说——

他叉开腿，举起刺刀，吼了一声，猛力往下一挥。脑袋像是跳落下来的。血就像两股喷泉射出。我们必须继续。大气都不敢喘。我真怕自己显得像个傻瓜。有几个人用手捂着脑袋，有个人刀没挥好，半个肺都弹出来了，那个脑袋还在原地，中尉只能自己收拾这团乱局。我一直在看：什么是挥得好，什么是挥得差，应该站在俘虏身边什么地方，怎么让俘虏保持平静不动。现在想来，当我目不转睛地观看时，我一直在学习。学的不仅是如何斩首。

轮到我的时候，我不敢相信自己竟然如此平静，因为我内心其实怕得要死。我抽出父亲给我的刺刀，丝毫没有抖动，照着教导官的做法把刀淋湿，没让刀掉落，我就这么注视着水珠聚到一起，再慢慢流走。你不会相信注视那些水对我的帮助有多大。

我在俘虏身后站定，保持好平衡，仔细地查看他的脖子——皮包骨头，老旧，褶子里满是污痕；我一直没有忘记那个脖子。还没开始就结束了，我一直在想刀上怎么有小脂肪粒，用他们递给我的那张纸也没擦干净。我当时在想的只有这一件事——那人已经瘦得皮包骨，脖子也是瘦得皮包骨，脂肪到底是从哪儿来的？他的脖子很脏，灰兮兮的，就像你撒过尿的那种尘土。可一旦切开，颜色是如此鲜活——血的红色，骨头的白色，肉的粉红色，还有脂肪的黄色。生命！那些色彩就是生命本身！

我心想斩首太容易了，色彩如此明亮，如此美丽，这么快就结束了，把我惊呆了。直到下一个军校生走过来，我才发现那个俘虏的脖子还在喷血，涌成了两眼血柱，和中尉砍的那个俘虏一样，只是血量少一些，我肯定是杀了那人之后过了一会儿才回过神来吧。

我对那人不再有感觉。说实话，我看不起这种人，竟然这么温顺地接受自己的命运，怎么就不反抗呢。不过，那又有什么区别呢？可我还是生气他这样任凭我宰割。

中村注意到幸田在说这个故事时，握刺刀的手一直不停地攥紧、松开，仿佛还在演练。

中村少校，上校继续说道，当时我感觉有什么庞大的东西在我的体内，就好像自己变了一个人。我获得了一些东西，那就是我当时的感觉。这种感觉很棒，但也很可怕。就好像我也已死去，而后又获得了重生。

之前，我站在他们前面时，还在担心士兵们会怎么看我。可后来，我就这么看着他们。这就足够了。我不在乎，也不害怕。我就这样看着他们，看穿他们，他们的恐惧，他们的罪孽，他们的谎言，我什么都看得见，什么都知道。你的眼睛很邪恶，一天晚上有个女人这么说我。我就这么看着，就足以把那些人吓跑。

但过了一会儿，这种感觉开始不见了。我开始觉得惶惑不安，没了方向。那些人又开始肆无忌惮地在背后悄悄地说我的坏话。但我都知道。再没人怕我了。那种感觉就像希洛苯，一旦你吃过，就算感觉糟透了，你还想再吃。

我可以告诉你一些事吗？总是有俘虏的。如果过了几个礼拜，我还没砍过某个人的脑袋，我就会找一个对这世界万念俱灰、脖子也让我喜欢的人。我会让他给自己挖个坟……

中村听上校讲这些可怕的故事时，心里很清楚，即便实施这么恐怖的行为，也没有办法实现天皇的意旨。

脖子，幸田上校望着敞开的门外被倾盆大雨笼罩的夜色，继续说道，现在我在人身上看到的只有脖子。那些人的脖子。这样想肯定不对，是吧？我也不知道。我现在就是这样的。见到没见过的人，我就会看他的脖子，会仔细打量一番，是容易砍，还是不容易砍。这就是我想从人们身上得到的，他们的脖子，那样一挥，这样的生命，那些色彩，红色，白色，黄色。

你瞧，幸田上校说，我最先看到的就是你的脖子。脖子不错啊，我能清楚地看到刀应该落在哪里。真是很棒的脖子。你的脑袋会飞出一米远。肯定会这样。因为有时候脖子要么太瘦要么太肥，或者那些人会因为恐惧扭来扭去，惊声尖叫，你自己想想就知道了，结果你一看搞砸了，狂怒之下，就只能把那些人胡乱劈死。你那个脖子又粗又短的下士，他会有什么样的态度，你也知道。我得把注意力集中在挥刀和落点上，这样才能干净利落地杀死那个人。

在整个讲话过程中，幸田上校不停地把手攥紧又松开，攥紧的时候手举起，再落下，就像在准备再次斩首。

这不仅仅和铁路有关系，幸田上校说，铁路一定得建成。还有战争，战争也必须赢得胜利。

这关系到让欧洲人知道他们不是高等种族，中村说。

我们会知道我们才是，幸田上校说。

有一会儿，两人都没讲话，然后，幸田上校吟诵道：

即使在京都
当我听见杜鹃鸟的鸣声
我便思念京都。

芭蕉，中村说。

又聊了一会儿，中村高兴地发现幸田上校和他一样喜爱日本古典文学。当他们谈到小林一茶俳句中的尘世智慧、芜村的恢宏伟大、芭蕉著名俳文《奥之细道》[1]的美妙时，他们变得很伤感。幸田上校说这本书很好地总结了大和魂的精髓。

他们俩再次陷入了沉默。一想到入侵印度时他们的铁路会给日本带来胜利，想到“八纮一宇”的理想和芭蕉诗篇的美丽，中村的情绪便瞬间无缘无故地高涨起来。当他设法将这些想法解释给澳大利亚上校听时，它们似乎混乱又缺乏实质，但现在，它们变得清晰明澈起来，彼此相互关联，善良又美好，和幸田上校这么一个善良的好人交谈时，他有了这样的感觉。

敬铁路，幸田上校说着，举起了茶杯。

敬日本，中村也举起杯子说。

敬天皇！幸田上校说。

敬芭蕉！中村说。

---

①《奥之细道》是松尾芭蕉的纪行文集，英译名为 *The Narrow Road to the Deep North*，即为本书原书名。上文中的芭蕉即松尾芭蕉，芜村即与谢芜村，都是日本著名的俳谐诗人。——译者注

一茶！

芜村！

他们将友川用发酵的茶叶泡的茶喝完，然后放下茶杯。由于他们彼此是陌生人，所以都不知道接下来该说些什么，复又降临的沉默在中村看来实际是彼此之间的深刻理解。上校打开一个印有国民党青天白日旗的深蓝色烟盒，给中村也递了根烟。他们点上烟，放松了下来。

他们又吟诵起了各自喜爱的俳句，令他们深深感动的与其说是诗句，不如说是自己对诗的敏感性；与其说是诗人的才华横溢，不如说是自己理解诗歌的智慧；与其说是记得这首诗，不如说是记得诗歌彰显了自身以及大和魂崇高的一面——大和魂很快就能每天乘坐火车直抵缅甸，大和魂将从缅甸去往印度，大和魂将从那里征服全世界。

中村想，从这个角度看，大和魂如今就是铁路本身，铁路就是大和魂，就是奥之细道，能将芭蕉诗歌的美丽和智慧送往更宽广的世界。

他们谈论连歌、和歌与俳句，谈论缅甸、印度和铁路，两人都感受到他们有一种巨大的共同意义感，但这种共同的意义究竟是什么，两人又都说不清楚。幸田上校又吟诵起了加藤的一首俳句，他们都认为超凡脱俗的日本诗歌以简明、精致的手法对生命进行了描绘，而他们可以通过建造的这条铁路，将这种日本礼物传递给世界。这次谈话实际上是一系列的彼此赞同，让他们对工作中物资的匮乏和艰苦卓绝的生存感觉好了很多。

这时中村看了看表。

非常抱歉，上校。现在已经是三点五十分了。我必须赶在起床号响起之前，重新制订工作计划，以便完成新定的目标。

他正准备离开时，上校把手放到中村的肩头。

我本可以一整晚和你讨论诗歌，这个大块头男人说。

置身于黑漆漆、空荡荡的窝棚里，中村觉得幸田上校情绪波动得厉害，他用手臂搂住了中村，将他鲨鱼鳍般的脸凑了过来。他散发着一股陈腐的鳀鱼味儿。他的双唇张开。

在另一个世界，幸田上校开始说，男……男之爱。

他说不下去了。中村抽开身子。幸田上校挺直身板，希望中村误解了他的意思。在新几内亚，无论是美国俘虏，还是自己人，他们都会拿来宰了吃。他们饿得奄奄一息。他还记得那些尸体，大腿骨剥了皮，杵在那儿，像被啃咬过的鸡腿。那些颜色。褐色，绿色，黑色。他还记得那股甜甜的味道。他也想让另一个人了解当时的情况。他们饿得奄奄一息，实在别无选择。想让另一个人说这没问题。抱住他。然后——

没办法，中村说。

是的，幸田上校说着，往后退去，啪地弹开国民党香烟盒，又递了一根烟给中村，确实没办法。

少校点上烟，幸田上校说——

即使在满洲国
当我看到一个颈项
我便思念满洲国。

他啪地合上烟盒，笑了笑，攥紧拳头，转身离开了，他那奇异的笑声随他一起消失，没入了喧腾的雨夜之中。

17

艾米·墨夫内没想到她撒起谎竟然如此得心应手；掌握了这个新的能力，她感到既羞耻又开心。吃晚饭时，基思又开始对议会政治大发牢骚，她打断他说明天要和以前的一个女友开车去一个偏远的海滩，在那儿野餐、游泳，想借他那辆福特敞篷车。

没问题，基思说，然后很快又回到了原先的话题，讲起新来的议会书记员和他早已过时的对排水管道的看法。

说些真心话吧！艾米差点就喊出了口。可什么是真心话，听起来会是什么样，她也说不清，再说，她根本不想引起基思的注意。基思越是对排水管道讲得起劲——说对下水道的迫切需要、现代规划的规章制度、给所有人的抽水马桶、国家机制与法规、科学管理——她就越是渴望多里戈·埃文斯黑暗中拂过的手指。

那天晚上她辗转难眠。基思醒来两次，问她是否不舒服，但还没等她回答，他就又睡了过去，嘴里发出咕噜声，唇下的褶子里沾着又干又咸的细小泡沫。

第二天她化了两次妆才满意，换了好几套衣服才决定穿她最初试穿的那一套：深色短裤和一件剪裁成披肩状的浅色棉料衬衫。这身衣服让她显得神采焕发。随后，她脱下棉料衬衫，换上一件红色低领女衫，她想象这和《铁血船长》[①]里奥莉薇·黛·哈佛兰穿的一模一样。但她没有可以搭配的裙子。十点刚过，她在兵营外的岗哨门外接到了多里戈·埃文斯，在她眼里，多里戈脸上的笑容，他的鼻子，他比平常长了一些的头发，倒也不是完全不像埃罗尔·弗林。她

① 1935 年上映的美国电影，奥莉薇·黛·哈佛兰出演女主角，埃罗尔·弗林出演男主角。

穿着浅蓝色花纹裙，不太方便，但她觉得很迷人，搭配了一件奶黄色的吊带衫。

有多里戈在身边，一切原本在艾米眼里无趣愚蠢的事情立刻变得令人愉快了；昨天还觉得家愈来愈像个幽闭的监狱，急欲逃离，眼下倒成了她生活的奇妙背景。可她太紧张，车子老是熄火，最后就由多里戈来开。

她心想，老天哪，她多么渴求他，她渴求他的方式多么不合适、多么难以启齿。她觉得自己可耻，心地邪恶，整个世界都要来惩罚她了。但这个想法几乎立刻被另一个想法取代。艾米想，我可耻、邪恶，但总比这个世界要勇敢得多吧。有那么一会儿，艾米似乎觉得世界上没有什么是她不能面对和克服的。尽管她知道这想法愚蠢至极，但她兴奋不已，更有勇气了。

福特车的状况很糟糕。发动机一路咆哮，多里戈只要一换挡，挡杆就发出可怕的吱嘎声。在这么吵闹的环境中，她可以随便说些什么，她的话并不重要，两人一路驱车才最重要。

他是个好人，她说，很善良。你真不知道。我的意思是，我很爱基思。爱得很深。谁会不爱呢？这么好的人。

好人中的好人，多里戈说。这话并不全是假的。

没错，艾米说，是个好人。还有那个议会的书记员！他对排水系统一窍不通。

她知道自己语无伦次，她最想告诉多里戈的是，她觉得基思从没说过一句发自真心的话。每一句话都是伪装。她想告诉多里戈，她非常盼望基思能说些真心话，哪怕一句也行。

可艾米心里却并不清楚什么才是真心话。艾米·墨夫内想听的肯定不是厕所、花园城市、急需规划安全的下水道之类的东西。她知道自己需要的东西自相矛盾。其实她根本不想听她丈夫说话；她希望多里戈 · 埃文斯跟她说很多话，但又希望他什么也别说，以免打破这魔咒，以免他说这次只不过是郊游，他需要对她负起责任，虽然离他家这么远，但她是他的家人，等等。这个男人在她心里唤起了彼此冲突的思绪、潮水一般的情感，可她却并没有嫁给他，要表达所有这些，她只能说那个与她结婚的男人——

基思就是基思。

他们来到通往海滩的小径起始处，多里戈点了一根烟，刚想把烟从嘴里拿出来时，艾米正好要跨越一条松垮的铁丝围栏，她笨手笨脚地想要护住裙子和尊严，却不料划破了大腿，疼得她叫出了声。她把腿扭着从围栏中退出。一串细小的血珠子从她大腿内侧慢慢涌出，三颗闪闪发亮的红色血珠。

多里戈 · 埃文斯把烟一扔，蹲下身子。

对不起，他一本正经地说，手指拉着艾米浅蓝色裙子的裙边掀到大腿上部。他用手帕轻轻擦拭着伤口，擦擦停停，仔细查看着。三颗血珠退了回去。

他弯下腰，伸出手圈住她另一条小腿，稳了稳身子。他能嗅到海的气息。他仰头看着她。她用一种他无法理解的眼神盯着他。此刻，他的脸离她的大腿非常近。他听见海鸥尖厉的叫声，转身看着她的腿。

他将嘴唇贴到最下方的那颗血珠上。

艾米的手垂下来，放在他的后脑勺上。

你要干什么？她的语气直接又生硬。

但她的手指却在抚弄着他的头发，显得矛盾而犹疑。他掂量着她嗓音里透出的紧张，手指触摸的轻柔，她身体令人无法抗拒的气息。他的唇尖极其缓慢地触碰到了她的皮肤，将血珠吻除，在她的大腿上留下了一抹紫红色污痕。

她的手仍然放在他的头上，手指探入他的发中。他稍稍贴近她，举起手，轻轻拢住她大腿的后侧。

多里戈？

另外两颗血珠不断变大，第一颗又开始冒血。他等待着她的反对，晃腿，把他推开，甚至一脚把他踹开，他不敢抬头。他注视着那些圆润的血珠，三朵欲望的山茶花不断膨胀。她的身体是一首诗，无法记诵的诗。他又吻了吻第二颗血珠。

她探入他发中的手指绷得紧紧的。他用舌头舔走第三颗血珠，刚好掠过裙子投下的阴影边缘，她的大腿开始变粗的位置。艾米的指尖掐进他的头皮。他又吻了吻她的腿，这次是品尝腿上的咸涩味儿，他闭上眼睛，任由嘴唇在她的大腿上休憩，闻着她，感受着她的温暖。

慢慢地，不情不愿地，他松开她的腿，重新站起来。

18

接下来的一刻钟，他们尴尬地缄默着，沿着一条蔓生野草的小径走往海滩。天气相当热，他们汗流浃背，空荡的海滩和大海——它的喧腾、坚定和孤独——令他们如释重负。在彼此相隔着谨慎距离的沙丘背后各自换好泳装后，他们便一起奔入了大海。

艾米觉得海水使她变得更为完整、强大。一天前仿佛处于她存在的中心的事物，此刻已被琐碎埋没，冲刷殆尽：下星期的餐厅菜单，给酒店房间购买新羊毛毯时的困难，酒保领班身上的气味，基思晚上点烟斗时难听的嘬嘴声。

他们在浪线背后转身，脸湿漉漉的，双眼如钻石般闪烁。在这无边无际、水面平稳的大海上，只有他们的脑袋破浪而出，他们踏着水，彼此凝视着对方。她感觉到他从水下往上游来，浮出水面时擦过她的身体。像头海豹，像个男人。

后来，他们躺在沙丘的凹缝中休息，海浪拍岸的轰鸣声变轻了，海风绕道而行。他们的身体都已干透，回返的热浪压得人喘不过气。艾米伸展四肢，多里戈也学她的样。她用背部吸取热量，脸躲在脑袋投下的阴影中。过了一会儿，她穿过阴影，把脑袋窝在他的肚子上。他又点了一根烟。

多里戈抬起胳膊，迎向白色条纹的天空，觉得自己从来没见过如此完美之物。他闭上一只眼，用另一只眼注视着手指触摸一朵云之美丽。

为什么我们不记住云？他说。

因为它们没有任何意义。

可它们就是一切，多里戈心想，但这个想法太不着边际，太荒唐，不值得多琢磨，于是他就任由这想法和云一起飘走了。

时间过得快，或者过得慢。很难说得清。它们彼此相融。

多瑞？

多里戈嘟囔了一声。

你知道，和基思单独待在一起时，我实在受不了他，我恨我自己，她说，这是为什么？

多里戈·埃文斯没有回答。他将烟蒂弹入沙丘。

因为我想和你在一起，她说。

时间消失，一切停止。

这就是原因，她说。

无论以前是什么将他们相隔，无论是什么约束着他们的肉身，如今都已消散。如果以前地球旋转，现在它则迟疑了；如果以前是风吹过，现在它则等候着。双手找到肉体；肉体，肉体。他用自己的睫毛感受到她睫毛的难以承受之重；他吻了吻她内裤松紧带留下的浅浅的玫瑰色沟纹，沟纹环绕着她的腹部，犹如赤道环绕地球。他们就这样彼此周游缠绕，迷失其中，附近传来尖厉的嘶叫声，最后又变成一声深沉的吼叫。

多里戈抬起头。一条大狗站在沙丘顶部。在血淋淋的口水上方，它流涎的嘴正紧咬着一只抽动的漂亮企鹅。他有种奇怪的感觉，突然间艾米变得很远，而他就在她赤裸的身体上方盘旋。他的感受倏然之间起了变化。刚才那一刻之前，艾米身上的气息、触感、曲线，还有那甜蜜的盐末，都令他销魂欲醉；刚才他觉得艾米似乎已成了他自身的另一面；而现在，她却离他很远，从他身边消失。他们对彼此的理解原比对上帝的理解还要透彻，可那一刻之后，消隐无踪。

狗的脑袋偏向一侧。企鹅早已软绵绵的身子砰然落下，狗一转身便消失不见；但企鹅的哀嚎声诡异而绵长，尾音戛然而止，仍萦绕于他的心中。

看着我，他听见艾米轻声说，*只看着我*。

他回过头垂下目光，艾米的眼眸变了。她的瞳孔好似碟子一般，他意识到那瞳孔已迷失在了他的身上。他觉得她对他的欲望有种可怖的引力，将他拉回至她的身边，拉入到一个并不属于他的故事之中。既然这段时间的梦想已经成真，他就想尽快逃离。他怕失去自我，失去自由，失去未来。刚刚还让他感受如此强烈的东西，此刻却似乎已经黯然失色，稀松平常，他只想逃脱。但他只是闭上眼睛，当他进入她的身体时，她的唇间逸出了呻吟，而声音他已无法辨识。

一种狂野甚至粗暴的激情主导着他们的做爱过程，将他们彼此陌生的躯体融合为一。他忘却了那些短促、尖锐的嘶叫声，那种无尽孤独的恐怖，对不可名状的未来的忧惧。她的身体再次为他而变。早已不存在欲望或厌恶，而是他体内的另一个部分，没有这一部分，他便不会完整。在她体内，他感受到了极其强大、他最需要的回馈。若没有她，他觉得自己的生命将不再成其为生命。

然而，即使在那个时刻，他的记忆仍在咬啮着关于他们的真相。后来，他只记得他们的身体随着拍岸的浪涛起伏，海风轻拂而过，扰动沙丘的沙顶，扬起飞灰，吞噬了他丢弃一边的香烟。

19

濒死的空气在康沃尔国王酒店的走廊上昏昏欲睡。昏暗的光线倦怠疲惫。酒店厨房里能闻到煤气味儿，但任何地方都没发现泄漏。在上升的楼层和精致的楼梯上，在落满灰尘的过道地毯上，起起落落地散发出某种气息，艾米认得出那是失望的气息，是积聚成团的灰尘和干燥的空气，混合着糟糕饭菜发馊的油脂，旅行推销员与或无聊或绝望或两者兼而有之的女人注定失败的约会散发出的气息。我是那样的女人吗？艾米一边向顶楼走去，一边想着。我也是其中一员吗？

但一旦进入角落的那间房里，她就知道自己不是那样的女人。他俩如今都认为这间房属于他们，法式对开门的合页早已锈蚀，门锁也已锈迹斑斑，打开门，就能望见大海和对面马路无尽的光亮，房间内能嗅到海的气息，空气好似在舞动，在这儿，万物似乎皆有可能。她先前给他准备了一些冰块和两瓶啤酒，尽管房间里酷热难当，当她到来时，它们并没有被打开。

多里戈·埃文斯指着壁炉架上的绿色贝克莱时钟。虽然分针不知何时从钟面上消失了，但时针却表明他在这儿已经等了很久，距她说定的时间已过了三个小时。

我得等白班的员工离开，她说，直到我可以安全地来这里不被人发现。

还有谁在？

两个酒吧女招待，酒保领班，厨子。米莉，那个女服务生。他们没人会上楼。

好像没人住在上面。

今晚没有。我把预订的客人都安排到了下面两层楼，所以这里就我们俩。

他们来到深长的走廊上，坐在锈迹斑斑的铁质家具上，分享一瓶啤酒。

照基思的说法，多里戈说，你很会下注。

哈，艾米说，看那些鸟儿。她指着海鸟，那些海鸟好似死了一般，突然坠入大海。她走到铸铁栏杆边；上面的油漆早已剥落，只剩下赭色的灰尘。她用手抚摸着粗糙的氧化层，它们如古老岩石般发红。

基思觉得你很厉害，多里戈说。

鸟儿又腾空而起，喙中叼着鳕鱼。艾米用指尖捏起细沙般的铁锈。她转而凝望着绵长的海滩，海滩绵延数里，一直延伸至海水侵蚀的古老岬角，岬角上只余些坚不可摧的灌木，除此之外一无所有。她的脑海中似乎充满了很遥远的事。他走过去，握住她的手，但她把手抽了出来。

基思说的这话？

他说你总是很懂跑道、赛场、筹码和最可能获胜的赛马。

哈，她说着，又沉浸到自己的思绪中。楼下的街道上传来一声狗叫，把她吓了一跳。她忐忑不安地环顾四周。

是他，她说，他能从她的声音中听出恐慌。他提前一天回来了。我得走了，他——

是大狗，多里戈说，听。一只大狗。不是贝阿特丽丝小姐那样的小狗。

她平静下来。吠声停歇，传来一个男人的声音，不是基思，那人在和狗说话，然后就听不见了。过了一会儿，她说了起来。

我恨那条狗。我的意思是，我喜欢狗。但我们一吃完饭，他就会让那只狗上桌子。它伸出恶心的舌头，像蛇一样难看。

多里戈笑了起来。

还淌口水，呼哧呼哧喘气，艾米说，狗上桌？你能想象吗？

每顿饭都这样？

我能不能和你说件事，只和你？

当然可以。

和贝阿特丽丝小姐没关系——你不能和任何人说。

当然啦。

你保证？

当然。

保证！

我保证。

她回到被阴影笼罩的山洞般的露台，坐了下来。她呷了口啤酒，接着又猛喝了一大口，放下玻璃杯，抬头瞥了他一眼，又看向滴着水珠的玻璃杯。

我怀过孕。

她看着自己的手指，指尖揉搓着已湿漉漉的细沙般的铁锈。

是基思的。

你是他妻子。

是之前的事。我们结婚前。

她停下来，探着脑袋四处张望，像是在暗影重重的、长长的走廊上搜寻有没有人。最后确定没人，她才又转身对着他。

所以我们才结了婚。他认为——这么说听上去不太好——他认为没结婚就生孩子不好。你明白吗？

不完全明白。你们那时可以结婚的。你们也确实结了婚。

他是个好人。没错。但我怀孕的时候，他不想结婚。可我想。为了保住孩子。我不——

她又停了下来。

爱他。不。我不爱他。而且。

而且什么？

你不会认为我是个坏女人吧？

为什么这么说？

认为我是个邪恶的女人？我不邪恶。

为什么这么说？为什么我要这样想？

因为我说我要去墨尔本看杯赛。我对别人说我一直都去。我是新来这儿的，他们能知道些什么？但——

但你没去。

不。不是那样的。我去了。但我也——

她的手指动得飞快，想把铁锈搓走。突然，她往裙子上一擦，留下了一片红色污痕。

我还去墨尔本见了一个人，是个医生，基思安排的。基思说这样处理最好。那是十一月。嗯。他把这事解决了。

沉默张开了大口，就连拍岸的海浪都无法填满。

我对赛马一点兴趣都没有，艾米说。

但你选了老罗利，还赢了比赛。一百比一的赔率。你肯定懂一些。

我选他，正是因为他是一百比一的赔率。我选他是为了输。我还希望他在起跑线上就倒下。我选他，是因为我恨那该死的比赛。我恨与它有关的一切。

她又站了起来。

我不想在外面谈这事。

他们进入屋内，躺在床上。她把头枕在他的胸口，但这样太热了，过了一会儿她就移开了，他们并排躺着，只有指尖相触。

他就坐在那儿，我是说基思。基思就坐在那儿，贝阿特丽丝小姐在他的膝盖上，他说在墨尔本安排了一个男人照顾我。一个男人。那是什么意思？一个男人。

有那么一会儿，她似乎全心地在想这个问题，然后她又说了起来。

他还拍了拍狗。我恨那只狗，我从来没这么恨过一样东西。他不愿碰我，但他对那只狗却又拍又摸。

然后发生了什么？

什么都没发生。我去墨尔本见了那个人。他就那样不停地摸着哄着那只该死的狗。

20

下方远处的马路和海滩上偶尔传来的喧嚣声被吊扇叶片席卷而去，旋转的吊扇缓缓地剥去时间。他倾听着她的呼吸声，海浪声，壁炉架上时钟的嘀嗒声。某一刻，他意识到艾米的脑袋又枕回到了他的胸口，她睡着了；另一刻，他也和她一样酣然睡去。傍晚的海风掀起窗帘，帘子豁开，热浪四散，雾气蒙蒙的暮色层层涌入。他再次醒来时，意识到此刻已是夜晚，灯已亮起，艾米也已醒来，正看着他。

那后来呢？他低声问。

后来什么？

墨尔本那个男人之后呢？

哦，是啊，她说，仰起头望向天花板，或许更远的远方。神情夹杂着迷惑与无奈，仿佛在期待世界能始终回到这个神秘的地方，回到天花板上或远方的星星里。是啊，她又说了几遍，仍旧仰着头。最后，她收回目光，注视着他。

我只能假装去墨尔本看赛马。我学习赛马和赌马之类的东西。可能我还产生了一点兴趣。我觉得，这是可以集中精神的事。以后，我才不管呢。赛马不就那样。我都是假装的。我也说不清。反正，有时候我有点像惊弓之鸟，就是这个原因。

那基思呢？

我回来后，他对我很好。太好了。我猜是因为他感到愧疚吧。而我开始坐卧不安。他想娶我，虽然孩子没了，也许那是为了弥补。也许他比我更觉得羞愧。我不知道。

你就爱上了他？

只是陷进去了。一切都是雪茫茫一片。就在我脑袋里。你有过那种感觉吗？你拥有整个世界，然后你所想的一切都变成了雪。基思很好，而我就是雪。也许我觉得羞愧。也许我只是觉得自己像尘土。我确实认为自己像尘土。我知道自己不想当个老处女。也许我以为我们可以纠正过来。再次怀孕，纠正一切。可是全都错了。我恨他，就因为他好。我恨他，直到他也开始恨我。他说我骗他跟我结婚。不知道怎么搞的，看上去好像应该就是这么回事儿。他说我对他耍花招，说我做了不好的事，所以怀孕了。也许他现在确实也不会这么想。但有时候，话一出口，就不仅仅是词语那么简单了。那是包含一个人对另一个人所有看法的一个句子。仅仅一个句子。你对我耍花招，他说，所以我们才会结婚。说了很多个词，没一个词是有意义的。结果，一个句子就意味着一切。

艾米侧躺在那儿，凝望着大海。他躺在她身后，忌妒起了她的枕头。他们一起静悄悄地躺了很久。他用手指将落到她脸上的头发拢到耳后。耳廓的形状总是令他动容。他感到一阵可怕的眩晕感，似乎被裹挟而去，卷入了广袤无际的旋涡之中。绿色的贝克莱时钟只剩下荧光闪闪的指针和数字，仿佛幽灵般浮动的圆圈此刻正盘旋于他们上方，一分一秒地流逝而去。她偎入他的怀里，他感受到她的呼吸拂过他的胸膛。他看见她睁着双眼，透过他的身体专注地凝视着，仿佛凝望着某个遥不可及的东西，然后就合上了双眼。

过了很久，她的说话声将他惊醒。

你听见了吗？她说。

透过敞开的窗户，他听见了波浪声，几个男人从四楼以下的酒吧里出来，聊着足球。脚步声，从容空荡的海滨大道上偶尔驶过的车声，一个女人在对孩子说话的声音，人们聚在一起，允许彼此成群结队的声音。

海浪，她说，时钟。海浪，时钟。

他又倾听起来。过了一会儿，他的耳朵适应了，下方的街道陷入了寂静，他听见海滩上缓缓升腾的轰鸣声，时钟发出天鹅绒般的嘀嗒声。

大海的时间，她说的时候，又一阵海浪拍岸碎裂。人的时间，她说的时候，时钟正嘀嗒而过。我们使用的是大海的时间，她说着，笑了起来。我这么想。

既然他这么糟糕，你为什么还要留下来？

他不算糟糕，问题就在这儿。也许我是以自己的方式在爱着他。不像我们这样。

但爱就是爱。

是吗？有时候，我觉得那是诅咒。或者说惩罚。和他在一起的时候我觉得孤单。坐在他对面的时候，我孤单。躺在他身边半夜醒来的时候，我好孤单。我不想这样。他爱我，所以我不能说……那太残忍了。他可怜我，我这么觉得，但那还不够。也许我在可怜他。你明白吗？

他不明白，也无法明白。他也不明白，为什么既然他想要她，并且他越是想要她，越是反而和艾拉紧紧相连。他不明白她和基思之间怎么会是爱，而它却只能使她显得可悲，显得孤单，但联结他们的纽带却不知为何比能使她快乐的这份爱更为强韧。她这么说的时候，就好像他们身上发生的所有事都永远无法凭他们做主，他们生活在由许多人和许多关系构成的世界中，没有一件事允许他们在一起。

我们不只是两个人，他说。

我们当然是两个人，否则我们什么都不是，艾米说，你是什么意思，我们不是两个人？

但他也不知道他是什么意思。那一刻，他觉得他只存在于其他人的思想、情感和词语之中。连他是谁，他也搞不清楚了。他无法用词语或理念来表明他们是谁，也不知道他们会发生什么事。对他来说，世界只允许发生某些事情，惩罚另一些事情，对此既无理由，亦无解释，既无正义，亦无希望。只有此刻存在，而最好还是接受这一点。

但她还在诉说，试图破解这无法破解的世界；她仍然在问他的意图，他的理念，他的欲望；他仍然觉得她想诱他做出承诺，这样她就能断然拒绝，说这完全不可能。就好像无论他们拥有什么东西，她想让他亲口说出那是什么，可他一旦照做，她就会把这样东西彻底扼杀。

沉沉的幽光里，他听见了她的誓言——

总有一天，我会离开。总有一天，我会离开，他再也找不到我。

很难相信她说的是真话。他什么都没说。她沉默了。他觉得有的事他非说不可。

你为什么要告诉我？

因为我不爱基思。你看不出来？

这些话揭示了一个令人不安的新发现，两人都吃了一惊。

他们沉默了一段时间。除了绿色的时光之圈在对面等待着，他们笼罩在一片漆黑之中，身体都已融于其中。在黑暗中，他们并未找到彼此，而是碎片，它们组成一个截然不同的整体。他觉得若非她的胳膊和身子紧拥着他，自己定然会狂暴地碎裂成无数碎片。

听，她说，我们是大海的时间。

但海声渐渐消逝，唯余一根指针的贝克莱时钟传来嘀嗒声。他知道那不真实；知道当他吻她的耳廓时，她已沉沉睡去，那一刻，宇宙中唯一真实的就是他们在那张床上融为了一体。但他没有感到平静。

21

太阳尚未完全升起，清晨的空气便已似烤炉。她帮多里戈铺好床，女仆就不会看出他们做的不光彩的事。她看着他洗澡，他的双手如湿漉漉的碗，闪烁的脸从掌间滑落，好似热气腾腾的布丁。她特别注意他的胳膊，黑黝黝的，注意他拿东西、握东西的模样，冷水罐，剃须刷，安全剃刀。轻柔却有力，不是蛮力。他绷紧的皮肤。他身上的不同之处。

他俯下身子，把脑袋埋入水盆，双臂伸开，犹如羊羔摇摇晃晃的双腿。但他和羊羔截然不同，他更像狼，一匹黑狼，她心想，稳稳当当，稳如泰山，等待时机，一匹黑狼，他那漂亮的黑色腋毛滑溜溜地沾满了肥皂。他的胸膛。他的肩膀，他举起一条胳膊，像是要挡住什么——汽车，火车，她的心——之后又垂落下来，仿佛它不值一提。

此时此刻，她想将自己的脸庞埋入那腋窝，品尝它，咬啮它，与它融为一体。她什么都不想说，只想用脸庞抚遍他全身。她希望自己没穿那条印花裙——绿色，如此糟糕的颜色，如此廉价的裙子，毫无吸引力，她想让乳房挺立高耸，而非被掩盖着，什么也看不见。她注视着他，他的肌肉似隐匿的小兽贯穿于他的背部，她的目光随他而移动，想要吻那背部，那手臂，那肩膀，她注视着他抬头看她。

眼眸，黑色的眼眸。视而不见，却又洞若观火。

她随便说了几句，便匆忙避开他的目光，但没走开。她永远不知道他心里在想什么。她曾经问过他，他说他不知道。后来，她想他是在害怕。他英俊帅气。她倒是不喜欢他那样。她心想，他过分自信，过于无所不知，但后来她才意识到自己想错了。他无所不知，却又懵懂无知。

他。恰好是他。

当他见她仍在凝视着他时，便看向一边，垂下目光，脸红了。

她想了解关于他的一切，想告诉他有关自己的一切。但她究竟是谁？她和一位朋友一起从悉尼过来，朋友在阿德莱德安了家，她最后也留了下来，在康沃尔国王酒店的酒吧里找了份工作。她在那儿遇见了基思·墨夫内。他是个无趣的男人，但为人有他自己的那种和气，还发生了一些事情。她究竟是谁呢？她父亲是个画广告牌的，在她十三岁时去世了，她家共有兄弟姐妹七个，各自勉力生存了下去。她还从未遇见过像多里戈这样的人。

难道地板比我有意思？她问。

她到底为什么要说这话？她是个邪恶的女人，是个不光彩的女人；她心里明白，有时她不在乎是否全世界都知道这一点，就算现在就要死了，她也不后悔。她没什么好悔恨的。她把他的衬衫递了过去。

不用，他说。

他笑了笑。他的笑容，他从她手上接过毛巾把笑容埋入里面时，像球似的在皮肤底下来回转动的二头肌。动与不动。

但她觉得他似乎并不确定。所有的男人都是骗子，显然他也不例外，只有一条舌头，但讲出的故事比狗圈里的狗还多。她见过太多世面，走过太多地方。她此刻最渴望的就是将他那可爱的阴茎放入口中，在底下的餐厅里，在人们给咖啡添奶油的地方，当着所有人的面。

可突然，她又希望他快点消失。她想把他推开，她本想这么做，但对于碰了他之后会发生的事，她感到很害怕。

多瑞？

询问和需要。

不该是这样的，可确实如此，她想知道这一切是否会消失，这种情感，这种心照不宣，这种我们的感觉。

多瑞？

我在。

多瑞，会不会？

什么会不会？

会吓到你吗？艾米说，要是我说我爱你的话。

多里戈没吭声，转过身去，艾米在蓝色的床罩上寻找散开的棉线，再一根根拔掉。

噢，她就是个邪恶的女人，她欺骗自己，也欺骗了基思，但如果是她的欺骗导致了现在的局面，她一点也不后悔。她不需要爱。她要的是他们在一起。

尽管还是早晨，他们又一起躺回了新铺好的床上。他的前臂揽着她的胸脯，手窝起来，兜着她的下巴。他用鼻子来回摩挲着她的脖子。她扭动着。他的唇，张着；她的脖子，仰着。

不会的，他说。

他睡着后，她站起身，跌跌撞撞地保持好平衡，她伸了伸腰，步入阳台的阴影之中。远处的海滩上，几个孩子在浪里尖叫。热浪犹如母性之力，命令她坐下。她在那儿坐了很久，倾听着海浪碎裂、轰鸣的声音。当她感到伸展的双腿上阴影正在缩短，便下了三层楼，来到和丈夫同床共枕的房间里。

她的身上到处都能嗅到多里戈的气息，即便洗了澡也无济于事。他使她的世界充满了芬芳。她躺在婚床上，一直睡到暮色四合，当她醒来时，扑鼻而来的也仍然只是他的气息。

22

半天，全天，空闲的晚上，无论何时有空，多里戈·埃文斯都会设法请假，和艾米待在一起。他找到了一样新的出行工具，那就是奥斯汀·贝克牌小面包车。有个同营的军官打牌赢了这辆车，因为他已经有车，便乐意把它借给多里戈，他随时都可以用。基思喜欢多里戈来家里玩，说由于工作太多不在酒店时，很高兴能让侄子来陪伴艾米。随着夏日一天天过去，这样的陪伴也愈来愈频繁。

多里戈在康沃尔国王酒店的生活以小时计算，加起来不过几个星期，却似乎已成了他这辈子唯一的生活。艾米常会说等我们返回现实生活的时候，或者等到梦结束的时候之类的话，但唯有这段生活，和她在一起的时刻，对他而言才算真实。其他都是幻象，他像影子似的经过，无牵无挂，漠不关心，只有当另一种生活、另一个世界想要掌控他，要求他去做去想和艾米无关的事时，他才会怒火中烧。

他的军营生涯曾让他废寝忘食，如今他却提不起丝毫兴趣。他给人看病时，病人只是一扇窗口，透过他们，他看见的是她，只有她。他的每一次切割、每一个创口、每一个步骤、每一次缝合都显得笨手笨脚，没有技巧，毫无意义。即便不在她的身边，他仍能看见她，嗅到她脖子上麝香的气息，深入她明亮的眼眸，听见她磁性的笑声，手指轻轻拂过她略厚实的大腿，凝视她不太完美的头发；她的胳膊流溢着神秘的女性丰腴之感，不紧绷，不松弛，美妙无比。每次只要看她，她的不完美之处就会增多，令他心驰神往；他觉得自己就像新土地的勘探者，那片土地上万物颠倒，并因此美妙绝伦。

她没有艾拉身上受人欣赏的多种特质，和好莱坞明星如此不同；艾米是个有血有肉的人。每当不在她身边，他都会设法回忆她身上许多完美的不完美之处，它们如何激发情欲，令人痴迷。而他越是沉迷于此，这感觉便越发强烈。她唇上的那颗美人痣，笑起来时露出的不齐整的牙齿，稍稍有些别扭的步态，这种若有所思的步态显得有些傲慢粗鲁，似乎她想掌控那不可掌控之物，想刻意显得端庄贤淑，不欲显出女性和粗蛮的气质。她总是会不经意地拉扯身上的衬衫，往上拽领口，遮住乳沟，仿佛不这么做，乳房就会露出。

他记得，她越是想规避并掩盖自己的本性，它便越是会在由此而生的凝视的目光中骚动不安。她是一个流动的悖论，她身上散发出的那种独有的气质既令她尴尬，又令她兴奋。她笑声突兀，脚步摇摆，对他来说，她身上总是弥漫着麝香的香味、变幻莫测的海风的气息，那海风穿越酒店的走廊涌入，使法式对开门发出轻柔的声响。在床上，有时她会用手摸遍自己身上的角角落落，凝视着自己的臀部或大腿，充满困惑：她的躯体对她而言是个秘密，没有答案，对他也是。她对自己的描述是有缺陷的构造：腿部的线条，腰围，眼睛的形状，哪一样都是。

她对他的感情，他起先是拒绝相信的。后来，他认为那只不过是情欲使然，再后来，等到实在无法否认，便对这感情的动物性、无边的威力、令人难以置信的暴烈日趋感到疑惑。对多里戈·埃文斯这样看低自己的人来说，这股生命的威力无边无际，难以理喻，但他还是承认这感情势不可当，令人难以逃脱，将他压倒，所以他放弃抵抗。

欲望无情地左右着他们。他们日渐肆无忌惮，抓住一切机会做爱，置身于阴影之中，争分夺秒，不管是否会倏然之间昭然于天下。他们想让全世界看到他们的本真，部分是他们的意愿，部分是他们的欲求，部分想要逃避，部分想要隐匿，但始终乐在其中。大海涨潮，漫过康沃尔国王酒店厚厚的青石墙；他们在屋内做爱，缓缓融为一体，身躯蜿蜒交缠于淋漓的汗珠之中。他们在海滩上、大海中做爱，有时也会选择不那么容易的，去康沃尔国王酒店后的卡布莱雷街，在凉爽隐秘的酒窖里的苦珀红酒桶上做爱，有一次，他们还深更半夜跑去了厨房。他无法抵御她那潜藏着的汹涌逆流。

做爱后，他的脑海里会时时萦绕着她的脸庞，毫无表情，如此近，却又如此遥远；仰头注视着他，深入他，透过他，又越向远方。每到这种时刻，她似乎总是迷失于恍惚之中。眉头坚毅，粗壮；眸子灼烧般的蓝色在夜光中银光闪闪，似乎并未聚焦于他的身上，却直勾勾地凝视着他；她轻启的朱唇，不是微笑，而是幽幽的喘息，他会俯身，将脸颊凑过去，以便感受轻柔的微风拂过皮肤，唯有如此才会知道这并非幻象，而是她，正和他一起躺在床上。他并未觉得欢欣抑或骄傲，而是惊诧。置身于黑黢黢的酒店房间里，他觉得自己从未见过如此美丽之物。

有一次，基思早早去城里开会，早上她便去了他的房间。他们聊了会儿天，她要离开时，他们拥抱接吻，倒在了床上。她双腿伸到了床外，他半站半蹲，进入了她的身体。他俯视着她的脸，她似乎并没有进入状态，甚至都没意识到他的存在。

她的双眸越来越亮，但焦点却奇异地迷乱。她双唇半开，恰好可以逸出浅浅的喘息声，短促、重复，如瀑布般的叹息声，既是对他，也是对自己独享的极乐之情做出回应。她一脸的迷乱，令他恐慌不已。仿佛她真正想从他身上获取的只是这无踪无影、彻底的遗忘，而他们的激情最终会将她彻底从世界上抹除。好像他只是一辆送她前往其他地方的汽车，那地方遥不可及，他一无所知，怨恨在他的心中顿时油然而起。而当她狂暴地搂紧他，将他拽入怀中时，他这才明白自己的躯体也已不知不觉地踏上了同样的旅程。她是否认为这一切都是他呢？他思忖着。不是他。对他而言，那也是个秘密。

于是一切就这么继续着，而那个无尽的夏日终于骤然而止，犹如开着偷来的汽车狂飙，最终撞得粉碎。那个周日的晚上，基思告诉艾米，他知道，他一直都心知肚明。

23

基思·墨夫内一开始就发现了，显然什么都没瞒过他。他开车比平常要慢得多，因为灯火管制，街上没有路灯，也看不见住家的灯火，车子的车前灯全都蒙着，只露出一条缝。

我知道，他说，我一直都知道。

车板在艾米的脚下震动。她想沉浸在这震动之中，但似乎连震动都在对她说“多瑞——多瑞——多瑞”。她不敢看她的丈夫，便直愣愣地望着前方的夜色。

我从一开始就知道了，他说，从他来酒吧找我时。

每两句话之间似乎都隔了好几里路。车子仿佛迷失在无穷无尽、吱吱嘎嘎响的黑夜之中。她努力不去多想，但她仍能真切地感受到基思身上散发出的悲伤，这悲伤仿佛清空了世界。尽管车子一直在震动，发出敲击声，但她周围似乎只有一片沉默、孤独和可怕的静息。除了去年夏天他姐姐得肺结核去世，她从没见过基思这样。

或许这也是一种悲哀吧，她心想。没有欢乐，没有奇迹，没有笑声，没有能量，没有灯光，没有未来。希望和梦想均已成了熄灭的火堆中冰冷的灰烬。没有交谈，没有争执。说实话，能说什么呢？死亡。爱的死亡，艾米想。他坐在那儿，身子前倾，绝望已裂成无数根木棍，从一堆不合体的衣服里往外直直地杵着：棕色的牛津包，绿色的斜纹衬衫，沾了泥巴的羊毛领带。

我觉得这太厚颜无耻了，基思说。

艾米·墨夫内尽力反驳而不说出真相，事实上，那时候他们之间根本就没事。她说当时他们彼此都还陌生，除了一次偶然的邂逅——在书店里，她提醒基思，这事儿对他说过，简单地提过——那次压根儿就没事儿。

没事？基思·墨夫内说。他一直笑着，那笑容令她既惊恐，又羞愧。你的胃没有收紧？他继续说，和他说话时，你难道没觉得兴奋或者紧张？

她不想撒谎，于是便一言不发，她很清楚沉默等于承认，但说出口只会更糟糕。

你看，我很了解你，艾米。我知道你会那样。

他是怎么知道的？她寻思着。他们还没干什么，他怎么就知道了呢？可他还真知道了。

如果换作其他人，她会认为他在虚张声势。但基思·墨夫内没什么心机。自从遇到多里戈后，她就难以自拔，他了解真相，很不幸。她从来不会说出心里涌现的第一个想法，而是会说出第三或第四个，而且只有等到它被检验过之后她才说出来。但基思只要一开口，总是直来直去。他知道了，他一直都知道，他忙来忙去的时候也始终不会忘记这事，沉默地、耐心地、毫无怨言地一直忙到那天晚上，他从罗伯逊家回来，置身于黑暗中，有什么东西在他面前打开，使他再也无法装聋作哑。

他们的婚姻生活在整个夏季一直都很和谐，艾米觉得，甚至不只是和谐。就好像婚后基思不同意换掉的爱德华时代的马鬃装饰品，如果窝在软处，避开坚硬部位，就很舒适宜人。他无私，和善。但他不是多里戈。她发现现在已经很难自欺欺人，再把这当作爱了。她觉得他们的婚姻正在凋零。她回到他的身边，躺在他们的床上，薄薄的黄色灯芯绒被子，每个闷热的晚上，她都会温柔地把那床被子叠好，静悄悄的，但她的内心却潜藏着骚动，将她带往别处。

有时候，她有极其强烈的冲动，想要跪下来坦白忏悔。白天，她还能忍受内疚感。可一到了晚上，凌晨时分，她的腹部和胸口就会被压得很紧，她只能放慢呼吸来承受这将人碾压的重量。她不求他的宽恕，只求过得纯粹，让内心的真实想法能和她的生活握手言欢，唯其如此，她才能站起来，转身，永远地离开。

24

如果说艾米享受关注，在康沃尔国王酒店工作的头几个月，虎背熊腰、上了年纪的酒吧老板送她礼物，奉承她，或许她也在不知不觉中鼓励了这种行为，但后来她就有点不胜其扰了。一天晚上，酒吧关门后，就剩下了她和基思两人。她这么做是因为她觉得这个时机不错，可以好心地对他说，别再那样傻呵呵地献殷勤了，他们之间不会有结果的。但话没说成，她却发现自己被他纠缠抚摸，难以脱身。她不知道什么时候或者怎样才能逃离他，最后觉得明智的做法还是先顺其自然，等有机会了再告诉他。

但就像常常发生的那样，一件事并没有引出另一件事，而是将整个世界都击得粉碎。

流产之后，负疚感牢牢地攫住了基思，他有了结婚的想法；艾米则心神俱疲，茫然失措，做不了决定，而基思竭力将她完全带入自己和酒店的世界，使她无暇顾及其他。没料到的是，他的求婚很坚定，也很郑重其事，似乎成了走出泥潭的唯一途径。她对自己说他们之间的差异虽然表面上看很明显，可同其他夫妻比起来，或许不见得更大，也不见得更小。

也许，他们的差距并不大。她逐渐发现基思是个温柔、大度、懂得嘘寒问暖的男人。她平生第一次拥有了安全感和不多不少的财富。考虑到他们在年龄上有差不多二十七岁的差距，基思给了她一定的出行自由，她对此不无感激。是啊，情况还不算水深火热。

她知道基思身上还有许多值得去喜欢的地方。他会是个好相处的伴侣。他确保酒店经营良好，可以让她过得不错，冬天炉火旺盛，夏天厨房里还有冰块。他对她很照顾。她觉得她的存在正像酒店之于他，是他生活中的一部分，她的需求一定会被满足，这与他的利益有关，但他并无激情。他们生活空虚，他就在酒店里卖力干活，不去多想那些事，而且他还是市议员和好几家运动俱乐部的秘书，也就根本抽不出时间来了。

但艾米需要的不仅仅是吃好穿暖、柴火、冰牛奶；不仅仅是浅黄色的灯芯绒床单折叠得一丝不苟，年复一年同样的折叠方式，早已将这褶痕深入布料之中。她要的是不修边幅，四处探险，不确定性。不是舒适，而是炼狱。

有时候到了晚上，他会躺在她身后，抚摸她的臀部、大腿。她觉得搁在她乳房上的那只手令她想起了肥大的猎人蛛。然后，那几根手指会探到她的双腿之间，想要取悦她。她从来不会做出回应。她发现应付他关注的最好方法就是什么都不干。既不抗拒，也不迎合。当他把腿放到一边，进入她身体的时候，她只是由着他，什么话都不说。但她始终都不愿和他接吻。嘴巴是属于她自己的。

有时候，这会让他很恼火，他会抓住她的下巴，将她的脸拉到自己跟前，舌头来来回回爬行于她紧闭的双唇间，她觉得那和吻门锁没什么区别，然后，他就会放开她的脸，有时还会发出呻吟，一种奇异、可怖、野兽般的低沉的呻吟声。

时间一久，他也就接受了她这种不成文的规矩。到后来，她会把床单一扔，一句话都不说，也没什么动作，带着闷气，大踏步地走进洗手间。

伤害他会让她心里难受，但她又觉得这样很真实，也很必要。如果她让他觉得自己像尘埃，像黏糊糊恶心的东西，那是有理由的，奇异而矛盾的理由。她很想让他知道，了解一切，但同样，她也会竭力不向他承认自己和多里戈之间的恋情，以免深深地伤害他。她希望出现一场危机，终结这一切，但又想维持现状；她想要刺激他，却又拼死拼活地不想让他受到刺激。

等她返回酒店，她不会去碰他，也不会和他说话，而是背对他躺在床上。他会俯身过来，在她的额上亲吻再三，这么做或许是出于恐慌，或许是想见到某种表示，某种确认，表明他没有误解，她仍然爱着他，她对他是有感情的，和他一样。可什么也没有。

艾米能感受到他的身体在她的背后气喘吁吁，她知道爱既不美好，也不幸福。她和基思在一起不见得始终都会不幸福，她对多里戈的感情也不见得总是幸福的。对艾米而言，爱就是宇宙触碰到一个人的内心，在其中爆炸，而那个人又爆炸成宇宙。爱是毁灭，是世界的摧毁者。

当她躺在床上，感受到基思在她身后静静地哭泣时，她很清楚爱不会终结，直到它的力量在悲惨、残忍、磨灭中被驱散，就像在善良和欢乐中被驱散一样。每天晚上，她躺在那儿，能感受到腹中搅着的玻璃碎片——切割，切割，不停地切割。

25

这些事，艾米无人诉说。爱是公共的，今晚的尤卡牌局上，她有个朋友这么说，两人现在正从牌局回家，否则那就不是爱。爱得和其他人分享，否则就会消亡。

每月第一个周日的晚上，基思和艾米都会和罗伯逊夫妇打牌，他们在谈最近发生的一件丑闻：有个知名的律师离开妻子，和一个医生的女儿好上了。这引出了几个与遗弃和卑鄙有关、令人震惊的通奸故事。牌桌上的人都很同情被抛弃者。而另寻新欢的人会遭人唾弃，受人嘲笑，遭到排斥。极大可能会遭到排斥。被人们从社交圈中驱逐。

艾米渴望这样，渴望它戏剧性的终局。但结果并非如此，伤口在流血。不停地流血，止都止不住。她意识到不会有戏剧性的终局，只会慢慢地凋零，就像基思的姐姐得肺结核那样悲惨地死去。流血，越流越多。

她有太多的事情想问，想知道。你们真的是那样想的吗？她真想这么问。难道隐匿的爱就不是爱吗？难道它真的注定不能存在吗？难道会血流不止到死吗？

她想掀翻桌子，把一张张牌撒向风中，想站起来，质问他们是否心口不一。回答我，她想这么说。无名无姓的爱就不能是爱吗？难道就不能是更了不起的爱吗？我爱上了另一个男人，她想对他们所有人说。当纸牌飘落到地上，当每一个人的手都显得毫无价值，当赢来的每一个点数只不过是毫无意义的游戏时，她会告诉那些人这另一个男人有多美妙，哪怕三十年不见，她还会爱他，哪怕他死了，她仍旧会爱着他，直到生命尽头。

可是，她只是注视着哈瑞·罗伯逊打出一张好牌，他和基思一直是搭档，他俩赢了这一局。

出轨那么容易，埃希·罗伯逊说，她把牌拢到一起，洗完牌堆好，准备再来下一局。很可悲。只需撒谎，辜负别人的信任。

艾米以为他们在谈论爱。出轨并不容易，艾米心想。很难，非常难。那和性格缺陷没关系。出轨本身就很艰难。那甚至不是欺骗。因为如果你忠于自己的内心，真正的欺骗难道不是和自己的伴侣做戏吗？这种真正的欺骗难道不正是这个世界和罗伯逊夫妇所需要并支持的吗？

她期待另一个女人会流露出某种迹象，某种洞见，某几句话，好让她不再孤单。可是没有。那天下午，多里戈曾告诉她他所在的部队周三就要出发。也许他会死去，也许他会活着，只是再也不会回到她的身边。她想起他曾经说过希腊人和特洛伊人，希腊人会再次赢得胜利吗？

她心想：是否她那了不起的爱根本就不是爱情呢？为什么当她觉得自己只有通过另一个人才能存在时，她会感受到如此可怕的孤独呢？

艾米只知道：她正独自一人。

晚上打完牌离开时，艾米发现基思出乎寻常地安静。他平常总是滔滔不绝，但最近他的话越来越少，打尤卡牌的时候，他几乎都没怎么说话。基思身上所散发出的悲哀似乎要掏空全世界。她设法将思绪沉浸于敞篷车侧窗嘎吱嘎吱的声响、路上的噪音以及发动机轻微的咔嗒声之中，但她还是清清楚楚地感受到基思好似变了一个人，完全沉浸在自己的世界之中，吱嘎吱嘎声、轻轻的敲击声和咔嗒声仍旧不停地响着。

魔法消失了，他说。

委员会会明白你的主张的，艾米说着，挑起了傍晚的话头。

委员会？基思边说边看着她，仿佛他是个杂货商店的老板，而她是个顾客，走进了他的店，不可思议地说要买一袋常识。委员会和这事没任何关系，他说完，专注的目光又回到了路上。

尽管知道不该再说话，她还是故作轻松地问，那是谁干的？

各种各样的谎言。现在每件事或多或少都是谎言。

那一刻，基思扭头看着她。黑暗中，她看不分明，但能看出他盯着她的眼神并不是愤怒（这可以理解），也绝非谴责（这可能会让她好受一些），而是一种可怕的审判，只要他一直看着她，她就无法逃脱——这眼神裹挟着怜悯、恐怖、疼痛，即便黑暗都无法模糊，她怕它们以后会永远和她形影不离。她突然觉得非常恐惧。

你看我不知道，他说，不太清楚。

不能爱他了，她告诉自己。她不能，一定不能，永远不能爱他了。

他还在说，声音没有提高：我希望自己全都搞错了。希望你证明我这个老头会想到这种肮脏的事，有多可怕，忌妒心有多强。希望你让我觉得自己会想到这种事是很羞耻的。但现在。好了，我说出来了。一切都……水落石出了。

那时候，他似乎沉浸在了自己的思绪和算计中，精心计算着背叛的把戏。之后的话，他说得很慢，很模糊——

你什么时候告诉我，比如……比如……

他又看回了路面。

就像是在听步枪击锤弹回的声音。

她想抱住他。但她没这么做，也不会做这种事。

也许我应该做点什么，说点什么，他继续说，但我觉得，能说什么呢？他和你年纪相仿，我告诉自己，我是个又老又肥的蠢货。我——

他停了下来。他眼睛湿润了？她知道他不会哭。他比她勇敢，她心想。比她要好。但她要的不是美德，她要的是多里戈。

我怀疑过。没错，基思说，口气像是对坐他膝头的贝阿特丽丝小姐说话。我就想，好啦，基思，老头子，他要是来了，你就少露面。他们可以在一起，等到热乎劲儿过了，她会回到你身边的。但那不是我犯下的第一个错误。

一辆军车从他们身边驶过，透过一道射入敞篷车内稍纵即逝的幽暗灯光，她偷偷瞄了一眼邻座。但他的脸没于阴影中，很专注，凝视着笔直漫长的阿德莱德街，什么都看不出来。

我本来应该让你留下孩子的，他说。

他换了挡，汽车板在艾米的脚下晃动。那震动声似乎在对她大喊，多瑞——多瑞——多瑞！

基思继续说，我觉得，我有些想法。你，我……他的舌头打了结。每一个词就是一个宇宙，无限，未知。我们，他继续说道。

她发觉自己的内心对他还有很深的感情。很深，但那不是爱情。

什么事都没有发生，基思。

不，不，他说，当然，当然，什么都没有。

你要我怎么做？

怎么做？怎么做？还能怎么做？他说。魔法消失了。

什么事都没发生，她撒了第二次谎。

我们呢，他说着，向她转过身，我们呢？他问。但他似乎也不确定，很迷惑，像法国一样一败涂地。我们可以的。我们可以的。没错，基思说。

没错，她说。

我们可以的。不行。行吗，艾米？我杀了孩子，这件事毁了我们。

26

周一的早晨，多里戈·埃文斯正准备带领部队向阿德莱德山行军，却被叫去团部，接家里打来的紧急电话。办公室是一间很大的镀锌钢板尼森简易房，工作人员都在里面办公，室内温度奇高，除了烘焙房及陶瓷窑，没有哪里还有这样的高温。地狱般的热浪无法散出，再加上简易房里做了隔断，隔断漆了脏兮兮的土黄色，这些石匠牌单层隔板隔出一个个让人根本无法工作的办公区域，更加窒息。越是沮丧，大家就越是抽烟抽得厉害，空气雾蒙蒙的，味道也是毫不逊色，混合了烟草味儿、汗味儿和牲口挤在一起散发出的那种腐臭氨气味儿，使得每个人都咳个不停。

等着多里戈接听的那台电话就安在值班军官接待桌对面的墙上，大家会找各种各样的理由，络绎不绝地经过这儿往外走。室内毫无私密感可言，格外嘈杂，打字机噼里啪啦的按键声，打字机滑动架被推回的声音，电话的响铃声，叫喊声，咳嗽声，到处可见的电扇嗡嗡地响个不停，将令人难以忍受的热浪吹入烫手的头发之中。

多里戈拿起贝克莱听筒，俯下身子，他咳嗽了一声，表明自己来了。一开始没声音，然后他听见了她明白无误的声音，蹦出了这几个字。

他知道了。

他觉得自己从宇宙中跌落，没有任何东西能阻止他。底下就是他的身体，连着听筒，听筒连着一根电线，那根电线穿过其他电线，径直来到了艾米·墨夫内在康沃尔国王酒店所站的位置。他看见自己转过身背对着其他人。他又咳了一声，这次是无意的。

什么？多里戈说。他圈起手拢住听筒末端，为了能听清楚艾米说的话，也为了不让别人听见。

我们的事，艾米说。

多里戈的手指在湿漉漉的领子和脖子之间来回动。热得真让人受不了。他大口大口地喘着气，想吸入足够的空气。

怎么知道的？

我不清楚，她说，怎么知道，知道什么，我都不清楚。反正基思知道了。

多里戈心想艾米接下来应该会说要离开基思，也许是基思抛弃了她。不管怎么说，他和艾米要开始共同生活了。他明白这一切，也知道自己会说好的，好的，他会和艾拉·兰斯伯瑞分手，没错，他会立马把自己的这段恋情安排好，这样他和艾米就能成为真正的恋人了。对他来说，这些事是避免不了的，本来就应该这样。

艾米，多里戈轻声说。

走吧，她说。

什么?

回她那儿吧。

多里戈觉得自己就要跌倒，回到了烤炉般的办公室。他很想和她聊天，任何地方都行，只要不在这儿，可以去满是灰尘的书店，去海滩，去角落里的那间屋子，他现在已经把那间屋子视为他们的爱巢，屋子里的法式对开门漆面剥落，微风轻拂，还有锈迹不太明显的铸铁阳台。

回到艾拉身边吧，艾米说。

他回答的时候尽量显得语气平淡，不含情绪，话断断续续，以免身后的值班军官听明白他说的话。

你。什么意思。回去?

回她身边。我就是这意思。必须回去，多瑞。

她不会想这样，他心想。那是不可能的。那她为什么要这么说?他也不清楚。他的脸涨得通红。身体滚烫，军服绷得太紧。他很恼火。他有许多话要说，却一句都没法说。他感觉到土黄色的石匠牌隔断将他紧紧包围，卡其布军装沉甸甸的，纪律、规则和权威沉甸甸的。他觉得自己被憋得说不出话来。

回艾拉身边，她下了命令。

他的身体只想逃离烤炉般难受的尼森简易房，逃往——

艾米，他说。

走吧，她说。

我——

我什么？艾米说。

我想，他回答。我想——

什么？艾米说。

现在每件事都颠倒过来了。他越是需要她，她越是将他推开。后来，艾米说她听见基思过来了，对不起，她得挂了。他会幸福的，她说。

尽管不开心，多里戈·埃文斯还是感受到了酣畅淋漓的轻松，这让他相当意外。过一会儿，他就能离开熔炉般的团部，不用再去理会艾米·墨夫内给他的生活所带来的那种让人全然不知所措、动弹不得的感受；自此以后，他就能过上自己想过的生活，和艾拉·兰斯伯瑞过上井然有序、诚实无欺的日子。他知道自己会变得自由，不用再在谎言和欺骗的旋涡里翻腾，可以全身心地投入和艾拉·兰斯伯瑞相亲相爱的任务之中。所以，后来他完全无法理解那时自己为什么要说出这句话，只知道他说的每一个字都是发自内心的。只这一句话，他就放弃了自由，随之也放弃了合情合理建构爱巢的希望。

等战争结束，我就会回来，多里戈·埃文斯说，会来找你，艾米。我们会结婚的。

他知道这是一条通往悲惨甚至毁灭的道路。之前从没想过的事如今似乎已无法避免，仿佛再也没了其他的办法——他们在那家满是灰尘的书店邂逅，油漆片片剥落的卧室和被海风揉皱的慵懒窗帘，犹如熏肉屋一般炙热的锡皮铁窝棚。贝克莱话筒沾满了汗水，湿漉漉的，从他的耳朵上滑落，过了一会儿，他才发现她已挂了电话，或许并没有听见他刚才所说的话。

他得去见她，他心里只有这个念头。必须去见她。他还剩两个晚上，他得在其中一晚偷偷溜出军营，和她见个面，谈一谈。

你得出发了，埃文斯，他身后有个声音说。他转身看见 2/7 伤亡人员中转站的一名军官，手上拿着纸板夹。

多里戈的头脑飞速旋转，想着怎么才能在未经准许的情况下溜出沃拉代尔，在哪儿可以找辆汽车，在哪儿可以秘密相会。

2/7 伤亡人员中转站的人今晚坐火车去悉尼。一到那儿，就会收到通知坐哪班船。最终目的地应该就在该死的太平洋中的基地。已经得到命令说取消所有计划好的行动，准备下午五点出发。

多里戈的头脑颠来倒去地旋转着。刚才听到的那些话正开始沉淀。

可是——我还以为是星期三？

那名军官耸了耸肩。

我看哪，离开这儿就解脱了，他说，你还剩五个小时。军官抬起手腕，看了看手表。还不到五个小时，他说。

多里戈意识到他也许再也见不到艾米了。与此同时，他知道自己得工作，得做手术，得上床睡觉，起床生活，现在战争让他去哪儿，他就得去哪儿，没人知道他内心最深处的想法。

27

一天晚上，热浪似乎没有尽头。但和两年前的那个夏天不同。战争无休无止，海滩上的家庭大都没了父亲，如今酒吧里见到最多的是军装，而非套装或汗衫，大家聊天时用的都是些新词儿，迄今为止，康沃尔国王酒店的前吧台和后吧台对这样的地名可以说是闻所未闻——阿拉曼，斯大林格勒，瓜达尔卡纳尔。酷暑的第十一天，康沃尔国王酒店的酒吧如同战前的墨尔本杯赛那般热闹。有个男人拿火钳杀死了妻子，却怪罪于炎热的天气。艾米傍晚在海滩上散步时，她的脚被碎啤酒瓶割破了，便早早回了家。她在浴缸里洗了洗脚，包扎好后，就去了酒店当会客室的客房，发现基思·墨夫内站在收音机旁，正把它关掉。

今天晚上的这一集不错，他说，电波的干扰声很轻，渐渐没了声息。你应该会喜欢的。

艾米以前很喜欢这个节目，但如今她已丝毫不再遵守丈夫的家庭惯例，尤其是这样每周静静地听他最爱的广播剧，只有划火柴、咂吧烟斗和狗儿流口水的声音才能打破这寂静，现在她都会想方设法逃开。她痛恨广播剧，恨他的烟斗，恨他的老头子做派；连和他共享同一片空气她也恨，这空气令人窒息，呼吸不得，散发着臭味，可她每天都得沉埋在这气息之中。

基思在扶手椅上坐下，轻轻拍打着烟斗，贝阿特丽丝小姐跳上他的膝头，呼哧呼哧喘着气，淌着口水。窗子全都敞开着，但艾米仍然觉得呼吸过海滩上的海风之后，这儿实在是滞闷。她坐了下来。脚在疼。夜晚的海风吹入，却只是让椅套上深嵌的发蜡味儿变得更浓郁，让赤褐色扶手椅上烟斗里陈腐的烟草味儿更加不可忍受，让她想起了狗身上难闻的气味，这气息总是让她想一走了之，永远离开。

委员会今晚上开完会后——基思 · 墨夫内又开始说了起来，艾米垂下目光，看着地毯上的狗毛，生怕又要听市政府里的工作如何艰苦之类的话。

委员会的那个工作人员，罗恩，基思 · 墨夫内说，你还记得罗恩吧?

不记得，艾米说。

你当然记得。罗恩 · 贾维斯。你记得罗恩 · 贾维斯。

不记得。

罗恩 · 贾维斯说，他后来听说那些孩子在爪哇的情况很糟糕。

艾米抬起头。基思咧开嘴笑了，但从表情上什么也看不出——那是一种梦幻般的、疯疯癫癫的神情，她心想。不过，那一刻，她明白他总是能看得比她远。

我从没听说过罗恩 · 贾维斯，艾米说，尽管她现在能把这个名字与一张小小的、小猎犬般的脸联系起来。基思是否在找些开心的事，好盖过那些坏消息呢?他点燃烟斗，吧嗒吧嗒地抽了起来，直到烟叶充分燃烧，他坐在扶手椅里，身体往前倾着，笑容一直没消退。贝阿特丽丝小姐挤坐在他的膝头，适应了他起伏的肚子之后，尖声尖气地叫唤了几声。

我问了，基思 · 墨夫内说，还不止这些。我对罗恩说，我有个侄子，叫多里戈 · 埃文斯，你能打听到他和他所在部队的消息吗?打听得详细点。昨天他回来了。问题是，艾米，情况不太妙。

艾米站起身，皱着眉头，一瘸一拐地朝窗子走去。

是啊，他继续说了下去，一点都不好。可以说，很可怕。这就是为什么要保密。只能私底下说。

她站在窗子边上，尽管夜晚室外的气温比室内低，但外面的热浪仍然极具摧毁性。她能听见许多东西正变得干瘪，正噼啪作响，正在断裂，草，树木，天知道还有什么东西，那些声音让人很不舒服。她能分辨出遥远的上方屋顶上的彩钢板，因阳光过度的照射正在收缩。她让整个身体都压在那只割伤的脚上，让疼痛深深刺入她的心中。

不太好？艾米 · 墨夫内说。什么是不太好？他们当了俘虏，我们都知道。日本人很野蛮。但他们还安全。

在德国的澳大利亚战俘，你还能和他们通信。应该还有假期。但亚洲的战俘，情况不妙。没有消息，没有可靠的证词。从他们在新加坡投降起，外界对他们的情况就不了解了。已经九个月没听见他所在部队的消息了。他们认为好多战俘都已经死在那儿了。

也许吧。但还没有多里戈死亡的证据。

有人告诉他们——

谁告诉的？谁说的？是谁，基思？

我……他们有情报吧，我猜。我的意思是——

是谁，基思？

我也说不清。但罗恩——他认识那些人。

哪些人？

身居高位的人。国防部的那些人。

基思 · 墨夫内停住不说话了；他那个面具似的笑容似乎透露着什么信息——怜悯？疑虑？愤怒？——然后，那个笑容继续勇往直前。

他们觉得几乎没人会活着来讲这个故事了。

艾米意识到，他已经放弃了通常自问自答的做法。他并不想在争论中获胜。他只是想告诉她一些情况。仿佛他已经赢了。

他给我们写了信，艾米说，但她听得出自己的声音很刺耳。

那张卡片?

对，那张卡片。还有他哥哥汤姆给你写的信，说他们在塔斯马尼亚的家人也收到了一张，在我们之后。

她知道她的声音显得单薄，没什么说服力，连她自己都说服不了。

艾米，他寄给我们的那张卡片，日期是一九四二年五月，我们十一月收到。那都是三个月前的事了。自我们从他那儿得到只言片语，到现在都快一年了。一点音信都没有——

没错，艾米·墨夫内说，没错，没错。她说得很快，也很断然，似乎这样就能证明自己的观点，而非驳斥它。

从那以后就没一点音信。

没错，艾米·墨夫内说。尽管她压得越来越重，脚却不觉得那么痛了。习惯和环境，婚姻带来的宽心与安全感，这些对她来说早已不够。她会离开他。但一旦有了这个苦涩的想法，她立刻又困惑起来。怎么走?去哪儿?她又靠什么来生活?

他的家人是十二月份收到卡片，日期是四月份。

对，基思，艾米·墨夫内说，对，对，对。

她的身子晃来晃去，她正在搜寻词语，帮助自己取得平衡。她没有说自从他们听说多里戈当了俘虏之后，她已经给他写了一百多封信。肯定会的，艾米·墨夫内心想，一个人总能有办法扛过去的。

罗恩·贾维斯还说，还有其他来源的报告。都不太妙。说那些人已骨瘦如柴，饿得奄奄一息。

报纸上什么都没说。

有。暴行。屠杀。

那是宣传，基思，艾米·墨夫内说，是为了让我们去恨他们。

尽管她把整个身体的重量都压在了那只割破的脚上，但也只是疼痛而已。

如果那是宣传，基思·墨夫内说，那就是相当糟糕的宣传。

没其他东西了，没有后续的报道。

这是战争，艾米。坏消息就是他们没消息。失踪了。澳大利亚第五军团的精锐都失踪了，追踪过去，可靠的消息极少。

那也并不意味着他死了，基思。好像是你想让他死。他没死。我知道的。我知道的。

她意识到海风已停歇。甚至整个世界都在挣扎着呼吸。她觉得自己应该听见外面传来了干枯叶片的碎裂声。基思咳嗽起来。他还没说完。

罗恩·贾维斯又替我进一步去打听了一下，他说着，用手帕擦了擦嘴唇。有个战俘逃出来了。他们还没告诉那些人的家里。为了提升国家的士气，我猜。而且我觉得他们还在等待其他渠道的确认消息。红十字会什么的。

告诉那些家人什么呢，基思？

我很清楚你想知道，艾米。可我没法去告诉他的家里人，再怎么样，那都不该由我来干。那是在泄密。更别提国家安全了。除了你我，绝对不能和别人说。

没什么好说的，基思。你还藏着什么没说？

逃出来的战俘确认多里戈·埃文斯死在了其中一个营地里。

艾米的思绪变得遥远，怪异。她觉得基思还爱着她，她已经很长时间没想过这事儿了。

艾米，相信我，多里戈已经死了。他六个月前就死了。

基思·墨夫内的话，他那孩子气的嗓音，溅到走廊地板的瓷砖上，一块块黑白相间的瓷砖。

我很清楚你想知道，他说。

他的话顺着空荡荡的走道沿着破烂不堪的长条形棕榈毯，寻找着艾米。可她已经离开了屋子。

基思·墨夫内觉得自己仿佛一个为了口腹之欲而杀生的人。他本想再说几句，说些真实的话，好证明他刚才讲述的那个恐怖谎言自有其合理性。他想说，我爱你。但最后也只是吹了声口哨，让贝阿特丽丝小姐跳上他的膝头。

我觉得那样才有用，基思·墨夫内挠着狗的耳后说，没错，那样对她有好处。

他觉得自己没撒谎，由此便得到了安慰。没错，死亡确实没有得到证实，但罗恩·贾维斯讲得很明确：当局提供的一份战俘名单上有个 D. 埃文斯少校。他认为他俩在一起是能幸福的。做点努力，时间一长，也就没问题了。

肯定会这样，他对贝阿特丽丝小姐说，肯定会这样。

那天深夜，他发现艾米在独自清理餐厅的厨房。屋子里永久不散的气味反而变得更浓郁，但湿漉漉的奶黄色瓷砖和钢制品在电灯光的映照下闪闪发光。她无动于衷地说，她还有很多事要做，又继续擦拭，他就站在门口注视着。

只是等他走了之后，她才放下一直在擦拭的抹布，瘫倒下来。她蹲在地上，像个孩子。脚重重地砸着瓷砖地面。但她的心里空空荡荡。不管哪个神存在，她都愿意向其祈祷。但她很清楚他已经死了，世界是不会允许奇迹发生的，人会死亡，她也无法阻止他们死亡；他们离你而去，你爱他们更深，却仍然无法阻止他们死亡。

基思·墨夫内坐在休息室的赤褐色扶手椅上，轻轻敲击着烟斗，预备睡前再吸上几口，他的脑袋仰靠在椅罩上，感觉到左侧的太阳穴流下了涓涓的汗珠。他根本没听见爆炸声，随之而来的大火将这栋雅致的四层石砌酒店燃成了焖烧的瓦砾、炭化的梁柱和只剩两面的立墙。

叁

露水的世界
每颗露珠中
都有一个挣扎的世界。

——小林一茶

1

一滴雨滴落。

小不点儿，黑皮加德纳悄声说。

季风的暴雨鞭笞着一长排A字形棚屋的帆布屋顶，棚屋边上竖着竹子，四面毫无遮挡，雨声嘈杂，黑皮加德纳压根儿听不见自己的声音。从某种意义上来说，大雨的喧杂声使夜晚比白天更荒凉、更糟糕，白天他虽然也得努力活下去，可至少还有伴儿在和他一块儿干。丛林在一片片噪声中战栗，泥土被大雨鞭笞，泥水四溅，发出无休无止的擂鼓声，流水不知在何处发出奇异的掌掴声和捶击声，这一切都让他觉得沮丧消沉。

又一滴雨落了下来。

好了，哥们儿，黑皮加德纳不乐意地说，过去点儿。

黑皮加德纳帮着把那辆陷进泥里的日本卡车抬出来后，返回了帐篷，他不知道自那以后过了有多久；二十个战俘挤在两个跳蚤肆虐的竹搭平台板上，他在里面找自己睡觉的地方，却发现本来睡在他右侧的小不点儿米德尔顿滚过来把他的位置几乎全占了。黑皮便只能在小不点儿身边侧着挤进去，正好睡在一根竹竿底下，雨水顺着竿子滴落到他的脸上。小不点儿就像一堵石墙坍落在他身上，不过黑皮心想，他要是有三十八公斤都算他走运。小不点儿浑身长满了癣，黑皮不愿碰到他。他又不乐意地说——

妈的，小不点儿——

显然，小不点儿米德尔顿完全没听见。黑皮加德纳把手腕凑到眼前，想看时间。手腕上什么也没有；几个月前，他把自己那块夜光表卖了，换了一罐葡萄牙沙丁鱼。他垂下了胳膊。黑皮自忖，好在天色还暗。他又湿又累，但还能休息几个小时。黑皮总在找好事，不管事情有多小，最后也总能找到。尽管他现在醒着，但不用爬起来去铁路上工，还能再睡一会儿，这就是好事。挺好，要是能让小不点儿再挪一挪就更好了，他会享受那样的睡眠。他不再管小不点儿身上的癣是不是恶心，又推了推躺在他身边的那具身体。

过去点，你这胖子。

推了一会儿，黑皮放弃了，他背对着小不点儿侧身躺着，脑袋缩进怀里，这样雨水就不会滴到他的脸上了。虽然这样想很蠢，但他还是觉得比起前面，背部应该不太容易染上癣。他就这样蜷缩在自己的黑暗中，确信没人知道他在干什么，便伸手去摸脑袋上方的背包，把它拽了下来，放到胸口上。他在黑暗中东翻西找，从包里掏出两样东西，他知道有两个小奇迹：一个煮鸭蛋和一罐炼乳。

炼乳还是鸭蛋？他琢磨着，选哪一个？

最后，他还是认为炼乳不易变质，可以存放更长时间，保存得当的话再多存上个几天都没问题。炼乳是他从日本卡车上偷来的。鸭蛋是用画笔跟兔子亨德里克斯换的，一位军官在去缅甸战场的途中经过营地时，黑皮从他的野战包里偷来了那支画笔。他偷东西靠的是速度快，并掌握好分寸：从不拿太多，以免被盘查，而是刚好够他慢慢跑开。

兔子亨德里克斯则是因为替营地的日本指挥官和他手底下的几

个跟班画了几张明信片，得到两只鸭蛋作为交换，那几张明信片应该是寄给在日本的女友和家人的。虽然日本人偶尔会这样利用一下亨德里克斯的才能，但如果他们发现了他那些描绘营地日常生活的素描和水彩画，如惨不忍睹的干活、毒打、折磨的画面，绝对会把他宰了，因此亨德里克斯把它们藏得很好。但他的创作即将走到尽头。昨天晚上，在铁路线上轮完班，兔子觉得肚子一阵痉挛绞痛，不得不立马去解手。还没等他站起身，在附近干活的大马哈鱼费伊就盯着他看。兔子亨德里克斯转过身。在他身下，他看见自己的命运写在一泡淘米水颜色的屎上。自从九天前暴发了霍乱，战俘对霍乱的恐惧已经超过了对日本人。

大马哈鱼费伊和另外两个人帮黑皮一起把兔子放到临时粗搭的担架上，一颠一颠地沿着“多莉”走去，“多莉”是一条连接铁路线和三英里半外的营地的丛林小道。这个过程缓慢又费力，兔子还吐得翻江倒海，把假牙都给吐出来了，大家还得摸黑帮他找假牙。他们在夜晚的丛林中艰难地穿梭着，仅有的向导是烂泥中的辙痕和走在前头的生病战俘遥远的呻吟声，最后，在子夜之前他们终于返回营地，浑身沾满烂泥和水样的呕吐物。兔子亨德里克斯连同他的水彩画具、素描本和秘密画作，都消失在了霍乱隔离区里，越来越多的人被送去那儿，但从那儿回来的就没几个。他唯一留下的就是那只发黑的鸭蛋，黑皮加德纳此刻正灵巧地把蛋壳剥成三瓣儿。

又有一轮大雨来袭，裹挟而来的是新鲜潮湿的微风，吹过当作营地的简陋棚屋，冲走了恶臭的屎味儿和腐烂的气息——来自所有睡在两张长条形竹台上的人。黑皮觉得微风就是希望，他试图告诉自己这又是一件好事。但雨又开始往他脸上滴，他想翻身，可小不点儿还在那儿，他又推他，小不点儿却纹丝不动，鼾声如雷，睡死了过去。

你他妈就不能挪一边儿去，小不点儿?

快闭上臭嘴，黑皮，有人在竹台那头吼了一声。

黑皮对小不点儿束手无策。他身上还散发着恶臭。雨越下越猛，他脑袋发烫，加上这喧嚣的雨声，有时很难分清什么是他大脑里的，什么是外界的。他想起了第一次遇见小不点儿的情景，小不点儿就像头公牛，光着膀子昂首阔步，壮硕的身体闪转腾挪，夸夸其谈。像只星期天早晨仍雷打不动地打鸣的公鸡，大马哈鱼费伊说。

即便在配发的口粮少得可怜时，小不点儿的消瘦也只是凸显了他身材的壮硕。饿肚子似乎磨砺了他的体格，而不是糟蹋。小不点儿的身体扛过了所有疾病：疟疾，痢疾，糙皮病和脚气病。那些打垮、夺走其他人生命的疾病，似乎没一个对他有影响，就好像他壮硕的身躯本身就是免疫的一种形式。不知为何，营地没有将他摧残，日本人也没能将他击溃。

小不点儿的工作是在岩石上钻孔，用锤子将一根钢钎慢慢凿入岩石内部，直到孔洞达到规定的深度。等岩石上的孔够多了，日本工程兵就会用炸药将洞填满，将那个区域炸开。黑皮是小不点儿的帮手，负责持稳钢钎，每砸一次，就把钢钎转动九十度，以便凿入。和其他战俘不同，小不点儿干起活来劲头十足，每次比其他人提前完成工作定额，就会非常自豪。这是他对那些日本征服者的胜利。

让那些黄皮肤的小个子杂种知道白人的厉害，他会这么说。

他似乎并没注意到，日本人后来要求所有人都干得跟他一样。

妈的，让那个大块头帮我们把活都干了吧，羊头莫顿说。

如果小不点儿干活破纪录——他好像就喜欢这么干——那日本工程师就会每天设定新的工作量，其他身体弱的人完不成时就会遭殃。

妈的，告诉他，羊头莫顿对黑皮说。

告诉他什么？

他妈的去死。去死。

去死，去死，还是就说去死？

去你妈的。

哥们儿，黑皮后来对小不点儿说，你还是悠着点儿好。

小不点儿笑了笑。

就一点儿。不是每个人干起活来都能有你那么快，黑皮说。

小不点儿是个虔诚的福音派。他诡异地笑了笑，说，主赐给我们身体用以劳作，并乐在其中。

好吧，又是一个好久没有消息的家伙。你要是不悠着点儿的话，我们很快就会见他老人家了。因为你这样会害死所有人的，小不点儿。

主会保佑我们的。我就是这么看的。

小不点儿，这个肌肉发达的基督徒，就像个刚完成百米赛跑的运动员，手搁在屁股上，微微放松，身体介于紧张与放松之间，紧绷绷的，堪称完美，脸上带着淡淡的、令人发疯的微笑盯着黑皮加德纳。

黑皮渐渐恨起小不点儿来。日本工程师用他们不懂的米制测量法来定新的工作份额，一开始是一天一米，然后两米，再后来三米，小不点儿完工的时间总比日本人规定的时间短，其他人——发烧的、挨饿的、濒死的——都只得追赶那个疯子的工作量。其他人都会设法放慢速度，少干一点儿，节省所余不多的精力，好让自己尽量活下来。但小不点儿不这么干，他腹部起伏，胸膛厚实，粗壮的手臂一鼓一鼓的。他把这里当作他以前剪羊毛的棚子，好像他还在进行愚蠢的比赛，到了晚上，他就会再次被认定为剪羊毛的高手。但他的虚荣心只对日本人有好处，却害惨了其他人。

“速度计”来了。现在，日本人用越来越多的殴打和越来越少的食物来让他们干活更卖力，上工的时间也越来越长。由于战俘的完工程度远远落后于日本人的计划进度，日本人变得愈发疯狂。一天晚上，战俘刚刚筋疲力尽地瘫倒在竹台上准备睡觉，又被命令回到沟壑去。于是，夜班开始了。

那沟壑是岩石中劈出的一条六米宽、七米深、半公里长的裂隙。把破布塞入竹子浇上煤油，在竹火把的照明下，赤裸肮脏的俘虏们置身于地狱般的奇异世界里，在舞动的火焰和移动的阴影间干活。锤榔头的人必须更加集中注意力，因为一榔头下去，钢钎就消失在了深深的暗影中。

那天晚上，小不点儿第一次不行了。他得了疟疾，浑身发抖，挥动大锤子的动作也不再是优美的一起一落，得咬紧牙关凭着意志力才干得动。有几次，黑皮加德纳不得不跳开躲避，因为小不点儿抓不住锤子。不到一小时，也许几个小时，黑皮也不记得过了多久，小不点儿的锤子举到一半，就砸到了地上。黑皮震惊地看着他踉跄地转了半圈，像跳吉格舞那样来回踏了几步，接着摔倒在地。

一个肌肉发达的矮个子麻脸守卫走过来——是巨蜥。有人说巨蜥得了白癜风，所以他疯了；有些人干脆说他就是个疯子，不管走哪儿都最好避开；还有人说他就是魔鬼，不可理喻，无可躲避，冷酷无情，在某些特定的情况下又会一反常态地莫名和善，像是不想让人死得痛快，准备再好好把人折磨一下。铁路线上没人再信上帝，所以也很难让人信什么魔鬼了。但巨蜥就是，尽管许多人不希望他是。

巨蜥看了一会儿他们干活，然后慢慢地转身看向别处，像在思考问题，又慢慢地回过身来。这种怪异生硬的动作毋庸置疑地预示了接下来将爆发的暴力行为。他用一根沉甸甸的长竹竿抽打小不点儿，足足抽了有一两分钟，随后又朝他脑袋和肚子胡乱踹了几脚。就巨蜥殴打人的程度来说，黑皮不觉得有多么狠。与以往不同的是小不点儿米德尔顿的反应。

以前他会绷紧身子承受踢打，从不低头，仿佛他的身体怎么打都没事，可现在他却像块破布或稻草那样在炸裂的岩石上滚来滚去。他像麻袋一样承受着踢打和重击。打到最后，小不点儿做了一件不同寻常的事。他开始抽泣。

巨蜥一下愣住了。黑皮也看呆了。铁路线上没人会哭。那不可能是因为疼痛或羞辱，黑皮想，也不会是出于绝望或恐惧，因为每个人都是这么活着的。

小不点儿摇着头，火焰投下的阴影紧紧地攫住他那汗涔涔、油腻腻又脏兮兮的身体，他对着自己的胸膛又拍又挠，像是要把阴影拍打走，却又无法做到。黑皮觉得他是在责怪自己的身体，因为这个强壮的身躯以前总能赢得胜利，将那小小的头脑和心脏带向遥远的地方；可眼下，置身于火焰、阴影和痛苦构成的地狱般奇异的露天隧道内，身体残忍而意外地背叛了他。小不点儿的身子摇来晃去，他迷失了方向。

我！他哭喊着，拍打、撕扯着自己。我！我！

但这究竟是什么意思，没人真的知道。

我！他继续哭喊。我！我！

黑皮把小不点儿扶了起来。他瞅了一眼巨蜥，拿起大锤子，把钢钎递给小不点儿。小不点儿蹲在地上，把钢钎塞入他们之前凿开的洞里，泪眼紧紧盯着它，黑皮举起锤子砸了下来。第二次举起锤子时，他不得不让小不点儿把钢钎转动九十度。锤子起起落落，小不点儿纹丝不动，紧攥着钢钎，仿佛钢钎是他必不可少的支柱，黑皮又让小不点儿将钢钎转九十度。他语调轻柔，像在向一个蹒跚学步的孩子请求帮助，整个晚上他一直保持这样的语调，转一下，转一下，哥们儿，转一下。他们就以这种方式干着活，好像一切正常。转一下，转一下，哥们儿，黑皮加德纳就这么吟唱着，转一下。

但有些事情已经变了。

黑皮心里很清楚。接下来的几周，他眼看着小不点儿强壮的身躯开始逐渐衰弱。日本人也知道这一点，开始时不时地打小不点儿，带着更恶毒的用意，但小不点儿似乎完全不在意。跳蚤也知道这一点。每个人身上都有跳蚤，但黑皮发现从那天起，跳蚤开始全都聚集到了小不点儿的身上。小不点儿似乎并不在乎自己身上长满了跳蚤，不想着清洗，也不在意在哪儿拉屎。后来，他身上就长癣了。似乎连真菌都知道了这事，它们感觉到有人对自己已不抱希望，已是行尸走肉，终将腐烂入土。小不点儿也清楚这一点。小不点儿知道自己已丝毫没有力量去阻止接下来发生的事了。

小不点儿让黑皮触动很大，但内心又有些什么使他感到厌恶，这人以前块头多大，多刚愎自用，如今却成了个拉屎的骷髅。黑皮内心认为是小不点儿放弃了自己，那是他性格上的缺陷。他清楚这样的想法只不过是为了使自己心里好过，让自己觉得还能活下去不会死，因为他还有力量对这样的状况做出选择。但他心里很清楚，他没有这样的力量了。因为他能从小不点儿酸腐的呼吸中嗅出真相。无论那种腐臭味是什么，他都担心自己会被它捕捉住，他只想逃得远远的。但他得帮小不点儿。没人会问他为什么，每个人都清楚。他是一分子。黑皮加德纳讨厌小不点儿，认为他是个傻子，但会千方百计地让他活下去。毕竟，勇气、生存和爱，所有这些东西不会只在一个人身上。他们全都得靠这个活着，否则每个人都会死；他们相信，放弃一个人，就是放弃他们自己。

2

蛋剥开后，湿湿的、光滑的，在他的指间，黑皮加德纳能闻到令人难以抗拒的希望，丰腻中带着一点儿轻微的难闻气味。他刚把蛋靠近唇边，又停了下来，想了想，叹了口气。他摇了摇睡着的小不点儿，摇得不是很重，但一直没停。

小不点儿终于被摇醒了。黑皮把蛋凑到他鼻子前，示意他别吱声。小不点儿嘟囔了一句，黑皮用勺子把蛋分成两半。小不点儿拢起手伸了过去，好像在接受他的圣餐，确保蛋黄碎不会掉没了。黑皮还在小不点儿拢起的手中放了一小块炸饭团，是他从上一餐里省下来的，藏在毯子底下。

在这潮湿的夜晚，没人能看见或听见他们，在这漆黑的孤独中，没人会问他们怎么有多余的食物，他们便这样偷偷摸摸地吃着。黑皮吃得很慢，一口一口地细细品尝，嘴里分泌出了大量口水，他很担心自己吃的声音太响。但夜晚其他湿漉漉的噪声早已盖过了这一切。

黑皮舔掉手指上黑乎乎的油脂。蛋和饭团堆在他的胃中，变成腐臭的团块，在他的喉咙口留下酸涩又油腻的火烧般的感觉。他不会死了。他已不在乎小不点儿占了他的位置。他仍然能感受到米粒粘在唇上，仍能尝到口中美妙的油脂和丰盈的蛋黄，他感到头晕目眩，然后昏昏欲睡。他不清楚他是溺水了，还是躺在某张摆着桌子的床上，桌上摆满了龙虾、苹果、杏仁派和烤羊腿，干燥的床上铺了层干净毯子，脚边生了堆火，雨夹雪拍打着小卧室远处的墙壁。他吃过了，他希望还能多吃点，他沉得越来越深，越来越深，他就这么坐在桌边，睡着了。

等他醒来时，肚子硬得像拳头。天还很黑。他嘴里有股肥皂味儿，干瘪的肚子绞动着，钻心地疼。他呻吟着坐起身，一边用力喘着气，一边抓起搁在铺位旁盛满水的煤油罐，他赤脚穿过黑暗、泥泞和大雨，朝着便所走去，日本人坚持要把营地的茅坑叫作便所。

便所离棚屋有点距离，是一条二十英尺长、二点五英尺深的壕沟，方便时得摇摇晃晃地蹲在沾满污泥的竹板上。下方晃荡的排泄物上布满了蛆虫，像拉明顿蛋糕上脱了水的椰果干，大马哈鱼费伊这么说。实在令人作呕。当俘虏们设法想整死他们最痛恨的那个守卫时，他们开玩笑说要把巨蜥扔进便所里淹死。即便对他们而言，也没有哪种死法能比在便所里淹死更恐怖的了。

日本人下令必须整夜燃烧的大火早已被下个不停的大雨浇灭了。世界漆黑一片，季风云挡住了大部分星光和月光；丛林剩下的地方全都湿透了。黑皮加德纳笨拙地小步跳着往前走去，空着的手捂着肚子，生怕动作幅度太大会扭到肠子，提早释放出来。他猫着腰，借着模糊的黑色轮廓穿过竹子搭的简陋营地，一路走去。棚屋里传来其他战俘的呻吟、鼾声和突然的喘息声，或许是因为疼痛、悲伤、回忆或奄奄一息，又或者是因为这一切。将每一声疲惫、焦虑和希望冲入烂泥的正是持续不停、轰鸣不歇的倾盆大雨。

此时，腹部的疼痛已经使黑皮完全清醒了，他因竭力不让屎拉在身上的走路方式而喘着粗气，离便所还有段距离时，油污的路肩滑得厉害，他从路肩滑进了路中间的烂泥，肮脏的泥浆没过了踝骨。

这时他突然一阵恐慌。突如其来的想要返回坚实地面的动作刺激到了他的肚子。他觉得紧绷的感觉突然消失了，随着一阵舒缓的快感，他意识到他在营地主干道的路中央把屎拉在身上了。

一阵可怕的疲惫压倒了他，肛门火烧火燎地疼，脑袋天旋地转，他只想躺到泥泞里拉屎，然后永远睡下去。但他强行赶走了这种感觉，因为肚子又像绞索一样收紧了，他又感到一阵恶臭的汁液倾泻而出。他费力地喘着粗气；把肚子排空后，他马上又觉得胀满了。

他彻底向自己的身体投降，又拉了一次，他痛恨自己竟然会这样，连便所都走不到，弄得满地污物，一大早其他人就会从这儿走过。他想起了上头命令严格遵守卫生标准，大家也都视清洁——只要能实现——为生存的必备条件。尽管对这事没办法，他仍然觉得羞耻，充满了挫败感。

很难将他拉的稀屎和厚实的烂泥区分开来，那是一个无穷无尽、无休无止的污浊、肮脏的世界。雨水将屎犁平，变成另一种东西，一种谁都无法逃脱的、充满死亡气息的腐烂之物，每样东西、每个人都成了这死亡气息的一部分，也终将悉数归于丛林。他告诉自己，下次不管怎样，一定得走到那个该死的便所。到最后，他还是没有排干净，他很清楚再这么下去，拉出来的就是充满血丝的油腻黏液。

结束后，黑皮头晕眼花，他慢慢地起身站直，踉跄几步走下小路，用煤油罐里的水尽可能地清洗身子。他的屁股摸着和麻绳没多大区别。他花了点时间清洗肛门，在废弃无用的肉体间，肛门竟奇异地凸起，让他有种深深的厌恶感。他突然觉得很冷，用水冲洗时，大腿和小腿都抖得厉害。水泼到腿上茶杯大小的热带溃疡时，他倒吸了一口气，硬是没叫出声，他安慰自己把伤口清理干净是件好事。伤口必须保持干净。他觉得情况有点不对劲，可能是疟疾，他的感觉变得既清晰又模糊。但有一个想法在他的头脑中特别鲜活，特别强烈，他很清楚：要放弃很容易。不管黑皮脑子烧得多厉害，他都明白放弃不仅是坏事，而且是最坏的事。既然想生存，就永远不能在小事情上放弃。放弃就是不去便所。他发誓，下次不管有多艰难，一定得到那儿。

他的双脚淹没在泥泞中，污秽不堪，他尽可能地把脚洗干净，然后就一脚屎、一脚烂泥地走回棚屋，回到了竹台上他睡觉的地方。他拖着脏污的双脚，爬回肮脏不堪、气味难闻的毯子底下。他就这么浑身湿透、精疲力竭地进入了梦乡，睡着之前的最后一个念头是他又饿了。

3

吉米·比奇洛吹响了起床号，当最后几个音符渐渐融入阴冷潮湿的拂晓时，公鸡麦克尼斯睁开了双眼。一片灰蒙蒙的光涂满了他睡觉的没有四壁的棚屋，把它和难闻的泥浆、污秽，以及战俘丛林营地内的绝望气息一起，变成了钢铁和煤灰色的阴影。远处的柚木雨林好似一堵黑墙。

还没完全醒来，公鸡就很自律地做起了早间练习，每天雷打不动，他很清楚无论从精神上、体力上还是道德上来看，自律都会确保他活下来。他低声背诵起昨晚记住的一页《我的奋斗》，以此开始他的练习。他发现书中涉及犹太人的部分最容易背，这些内容在书里占大头。这些文字有种奔腾的节奏感，背起来不会太难，犹太人这个词就像反复出现的副歌，帮助他记忆。眼下他正背到巴伐利亚纳粹党的早期历史，他记不起了，他费力地回想着。公鸡麦克尼斯想，真正需要犹太人的时候，他们都跑哪儿去了？

炸弹落在白金汉宫，旁边有个声音说，杀死了国王和格雷西·菲尔德斯。

公鸡麦克尼斯往竹凳边上挪了挪，挠着大腿，接着又用力挠起了裆部，他继续低声背诵早期突击队的事迹。他摸到裆里有个带壳的硬东西，把它捏死了，接着又摸到好几只，直到这时，他才开始感觉到痒，是竹板里的跳蚤在咬他。

有件事我得替日本人说一句，一个老头见他在挠痒，说道，他们把你整得筋疲力尽，就算跳蚤拿你的蛋蛋当早餐，你也照样睡得香。

公鸡意识到是羊头莫顿在说话。他看上去像个憔悴的七十岁老头，但其实他不超过二十三四岁。

我记得有人说格雷西·菲尔德斯和一个外国佬在一起，吉米·比奇洛说，他拿着布满凹坑的军号回到棚屋里，他们没叛逃到墨索里尼那儿？

那只是个传言，大马哈鱼费伊说，这次我从前几天经过营地的几个荷兰人那儿搞到了一些好消息。我也是荷兰人。他们大多数都是混血的意大利佬。他们说俄国佬丢了斯大林格勒，美国佬入侵了西西里，墨索里尼被推翻了，新成立的意大利政府正在呼吁和平。

公鸡麦克尼斯的生姜色小胡子乱蓬蓬的，他有个习惯，思考问题时会嘬住下唇那儿的胡子咬。嘬着胡子时，他想起上周有传言说俄国人在斯大林格勒打了胜仗。那显然是布尔什维克的宣传，他想。很有可能是黑皮加德纳说的。他就喜欢说那些东西。公鸡麦克尼斯恨布尔什维克，但总的来说，更恨黑皮加德纳。他平庸而肮脏，和绝大多数混血儿一样，不可信。他也忍受不了加德纳的习惯——在“速度计”停止一切跟干活和睡觉无关的事情之前——战俘在铁路线上忙了一晚上，一瘸一拐地走回来时，加德纳就站在营地边的柚树桩上唱《没有一支歌》。其他人好像都挺喜欢听，公鸡麦克尼斯听了却发恨。

恨对公鸡麦克尼斯而言是一种强大的力量，就像食物一样。他恨亚洲佬、意大利佬、吉卜赛人和拉丁佬。他恨中国佬、日本佬和越南佬，作为一个公正的人，他也恨英国佬和美国佬。他觉得自己的澳大利亚种族根本没有什么值得尊敬的地方，有时候他甚至觉得他们活该被征服。他重新开始轻声背诵《我的奋斗》。

你神神道道地在说啥，公鸡？吉米·比奇洛问。

公鸡麦克尼斯转身看着号手，这个人近期才转入他们的棚屋，还不了解他早上的仪式。公鸡麦克尼斯觉得吉米·比奇洛是维多利亚人，于是就不加遮掩地告诉他，周围这些塔斯马尼亚人要么是罪犯坯子，喜欢打牌，要么足球至上，赌马赌上了瘾，没有一点澳大利亚人该有的样子，但现在他俩都只能进这个棚屋，为了不让头脑停滞，他给自己定下了一个任务，把整本书背下来，每天背一页。

太对了，吉米·比奇洛说，没敢告诉公鸡麦克尼斯他就来自休恩谷，和加利波利·冯·凯斯勒一起当的兵。他又说，但为了熬过战争，还有比四个人凑在一起打克里比奇牌更糟糕的事情。

理智！公鸡麦克尼斯说，理智，吉米！

加利波利·冯·凯斯勒问他是否想过玩五百分牌戏，虽说有些人说五百分比克里比奇更烧脑，他不完全同意，但公鸡可能会喜欢。那就是没有糟糕牌友的桥牌。

当然啦，我也不确定有什么书能帮到他们，公鸡麦克尼斯边说边环顾同住的其他人，避开了冯·凯斯勒。他们都有致命的污点。

太对了，吉米·比奇洛说，可他不清楚公鸡到底在说什么，公鸡不停地唠叨，说他恨《我的奋斗》，恨希特勒，恨每天背一页这本德国香肠佬胡说八道的书。但当他开始做这个头脑自律的练习时，在日本人的战俘营里只能找到这本书；另外，他说，小胡子上的口水闪闪发亮，知道敌人的观点也挺好的，不管怎样，书的内容对他的练习而言毫无意义。但他没说希特勒的宣言里有许多东西他觉得有道理，这让他吃惊。

对了，有个荷兰佬也是这么想的，大马哈鱼费伊说，我相信他。我把长大衣卖给他了。

公鸡麦克尼斯问他用大衣换了什么。

三块钱，一些棕榈糖。还有一本书。

大衣至少值十块，公鸡麦克尼斯说，他也恨任何血统的荷兰人。什么书？

是本挺不错的西部书。

这话激怒了公鸡麦克尼斯。

哪还有书比《红色农场谋杀案》《畜栏日落》更好看，他愤愤地说，但如果那就是澳大利亚精神，那只能求上帝帮帮澳大利亚人了。

大马哈鱼费伊问公鸡麦克尼斯是否愿意用《我的奋斗》来交换他的那本书。他举起《日落时分，苏族崛起》，书非常脏，都已经被翻烂了。

不行，公鸡麦克尼斯说，不行，我可不愿意。

清晨的光线尽管仍旧暗淡，但已缓缓地将他们的棚屋染成了靛蓝色。醒来的战俘正聊得欢畅，却突然停了下来，全都扭头往一个方向看去——公鸡麦克尼斯的背后。闷笑声在竹台上此起彼伏，战俘们一个接一个擦眼睛，想确认自己没看错。公鸡麦克尼斯也扭头看去。那是最奇怪、最不可思议的情景。他又噘起了胡子。

饥饿和疾病使他们几乎全都丧失了性欲，许多人担心自己的状况会在战后受到持久影响。医生向他们保证只是饮食问题；饮食问题解决了，一切都会迎刃而解。但战俘们仍旧担心，熬过了这段地狱般的日子，他们是否还能一切正常。他们谁都记不起最近一次勃起是在什么时候。有人担心回家后能否让老婆开心。加利波利·冯·凯斯勒说，几个月来他没见哪个人有过一次勃起，羊头莫顿则说自己一年多没勃起了。

接着，极其奇妙的一幕出现了，非同寻常，不容错过，他们看见有什么东西在他们眼前冉冉升起。

是小不点儿，加利波利·冯·凯斯勒说，是他，叩着死亡的大门，就像一根他妈的雨中的竹子。

仍在酣睡、骷髅一般的小不点儿米德尔顿竟然勃起了，坚挺如军团的旗杆，尺寸可观。这个从前肌肉发达的基督徒仰躺着睡在那儿，无视所有的注目，欢快地梦见了罪恶的快活之事，他的性欲丝毫未受饥饿与疾病影响。

他们一致认为这是一件令人鼓舞的事，尽管小不点儿米德尔顿最近几周相当消沉，这仍是件令人振奋的事。这一景象如此非同寻常，大家都放低了声音，摇醒其他人，指给他们看。看见的人有窃笑的，有开黄色玩笑的，有心情大好的，有一个人却提出了反对意见。

我们就只能这么干？这样好吗？公鸡麦克尼斯问，在一个人低落时嘲笑他？

大马哈鱼费伊说，在他看来，小不点儿士气高昂。

你们这些人太不体面了，公鸡麦克尼斯咕哝着，不懂得尊重人，一点也不像以前的澳大利亚人。

我替你把他遮起来吧，黑皮加德纳说。他从大腿边捡起一大片鸭蛋壳，凑过身去，小心翼翼地把蛋壳放在勃起的阴茎头上。

小不点儿仍在酣睡。他那戴了顶帽子的鸡巴在他们上方升起，像森林里的一朵新鲜蘑菇，在清晨的微风中微微抖动。

这么嘲笑人是不对的，公鸡麦克尼斯说，我们这么做，没比混蛋的日本人好多少。

黑皮加德纳指着蛋壳，那玩意儿看上去好似主教的法冠。

他荣升教皇了，公鸡，黑皮加德纳说。

去你的，加德纳，公鸡麦克尼斯说，他怪可怜的，别再弄他了，给他留一点体面。

他先把自己撑着坐起来，然后站起身，走到小不点儿睡觉的地方。公鸡麦克尼斯凑到小不点儿叉开的两腿间，伸手要把蛋壳弄走，结束这个在他看来非常低俗的玩笑。

就在他的手指即将捏住蛋壳时，小不点儿米德尔顿醒了。四目相交，公鸡麦克尼斯的手僵在蛋壳上，或许还把它稍稍捏碎了一点。小不点儿米德尔顿勃然大怒，把自己撑了起来，没想到他消瘦的身体还能有这样的劲头。

公鸡，你这个死变态。

公鸡麦克尼斯无地自容，在所有人的取笑，尤其是黑皮加德纳肆无忌惮的笑声中，他回到自己的铺位，有个发现让他沮丧万分。他在背包里翻找《我的奋斗》，想看看自己背得怎么样，却发现三天前买的、藏在包里的鸭蛋消失得无影无踪。他想着那只消失的蛋，再想到黑皮加德纳放在小不点儿米德尔顿身上的蛋壳，这才明白是黑皮王子偷了他的蛋。

当然，他对此无能为力，加德纳会否认，其他人会笑得更厉害，说不定还会觉得偷蛋的念头很有趣。但那一刻他特别恨加德纳，偷了他的东西，还用偷来的东西羞辱他，这恨强烈又野蛮，已经远远超过了他对日本人的恨。对公鸡麦克尼斯来说，恨就是一切。

4

黑皮加德纳穿好衣服，和其他人一样，他的衣物只有头上戴的宽檐帽和天天穿的兜裆布——一条只能遮住鸡巴的脏兮兮的丁字形破布条而已，花不了多少时间。他整了整床铺，其实也不是床，一下子就弄好了。他把毯子叠成大日本帝国陆军规定的样式，放到大日本帝国陆军规定的地方，就在铺位脚边的竹凳上。雨停了。丛林的滴水声消失了，取而代之的是丛林鸟儿的鸣啭声与水珠滴落的相和之声。

他拿起他剩下的八样家当中的一样——军用饭盒套装，里面有两只破损的锡制碗，套在一起，可当盘子、杯子和饭盒用。他将饭盒把手像发卡一样夹到遮下体的破布上，就在这时，传来一声喊叫。几个守卫正朝棚屋走来，想来个突击检查。棚屋里一阵忙乱，他们把毯子叠好，背包塞满弄干净，又把各色各样的违禁品尽量藏好。

巨蜥领着两名守卫沿着棚屋中央的通道往前走去，战俘们在两侧的通铺前立正站好。巨蜥把一只背包里的东西全倒在了外面的泥地里，毫无由头地扇了一个人一巴掌，然后就在黑皮加德纳面前站定。

巨蜥从肩上取下步枪，用枪尖慢慢地挑起黑皮加德纳的毯子，扔到泥地上。他低头对着肮脏的毯子看了一会儿，又抬起头来。他尖声大叫，用尽全身气力把枪托对着黑皮加德纳脑袋一侧砸去。

黑皮跌倒在地，还没等他抬起胳膊遮挡，另一个守卫又朝他脸上踢了一脚。他努力扭动身子，想躲到边上的竹台睡凳底下，免遭挨打，但巨蜥很快又朝他头上狠狠地踢了一脚。然后，如同开始一样突然，这场殴打结束了。

巨蜥继续用他奇怪生硬的步态顺着棚屋通道走去，不由分说地扇了大马哈鱼费伊一巴掌，之后便和随从一起消失在了棚屋另一头。黑皮加德纳站起身，有点摇摇晃晃，脑袋仍然昏沉，口中一股咸咸的血腥味儿，身上沾满了铺位底下污秽的淤泥。

毯子没叠好，吉米 · 比奇洛说。

还不算太糟，黑皮说。

他指的是被打这件事。他吐出了一口血痰。对他这样消瘦的人来说，这味道未免太咸太浓。他觉得有点头晕，又把手指伸入口中，摸了摸被踢到的臼齿。臼齿有些松动，但幸好还没掉。他脑袋有点不对劲。

你忘了怎么叠毯子了，羊头莫顿说。

我他妈都叠了，黑皮加德纳说。

吉米 · 比奇洛点了根烟屁股夹在拇指和食指间，烟屁股阴燃着，他指了指自己的毯子。

看，他说。

毯子应该朝外。

你的毯子面朝里了，羊头莫顿说，违反了日本佬的规矩，你知道的。

巨蜥觉得你在藐视他，吉米 · 比奇洛说着，抽了一口烟，给你——他把湿乎乎的烟屁股递向黑皮。

吉米 · 比奇洛的手上布满了裂开的鳞皮，感染很严重，红红黄黄的。疾病让黑皮加德纳很害怕。这玩意儿一旦上了身，就摆脱不开了。

给，吉米 · 比奇洛说，拿着。

黑皮加德纳没动。

这儿只有死亡在传染，吉米 · 比奇洛说，它可没找到我，对吧？

黑皮加德纳接过烟，放到张开的嘴边，没让烟屁股碰到嘴唇。

还没，吉米 · 比奇洛说。

黑皮猛吸了一口烟。他看见四个人抬着一副竹担架，跌跌撞撞地朝医院走去。

应该是吉卜赛人诺兰，大马哈鱼费伊说。

烟雾卷入了黑皮的口中。味道酸涩呛人，很不错。

克里比奇比赛现在四缺一，羊头莫顿说，他朝公鸡麦克尼斯转身过去，你有兴趣代替他吗？

什么？公鸡麦克尼斯说，还没从蛋壳的羞辱中缓过劲儿来。

吉卜赛人。他……他——呃，人没了。他就爱打克里比奇。他最不喜欢的就是觉得自己会——

死？

呃。差不多吧。我是说，那家伙也许是个傻瓜。不过他挺喜欢打牌。我印象当中那个吉卜赛人就是这样。我琢磨着他也想我们能继续打下去。

打克里比奇？

为什么不行？桥牌也不是吉卜赛人的拿手好戏。

黑皮加德纳又对着烟屁股慢悠悠地深吸了一口，将烟雾吸入体内，留在体内。那一刻，整个世界静止无声。随油腻浓郁的烟雾而来的是平静，他觉得整个世界都停止不动了，只要烟雾始终留在他的口中和胸腔里，世界就会一直这么静止不动。他闭上眼，把烟屁股递给吉米·比奇洛，让他拿回去，自己则随着浓郁的烟雾返回弥漫全身的虚无之中。但他的脑袋还是不对劲。

我恨打牌，公鸡麦克尼斯说。

又下起了雨。雨声让人不舒服。它没有轻轻地扫过柚树和竹子，没有叹息，也没有营造出悄然无声的静谧。相反，它砸入刺棱棱的竹林里，黑皮加德纳觉得这漫天的雨声就像是许多东西发出的断裂声。雨声太响，根本无法交谈。

他走出去，站在暴雨中，洗落身上的污泥。雨水在营地中汇成溪流与河道，流经他的脚边。他注视着一口铁锅漂过棚屋，不一会儿，他看见一个一条腿的西部澳大利亚人拄着竹拐杖，一跳一跳地追赶它。

可他的脑袋不对劲。

5

多里戈·埃文斯每天早晨刮胡子，他相信为了那些人他必须让自己看上去精神点，因为如果连他看上去都对自己不在乎了，他们为什么要在乎呢？当他看着军用小镜子时，他看见浑浊的镜面将他这张不再像他的脸变得模糊不清：他老了，也瘦了，骨头都突出了，他从未像现在这么强硬、冷漠，这么依赖几件寒碜的道具：一顶军官帽，已经折得不成样；一条红围巾，像方巾一样系在脖子上，有那么点像吉卜赛人，这是他自己的想法，其他人不一定这么觉得。

三个月前，去下游的营地拿药时，他遇见了一个泰米尔劳工，套了条破破烂烂的红色纱笼，就坐在小溪边等死。这位老人对多里戈·埃文斯给他的药丝毫没有兴趣。他在等死，就像旅行的人在等车。一个月前，沿着同一条路走回去时，他再次碰到了那个老人，那时已是一堆白骨，被野兽和虫子啃得干干净净。他从白骨上取下红色纱笼，洗了洗，撕成两半，把较好的那一半围在了脖子上。当死亡降临时，他希望像那个泰米尔劳工那样面对死亡，虽然他怀疑自己是否真的会这么做。他并不接受生的掌控，他觉得自己也不会接受死的掌控。

他注意到他的兵都老了很多，远比能够活下来慢慢变老的人要老得多。在内心深处的某个角落，他们是否明白自己只能受苦，而无法对苦难进行反击？他知道对基督的崇拜把苦难变成了美德。他曾和鲍勃牧师讨论过。他希望基督没错。但他不同意这种做法。不同意。他是个医生。苦难就是苦难。苦难不是美德，也不会成就美德，美德也不会在苦难中生成。鲍勃牧师死时尖叫着，他恐惧，痛苦，无望；有人照料牧师，多里戈·埃文斯听说那人战前曾替达林赫斯特匪帮干活，到处敲诈勒索，心狠手辣。美德就是美德，和苦难一样，美德难以解释，无法简化，说不清道不明。鲍勃牧师死的那天晚上，多里戈·埃文斯梦见他和上帝在一个深坑里，他俩都是秃子，为一顶假发而争得不可开交。

多里戈·埃文斯对战俘身上的人性并非茫然无知。他们撒谎、欺骗、抢劫，而且乐此不疲。越是假装生病的身体越健康。高尚与他们无缘。昨天，他遇见一个病入膏肓的人，那人正趴在那儿，鼻子刚好探出泥泞，就趴在标志着“多莉”尽头的岩壁底部，没法走完回家的最后几百米路。有两个人从他身边走过，他们精疲力竭，无力帮他，只想尽力保存所剩无几的体力让自己存活下去。他不得不命令他们把这个光着身子的人抬往医院。

可是，他每天抬着他们，照顾他们，拥抱他们，把他们的身子切开再缝好，为他们的灵魂想尽办法，誓死拯救每一个生命。他也撒谎、欺骗、抢劫，但那都是为了他们，始终为了他们。因为他已经爱上了他们，而他很清楚，他的爱早已无望，因为每天死的人越来越多。

他已经很久没想女人了。但他始终挂念着她。那个超脱于此地的世界早已萎缩，只剩下了她。不是艾拉。是她。她的嗓音，她的笑容，她沙哑的笑声，她酣睡时的气息。他在脑海中与她谈话。是不是因为没法拥有她，他才爱上了他们？他没法拥有她。他没法给自己一个答案。他没法。

多里戈·埃文斯并非典型的澳大利亚人，他们也不是。他们都是些来自辽阔祖国的边缘地区、贫民窟和冲突地带的志愿兵：牲畜贩子、下套捕猎的猎人、码头工人、射杀袋鼠的人、坐办公室的人、设陷阱捕澳洲野犬的人和剪羊毛的人。他们是银行职员、教师、柜员、占卜师、投机者、靠救济品存活的人、机会主义者、流氓恶棍、街头卖艺者、端盘子的人、犯罪分子、蠢货，或是那种狠角色，萧条时期的落魄者，从小就住在没有电的破屋子里，老爹在一战期间或死或残或疯，老妈只能靠止痛药和希望过活。他们在士兵安置点，在救济营、贫民窟和棚户区里，在磕磕绊绊地进入二十世纪中期的十九世纪世界里。

尽管每个死去的人对他们来说都意味着减员，但最初在埃文斯的率领下离开樟宜的J部队的一千名战俘仍然是埃文斯的J部队。混合了在爪哇投降的塔斯马尼亚人和西澳人，在新加坡投降的南澳人，在澳大利亚皇家海军“纽卡斯尔号”驱逐舰沉没后的幸存者，其他败军里的少数维多利亚人和新南威尔士人，以及澳大利亚皇家空军的一些飞行员。他们来的时候是什么身份，走的时候也会是什么身份，埃文斯的J部队，一千个强大的灵魂，就算最后只有一个人踏出这个营地也没关系。几十年来阴郁凄惨的日子，他们都活了下来，随身剩下的只有少得不能再少的东西，那就是对彼此的信念，当死亡来临时，这种信念只会变得更坚定。因为如果生者弃死者而去，他们自己的生命也将不再有意义。他们自己得活下去，这一事实将他们合而为一，现在如此，永远如此。

6

那辆陷在泥沼里的卡车送来了一袋从澳大利亚寄来的信件。这可是难得的好事，让人始料未及。战俘们知道日本人会截下几乎所有信件，他们太过兴奋，早饭还没吃完就把袋子打开了，分发了信。多里戈很高兴近一年来终于收到了第一封寄给自己的信。他还没看信封上的笔迹，看到硬纸板信封就能知道是艾拉寄来的。他决定等到晚上再拆信，为了延长这快乐的感觉——在某个地方，另一个更美好的世界还在继续运转，他在其中占有一席之地，总有一天会回到那里。但他的大脑几乎立刻开始反叛，他一把拆开了信封，展信时激动得把两张信纸都撕坏了一部分。他激动又贪婪地读了下去。

读到第一页三分之二处时，他停了下来。他发现自己没法读下去了。就好像他跳上了一辆汽车，然后加速撞到了墙上。艾拉雅致的铜板手写体四散而开，犹如尘粒一般从纸上飘落，越来越多的尘粒相互碰撞又弹开，他无法在脑海中回忆起她的脸庞。这种感觉既过分真实又完全虚幻。

他不知道这是因为疟疾尚未痊愈，还是太过劳累，或者是收到信时过于震惊，毕竟那是他近一年里收到的第一封信。他重新读了一遍，但又迷失于既清晰又模糊的回忆之中，更加明亮而狂乱的尘粒之中，比往常任何时候都要炫目的傍晚阳光之中，而他仍无法在脑海中看清她的脸。他想：世界存在。仅此而已。

他想起自己坐在奥斯汀·贝克牌小面包车里向海滩驶去，他能闻到马鬃椅套浓郁刺鼻的味道和酸腐的面粉味儿，当他开始定期拜访姑父的酒店时，置身于阿德莱德的热浪之中，他总觉得这种气息有种灼烧的刺痛感。他的胃部一阵阵收紧，他口干舌燥，衬衫绷得很紧，心脏怦怦狂跳。他想起了酒店，仿佛又回到了那里：走廊深邃、幽黑，锈迹斑斑的老旧铁栏杆剥落着，海风肆虐，海面似黄宝石一般波光粼粼，远处传来莱斯利·哈钦森沙哑的歌声《愚蠢的玩意儿》，像是冲上一处浅浅的波浪时听到的声音。但艾米的脸，他却无论如何都记不起来。

他想和她在一起，只和她在一起，日日夜夜和她在一起，静静地听她讲无趣的逸事与再明显不过的观察所得，用鼻子嗅遍她的脖子，感受她的双腿交缠于他身上，听她呻吟着呼唤他的名字。他想知道，这种压倒了他生命中其他一切的欲望是什么？该怎么去命名他腹中因她而起的疼痛和胸口窒闷的感觉，那征服一切的眩晕感？该用什么样的语言——任何婉转曲折的语言——来诉说他此刻心里仅有的念头，一个近乎本能的念头：他必须靠近她，和她在一起，只和她在一起。

她渴望的是爱的宣示。再平庸无奇的礼物也总能打动她，使她确信他对她的感情并没有消失不见。对她而言，礼物、宣告都是必要的。她还有什么能证明他们的爱呢？成为夫妻的可能性已被否决，无论现在还是以后，这是她能拥有的唯一证据，证实她曾体验过这样的快乐。或许，艾米的内心深处是个现实主义者，与多里戈截然不同。至少他是这么想的。因此，有一次他们一起去城里时，他取出了几乎全部积蓄，给她买了条珍珠项链。一颗珍珠精致地镶嵌在一条银链子上。这让他想起越过她的腰望向月亮在海上映下的那条路。她埋怨他不该这么愚蠢，两次让他把项链退了，但她的快乐却不容否认。因为她得到了她想要的，虽然她永远无法公开地佩戴它，但它毕竟是他们爱的证明。即便现在，他仍能在脑海中看见这条项链，但对她的脸却毫无记忆。

你第一次在书店里看见我，他说着，将三角形的项链扣扣好，吻了吻她的后颈，还记得那情景吗？

当然记得。她说着，手指抚摸着珍珠。

我在想，是不是那个时候你就不知不觉地把我们放在一起了？

什么意思？

但他也不知道自己想表达什么，他对自己的想法将会引向之处感到害怕。如果真是那样，他对自己的生命只有那么一点掌控力吗？他记得有一天早晨在海边游泳，等着她从城里回来，一股逆流攫住了他，将他冲到了几百米远的地方，他好不容易才脱身而出。

逆流，他说，属于我们的逆流。

她笑了。真是条漂亮的项链，她说。

即便现在，他仍能看见项链上的迷你小月亮使商店的电灯光泛起阵阵涟漪；仍能看见三角形项链扣落在她的后颈上，框住那极细极淡、令人心魂荡漾的耸起的纤密绒毛。但尘粒倏然蜂拥而入，雨声再起，他又看不见她的脸，听不见她的声音了，牛肉粉贝克在他身边说点名了，而艾米不在那儿。

我们现在不去就迟了，牛肉粉贝克说，天知道他们会派哪个倒霉鬼去干活。

那一刻，多里戈·埃文斯很困惑，不知身在何处。他就这么稀里糊涂地把信放在自己的床边，走入雨中。

他想着：世界就是这样。就是这样。

7

公鸡麦克尼斯后来才加入疲惫不堪的人群，他们这帮受苦受难的人正淋着大雨蹚过泥泞，穿过村子向食堂走去。除了破布条和澳大利亚军队的宽檐帽，绝大多数人都光着身子，他们穿得越少，越显得身体枯槁，戴上宽檐帽就越像街头混混，就好像还在巴勒斯坦，晚上要出去灌啤酒、逛妓院。只是已不再如以往那样大出风头。

烧木柴的烟熏味儿，粗陶炉子四周干燥温暖的一小方圣地，即将吃饱喝足的士兵的安逸，嗡嗡低鸣的交谈声：置身于一个陌生、冷漠、充满敌意的世界中，这样的食堂几乎总使人有种家一般的温暖之感。但那天早上雨水倾盆而下，食堂也遭了殃。几小股雨水从棕榈屋顶上泻入，砸到炉膛上，升起腾腾蒸汽，雨水将熏黑的椽子上的烟灰一并拽了下来，给大铸铁炒锅里的米饭添了点装饰。地上已经积了两英寸深的水。

公鸡麦克尼斯蹚水而过，掰开饭盒的搭扣，轮到他后，便将两只饭碗伸了过去。一小杯水样的米粥当作早饭，哗地倒入饭盒，一只肮脏的饭团当作午饭，落入另一只饭盒里。

快走吧，还等什么？背后有人说。

公鸡麦克尼斯挺起身子。他涉水走过，又趿拉着鞋走入季风雨中。此刻，他可以带着米汤走下滑溜溜的缓坡，回到他们勉强还能避雨的棚屋里，坐下来吃早饭，也可以和许多战俘一样，站在雨中，尽可能快速地把早饭囫囵地塞下去。毕竟那玩意儿不能算作食物，那只是活命的东西。

他看着黑皮加德纳走过，正要回睡觉的窝棚去吃早饭。像黑皮加德纳这样的战俘把吃变成了小仪式，仿佛吃的不是什么几勺发馊的米饭，而是周日的烤牛排大餐。但公鸡麦克尼斯不一样，尽管他尽力不把这些猪食飞快地塞下去，却无论如何都做不到。他觉得把食物拿在手上哪怕就一两分钟，都能让人觉得快乐——拿在手上时你就知道可以开吃了，这种期待和吃的过程一样令人享受，你细嚼慢咽，品味着可怜巴巴的那几口，甚至还会在勺子上细分成很多的小份，好多匀出几口，而不是三四口就把这猪食给吃净了。但他实在是做不到。

公鸡麦克尼斯最恨自己把米饭胡乱给塞下去后，抬头一看，黑皮加德纳竟然还在慢条斯理、平静如水地吃，而且还有剩下的没吃完。每到这时，公鸡麦克尼斯就设法不往那边看，忽略将他空荡荡的肠胃越撑越大、令他痛苦不已的忌妒心，尽力不去理会撕扯着他的疯狂心灵的怒火。他发誓下次吃的时候也讲究一些，要吃得小心翼翼、慢条斯理；下次他公鸡麦克尼斯也会成为这样的一员，那些可怜的骷髅脸、瘦鼻子和迷迷糊糊的大眼睛，都会转过身羡慕地注视着他，绝望地想从他的猪食里分得一杯羹。下次，他会拥有这种奇异的尊严，使吃猪食成为满怀勇气，甚至藐视一切的行为。

但他永远都做不到。

他的饥饿犹如野兽。他的饥饿充满了绝望和疯狂，告诉他不管碰到什么吃的，都尽可能、尽快地吞下去；他的饥饿在尖声叫嚣——吃！吃！吃！可他一直都清楚，是他的饥饿在吃他。

公鸡麦克尼斯听到一声喊叫。他抬头看见黑皮加德纳滑倒在烂泥里，米粥洒得到处都是。他对着黑皮加德纳恼恨的眼神盯了一会儿，比他希望的时间更漫长，然后他往地上看去，褐色的烂泥里，暴雨已将猪食似的米粥稀释，只剩一摊发亮的灰色污迹。

公鸡麦克尼斯转过身，背对着黑皮加德纳，狼吞虎咽地喝下余下的猪食。没一会儿就吃完了。就像根本没吃过，他想。早饭得比这个多十倍才行。

那些脏兮兮的黄皮肤猪猡要把我们全都饿死，他自言自语地说。

说完，他转身看到小不点儿米德尔顿，小不点儿瘦得身形古怪，屁股凸出来，像大象耳朵，他正艰难地把黑皮加德纳扶起来。公鸡麦克尼斯一边把饭盒舔得干干净净，一边注视着瘦骨嶙峋的小不点儿捡起黑皮加德纳的锡碗，把自己的猪食舀了一半，递了过去。

公鸡麦克尼斯啪地合上饭盒，午餐饭团封在了盒子里，他把饭盒扣在兜裆布上。受到对方的羞辱，还用自己的一半吃食去帮助羞辱者，这实在说不通。他觉得这样的人毫无羞耻感，也没有自尊。他漾起了一股如释重负的怪异感觉，近乎胜利，他终于不用将自己的早饭拿来分享了。他走到那两个人旁边，一只手搁在黑皮加德纳沾了污泥的肩头上。

加德纳，要帮忙吗?

没事，公鸡。

注意到其他人这时都去列早队了，公鸡麦克尼斯便匆忙加入了那群破布烂衫的队伍，朝着营地的西侧走去。那儿的竹墙棕榈屋顶窝棚共有两间屋子，底下用柱子支着，这是日本工程师的行政管理处。窝棚前面有一处泥泞地，作为集合场。晨间点名就在这儿，点完人数后，他们就会被分成一队队工作组。

到了那儿后，公鸡麦克尼斯注视着从营地的四面八方过来的其他人，有瘸腿的，有靠人搀扶的，有靠人背着的，也有爬着过来的。他正好在吉米 · 比奇洛边上，比奇洛诅咒着天气和上帝。

挺美啊，公鸡麦克尼斯说，他觉得要把美好的思绪表露出来，这才是该做的事。他发现美好的思绪有时候也会使一些人泄气，站在他边上的那些人就是这样。战俘们都会待在自己同屋的人身边。情况最理想的时候——当然，这样的情况几乎没有——这样的同志情谊对公鸡麦克尼斯也没什么帮助，经过早晨那番羞辱之后，这样的情谊就更可有可无了。当他实在无法置身事外时，就会把它打破。

这是自然界的大教堂，公鸡麦克尼斯说着，指了指一丛高高的竹子。

吉米 · 比奇洛抬起深陷的眼珠子望向天空，只看见清晨仍旧黑黢黢一片的天空和下方参差不齐的黢黑丛林。

对，吉米 · 比奇洛说。

看那儿，那些竹子互相倚靠，形成了宏伟的哥特式拱廊，公鸡麦克尼斯说。竹子后面，柚树勾勒出金银丝线般的线条，犹如彩绘玻璃的铅条。

吉米·比奇洛凝视着阴沉的树梢。他问公鸡麦克尼斯是不是说它们像金刚。他的语气不是很确定。

我相信美的东西都会蕴含维他命，公鸡麦克尼斯说。

吉米·比奇洛说他觉得维他命只在维他命里面。

我说的是美，公鸡麦克尼斯说。

他对这些事一概不信，只是听兔子亨德里克斯神神道道地说过这些胡话。如此高尚的情感，即便是从其他人那儿偷来的，也是高尚的，他将其看作美好品格的见证，把他与低级阶层区分开来，确保自己生存下去。

一片黑压压的雨云疾驰而来，漫过天际。穿透竹林的光线瞬间暗淡，柚树枝模糊成一片灰色，雨滴断断续续地落下来，瞬息之间，就变成了咆哮的暴雨。丛林沦陷，将人压得死死的。汹涌的水流从树梢倾泻而下，砸到集合场边的地上又砰然而起，仿佛连泥土也厌恶这雨，想要让它消失。但它没有走，雨好像想要掌控万事万物。雨下得更大、更沉、更猛烈，雨声轰鸣，俘虏们不再大喊大叫，只得等着雨势小些再说。

战俘一拨又一拨地全都过来了。生病的人比往常都要多得多。那些站不住的就倚着集合场边上大柚树原木坐下来，那地方被称作“哭墙”。透过雨幕，公鸡麦克尼斯看见有个人正在烂泥地里朝着集合场爬来，另一个战俘走在他边上，给他做伴，两人就像是要去看赛马似的。爬的那个人似乎不想要别人的帮助，走在他边上的那个人似乎也没提供任何帮助。然而，当急流暴雨将他们模糊成一体时，公鸡麦克尼斯觉得有什么东西把他们连在了一起。

等到他们越来越近，他才看清爬的那个人是小不点儿米德尔顿，走在他边上的则是黑皮加德纳，仿佛这样走来是世界上最自然不过的事情。他看见加德纳有两次想要帮助同伴，但米德尔顿似乎打定主意要自己来。

看到这两个他打心眼里瞧不上的人，那个废人和他的会嘲笑他却不会抛弃他的朋友，眼见最低等的人似乎都拥有他知道自己没有的那种东西，麦克尼斯觉得这样做简直毫无道理可言，他心中立刻充满了最恶毒的憎恨。公鸡麦克尼斯扭头看向了竹林，试图再次将竹林想象成哥特式拱廊，将监狱想象成大教堂，用美来充盈他的心灵。

8

战俘们顶着倾盆大雨聚集在一起，多里戈·埃文斯站在他们前头，日本人在行政管理的窝棚里等待着狂暴的雨势过去，直到那时他们才会走出来。令多里戈·埃文斯惊讶的是，中村也和那些人在一起。通常情况下，都是由福原中尉来监督挑人干活的过程。福原总是设法让自己在集合场时看起来整饬完美；和他不同，中村的军官制服却满是污泥，衬衫上的黑色霉斑像花一样一朵朵地晕染而开。他停下来，把一条拖在泥里的绑腿带系上。

多里戈·埃文斯等待着，绷紧身体，像曾经在足球场上那样，为接下来的对抗做好准备。俘虏点名是个冗长的过程，每个人都得用日语喊出自己的号码。作为俘虏的指挥官和高级医疗官，多里戈·埃文斯向中村少校报告说，昨天白天四人死亡，晚上死了两个，还剩八百三十八人。其中六十七人罹患霍乱，都在霍乱隔离区，一百七十九人因感染重疾而住院。还有一百六十七人身体太差，无法上工，只能干轻体力劳动。他指着那些靠着原木的俘虏说，另外还有六十二人今天早晨说身体不适，都在那儿。

还剩下三百六十三人可以在铁路线上干活，多里戈·埃文斯说。

福原做了翻译。

ごひゃく[1]，中村说。

中村少校说一定要凑足五百个俘虏，福原翻译道。

我们没有五百个健康的人，多里戈·埃文斯说，霍乱都把我们击垮了。而且——

澳大利亚人应该像日本士兵一样洗澡。每天洗热水澡，福原说，要保持干净。就不会有霍乱了。

没法洗澡。就算可以洗澡，也没时间烧水。福原的话让埃文斯觉得像是最恶毒的嘲讽。

ごひゃく！中村怒吼道。

多里戈·埃文斯没料到会这样。过去一个礼拜，他们要四百个人，讨价还价之后，通常也就要三百八十人左右。但每天都有更多的人死去，更多的人患病，能干活的人越来越少。现在还有霍乱。但他仍然重复只有三百六十三个人能干活。

少校说那就从医院里把人给带过来，福原说。

那些人都在生病，多里戈·埃文斯说，如果让他们干活，他们会死。

ごひゃく，中村说，这次没等翻译。

就三百六十三个人，多里戈·埃文斯说。

---

① ごひゃく意为五百，后文的さんはち意为三百八十，よんひゃくきゅうじゅうご意为四百九十五。

ごひゃく！

三百八十个人，多里戈·埃文斯说，他希望尽快把事情定下来。

さんはち，福原翻译道。

よんひゃくきゅうじゅうご，中村说。

四百九十五，福原翻译道。

看来没那么容易解决。

他们继续讨价还价。又争了十几分钟后，多里戈·埃文斯决定，如果必须挑选病人干活，应该基于他的医学知识，而不是中村丧心病狂的命令。他提出四百人这个数字，再次强调病人的数量，详细解释他们遭受的折磨。但多里戈·埃文斯心里也很清楚，他的医学知识构不成论据，也起不到保护作用。他有种可怕的无助感，伴随着体内咬啮着他的饥饿，他设法不去想自己贸然拒绝的那块牛排。

他最后说，即使超过四百人，我们也无法为天皇做得更多。那些人都会死，但等他们身体好了，他们还能派上很大的用场。我们最多只能凑齐四百人。

还没等福原翻译，中村便对一名下士吼了一句。一把白色曲木椅被匆匆忙忙地从行政窝棚里抬了出来。中村站在椅子上，用日语对俘虏讲起了话。讲话很短，讲完后，他走下来，福原走了上去。

中村少校很高兴能带领大家建造铁路，福原说，他很遗憾地看到，健康问题相当严重。他的看法是，这是由于你们缺乏日本人的信仰，在日本人看来，意志大于健康！在日本军队里，因身体欠佳而完不成目标的人被认为是最可耻的。鞠躬尽瘁才受人赞扬。

福原走了下去，中村少校站到椅子上，又开始讲话。这次讲完后他没下来，仍旧站在椅子上，上上下下打量着俘虏的队列。

要领会日本精神，站在他下面的福原大声说道，他像塘鹅一般的脖子一起一伏，像是要呕吐。日本随时准备工作，中村少校说，澳大利亚人必须工作。日本吃得越来越少，澳大利亚人吃得越来越少。日本很抱歉，中村少校说，许多人必须死。

中村从椅子上下来。

狗娘养的，羊头莫顿悄声对吉米·比奇洛说。

有东西倒了下来。没人动，没人说话。

前排的一个俘虏瘫倒在地。中村大踏步沿着那排俘虏走了过去，一直走到那个摔倒的人身边。

喂！中村吼道。

没人应声，他又吼了第二声，依然没有回应，日本少校朝那个倒地的人肚子上踹了一脚。俘虏踉踉跄跄地爬了起来，但又倒了下去。中村又重重踢了一脚。俘虏再次爬了起来，但又倒了下去。他那硕大的黄疸病人似的眼珠子往外凸着，好似肮脏的高尔夫球，犹如来自另一个世界的、奇怪的、迷失的东西，无论中村怎么踢怎么吼，对他都没用。他枯槁的脸、萎缩的颧骨使下巴显得异常地大，看上去像是野猪的鼻子。

是营养不良，多里戈·埃文斯心想，他一直跟着中村，正跪在中村和那名俘虏中间。那人躺在泥地里，一动不动。他的身子像个废弃的架子，上面布满了伤痕和溃疡，皮肤剥落得厉害。糙皮病，脚气病，天知道还有什么病，多里戈心想。那人的臀部比扭曲的电缆粗不了多少，肛门往外鼓着，好似肮脏的绳索上缠结的绳头。恶臭的橄榄色黏液正从里面渗出来，流到他那两条细竹竿似的腿上。阿米巴痢疾。多里戈·埃文斯把这个脏成一团的人揽到怀里，重新站起来，转身面对中村，病人挂在他的胳膊上，好似一摊枯枝烂泥。

三百九十九个人，埃文斯说。

中村在日本士兵里个子算高的，或许有五英尺十英寸，体格健壮。福原开始翻译，但中村举起一只手，阻止了他，然后朝多里戈·埃文斯转过身，反手扇了多里戈·埃文斯一巴掌。

这个人病得太重，没法为日本干活，少校。

中村又扇了他一巴掌。中村继续扇他，埃文斯集中精力不让病号摔到地上。多里戈·埃文斯六英尺三英寸高，在澳大利亚人中算高的。起先，身高上的差距使他还能扛得住，但慢慢就不行了。他把注意力集中在保持两腿的均匀受力上，在下一次打击上，在维持平衡上，在不表露出任何疼痛的表情上，就好像这只不过是个游戏而已。但那不是游戏，什么都是，可绝不是游戏，他也很清楚这一点。从某种程度上来看，他觉得自己应该受到惩罚。

因为他撒了谎。

因为三百六十三并不是真实的数字。三百九十九也不是，多里戈·埃文斯心想，因为真实的数字是零。没有哪个俘虏能满足日本人的期望。所有人都不同程度地承受着饥饿与疾病的侵袭。他一如既往地为那些人而抗争，他一直在抗争，因为他只能做这么多。多里戈·埃文斯知道，除了零，还有一个数字也是真实的，他现在不得不把这个数字计算出来，把最不可能死的人与这三百六十二个病情最轻的人相加。每天，这个恐怖的计算过程都得落到他的身上。

他已经气喘吁吁。中村的重击还在不停地落下，他再次集中精力计算医院里的数字，恢复的有几人，能干轻活的有几人；中村打完这边脸再打另一边，他则数着医院里病号的数目，也许有四十个吧，如果处理得当，可以干些轻活，但得是非常非常轻的活。这些人可以上工，合起来就是四百零六。没错，他心想，这是他能提供的最大数目了，四百零六个人。可是今天，中村对他扇个不停，他知道这个数字应该还不够。他得再给中村多放点人。

像开始那样始料不及，中村少校突然住了手，然后走开了。中村挠了挠刮光的脑袋，抬头看着澳大利亚人。他狠狠地直视着澳大利亚人的双眼，后者也目不斜视地盯着他，眼神的交流中包含了福原的翻译表达不了的各种意味。中村说，无论发生什么，他都能胜出，多里戈 · 埃文斯回答，他也一样，且不会屈服。直到这沉默的交流终于结束，生与死的讨价还价才在这奇异的交易场中继续。

中村说了四百三十个人这一数字后不愿再让步。埃文斯气势汹汹地反驳，坚持立场，大吼着提出了更多不同意见。中村疯狂地挠起了胳膊肘，咄咄逼人地说着。

天皇需要这些人，福原翻译道。

我知道，多里戈 · 埃文斯说。

福原没吱声。

四百二十九，多里戈 · 埃文斯说着，鞠了一躬。

于是，交易达成，当天的任务就此开始。多里戈 · 埃文斯一时不知自己究竟是赢了还是输了。他已经为这场对抗竭尽所能，可是每天他都会输得更多，而损失都是以其他人的生命来计算的。

他走到哭墙那儿，把那个病号放到原木旁另一个病号身边，准备去医院挑选上工的人员，这时他觉得自己丢了什么东西，或是把它放错了地方。

他转身往回走。

雨水覆盖着原木、枕木、倒落的竹子、铁轨和其他任何无生命的物体，现在以同样的方式，它蜿蜒漫过小不点儿米德尔顿的尸体。雨始终下个不停。

9

这是你的，是不是？羊头莫顿边问边把大锤递给黑皮加德纳，俘虏们都在仓库里拿各自的工具。他的两只大手好似老虎钳，他的脑袋据他自己说比罗斯伯里郊外的马路还要崎岖不平。他的外号不是因为长相，而是源于童年在皇后镇生活的经历，那是一个开采铜矿的偏远小镇，坐落于塔斯马尼亚的西海岸，一片一半是雨林、一半是神话的土地。以前有段时间，他家穷得只能买羊头鱼吃。他清醒的时候很温柔，酩酊大醉的时候又同样粗暴。他爱打架，有一次醉酒，他挑衅了一整车从开罗休假回来的挖路工。有人要他闭嘴坐下，他就朝吉米·比奇洛转过身去，厌恶地摇着脑袋，用一句话轻蔑地总结了这个世界：老鼠窝里只有老鼠，吉米。

是小不点儿的，黑皮加德纳说。

小不点儿给营地里最好的锤子做了T形标记，就在锤子柄的顶端，这样他和黑皮每天早上都能认出来。

这把锤子最好，羊头莫顿说，对他而言，锤子好坏很重要。柄有点裂了，但锤头比别的锤头要重一磅多。

小不点儿还有气力且他们还在干计件的活时，这确实是最好的锤子。每一锤都因为锤子本身的重量加大了击打力，把钻头越砸越深，帮助小不点儿和黑皮提早完成工作量。只要你能像小不点儿那样结实强壮，不停地把锤子举起来，再精准地落下去。

他觉得那锤子能帮他，羊头莫顿说，他等着黑皮加德纳把锤子取走。

但现在对他们所有人来说，重要的并不是怎么把活干完，而是如何活过这一天。黑皮加德纳太虚弱，举不动这么重的铁锤，做不到一小时又一小时，每次都精准落锤，确保锤子一次又一次地正好砸在钢钎上。现在他只想找一把轻的锤子，没用的锤子，不用过分使力，设法不伤到自己和握钢钎的人，设法留出足够的力气打下一锤，设法再活过这一天。

帮他进了坟墓，黑皮加德纳说着，挑了把轻的锤子，锤头松松垮垮的。

他们现在只想锤子越轻越好，举得起，也更容易多活一天。可以塞些竹子把锤头楔紧，黑皮加德纳心想。干完一天，他会觉得没那么筋疲力尽。他把锤柄在锁骨上搁稳，以最舒服的方式支撑住锤子的重量。要不是脑袋愈加昏昏沉沉，对于锤子变轻，他心里几乎是高兴的。

一阵低低的私语声犹如微风一般掠过俘虏，旋即又不见了。说真的，还有什么能说的呢？他们拖着脚走开，开始沿着“多莉”步行前往铁路线。两个日军守卫走在前头，还有几个跟在队列后面，他们呈扇形散开成纵列。病得最轻的俘虏在前面带路，后面跟着的人抬了七副担架，上面躺着走不动路的人，但日本人下令说这些人的健康程度足以干活，在铁路线上可以给他们找个位置，既能被别人帮衬，又不至于影响所有人。他们身后的人都是各式各样的病残老弱，还有些人拄着临时做的拐杖，走在最后面。

还他妈圣诞节大游行呢，黑皮加德纳身后有人说。

他专注地盯着眼前晃动的腿。那些腿骨瘦如柴，肮脏不堪，小腿肚和大腿的肌肉萎缩得参差不齐，屁股上本应有的肌肉也了无踪影。

还没等这个奇形怪状的队伍到营地远端的小崖壁，黑皮加德纳就想躺下来，永远睡过去。在崖壁下，俘虏们得攀上一道用铁丝绑住的竹梯，竹梯摇摇欲坠，每往上跨一步都得测测牢不牢，绝不能理所当然地认为没问题。梯子上方是一排落脚处，沾了雨水和恶臭泥泞的粪便，黏糊糊的——一大早就要这么费力，几近浑身裸露的俘虏攀爬的时候自然有了反应。

他们通过人链传递工具，把病弱的人抬起来。他们居然把担架抬上来了，没出差错。大家的力量使黑皮加德纳爬上崖壁顶端时觉得没那么累了，算是有了点力气。他需要用尽全身的力气，因为那天他当中士，要负责六十个人。

晨光仍旧幽暗，离开悬崖踏入丛林，世界便愈发黑暗，小路似乎也比黑皮加德纳记忆中的更暗、更乱。黑皮加德纳想方设法地让自己成为一个优秀的头领，尽可能地避开守卫，想办法虚报工作量，抓住一切机会偷取有价值的东西，尽量不被察觉，还要确保没人被打，帮助他手下的人活过这一天。但今天不似往常。他发着高烧，到底是登革热、疟疾，还是恙虫病、脑型疟疾，很难确诊，不过也没什么关系，他尽量集中精力去帮助那些人。他从年纪很小的大马哈鱼费伊那儿拿过一大卷湿漉漉的麻绳卷，费伊的胫骨溃烂得很厉害。费伊借他表哥的出生证参了军，当兵当了三年，还没满十八。黑皮见过这种情况，一旦生活不如意，费伊这样的男孩就像根细棍子，咔嚓就断了。他把卷起的绳子往左肩上一扔，和右肩上的大锤子保持平衡。

他们沿着小路往上走，黑皮加德纳一直聚精会神地观察眼前的小道，强迫精疲力竭的躯体往某个方向出脚或抬腿，以免伤到自己。他一向身手敏捷。即便觉得要摔倒了，他那虚弱的身子仍然有能力恢复平衡。他的大腿和小腿还有足够的力量一小步一小步灵巧地跳来跳去，扭过身子避开障碍，或者借用他物，比如岩石、木头来避开会使人体力流失的泥坑或倒在地上、棘刺丛生的竹子。

他再次告诉自己，今天还算不错，幸运的是自己还有力气，帮助他保存了更多的体力；因为黑皮加德纳很清楚虚弱只会导致更大的虚弱，走错一步就会步步走错，每次在崎岖的灰岩上靠脚尖来保持平衡时，他都清楚要马上把注意力放在下一步上，确保自己在踏上崎岖的岩石或黏糊糊的木头时，不致摔倒伤到自己，确保明天和之后的每一天，他都可以这么做。但不像小不点儿米德尔顿，他并不相信身体能拯救自己。他可不希望会有那样的下场，只能挠着胸膛大喊：我！黑皮加德纳信的东西不多。他不相信自己有多独特，也不相信自己会有什么宿命。他内心里觉得，所有这类想法都是彻头彻尾的胡说八道，死亡随时可能找上门来，就像现在找上许多人一样。它和头脑中的理念无关。生命靠的是那么一点点运气。不多，大多数情况下，它就是一副砌好的牌。生命只不过是走好下一步而已。

俘虏们听到一声咒骂，队伍便停了下来。他们四处张望，发现黑皮加德纳的靴子卡在了石灰岩的裂缝里。黑皮前后扭了扭，终于把脚拔了出来。人群发出一阵笑声。靴帮还套在黑皮的脚上，但鞋底完全脱了开来，临时将就的缝合线已完全扯开了，鞋底卡在岩缝里。

黑皮探手去拽，等拽出来时，鞋底已断成了两截。他把断开的鞋底一扔，耷拉着肩膀，也许是在骂人，也许没有。他们全都专注于自己求生的艰难战斗，没有注意，毕竟还得继续行军。他跌跌撞撞地往前走去，发着抖，鞋子剩下的部分噼里啪啦地拍打着他的脚踝骨。后来，他猛地把腿往回抽，疼得喊了起来，摔到地上，再也爬不起来了。

他看起来不太好，大马哈鱼费伊说。

他的鞋子不太好，羊头莫顿说。

都一样，大马哈鱼费伊说。

没有靴子和鞋子，绝大多数人都撑不了多久。没有靴子和鞋子，不用几天、几小时，脚就会被竹刺、岩石和无数炸开的岩石碎片割开、划破，地面上到处都是这种锋利的碎片。有时候，要不了几小时伤口就会发炎，几天后就会感染，一周后变成热带溃疡，许多人就死于这种溃疡。有些在丛林里生活过的人似乎没怎么受到影响，活得还挺好，有的甚至喜欢光着脚走。但黑皮加德纳可不是公牛赫伯特那样的西澳大利亚牧人，也不是罗尼 · 欧文那样的澳大利亚土著。他是霍巴特的码头工人，他的双脚很软很脆弱。

队伍停下来，等待着，俘虏们为能休息一下而松了口气。黑皮加德纳想起他曾经吃过的一个馅饼，牛肉和腰子，配上脆皮糕点和浓郁的酸辣酱，将他远远地带离了那片丛林。他嘴里流出了口水；酸辣酱是杏黄色的，肉汁上撒了胡椒粉。但他还在喘个不停。

哥们儿？羊头莫顿说。

哎，哥们儿，黑皮加德纳说。

好点儿了吗，哥们儿？

那是，哥们儿。

得好起来，哥们儿。

对，哥们儿，黑皮加德纳说。

他喘着粗气，呼哧呼哧的又足有半分多钟，就在他设法让自己缓过劲儿来时，他看见了一只猴子。它弓着背，蹲在小路上几米外一棵树的低矮树枝上，打着哆嗦，浑身的毛湿透了。

看那该死的小畜生，怪可怜的，黑皮加德纳终于开了口。

他自由着呢，你这傻瓜，羊头莫顿说着，用腊肠似的手指把湿漉漉的头发分开，再戴上宽檐帽。我要是自由了，就回皇后镇的家，我要喝他个烂醉，一直喝到一百岁也不停下。

是啊，哥们儿。

去过皇后镇吗，哥们儿？

雨一直在下。两人有一阵子都没吭声。黑皮加德纳嘶嘶地喘着气。

没，哥们儿。

那儿有座大山，羊头莫顿说，高山，其实是，一边就是皇后镇，另一边是哥曼斯顿。偏僻得很。两个采矿小镇。以前是雨林。矿场把林子都给毁了。连一片擦屁股的叶子都找不到。世界上再没有另一个那样的地方了。看上去像他妈的月球。一到礼拜六晚上，你就会为芝麻大的事儿发火，翻过山去，和哥曼斯顿人干上一架，再回皇后镇的家。世界上还有别的地方能让你那么干吗？

10

他们等待着，没人说话，因为确实也没什么好聊的。每个人都在想方设法休息，赶在强体力劳动开始之前，给自己的身体喘息的机会，否则真到干活的时候，就会既没有体力，也没有精力扛住。羊头莫顿点了根卷烟，烟是用当地的烟草和日军手册里的纸卷的，他深深地吸了一口，把烟递了过去。

我们抽的是什么？

《爱经》。

那是中国的。

咋啦？

他脚怎么样了？后头有人问。

不太好，羊头莫顿说着，抬起黑皮的脚，把上面的烂泥弹开。他把脚在眼前转了转，仿佛那只脚是航海器具，可以用来定方位。

大脚趾和旁边脚趾之间的部分撕裂了。很糟。

有人建议晚上回营地后，给他的鞋帮做个新鞋底。

这就是件好事情，黑皮加德纳说，还会有靴子的，嗯？

没人吱声。

我只想随便弄个新鞋底，好回去干活。

那是，黑皮，大马哈鱼费伊说。

谁都清楚营地里没有像样的皮革或橡胶，做出来的鞋底都没法撑着走到铁路线，更别提穿着干一天的活了。

仔细想想，总归能想到好事情，黑皮加德纳说。

那还用说，黑皮。羊头莫顿说着，打开饭盒，把午饭吃的饭团掰成两半，把其中一半塞进了嘴里。

话题就此结束。他们无能为力，很快又得往前动了。躺在那儿时，黑皮加德纳感觉到那个锡饭盒紧紧抵着身子的一侧，让他想起自己是多么饥肠辘辘，他真想把那只小锡盒子里高尔夫球大小的饭团给吃掉。摔倒后，饭团也裹满了污泥，但那毕竟是吃的。营地里还有炼乳，他决定今晚就吃。那也是好事儿。

他强迫自己坐了起来。这么多好事儿，真的，黑皮加德纳想着。但他脚疼、脑袋疼，越是想吃东西就越是觉得饿，否则从各方面考虑，那还真不赖。

他能听见旁边的羊头莫顿吞饭团的声音。还有几个人也吃了起来。有人只剥下饭团上的几粒米吃；有人狼吞虎咽，一口就吞没了。

现在几点了？黑皮加德纳问蜥蜴布朗库西，他竟然想办法保留下了手表。

早上七点五十，蜥蜴布朗库西说。

如果他现在就把饭团吃了，黑皮加德纳心想，那接下来十二个小时就什么吃的都没了。如果他把饭团留着，到短短的午饭时间之前的五个小时里，他至少还能期待着有东西吃。但要是现在就吃，那他就会既没有吃的，也没了期待。

他体内仿佛出现了两个人，一个督促他理性、谨慎、抱有希望——如果配额全吃完了，那光想着活下去有什么意义呢？另一个宣扬的是欲望和绝望。要是等到午饭时吃，午饭后不还有七个小时没吃的吗？十二个小时或七个小时里没吃的，有什么差别？毕竟除了挨饿，还是挨饿，有什么差别？要是现在吃了，他今天活下去的可能，不挨守卫揍的可能，有体力避免踏错一步或者失手砸下危及生命的一锤的可能，是不是就会更大一些呢？

此刻，黑皮加德纳心里欲望的魔鬼风头正劲，他伸出手去，把兜裆布上挂着的饭盒一把抓了过来，这时羊头莫顿把他拉了起来。其他人也重新站起来，蜥蜴布朗库西拿过黑皮肩上的大锤子，他这么做不是出于同情，而是因为在这件事上，在许多事情上，他们都是奇怪的动物，都是单个的个体，得依靠整体一起活下去。黑皮加德纳既恼怒又释然，恼怒的是被剥夺了吃东西的权利，释然的是他还是会把饭团留到午饭。怀着这种混合了怒气与释然的奇怪情绪，他又开始艰难地向前跋涉。

然后黑皮加德纳第二次摔倒了。

让我歇会儿吧，伙计们，大家伙儿想要把他拽起来的时候，他这么说道。

他们就住了手。有人放下工具，有人蹲了下来，有人坐着。

你知道吗，黑皮躺在丛林黑乎乎的潮湿地面上说，我总是想起那些可怜的鱼。

黑皮，你又在唠叨些什么？羊头莫顿问。

他在唠叨尼基塔瑞斯的鱼铺子。在霍巴特。以前礼拜六他和他的艾迪看完电影后，就会去那儿吃一顿。

有蔻塔鱼和炸薯条，他告诉大家。鲨鱼片很好吃，但蔻塔鱼更甜。铺子里有个大鱼缸，里面装满了鱼，游来游去的。不是金鱼，是真正的鱼，鲻鱼、三文鱼和金枪鱼，都是我们平常吃的鱼。我们看着那些鱼，黑皮加德纳说，那时艾迪就觉得那些鱼可怜，从海里被捞出来，扔进那个可怕的鱼缸里，等着下锅煎。

他总是唠叨尼基塔瑞斯的鱼铺子，蜥蜴布朗库西说。

我从没想过那就是它们的监狱，黑皮加德纳说，它们的俘虏营。现在一想起那些可怜的鱼待在尼基塔瑞斯的鱼缸里，我就觉得难受。

羊头莫顿告诉他，他又在犯傻了。

黑皮加德纳让他们先走，否则巨蜥会来找他们麻烦。他说等他好点儿了就会过去。

没人动弹。

都走吧，兄弟们，他说。

还是没人动弹。

他说他只想在这儿多躺几分钟，想想艾迪的乳房，它们很美，他想单独和它们待上一会儿。

他们说他们不会离开他。

他说他是负责的士官，得让工作进行下去。

走！他突然吼了起来。他妈的这是命令。走！

是他妈的命令？羊头莫顿问。还是只是命令？

好吧，很可笑，黑皮加德纳说，跟公鸡麦克尼斯背《我的奋斗》一样可笑。走吧。全都给我滚。

坐着的人站了起来，站着的人挺起了身板，大家慢慢地再次往前挪去。黑皮几乎立刻就消失在大家的视线和思绪之中。小径越来越泥泞，越来越凶险，经过石灰岩上覆满黏土的缝隙时，脚经常被划破。他们开始快速散开，队列中俘虏的位置或多或少取决于各自的病情。一小拨人，不超过十二人，仍然神奇地保持着健康，走在最前方，队列另一头是经常摔倒、磕磕绊绊的人，有时还有人在爬，中间是轮流抬病号担架的人。还有些人，尽管身体不错，但仍留在伙伴们身边，帮助他们，搀扶他们，从不放弃他们。

这条倒霉的队列就这么往前走去，沿着他们在丛林高大的柚树和布满棘刺的竹林里辟出来的狭窄通道前行，林子太密，很难辟出其他形式的道路来。他们不停地跋涉、摔倒，不停地踉跄、滑倒，一想起吃的就骂两句，什么都不想时也骂着。他们就这么爬的爬，拉屎的拉屎，希望的希望，一整天都在一刻不停地向前，此刻这一天甚至还没有开始。

11

但丁的第一层地狱，多里戈 · 埃文斯自言自语地走出治疗溃疡的棚屋，径直穿过小溪，走下山坡，前往霍乱营地进行早间巡查，那是个被人遗弃的地方，一间又一间四面无墙的棚子，棚顶上铺着烂糟糟的帆布。所有感染霍乱的人都被隔离在这儿。绝大多数人死在这儿。他给他们经历的种种苦难起了个古典的名字，把通往铁路线的小路叫作苦路[1]，俘虏们后来采用了这个名字，又把它改成了玫瑰多莉，再后来干脆就叫多莉。[2]他往前走去，像孩子一样光脚犁开烂泥，像孩子一样低着头，像孩子一样对前往何方、接下来会发生什么毫不在意，只对自己双脚犁开、一会儿又消失不见的泥沟感兴趣。

但他不是孩子。他昂起头，挺直身板。他得表现出目标和决心，即使他一样也没有。没错，有人得救了，他心想，也许这样就可以说服自己比一个糟糕的演员要强。有人得救了。没错，没错，他心想。他们被隔离起来，就能拯救其他人。没错！没错！没错！或者说，其他人里的一部分人。一切只能相对而言。他可以把自己视为国王，他心想，但他不愿这样自视，不愿这样思考，他是没有南方的西北偏北，这是他唯一能想到的，都是胡言乱语，甚至他的思想也不属于自己。事实上，他已经不知道该如何思考，他生活在一座彻头彻尾的疯人院里，已无理性或思想可言。他能做的只有表演。

到了霍乱营地的边界，只有染上这场重病的病人和护理人员才被允许继续往里走，他在那儿见到了牛肉粉贝克，他是志愿来当勤务兵的，贝克告诉他又有两名勤务兵染上霍乱倒下了。志愿成为勤务兵本身就是一种死刑判决。多里戈甘冒这个风险，毕竟那是他作为医生的分内之事，但他始终不理解为何那些本可以避免的人却选择了这样一种命运。

下士，你来这儿多久了？

三个礼拜，上校。

牛肉粉贝克年轻的身体站了起来，脚上套了两只大得出奇、破烂不堪的粗革皮鞋。他在新加坡码头替日本人干活时弄到了这双皮

① 苦路（Via Dolorosa），《圣经》中记载的耶稣去世前背着十字架走过的一段路。

② 苦路原文读音类似 Dolly Rose，即玫瑰多莉，简化为 Dolly，即多莉。

鞋，外加一纸箱波诺克斯牛肉粉罐头，不到一天那箱罐头就没了踪影，而这个新名号却将跟随他一辈子。其他人都像老了好几十岁，十六岁的像有七十岁，牛肉粉贝克却反其道而行之。他二十七岁，看上去却只有十九。

牛肉粉贝克将自己的重返青春归因于日本战败。虽然对暹罗丛林深处战俘营里的许多人来说，这事还不好说，但牛肉粉贝克却认为战败是板上钉钉的事。他认为这场战争是德国和日本发动的一场规模浩大的针对他个人的战争，唯一目的就是要把他干死，到目前为止他还活着，可见他赢。战俘营只是个与战争无关的古怪之地。牛肉粉贝克总是能激起多里戈·埃文斯的好奇心。

牛肉粉，霍乱开始你就来了？他问。

对，长官。

他们走到第一个棚屋，里面安置的是大多数刚感染的病人。极少有人能撑到进第二个棚屋，幸存者在那里尽可能地恢复健康。第一个棚屋里的许多人熬不过几个小时就会死。对埃文斯来说，这个棚屋最令他感到绝望，但也是他真正的工作所在。他转向牛肉粉贝克。

牛肉粉，你可以回去了。

牛肉粉贝克没吭声。

回主营地去吧。你已经尽了责任。不是你的责任的，你也都干了。

我觉得我还是留下来的好。

牛肉粉贝克在棚屋门口站定，多里戈·埃文斯也停下来。

长官。

多里戈·埃文斯注意到他仰起头，第一次直视他。

我还是留下的好。

为什么，牛肉粉？

总得有人留下。

他掀起破烂的帆布篷帘，多里戈·埃文斯跟着他穿过如扇动的鼻孔般的棚屋入口，踏入恶臭之中，那气味像鳀鱼糊和屎混合而成，非常刺鼻，让人口中火烧火燎般难受。在多里戈·埃文斯眼里，一盏黏糊糊的煤油灯的红色火苗在黑暗中跳跃、扭曲，形成了一种雾气蒸腾的诡异舞蹈，就好像霍乱细菌是活物，他们在它的肠子里栖息、移动。在棚屋的另一头，一个长相特别悲惨的骷髅坐了起来，在那儿笑着。

兄弟们，我马上要回马里了。

他的笑容灿烂而温柔，却使他那张猴脸显得更滑稽了。

是时候去看老爸老妈了，马里男孩边说边挥舞着花枝般纤细的胳膊，满嘴的黄脓溃疡绽开，啊哈！看见莱尼回家，他们肯定会又哭又笑！

那孩子刚来的时候有些不守规矩，到后来就疯疯癫癫了。牛肉粉贝克对多里戈·埃文斯说。

是不是啊？嗯？

没人回答洋溢着梦幻笑容的猴脸马里男孩，就算有回应，也不过是低声的呻吟和轻柔的哭泣。

维多利亚州征兵的人什么样的都收，牛肉粉贝克说，我不知道他是怎么骗那些人让他参军的。

马里男孩又乐颠颠地躺了回去，好像妈妈在哄他上床睡觉。

下个月他就十六了，牛肉粉贝克说。

泥水和屎混合成的泥浆里有一张长长的竹台，上面躺了四十八个人，惨状可谓各式各样。或者说看上去是这样。多里戈·埃文斯一个一个检查，有的人异乎寻常地老态，有的整个骨架都缩成了一团，还有的皮肤擦破，泥色的皮肤在黑色的阴影中紧抓扭曲的骨头。多里戈·埃文斯心想，身体就像红树林的根。有那么一刻，整个收治霍乱病人的棚屋都在他眼前的煤油灯火苗里游动。他满眼都是臭气熏天的红树林沼泽地里扭动呻吟的树根，它们永不停歇地搜寻着泥土，好在其中生存。多里戈·埃文斯眨了眨眼睛，一下，两下，生怕这是早期登革热导致的幻觉。他用手背擦了擦鼻涕，又继续忙活起来。

第一个人看起来正在恢复，第二个已经死了。他们用他那脏兮兮的毯子把他卷起来，留待埋葬队的人搬走火化。第三个叫雷·黑尔，恢复得很不错，多里戈说他今晚就可以出院，第二天可以干些轻量的活。第四和第五个，多里戈·埃文斯宣布都已死亡，他和牛肉粉贝克同样用臭烘烘的毯子把他们卷了起来。死亡在这儿不算什么。多里戈认为，死亡也算是一种解脱，但他也在跟这种念头做斗争，认为它是一种虚伪的怜悯。活着就是在恐惧和痛苦中挣扎，但他告诉自己，人必须活下去。

接下来是一具蜷缩着的骷髅，一堆纹丝不动的骨头和恶臭的脓疮。为了确认那人也没了脉搏，他捏起皱巴巴的手腕，那个骷髅猛地一震，枯槁的脑袋转了过来。怪异的、半盲的眼睛了无生气地鼓凸着，模模糊糊地看过来，似要将目光紧紧地固定在多里戈·埃文斯身上。声音有些尖厉，像是一个男孩的声音遗落在了一个垂死老人的躯壳之中。

对不起，医生。今天早上还没死。很抱歉让你失望。

多里戈·埃文斯轻轻地把手腕放回到那人污秽的胸口上，胸腔已经凹陷，肋骨凸起，仿佛他正把手腕搁在外面等待晾干。

就应该这样，下士。他轻声说。

然而，多里戈的眼睛暂时抬了起来，正好与牛肉粉贝克的视线相撞。勤务兵发现上司勇敢无畏的眼神里流露出了一种奇怪的无助，有那么一刻甚至近乎恐惧。埃文斯猛地垂下了眼睛。

别屈服，他对这个奄奄一息的人说。

骷髅缓缓地把脑袋转了回去，又回到原来那种奇异的静止状态。这几句话已掏空了他。多里戈·埃文斯用指尖把他皱巴巴的前额上稀疏潮湿的头发从眼睛上梳开。

对我，或者对其他人，都别。

于是，这两个消瘦憔悴的人——高个子医生和他的矮个子助手，两人都近乎赤裸——又继续往前走，勤务兵穿了双大得出奇的粗革皮鞋，戴了顶宽檐军帽，在他那张瘦得不成形的脸上，帽檐显得异常宽；医生系了条油腻的红色方巾，斜戴着军官帽，像是要赶去城里找女人。医生觉得，他俩这么一路走去的样子像一场巨大的伪装，他扮演着最冷酷无情的角色：给别人希望，可并没有希望。医院并非医院，只不过是用挂在竹子上的破布搭成的漏雨棚屋，床不是床，只是害虫肆虐的竹板，地板污秽不堪，而他这个医生几乎没有任何可以用来治疗病人的必需品。他系了条油腻的红色方巾，斜戴着军官帽，用可疑的权威给病人治疗。

但他也清楚要是不这么干下去，不这么每天巡查，不这么千方百计地想办法帮助病人，情况会更糟。不知何故，他脑海中浮现出生病的彩虹杰克扮演费雯·丽与相隔一生的爱人终在桥上相见的场景。他想到了那些人以前的表演，他们很有创意地用旧米袋和竹子制作服装和布景，来模仿电影和音乐剧的场景，可要是同他的医院和治疗的现实相比，连一半的荒诞离奇都没有。不过，和那出戏相比较，他现在的处境也很真实。和那出戏一样，他这么做肯定能起到作用。有时候人没死。他不愿放弃，他会尽力把那些人救活。他不是个好外科医生，不是个好医生；他从心底认为自己不是个好人。但他不愿放弃。

有个勤务兵正想尽一切方法给营地做新的静脉注射装置，用青绿的竹子做成粗糙的导管，连接到黑皮加德纳昨天晚上从日军的卡车上偷来的橡胶管上，再连通到灌了生理盐水的旧瓶子里，盐水由蒸馏器蒸馏出的消毒水制成，而蒸馏器则是用煤油罐和竹子做成的。那个勤务兵是约翰 · 梅纳杜少校，严格来说，他是战俘营里的第三号指挥官。他有银幕偶像的长相和特拉比斯会[①]僧侣的社交能力，当迫不得已要讲话时，他多半会结巴。他很乐意当个勤务兵，别人让干什么他就干什么。

注重等级制的日本人会强迫所有低阶士官干活，对军官则没这个要求，他们可以待在营地里，奇怪的是，大日本帝国陆军竟然还会给他们发放微薄的薪水。埃文斯并不在乎什么等级制，但它层级化的一面对他有利。除了从军官的薪水里扣钱，他还命令他们在营地干活，帮助病人，改善卫生条件，修建新的厕所、供水排水系统，还有整个营地的一般维护。

约翰 · 梅纳杜试图在病人脚踝处找到静脉插入竹导管。至于手术刀，他用的是磨利后的约瑟夫 · 罗杰斯折叠刀。那脚踝瘦得只剩骨头，勤务兵在紧绷的皮肤上来来回回地比画着。

别怕伤到他，多里戈 · 埃文斯说，这里。

他拿过手术刀比画了一下，预演一次毫不拖泥带水的精准切割，然后又快速重复了一遍这个动作，割开骨节上方的肉，找到静脉。他迅速把自制的导管插了进去。霍乱病人缩了一下，但他的速度和

① 又名严规熙笃隐修会，是天主教熙笃会的一个主要分支。——译者注

沉着让手术刚开始就结束了。

现在他会挺过去的，多里戈 · 埃文斯说。

除了坚持保持卫生，补充水分也成了他最大的成就。仅过去两天，这个方法就救了好几条人命，现在有好几个人都能活着走出霍乱营地，而不是被带到火葬堆上烧成灰。他觉得那对所有人都是希望。

在这儿，要么死，要么撑住，有个挖土工低声说。

我他妈才不会死，那个刚打上点滴的人哑着嗓子说。

霍乱似乎在退缩，他们继续在竹台床铺边上走着，检查盐水还剩多少，把点滴固定住，有时候还把少数几个走运的人移到康复用的小棚屋里。当多里戈 · 埃文斯走近他们时，所有人都已不成人形，恐怖的疾病早已把他们耗空，不消几个小时，就能将他们打垮并杀死。有的人痛苦地呻吟着，身上一阵阵痉挛，疾病正在蚕食他们的肉体，吞噬他们的生命，还有的人哼哼唧唧地要水喝，有的像石头似的双眼从黑洞洞的塌陷眼窝里凝视着前方。当他们几人走到想要回家看爸妈的猴脸男孩那儿时，他已经死了。

他们有时是这样，牛肉粉贝克说，变得很开心。想要乘公交车回家看妈妈。到那时你就知道他们完了。

我来帮你。多里戈 · 埃文斯对另一个勤务兵说，那人正好扛了副担架过来，大家只知道他叫小甜甜，因为他把一本破破烂烂的《比顿太太烹饪书》[1]带到了暹罗丛林腹地，那本书现在早已霉迹斑斑。担架是两根大竹竿凑合搭起来的，中间撑着几只旧米袋。

现在他的工作完成了，多里戈 · 埃文斯帮小甜甜和牛肉粉贝克把莱尼干枯的身子放了上去。他比一只死鸟重不了多少，多里戈心

---

①《比顿太太烹饪书》（*Mrs. Beeton' s Cookery Book*），英国维多利亚时期广为流传的烹饪指南。

想。什么都没了。尽管如此，他感觉治疗还是有用的，他还是做了点事。没有足够的米袋铺满整个担架——这里有什么东西够用？多里戈·埃文斯心想——莱尼的腿拖到了地上。

他们从死人屋里走出来时，莱尼的尸体一直在往下滑。为了不让尸体从担架上摔下来，他们只能把他翻个身，把骨瘦如柴的两条腿岔开，挂在竹竿上。他的腿十分消瘦，肛门恶心地凸了出来。

莱尼可千万别最后再射上一发。小甜甜说，他正托着担架的后把手。

12

自从霍乱开始肆虐，吉米·比奇洛就被分配到了营区工作，这样一来，每天的葬礼上，他都能担任号手。已经有人把他召了过来，于是他就候在霍乱营地边缘，等着他们抬担架出来。抬着最后一副担架的是多里戈·埃文斯和另外两个人，多里戈戴了顶活泼的帽子，系了条红色方巾，牛肉粉贝克的鞋子大得可笑，总让吉米·比奇洛想到米老鼠。他俩走在前头，小甜甜走后面，脑袋奇怪地往后仰着。

吉米·比奇洛跟着这支可怜的葬礼队伍穿过淅淅沥沥的幽黑丛林，军号斜挎在肩上，用破布打了个结——原来的皮带烂了，他只好换了破布条。他想着他是多么爱他的军号，因为丛林里的每样东西——竹子、衣服、皮革、食物、肉体都会腐烂变质，只有军号似乎百毒不侵。他是个平凡的人，但他觉得这么一个简简单单的铜号里蕴含着不朽的意味，它已经超越了太多的死亡。

战俘营负责火葬的人正在一片阴冷潮湿的空地上等候，他们都知道烧一个人得花很长时间。火葬堆是一个巨大的矩形竹堆，堆得齐胸高。已经有一具霍乱病人的尸体放在竹堆上，一同放上去的还有少得可怜的几样随身物品和一块毯子。吉米 · 比奇洛认出那是兔子亨德里克斯。他感到自己几无所动，这让他很吃惊，这种感觉总让他吃惊。

凡是霍乱病人碰过的东西其他人都不能碰——除了负责火葬堆的人——霍乱病人的所有东西都得烧尽，以免传染。等到剩下的几个人把三具刚抬来的尸体及其随身物品都抬到火葬堆上后，其中一个人拿着兔子亨德里克斯的素描本走到多里戈 · 埃文斯跟前。

烧了吧，多里戈 · 埃文斯说着，摆了摆手。

搭火葬堆的人咳嗽了一声。

我们不太确定，长官。

怎么了？

这是记录，牛肉粉贝克说，他的记录。以后，别人都可以，嗯，了解。记住。这就是兔子想要的。让人们记住这儿发生的事。发生在我们身上的事。

记住？

对，长官。

所有的事最后都会被人忘记，牛肉粉。我们现在活着比以后被人记住好。

牛肉粉贝克似乎没被说服。

以免遗忘，我们说的，牛肉粉贝克说，我们不是这么讲的吗，长官？

我们是这么说过，牛肉粉。或者说吟诵过。也许这是两件完全不同的事。

所以才要把这本子保存下来。这样就不会忘记。

牛肉粉，你知道那首诗吗？吉卜林的诗。讲的不是记住，而是忘记：所有的事是怎么被忘记的。

遥远的召唤，我们的海军消失不见；

沙丘和海角上烈焰沉没：

看哪，往昔的种种浮华

同尼尼微和泰尔城一样飘逝！

万国的法官，宽恕我们吧，

以免我们遗忘——以免我们遗忘！

多里戈·埃文斯冲负责火葬堆的人点了点头，让他给竹堆点火。

尼尼微，泰尔，遭上帝遗弃的暹罗铁路，多里戈·埃文斯说，火焰的阴影在他的脸上映出虎纹，如果我们不能记住吉卜林的诗讲的是万事万物都会遭人遗忘，那我们又怎么能记住其他东西呢？

诗不是法律。它不是注定的命运。长官。

确实不是。多里戈·埃文斯说。但他震惊地意识到，对他而言，或多或少是的。

那些画，牛肉粉贝克说，那些画，长官。

画怎么了，牛肉粉？

兔子亨德里克斯相信不管他身上发生什么事，画都会保存下来，牛肉粉贝克说，世界就会知道。

真的？

记忆是真正的正义，长官。

或者说是新一轮恐怖的制造者。牛肉粉，记忆只是像正义，它是另一个容易让人感觉正确的错误想法。

牛肉粉贝克让搭火葬堆的人打开素描本，翻到一页，上面用印度墨水画着日军占领新加坡后砍下来插在一排铁钉上的中国人的头颅。

这里有暴行，看见了吗？

多里戈·埃文斯转身看着牛肉粉贝克。但他只能看见浓烟、火焰。他看不见她的脸。被砍下的头颅在浓烟的笼罩下栩栩如生，可那都是死的，早已没了。火在他们身后升腾而起，火焰是唯一的活物，他想起了她的头、她的脸、她的身体、她发间红色的山茶花，但任凭他怎么努力，都无法记起她的脸。

没有什么能持久。你不明白吗，牛肉粉？吉卜林说的就是这个意思。帝国不能，记忆也不能。我们什么都记不住。也许能记个一两年。也许能记个大半辈子，如果我们还活着。也许吧。但接着我们会死，还有谁会理解这一切呢？当我们用手摸着心口，一直说要记住时，我们也许什么都没记住。

还有受折磨的场面，看见了吗？牛肉粉贝克说。

他翻到了一页钢笔素描，上面画着一个澳大利亚人被两个守卫毒打的场景。翻到了一幅溃疡病房的水彩画。翻到了一页铅笔画——一个骨瘦如柴的人在做苦力，用工具劈石头。多里戈·埃文斯发觉自己越来越恼火。

比布朗尼盒式相机好，兔子老家伙啊，牛肉粉贝克笑着说，我永远不知道他到底是怎么弄到那些颜料的。

以后谁会知道这些画是什么意思？多里戈·埃文斯厉声说，谁来解释它们？一个人也许把它们看作奴役的证明，另一个人把它们视为宣传工具。在鞭笞之下建造金字塔是什么感觉，象形文字告诉我们了吗？我们还会去谈这个吗？会吗？不会，我们谈的是埃及人的威严、宏伟。还有罗马人。还有圣彼得堡，我们不会谈它是建在成千上万俘虏的白骨之上的。也许他们也会这么记住日本人。也许他的那些画最后也会这样用——证明这些魔鬼有多么辉煌。

就算我们死了，牛肉粉贝克说，画也能告诉别人我们身上发生的事。

那你得活下去才能看到，多里戈 · 埃文斯说。

他现在很生气，一想到竟然会让一位手下人看到自己发脾气，他就更生气。当火焰烧起来时，他感觉自己正在快速忘却她，在那个时刻，他很难在脑海中重现她的脸、她的头发、她唇上的美人痣。他能记起碎片、明亮的灰烬、跃动的火星，但就是记不起她，她的笑声，她的耳垂，她扫到红色山茶花上的笑容——

好了，多里戈 · 埃文斯说，趁火还没烧得太旺，我们把他放上去吧。

13

他们把兔子亨德里克斯连同沾了屎的脏毯子一块儿抬到其他尸体边上，把他的背包——里面只有一个饭盒、一把调羹、三把画刷、几支铅笔、一套儿童用的水彩颜料、假牙和一些难闻的当地烟叶——和素描本搁到了他身边。得霍乱而死的人总是轻得可怕。自从鲍勃牧师死后，葬仪就由林赛 · 塔芬主持，他以前是英国国教教会牧师，后来因某些不得而知的道德堕落行为而被革职。不过他的人影始终没出现，火都快要把尸体烤焦了。

上校？小甜甜问。

由于时间紧迫，职责所在，军衔又是所有人中最高的，多里戈·埃文斯便临时主持了葬仪。他不怎么记得正式的仪式，因为那些东西总让他觉得枯燥乏味，他就按自己所想的推进了，他希望自己做得还算充分。开始之前，他还得问清楚另两具尸体的姓名。

米克·格林，炮兵，西部澳大利亚人，小甜甜说，杰基·米洛斯基，添煤工，纽卡斯尔人。

多里戈·埃文斯将名字放入一段不可侵犯的记忆中，他只想起过两次，在两个非常重要的时刻：他此时主持的葬仪，还有许多年后他濒死之时的遐想。结束仪式时，他向上帝称颂这四个好人。但他并不清楚上帝究竟和这有什么关系。没人再谈起这位天父，就连林赛·塔芬也没有。

多里戈·埃文斯低头从火堆边走开，吉米·比奇洛踏步上前，他晃了晃军号，把可能藏在里面的蝎子或蜈蚣抖落出来，随后便举向唇边。他嘴里一团糟，上颚的皮都已经烂了，嘴唇肿着，舌头也又肿又痛，像块可怕的木板，无法正常发挥作用，对他来说，米饭尝起来像是一粒粒滚烫的铁弹。“大佬”告诉他这是糙皮病，缺乏维他命所导致的。他只知道此刻自己的舌头形成了阻碍，使他形如鼓风机的嘴无法往军号里吹气。

可是，当他把军号放到唇边，开始吹奏那首再熟悉不过的曲子时，他还是沉浸于奇异的旋律之中。起先是几个慢拍的音符，他对付得过来。随后，旋律转快，他始终认为《最后一班岗》在这一刻变得气势磅礴，当旋律升起而后减弱时，他不得不费尽全身力气吹出音符之间必要的短暂停顿。吹奏时，他感觉舌头已不存在，他是在用一块长四英寸、宽二英寸的木头敲击着嘴，竭尽全力使音符骤停，用舌头谱出旋律，让曲子拥有魔力。

和这幽暗阴沉的丛林世界中的其他事情一样，吉米·比奇洛不得不见招拆招，想办法绕着巨鲸状的舌头往外吹气，专注于吹奏音符，而不让惊声尖叫的神经末梢干扰自己，再一次为所有那些仍将留在丛林、永远无法找到回家之路的人好好吹奏一曲。一曲末尾，他已热泪盈眶，这不是情绪波动所致，因为同昨天以及之前的五次葬礼相比，他并没有更多感受，他的眼泪来自身体上的疼痛。他马上转过身去，这样就没人能知道他在吹奏这样一首简单的曲子时所遭受的非人折磨，也没人会误以为他已变得多愁善感。

尽管在吹奏这可怕的军号曲、这死亡的乐章时，他浑身好似着了火一般，但他仍在不停地吹奏，从头再听上一遍，他不理解其中的意义，恨他们都已死去，他知道自己不得不一直吹奏这首最令他恨之入骨的乐曲，可他下定决心不会停止吹奏。这首曲子并没有包含别人告诉他的那种意义，比如士兵此刻终于可以安息，他的工作已经完成。什么工作？为什么？人该如何安息？这就是他此刻吹奏的乐曲，他会终其一生不停地提出这些问题，在澳新军团日，在战俘营聚会上，在官方活动中，在偶尔夜深人静、回忆纷扰之时。他希望他吹奏的这首曲子能够得到真正的理解，但人们从中得出的都是其他结论，他对此无能为力。音乐抛出一个又一个问题，问题永无休止，吉米的每一次呼吸都在圆锥形铜号中螺旋升腾，向着人类追求超越的共同梦想飞跃而去，这梦想在同样的声音中凋零，令人无法企及，直到下一个音符，下一句乐段，下一次……

战争一结束，很快就变得像从来没发生过一样，只会偶尔像床垫里的硬块一样在半夜冒出来，让他不舒服地清醒过来。总之，就像小甜甜后来说的，不是战争有多漫长，而是它好像该死的永远不会结束。后来战争结束了，有一段时间，很难回想得起多少那时候的事情。每个人都有更难以置信的故事，在阿拉曼、托布鲁克、婆罗洲打仗，在北海乘坐护卫舰巡航。而现在还有生活要过。战争中断了现实世界和真实生活。工作、女人、房子、新朋友、旧家庭、新生活、孩子、晋升、解雇、疾病、死亡、退休——吉米·比奇洛很难回想得起霍巴特是在战俘营之前还是之后，战争之前还是之后。越来越难相信那些发生在他身上的事情真的发生过，所有的事情他都亲眼看见过。有时候，很难相信他真的参加过战争。

吉米·比奇洛有过一些好日子，有了孙辈，后来慢慢衰老，战争越来越频繁地找上他，战争之外他活过的九十年岁月慢慢消融不见。到最后，他什么都不想，什么都不说，因为他觉得除了那场战争，几乎什么都没发生过。有段时间，他还会像战争期间那样吹奏《最后一班岗》，吹的时候觉得那曲子和自己没什么关系，只是职责所在，是他作为军人的工作。后来的很多年，几十年，他再也没吹过，直到九十二岁那年他第三次中风后躺在医院里等死，他用一条还听使唤的胳膊把军号放到嘴唇边，他再一次看见了烟雾，闻到了烧焦的肉味，他突然意识到战争是唯一曾在他身上发生过的事。

我和上帝没什么好争的，多里戈·埃文斯对牛肉粉贝克说，他们把柴火往里推了推，拨了拨，让火焰把尸体裹起来，我不想和其他人争辩上帝存在与否。我讨厌的不是他，是我自己。那种话就到此为止吧。

什么话？

说上帝的那些话。上帝这个，上帝那个，说个没完。

操他妈的上帝，他本来想这么说的。操他妈的上帝，竟然造出了这么个世界，不管现在还是以后，对上帝这个名字只有操他妈的。

操他妈的上帝，竟然把我们弄得生不生死不死，操他妈的上帝，竟然不来拯救我们，操他妈的上帝，他妈的根本就不在这儿，他妈的根本不会去拯救在竹子上被烧尽的那些人。

可是，因为他是个人，因为他是个在不守规矩的人里面最讲规矩的人，每当在葬礼上没话可说时，他反而喋喋不休、口齿含混地说什么上帝、上帝、上帝，而且他发现，对于过早的、毫无意义的死亡，他没什么非说不可的话。那些人似乎都挺满意，但多里戈·埃文斯却没法把事后在他嘴里翻滚的那股恶心味道囫囵吞下去。他不想要什么上帝，他不想要那些大火，他只想要艾米，可他能看见的却只有火焰。

牛肉粉，你还信上帝？

不晓得，上校。我开始琢磨人的事了。

尸体燃烧时，发出噼里啪啦的爆裂声。一具尸体举起了一条胳膊，那是神经受热绷紧的缘故。

一位负责火葬堆的人挥手回应。

祝你愉快，杰基。现在你可以离开这里了，哥们儿。

也许就应该是这样，牛肉粉贝克说。

我也不清楚是否应该这样，多里戈·埃文斯说。

对那些人有意义。我觉得。虽然对你没意义。

有吗？多里戈·埃文斯说。

他想起在开罗一家咖啡馆里听到的笑话。沙漠深处，先知告诉一个快要渴死的旅客，他最需要的就是水。没水啊，旅客回答道。没错，先知同意，但如果有水你就不会渴，不会死了。所以我就要死了，旅客说。如果你喝了水就不会死，先知回答道。

火焰越蹿越高，空气中烟雾弥漫，灰烬飞舞，多里戈·埃文斯退后一步。这气味甜腻恶心。让他厌恶的是，他发现自己竟然在流口水。

兔子亨德里克斯坐了起来，双臂高举，像是在拥抱正将他的脸烤焦的火焰，接着他体内发生爆裂，带着一股很强的力量，他们都往后跳开，以免被燃烧的竹子和余烬击中。竹堆烧得更凶猛了，兔子亨德里克斯终于侧身倒下，消失在火焰中。又一具尸体发出爆裂的轰响，所有人都躲到了一边。

“大佬”站起来，抓过一根竹竿，帮负责火葬堆的人把尸体捅回火堆中央，在那儿，它们会被最充分、最迅速地焚化。他们全都忙活起来，又捅又撬地把竹子拨回去，让越燃越旺的火焰不致缺乏燃料。他们汗流浃背，气喘吁吁，但没有停手，他们不想停下来，只想就这么迷失于飞升的火焰之中，只想这一刻再久一点。

烧完准备离开时，多里戈·埃文斯注意到泥地里有一样东西。是兔子亨德里克斯的素描本，有点烧焦了，但内容完好无损。他猜应该是尸体发生爆裂时被冲走的。卡纸封面和前面几页已经烧没了。现在最上面的是黑皮加德纳的一幅素描：在叙利亚一个村子被炸毁的马路上，黑皮坐在一张椅身印满小鱼的华丽扶手椅上喝着咖啡，其他几个人站在他边上，其中有小龙虾伯罗斯，手拿盛着热粥的饭盒。多里戈意识到，兔子亨德里克斯应该是在小龙虾被炸飞后把他加到这幅画里的。这张素描是他留下的唯一痕迹。

多里戈·埃文斯捡起素描本，想过去把它扔回火堆，但在最后一刻，他改变了主意。

14

越来越多的人开始超过黑皮加德纳，他们犹如一根根奇形怪状的空心棍，有的嘴型狰狞，有的嘴巴张得老大，眼睛好似干涸的泥块，他们已不再流畅地移动，而是时断时续，颤颤巍巍，他在队列中越来越靠后。一切都离他而去。他很清楚，留下的是疾病，在他的大脑和身体里强烈地灼烧着。他溃烂的双腿连擦过叶片都会剧痛，他的身体因撕心裂肺的痛而战栗。

不过，黑皮加德纳仍然觉得自己运气不错：他有靴子，他告诉自己，尽管鞋底暂时没了，但他今晚就可以修好。毫无疑问，黑皮加德纳心想，就算他们很倒霉，有靴子总是件好事。在这样一个悲惨的时刻，他仍能觉得自己运气好，靠着这想法，他拽起厚厚的绳圈卡在锁骨处，为了防止绳圈掉落，他又耸了耸肩，让绳圈更好地抵住脖子，然后继续向前走去。

尽管他一个劲儿地跌倒，不断被落在后面，但他仍在想方设法向丛林深处前进。他很清楚他的这一天是由一系列难以迎击的战斗构成的，但他终将取得胜利。必须走到铁路线，必须在铁路线上干活，直到午饭时间，在午饭后继续干活——以此类推。现在每一场战斗都已缩小范围，就是如何使几乎不可能的下一步变成现实。

他摔倒在一片遍布竹刺的竹丛里，跌倒时用手去撑，结果手被割伤了。等到重新站起来时，他的身体不再敏捷，也没力气，无法在一块岩石上站稳，再跳到下一块石头上，也没法一大步跨过去。情况变得越来越糟。他不停地绊倒。他摇晃着，原本用来保持平衡的那些力量也已消耗殆尽。他一次又一次地摔倒。每摔倒一次，爬起来都比上一次更困难。

他蹒跚着深入这片绿色荒原，再次抬头看时，意识到他已是孤身一人。前面的人早已爬过坡顶消失不见，不论谁在他后面，一定相距遥远。绳圈被雨浸透，压在他的肩头，越来越沉重。它不停地散开，卷成参差不齐的一股股，挂在树根上，时常将他绊倒。他每次停下来把绳子再次卷好，搁回到肩膀上放稳，都觉得绳圈越发沉重，难以控制。

他继续蹒跚向前。他觉得虚弱得很，脑袋软塌塌的，无法维持平衡。绳子又缠住了，他绊了一跤，脸着地扑倒在烂泥里，他缓缓侧转身子，躺着没动。他告诉自己得休息个一两分钟，然后一切都会好起来。但紧接着他就晕了过去。

等到醒来后，他置身于一片幽黑的丛林里，身边是一团乱糟糟的绳子。他踉跄着站起身，堵住一侧鼻孔，把鼻涕和烂泥从鼻子里擤了出来，晃了晃昏昏沉沉的脑袋。他磕磕绊绊地往前踏了一步，再次摔倒在凸出地面的岩石上，撞到高处一些摇摇欲坠的石灰岩，碎块砸落到他的肩上。

我得出发了，他心想——或者说他以为自己在想，他的思绪此时已经磨损不堪，像一样分离出去的东西，一件重物，一块大石头；他唯一能确定的就是他当时很慌，晕倒了一会儿。

他保持好平衡。对岩石，对世界，对自己的生活，他充满了怒气。他俯下身，捡起一片石灰岩碎块，凭借着这股小小的怒火，用发热的身躯里仅剩的力气把石头朝丛林扔了过去。

传来一声轻微的撞击声，同时还有一声咒骂。他身体绷紧了。

操你妈的，加德纳，一个熟悉的嗓音嘶嘶地响起。

黑皮加德纳四下打量。公鸡麦克尼斯从竹丛里走了出来，手捂着脑袋。

你是跟我们走，还是要把我们卖了？

公鸡麦克尼斯身后又出现了六个他不认识的人，那些人后面还有加利波利 · 冯 · 凯斯勒，他对着黑皮行了个他那眼熟的、看起来很随意的纳粹军礼。

我们还以为你是冲着我们来的，凯斯说。

什么冲着你们？黑皮加德纳问。

我们以为你都知道，假装打了个小盹儿——小心行事而已。公鸡麦克尼斯说。

知道什么？黑皮加德纳说。

我们的休息日。日本人不会让我们休息的，所以我们就自己来。

黑皮加德纳往后望着小路。

今天早上点过名了，日本人要到晚上回营地列队再点人数，公鸡麦克尼斯说，在铁路线上，他们从来不点名，也根本不会注意。我们躲起来休息，等到其他人回营地时再排回队列里去。列队，点名。东条英机可是你大爷。

你不能指望别人替你打掩护，黑皮加德纳说，这不管用。

上个礼拜我们也这么干了，那些杂种连个屁都没放。我们今天就再干一次。

但你们今天在我队里，黑皮加德纳说。

怎么啦？公鸡麦克尼斯说。

这样对其他人公平吗？

凯斯说他们在半英里远的地方找了个凸出的悬岩，淋不着雨。没人能听见、看见他们，他们还带了副好牌，就是缺了张方块 J。他问加德纳五百点打得怎么样。

他们会把你们往死里整的，黑皮加德纳说。

他们怎么会知道？公鸡麦克尼斯说。

他们会发现的，然后会抽你们。

你会替我们掩护，公鸡麦克尼斯说，你是中士，今天负责我们这个队。上次是米基。他什么也没说。把活儿细分一下，会有那么一点不同，但每个活儿都还有人干。每个队只少一个人。

凯斯说少一张方块 J 让五百点更好玩了。而且——

这不是关键，公鸡麦克尼斯打断他，完全不是。关键在于拒绝配合日本佬的战术。我们必须在某个时间、某件事上表明立场，这就是我们的立场。

黑皮加德纳想了想，但没想多久。

我受不了五百点，黑皮加德纳说。

凯斯说，说老实话，在那儿也没啥别的事好干。要么五百点，要么睡觉。也许要有点耐心，可谁能看出耐心有什么意义呢？

妈的，黑皮加德纳说，对他而言，睡觉听上去很棒，他的脑袋又开始咚咚咚地跳。我都要累趴下了，不和你们争了。但有个命令。我不在乎你们是否旷工，我在乎的是其他人会不会因为这事遭罪。

没人会遭罪，公鸡麦克尼斯说。

要是不听我的，黑皮说，你们就会遭罪。走吧。

但当他再次提起绳子，卷好，扛到肩上，重新踏上通向铁路线的不幸征途时，只有加利波利 · 冯 · 凯斯勒跟上了他。

加德纳是个软弱的中士，他什么都不会说的，他和以前那些领头的不一样。公鸡麦克尼斯对其他人说。他们转身离开了小路，进入丛林。

15

幸田上校担心的事情还是发生了，但他没有多惊讶。泰国人成群时不能信任，单个儿时个个都是江洋大盗。从他和司机晚上在丛林腹地离开卡车，到战俘抢救小队帮他们把卡车推回营地的这四个小时里，泰国土匪偷走了好几条软管，卡车因此根本没法开动。他只能留在营地，等一名守卫从最近的营地带回几条新的软管，守卫得黄昏时分才会回来。

由于耽误了一天，幸田上校便决定去视察一下铁路线的建造进度。巨蜥当他的向导，两人向铁路线走去，途中遇见了两名俘虏，一个坐着，另一个躺在泥泞里。坐着的那个俘虏立马跳了起来，但横在路上的那个毫无动静。他似乎什么事也察觉不到。他们以为他死了，但巨蜥用脚把他翻过来时，才意识到不是那回事，便冲他吼了起来。发现这招没用，巨蜥便狠狠地踢了他一脚，但那人只是呻吟。他们看得出，威胁和殴打都已经不管用了。

幸田上校觉得这情形让人绝望。他心想，那些人连工地都走不到，怎么能建好铁路呢？然后，他注意到黑皮加德纳的脖子。

幸田上校命令巨蜥把黑皮加德纳按在地上跪好，黑皮的头垂着。他更仔细地检查了澳大利亚俘虏的脖子。它瘦得皮包骨，褶子里面脏兮兮的。

没错，幸田上校心想，肉上都是污泥，呈灰色，像我们会在上面撒尿的泥土。没错，没错，幸田上校心想。如爬行动物般的奇形脖纹和黑惨惨的图案使他的回忆泛起了波澜，让他渴望将往事重现。没错！没错！幸田上校知道他正受某种疯狂的、非人的势力摆布，这势力在整个亚洲留下了终结和死亡的轨迹。他杀的人越多，那么随心所欲、兴高采烈，他就越是意识到自己的结局将是不由他掌控的一死。他可以掌控他人的生死，决定何时何地让别人死，身怀一门手起刀落、干脆利落直达终局的手艺。奇怪的是，这样的杀戮让他觉得也像是在掌控自己生命中剩下的任何事物。

不管怎么说，幸田上校这时觉得把一个病人扶回营地就是在浪费另一个俘虏宝贵的力气，营地里珍贵的食物也会浪费，毕竟那人有可能很快就会死去。

他抽出刀，示意巨蜥把水瓶给他。幸田上校发现自己的双手在颤抖，他很奇怪，因为他没觉得害怕或者良心不安。

唯有月亮
与我，在我们相会的桥上，
孤寂，清冷。

幸田上校将田上菊舍的俳句吟诵了两遍，但他得让自己的手不再颤抖。他拧下水瓶的瓶盖，当水瓶也在他眼前的空气中战栗时，他将水浇到了刀身上。他注视着水珠在明亮的刀身上滚动，湿漉漉的鞭蛇扭动着蜿蜒而去。这一幕之美让他定下了心神。

他抬起头，集中精神放慢呼吸，然后小心翼翼地放低刀刃，直到它落在黑皮的脖子上。他保持这个姿势不动，明确他的意图，调整准备他的身体。

闭眼！巨蜥对黑皮加德纳吼道，闭眼！

巨蜥点上一根烟，眨了两下眼睛，作为示意。

幸田上校叉开腿站定，保持好平衡，接着尖叫一声，把刀猛地扬起至空中，最后一次吟诵田上菊舍的俳句。但他不记得中间音节的正确顺序。他总在脑子中弄混这首诗。

所有人都在等——幸田上校举着耸立于跪着的战俘上方的刀，巨蜥捏着凑在唇边的烟，加利波利·冯·凯斯勒目瞪口呆地目睹着这一切。只有黑皮加德纳看不见，他只知道潮湿的热气好似毯子一般，闭着的双眼上汗珠涔涔。他那破布似的身体因惊恐而扭曲，唯一能感知到的，是正稳稳地立在他和太阳之间的刀。

他不敢呼吸。

他能闻到幸田上校，一股难以忍受的烂鱼的臭气。他能感受到上方空气中刀刃的饥渴。他能听见血的声音。他的，他们的，越来越响。

幸田上校相信万事万物皆有对称性和秩序感，因此他的头脑在对抗自身的弱点时，他变得困惑。他茫然不知所措。他已丧失了对事物序列的掌控，因此也丧失了对眼前的死亡的掌控，而以某种奇怪的、对他来说又完全合乎逻辑的方式，他还丧失了对自身生命的掌控。他不允许发生这样的事。

黑皮加德纳觉得自己的脖子正在尖叫。他渴望一刀劈下，结束这一切。他不知道刀是否已经落下，他的脑袋是否已经——

他走了，他听见凯斯说。

传来了有人走开的声音，一阵短暂的静默后，同样的脚步声又回来了。

他滚蛋了，凯斯说，我确认过了。你可以看看，黑皮。

黑皮加德纳睁开了眼睛。

幸田和他的刀都已消失不见。巨蜥也走了。只有凯斯还在，苹果籽般的眼睛正从上方凝视着他。黑皮环顾四周，望着附近崖顶上一排黑黢黢的竹子，还有远方柚树的剪影。

好险哪，凯斯说，瞧那些偷看的。

他听见猴子尖厉的啸叫。

他嗅到丛林淤泥浓烈的臭气。

置身于周围庞杂的生命之中，黑皮加德纳第一次感知到了自己的死亡。他明白，这一切都会继续存在，而他不会留下一丝一毫的痕迹，甚至有关他的记忆——虽然零星几个家人朋友还会念及他，几年，或许几十年——也最终仍会被遗忘，同倒下的竹子、避无可避的烂泥无甚区别。黑皮加德纳抬头望着小路，想着赤身裸体的俘虏还在离这儿不到一英里的地方累死累活，他感到一股可怕的怒火攫住了他。所有这一切都会继续存在，唯有他会消失。无论看向哪里，他都能看到活跃缤纷的生命，那些生命并不需要他，也一刻不会想到他的消失，更不会将他存留于记忆。没了他，世界照常运转。

你没事吧，哥们儿？凯斯问。

黑皮加德纳的眼睛四处扫视，在他能看见的每一处，他在那个世界中都毫无意义，一无是处，不被需要。他们会把他扔到竹堆生起的大火中，说点什么，或者什么也不说，吉米·比奇洛会吹起《最后一班岗》，十年或二十年后，那些幸存者或许已成了某个新大日本帝国的俘虏。五十年或一百年后，每个人都会觉得这样的状态再正常不过，不会比现在好，也不会比现在差，唯一的区别就是他已经不在了。突然间困意袭来。他只是需要睡觉。他翻身躺了下来，感觉身体正消融于这污泥之中。

我们得走了，凯斯说，你要是不走，他们会杀了你。

凯斯俯身把黑皮加德纳拽起来时，听见一声喊叫，他惊恐地发现巨蜥正大踏步飞快地从小路那头返回。巨蜥一把掀开凯斯，踢了加德纳一脚吼道，病气屋，病气屋，手指着那条通往营地方向的小路。加德纳即便已经神志不清，似乎也难以相信竟然还有这等事。

病气屋？黑皮加德纳喘着气，简直难以置信，他一遍又一遍地重复着营地里对医院的英日混杂叫法。

病气屋！巨蜥又吼了一声，再踢了他一脚以示强调。

黑皮加德纳用尽全力，手脚并用地爬了起来，如同一条疲惫不堪的狗，转过身开始向营地爬去，以免守卫变了主意。凯斯飞快地朝着相反方向，往铁路劈石场走去。巨蜥飞速跑过他的身边，往到访的上校那儿赶去。等他离开视野，凯斯便停下了脚步。

他惊奇地注视着自己的左腿无缘无故地剧烈抽搐起来，像插了电似的弹动着。接着，他的身子也不受控制地颤抖起来，一种猛烈、狂暴的晃动，持续了好几分钟。最后，抖动终于平息了下来，他再次向铁路线走去。

16

正午刚过，小甜甜早已把充当午饭的脏污土灰色饭团吃下肚，此时正朝炊事房走去，想找个煤油炉，可以装入破损的炉架。他还希望炊事员能给他一些饭皮或锅巴吃。

小甜甜比大多数人年纪都要大得多，说不定快三十了，大家都觉得他的眼睛像是满出来的烟灰缸，再加上他沉默寡言的奇怪个性，人们觉得他这人脑子有点不正常。战前他是个设套捕猎的猎人，在塔斯马尼亚牧场上游牧，连包都没有。他第一次穿内衣裤还是刚入伍那会儿，一下拿到了两套，都是配发的军服。他一直没能从军队的奢侈生活中缓过劲儿来，从他在爪哇搭浮桥比赛中赢的烹饪书里，这种古怪的态度便可见一斑。小甜甜说，碰见瘫倒在集合场中央烂泥里的黑皮加德纳时，他满脑子都是比顿太太的猪肉卷菜谱。

天知道他是怎么从“多莉”爬回来的，后来小甜甜对其他战俘说，但他回来了。

他们也都好奇黑皮加德纳是怎么膝和手并用，爬过岩石和树根、穿过泥泞和水洼、爬下悬崖的，他们假装震惊，其实那是恐惧，因为明天、下周，这样做的可能就是他们，他们不得不在自己身上找到黑皮加德纳拥有的能力，不管那是什么。

他的肠子都要拉出来了，浑身都是屎，可怜哪，小甜甜告诉他们，我猜他在那条小路上爬上爬下，一边爬，一边拉得到处都是屎。

小甜甜吸引了他们的注意力。

真是可怜哪，哎呀，你们不知道他从那儿爬了多长的路。他烧得神志不清，像大风天里爬满虫子的树叶。我以为他死了。他看上去真是他妈的糟透了。后来，我看他在呼吸。我就想，得把他挪开，千万不能让日本人看见，因为就算你已经死了，要是不在病号名单上，日本人还会认为你旷工。我把他弄起来，他瘦得一把骨头，他靠着我，我靠着他，就这么跌跌撞撞，像拖了把又脏又破的扫帚那样，把黑皮拽到了洗澡的竹管底下。弄了点水，弄了块破布，给他好好冲洗干净，我给他洗了脸，还把他的脏屁股洗干净了。

他们能想象小甜甜把黑皮扶到洗澡的竹管底下。他们知道那模样看起来很尴尬，两个光着身子的大男人，像两棵瘫倒在对方身上的树。他们能看见水流顺着从小溪连接而来的竹管坠落下来。小甜甜说，洗干净真好啊，朋友。他们能看见黑皮在小甜甜的胳膊上东倒西歪。他们能看见水在流动，如同藤蔓一般漫过黑皮肩膀和胸腔上的那些凹洞，那胸腔长得跟鸡肋排似的。小甜甜说，要把他妈的臭气从你身上洗掉，洗干净。他们琢磨着他们当中是否有人能有脏话连篇、半疯半癫的小甜甜一半善良。

小甜甜告诉他们黑皮后来清醒了一点，那时候，“大佬”的副手斜眼儿泰勒走了过来，泰勒一副流氓派头，可就是没一点硬汉的样子。黑皮告诉他日本军官要砍他的头，结果没砍，还说巨蜥后来就把他打发回来了。

你永远没法责怪日本人始终如一。斜眼儿泰勒说着，摇晃着他那一副流氓派头的脑袋，伸出他流氓一样的手，开始给他检查身体。其间黑皮说了许多胡话，小甜甜说，他唠里唠叨，说战前他带老婆去霍巴特北边尼基塔瑞斯的鱼铺吃鱼吃薯条。说他一个劲儿地在想那些鱼，从鱼铺的橱窗里可以看到，那些鱼在大鱼缸里游来游去。有鲬鱼、胭脂鱼、澳鲈。都不是什么特别的鱼，黑皮说。斜眼儿轻轻捅了捅他，掀开他的眼皮，拍了拍他的胸口，就是医生看病那套把戏。

就是鱼吗？斜眼儿问。

对，黑皮说，就是鱼。太可怜了，关在那个大玻璃箱里往外望着。

你把舌头伸出来，黑皮，斜眼儿说。

阿瓦隆的电影结束后，黑皮继续胡侃道，总是会去尼基塔瑞斯鱼铺坐坐。两条刀鱼，薯条，油炸扇贝，黄油面包。

一开始他们要求所有快死的人干活，斜眼儿说，看不行了，就把这倒霉蛋打发回来。你把舌头伸出来，黑皮。

黑皮不停地说艾迪就喜欢那样。弹个响指，鱼就端上来了。

接下来呢？我想问来着，小甜甜说，但他老是说他不停地想起鱼在尼基塔瑞斯的鱼箱里游啊游的。太反自然了。它们也是战俘。

等回去了，他就会去尼基塔瑞斯鱼铺。他会把所有的鱼全舀出来，把它们带到码头上，放生。我才不管尼基塔瑞斯那个老头怎么想，黑皮说，我会把它们买下来，把那个店洗劫一空，我想干什么就干什么，把那些鱼全都弄出来，放回到属于它们的大海里去。

斜眼儿让他别这么激动，他浑身都是病，得住院，需要治多久就得住多久，等他出院之后，鱼和他老婆都不会安生的。

黑皮像根草杆子摇来晃去的，小甜甜说，很难知道他在想什么，也压根儿不清楚他知不知道自己在哪里。保不准他在胡思乱想，想他和艾迪在阿瓦隆看了晚场电影后又去吃了一顿，小甜甜说，说不定他还在笑鱼缸里头的鱼呢。说不定他根本就没注意过那些鱼，说不定他只顾着看艾迪的乳房，说不定艾迪要他别老盯着鱼看，多放点心思在她身上。也说不定不是这样。说不定她在说，你在看什么？黑皮就会很难为情，看起鱼来了，心里头想着他说不定就是鱼缸里游的一条鱼，说不定他就是丛林里光着身子的战俘，还用胳膊搂着我，这时，斜眼儿泰勒就让我把他带到医院去。

让他们搜罗点奎宁给他吃，他说，还有治痢疾的吐根碱。他转过身来，用他那双流氓似的大眼睛看我，压着嗓子说，没奎宁，没吐根碱，就连吃的也快没了。但他至少还能休息。

接着，小甜甜说，你们可别不信我，黑皮竟然笑了起来，就好像他没和我们在一起，没在这该死的丛林里头，而是回到了战前，去了尼基塔瑞斯鱼铺。没奎宁，他说，没吐根碱。两条刀鱼，一打油炸扇贝，几片黄油面包。斜眼儿问，他说什么？我说，两条刀鱼，一打油炸扇贝，几片他妈的黄油面包。长官。

斜眼儿开始笑，小甜甜说，我也笑了。黑皮也笑了。笑得停不下来。两条刀鱼，黑皮说，一打油炸扇贝，几片黄油面包。我们几个就靠在一起，在他妈的丛林里，笑得昏天黑地。我根本不知道猪肉卷是什么滋味儿。但烫烫的、咸咸的、油腻腻的炸鱼味儿，没人能忘得了。

17

多里戈朝治疗溃疡病人的窝棚走近时，一股烂肉的臭味将他牢牢裹住。腐肉的臭味实在难闻，吉米 · 比奇洛时不时就得走开一下，跑到外面呕吐——那天他当值，陪埃文斯在霍乱营地的外头查房，以便看护。

一进入溃疡病房，臭味更浓烈了。多里戈 · 埃文斯手捂着鼻子，但又很快放下，他觉得那些人已经在受苦受难，捂鼻子会进一步冒犯他们。他沿着两排竹台之间的过道走去，竹台上都是需要他治疗的溃疡病人。眼下，臭味有点不同，更浓烈，而且还很刺鼻，多里戈被呛得流了眼泪。一排排赤身裸体的人像竹节虫，奇怪地成群聚在那儿奄奄一息，竹编的竹台上有太多的蝉壳起伏波动，不是并排躺着，而是横七竖八地躺着，暗淡的眼睛睁得大大的，空洞无物，鸡架似的胸腔起伏着，这是唯一的生命外在表征。他偶尔觉得确实从他们的眼睛里看到了什么，都是很恐怖的东西——忌妒，或者一种令人恐惧的听天由命，要么就是令人眩晕的恐惧感，而他们在其中愈坠愈深。不忍直视，但又做不到视若无睹。许多人都没了意识，大多数对外界毫不在意；有的沉默不言；有的谵妄胡言，脑袋滚来滚去；有的喃喃自语，嘟嘟囔囔；有的呻吟不断，疼痛游走于体内，如同雨水穿过竹林。

多里戈 · 埃文斯在竹台间穿行，唠唠叨叨的，像在礼拜六下午的乡村酒肆和老朋友见面，但看到两个勤务兵把彩虹杰克抬进来时，他的好心情远去了，胃部一阵痉挛。彩虹杰克的右腿只剩下了一小截，一名勤务兵抓着脏兮兮的破布，想要堵住从短小的残肢里渗出的血。多里戈·埃文斯之前给他做过两次手术，第一次截除了膝盖以下的部分，因为溃疡已经蔓延到了踝骨和胫骨。第二次是残肢四周生了坏疽，他不得不从大腿根部开始截除。那是三周前的事，现在他又来了。勤务兵把他放到竹桌上，通常病人躺在上面，医生会用锋利的勺子挖出溃疡腐肉。多里戈·埃文斯走过去检查那条腿。

但还没看，他就闻到了气味。

他只能强忍着不吐出来。

同样的事又发生了，本应治愈的地方只剩下黑乎乎的烂肉，全都感染了，血从小竹节虫似的断肢上汩汩地涌出。多里戈·埃文斯意识到他之前给股动脉缝合的线一定都已经脱落了。

坏疽，他说，给我止血带。他并没有针对某个特定的人，因为只要闻得见，谁都知道是怎么回事。

没人应声。

止血带？不会吧，老天，不。多里戈·埃文斯说着，意识到他是在治疗溃疡的帐篷里，这儿根本没有止血带或任何这类用具。他急忙解开皮带，从短裤上抽出来，绑在彩虹杰克仅剩的那部分腿上，那腿瘦得不比排水管粗多少。看上去就像是用难闻的沥青做成的纸杯。他轻轻地把皮带抽紧。彩虹杰克发出一声低低的呻吟。血流减缓了。

把他扶起来。

勤务兵把彩虹杰克拉起来，让他靠在他们的胳膊上坐着。其中一个给他端来锡罐喝水，但他的嘴巴一直在颤抖，刚挨到罐边，水就洒了出来。

我们带你去手术室，彩虹下士，多里戈·埃文斯说。这时，一个勤务兵突然停了下来挠鼻子，多里戈·埃文斯轻声说，快。

勤务兵知道，他说话越是轻，命令就越是紧急。他们赶忙去拿担架，埃文斯转向另一个勤务兵。

把泰勒少校找来，告诉他我现在需要他去外科手术室。还有，你能给我拿根带子或绳子之类的让我系上裤子吗？

上校和勤务兵往手术室跑去，吉米·比奇洛尽力跟紧，上校一手提溜着短裤，但他大步踏过泥泞，速度似乎并未受到影响。

手术室是间小棚屋。主要的优点是它的位置：就在医院的窝棚和溃疡病房的中途，同病人是隔开的，因此也不易受到难以克服的卫生问题的影响。屋顶上铺的是亚答树的树叶，而非帆布，这使棚屋比较干燥。从里面的设施来看，倒是和儿童心目中的手术室相类。它用竹子、空的食品罐头和煤油罐，以及各式各样从日本人那里偷来的零碎物件巧妙地拼凑而成，瓶子、刀子和软管都是从卡车上偷来的，这也算是奇思异想的胜利了吧。反光镜是用锡罐塑形后做成的，里面放了蜡烛，消毒设备用煤油罐做成，手术台是竹子搭的，外科手术工具用从引擎上偷来的钢板打磨而成，放在手术桌上的箱子里，以免老鼠或其他任何动物在上面乱爬。

他还能怎么办呢？多里戈一边想，一边开始准备手术器具进行消毒。他也不知道该怎么办。你脑袋里到底在想什么？一次，中村想要惩罚一个俘虏，多里戈就替那个俘虏和中村打牌，打完之后，斜眼儿泰勒就这么问过他。多里戈便说了心里话，我唯一的想法就是冲向前，向着风车冲锋。泰勒笑了起来，但多里戈那话可是当真的。斜眼儿，我们只有相信幻象，才能使生活过得下去，他就是这么解释的，这也是他对自己所做的最为贴切的一次解释。每次只要相信现实就无异于自毁。

他每天都会把生活虚拟一番，他愈是信任自己的幻想，这么做就愈是管用。可如今究竟该如何向前呢？他走到窝棚的另一头，远离手术台，开始就着竹管稳稳流出的水刷洗双手，将手上油腻的血渍洗净。这又是临时凑成的一个装置，能将附近溪流的水引过来，他现在怀疑水里会携带霍乱病菌。每样东西似乎都是有毒的，有时候再怎么努力，似乎都只是在做无用功，只会使情势恶化，导致更多人死亡。多里戈 · 埃文斯叫吉米 · 比奇洛把煤油罐拿到手术台那儿，罐里盛着珍贵的蒸馏水，他让比奇洛慢慢地将水淋到他手上。

多里戈 · 埃文斯一边洗手，一边设法让自己定下来，让自己的心神和身体都能稳住。

他内心惊惶不安。他很清楚这一点，便让自己定下心，设法进行术前的常规清洗流程。确保每根手指彻底干净。他能做到，他对自己这么说。指甲——确保指甲里没有任何污垢。他对自己是否能做到并没有自信，但别人相信他能做到。如果相信别人对他的信任，也许他就能稳住自己。手腕——别忘了手腕。实在是荒唐，但他告诉自己，如果想要活下去，就必须有认为自己能活下去的荒唐信念。

勤务兵把彩虹杰克带了过来，杰克现在很安静。他们把他放到手术台上的时候，斜眼儿泰勒走了进来。找来斜眼儿的那名勤务兵这时还弄来了几片有颜色的破布，把布打成结，做成了粗制的绳子。他把绳子递给了上校。

那是我的腰带？

用的纱丽。很明显。以前是。

上校笑了笑。

用这个不让裤子掉下来倒也不错。这儿，他说着，一边洗手，一边用手肘指了指短裤。

勤务兵将临时做成的绳子在他的短裤上绕了一圈，往一侧打了个结，这位高个子外科医生的窄臀便有了一副海盗的派头。

斜眼儿泰勒的名号取自闻名遐迩的墨尔本江洋大盗，因为无论是他的姓还是暗黑的魅力都可和那个大盗一比，他那双湿乎乎的眼睛像有袋类动物，既警觉又容易受惊，还有那一撮铅笔胡，这些特征愈发突显了他的暗黑魅力。斜眼儿泰勒原本身材流畅，可如今却骨瘦如柴，显露出了一种之前从未有过的恶毒表情，从而进一步表明了这个绰号与他再匹配不过。他以前是阿德莱德郊区的医生，背景普普通通，长相倒是颇有异域风情。除了在协助埃文斯时学到的那点东西，他对外科手术的了解仅限于所受的医学训练和一些奇闻逸事。

上校？

截肢，多里戈 · 埃文斯头也不抬地说，还得截肢。

多里戈，斜眼儿泰勒说，你看过断肢吗？

我心里有数。

根本就没地方截肢。

多里戈觉得自己的双手搓得更重了。必须保持干净。

我知道，你行的。多里戈 · 埃文斯又开始这么想，可之后又犹豫起来。

他的双手绞扭得更用力了。他行吗？

怎么倒的，吉米，他厉声说道，妈的，这水比单一麦芽还要珍贵。不是拿来浇的。我说的是慢点淋。

他会死于休克，多里戈。

要是不截肢，他也会死，那可是坏疽。如果我们在髋部这儿截的话，就……就还有机会。

有吗？斜眼儿泰勒说。就算是在最先进的医院，髋部关节分离术也只会要人的命。你要截的地方太多了。在这儿，没有意义。

还有多少麻醉剂？

足够用。

我以前帮着做过一次髋部关节分离术，多里戈说，是在悉尼，三六年的时候。安格斯·麦克内米老头做的手术。相当成功。

那人活下来了吗？

是女的。一个土著女人。活了一天。也许两天吧。我记不太清楚了。

你为什么不做大腿高位截肢？那样还有机会。

坏疽生得太高了。

我不是外科医生。但也没那么高。在绑止血带的地方截肢就行。

不管哪种方式，大腿高位截肢，还是髋骨截肢，都没有地方可以绑止血带，他会流血而死。妈的，哪儿还剩得下腿啊，斜眼儿。问题就在这儿。

如果我用圆的、平面的东西从这儿往里用力推，泰勒说着，用手指捅了捅自己的腹股沟，摸了摸动脉、皮肤，体会着这进退两难的境地，这儿，他说着，用两根手指插入自己的腹股沟，就这儿，股动脉这儿，也许能很好地止血。

也许不行。

也许不行。

也许可以用弯把儿的勺子？说不定有用。

也许。

也许。

那应该能行。希望能止住血，这样你就能手术了。他还是会流血。但你把断肢截掉后，就把动脉夹住，再缝起来。他还是会流血，但不会太猛，还不至于会死。

我动作得快。

你也不是个手慢的人。

彩虹杰克枯槁的身子轻轻地颤抖着，口中一进一出地发出嘶嘶声。

行，多里戈·埃文斯说着，把手抖干。他派吉米·比奇洛去拿勺子，自己回到竹桌。

我们要把那条腿再锯短一点，杰克，把那些发臭的坏疽锯掉并且——

我冷，彩虹杰克说。

18

多里戈·埃文斯看着这张瘦骨嶙峋的脸，灰蒙蒙的，好似牛肉滴落的油脂，长着保险丝般硬邦邦的胡子茬儿，袋貂般的大眼睛，塌鼻子和脏兮兮的雀斑。

拿条毯子，多里戈·埃文斯说。

你有波迈[①]吗，医生？

还真没有，杰克。不过，之后，我保证你能好好地抽上一口烟。

只有波迈能让人暖和点，医生。

杰克笑了起来，咳嗽了几声，又发起抖来。

---

① 波迈（Pall Mall），美国卷烟品牌。

范·德·伍德拿来了自制的麻醉剂，吉米·比奇洛从厨房拿来了一把大勺子，还拿了把汤勺备用。蜡烛和两盏煤油灯被点亮了，但这些亮光似乎使窝棚显得更黑了。一名勤务兵拧亮了手电。

还不用，多里戈·埃文斯说，我们没有备用电池。我让你开你再开。

他示意吉米·比奇洛和斜眼儿泰勒与他一起站到手术台边上，让他们把手放到彩虹杰克身下。

数到三，先生们。

他们替彩虹杰克翻了个身。当斜眼儿泰勒把针刺入杰克的脊柱里时，杰克发出一声闷哼，如同排水管突然清空的声音。他们开始将麻醉剂以点滴的形式注入他体内。瓦特·库尼从厨房里拿来了一把肉锯，他是个厨子，个头小得不可思议，耳朵像是从装满抱子甘蓝的袋子里偷来的。

范·德·伍德调配的麻醉剂很不错，只是麻醉强度不太稳定。彩虹杰克很快就没了感觉，于是他们开始准备截肢，将手头的厨用锯子和几件外科工具加热。等到一切准备停当，多里戈·埃文斯便发出开始截肢的信号。他们移走点滴，彩虹杰克又被翻了过来。

我们一定要尽可能快，多里戈·埃文斯说，走正常流程。关键是要把出血量降到最低。把他按住了，他说着，朝吉米·比奇洛和瓦特·库尼转过身。勺子准备好了？他问斜眼儿泰勒。泰勒举起已经弄弯的勺子，装模作样地敬了个礼。

向着风车冲锋，多里戈·埃文斯说。

他深吸了一口气。泰勒将勺头轻柔却坚定地推入彩虹杰克枯瘦的腹部。

手电，多里戈·埃文斯说。吉米·比奇洛上前，用手电照着断肢。

医院的各处窝棚噪声不断，但当多里戈·埃文斯开始锯那条断肢时，立马就被杰克的尖叫声淹没。死肉的腐臭味儿可谓臭气熏天，他只能强忍着不吐。但彩虹杰克的尖叫声使多里戈·埃文斯更为确信他在做一件不得已而为之的事：将好肉一并切除。

一个勤务兵跑入了做手术的窝棚。

怎么了？多里戈·埃文斯头也不抬地问。

巨蜥把黑皮加德纳拖出了医院。

什么？

我们拦都拦不住他。他们拽着他的胳膊往外拖。应该是铁路线上有人不见了。现在正在点名。他们要对他进行惩罚。

等会儿，多里戈·埃文斯说，他的脸几乎凑到了彩虹杰克散发恶臭的断肢上，聚精会神于手头的工作。

梅纳杜少校说只有你能拦住他们。

等会儿。

切断股动脉的时候，血流得厉害，但还不算太猛。

钳子，多里戈·埃文斯说，现在我什么也做不了。黄皮肤杂种。钳子？杂种。钳子！

他将股动脉夹住，但组织又崩开了，肉乎乎的血管把血喷到了桌子上，还在继续泵血。

再用力顶住，他对泰勒说，他在想自己应该在那儿阻止这场暴行。他还想起了破碎的蒸馏器，得从泰国的商人那里多买点麻醉剂，以后第一次截肢时尽量锯得低一点，以免今后又发生这样的事。

他再次夹住股动脉，但又崩开了，他只能把手插入恶臭的死肉之中，再用钳子夹住。他停下手，等待着。这次固定住了。

好了，他说，好了。

他又切除了一些肉。不到一分钟，他就把剩下的烂肉全都切除了。还在流血，但泰勒说得对，血流得不算厉害，还剩下了足够多的腿骨，足够用来截肢。一个小时以来，他第一次放松了一点。

勺子拿走？泰勒问。

还不行，多里戈·埃文斯说。他指着桌上的烂肉，对吉米·比奇洛说，天哪，赶快扔掉。

接着，埃文斯又剥下了足够多的皮肤，形成片状，盖住最终的那个伤口。然后，他又把好的腿部肌肉干净利落地从骨头上剔开，这样就能把高处的骨头锯掉，底下和四周的伤口就能及时愈合，形成一条还算将就的残肢。

锯子，他说。

一个勤务兵递给了他一把厨用肉锯。肉锯很难做到他需要的那种摩擦力，所以他只能轻轻地一点一点地锯，锯高处的大腿骨时，得设法避免骨头裂开，对骨肉造成进一步的伤害。不一会儿，一块手指长度的骨头就掉落了下来。

三个人此时都专注在手术上面。多里戈·埃文斯开始使用范·德·伍德用猪肠衣临时做成的肠线缝合股动脉。此前，肠衣已得到清洗、蒸煮，再编成绳，之后再清洗、蒸煮，手术前再次蒸煮。与外科手术用的绷带相比，肠线粗糙，但结实。只是，这次他只能在一片血肉模糊之中缝合。手电光越来越幽暗，他全神贯注，确保每一针都能缝在正确的地方。

然后，血止住了。

他成功了，设法缝合了动脉，彩虹杰克能保住性命。他意识到自己喘气喘得很厉害，便笑了笑，开始用余下的肌肉和皮肤片将断骨盖住。他抬头看了看斜眼儿。

勺子拿走，少校。轻点儿。

斜眼儿泰勒抬起勺子。多里戈·埃文斯一直在忙活，现在动作更慢，更小心翼翼。杰克能活下来。他能救这人的命。还得熬过恢复期，感染的机会也不是没有。但他存活的可能不小。也许不算大，但还是不小的。他聚精会神地尽量把手头的工作做好，想象彩虹杰克人届中年时和孩子在一起，残肢抵着垫子的场景。活着。被爱。他知道自己做的并不是毫无意义，也不是没有道理；知道自己功夫没有白费。

手电关了，他说。

都做完了。

他挺直腰杆，揉着背，冲吉米·比奇洛眨了眨眼，又回头打量起断肢。没想到干得还真不赖。他对自己的手艺充满了自豪。他注意到将肉片缝合在一起的地方有一小块渗出的血迹，但勤务兵正在清洗断肢，将血渍擦掉了。

多里戈点了根烟，很享受地猛地吸了一口，笑了起来。

就一把勺子，他说。

一把血淋淋的弯勺子，斜眼儿说。

可以发在《柳叶刀》[1]上了。

他回头瞥了一眼杰克，几滴新鲜的血珠子显现在断肢上。

你为什么不用绷带包扎断肢？多里戈问瓦特·库尼，这时瓦特正在第二次擦血渍。

就像是给出了回答，血很快又出现了。缝合起来的皮肤片正在胀开，细小的渗漏正在变成持续的渗透，之后血就开始从整个伤口处滴落下来。瓦特·库尼惊恐地抬头瞅着多里戈。

---

①《柳叶刀》（*The Lancet*），英国著名医学杂志。

固定股动脉的缝线肯定松开了，斜眼儿泰勒的这句话让多里戈知道自己最担心的事还是发生了。那一刻，他整个人都僵住了。

勺子！他突然吼了起来。

什么？吉米·比奇洛问，他在窝棚的另一头。

股动脉上的缝线没了。我们得把伤口打开。

斜眼儿泰勒拿着勺子跑回去。

手电！吉米，手电！我们只有半分钟时间。

他很清楚，半分钟以后，彩虹杰克的心脏就会把他体内的血泵空。还没等把勺子拿来摁回老地方，彩虹杰克的身子就猛地一震。

勺子！

彩虹杰克的身子已经抽搐起来。

勺子！多里戈·埃文斯吼着。

斜眼儿泰勒把勺子往里推，但身子拱得厉害，勺子抵不住。吉米·比奇洛打开手电，来到原位，但手电愈来愈暗，最后彻底熄灭。

手电！多里戈·埃文斯还在吼着。妈的，亮光呢？

身体抽搐得更猛了。

按住他！把他往下按！用力。勺子！用力！按住他！

我推得他妈的很用力了，但他就是停不下来，斜眼儿泰勒吼道。

到处都是血，竹子上、他们身上都是血，血油腻腻地淌成一条线滴落到底下黑黝黝的烂泥里。花了好一会儿，吉米·比奇洛和瓦特·库尼才抓住彩虹杰克，把他摁住，但那具枯瘦如柴的身子还在一上一下地抽动，好似电流通过全身，血太滑腻，他们握不住，到处都被血沾得滑溜溜的。

腿，多里戈·埃文斯说，抓住腿！

但其实根本没有腿可以抓，只是一样血淋淋的东西在诡异地一动一动，不想被人抓住。剩下的一小截大腿一片血污，滑溜得厉害，很难在上面做手术，光线这么暗，而且血污遍身，多里戈·埃文斯根本就看不清。抖动有所减缓，之后便戛然而止，他设法寻找缝合的地方，再由此摸到股动脉，但当他剪断缝线的时候，彩虹杰克又开始抽动。斜眼儿的勺子在污血里不住地打滑，血呈一大片弧形喷射而出，一直喷到彩虹杰克那条好腿的脚上。

他疯了似的用手指在杰克断肢上黏糊糊的血污中搜寻，想要找到可以缝合的东西，他捏起黏液，在肉泥里摸来摸去，什么都没有，没有可以缝的东西，没什么东西可以用来固定线脚。动脉壁已经成了吸墨纸。多里戈·埃文斯越来越惊恐，眼看着血一直在往外泵，彩虹杰克的身子也是一阵一阵地抽搐得很厉害，他这才意识到现在已经无力回天。但他告诉自己，一定得想办法。快想！快想！快看！

每一次如电击般抽动，就会有一股细小喷泉似的血往外喷射。彩虹杰克的身体似乎是铁了心要将自己泵干。多里戈·埃文斯设法往深处使劲地摸索动脉，想要把它缝合起来，血仍在喷射，斜眼儿泰勒根本无法堵住血流，到处都是血，他拼命在想有什么办法能多争取一点时间，但一无所获。他在缝合，血在往外泵，没有光亮，缝好的口子一直在撕裂，完全撑不住。

用力推，他朝斜眼儿泰勒吼道，快把他妈的血止住。

但不管斜眼儿泰勒如何使力，血仍在涌出，溅在多里戈·埃文斯的手和胳膊上，流入令他们逃无可逃的亚洲的泥泞和亚洲的沼泽里，那座亚洲的地狱正把他们所有人向自己扯去，越来越近。

抽搐让位给了颤抖。多里戈·埃文斯往断肢内越探越深，他往里探的时候，肉就在撕裂、掉落；他的针头有一次戳中了骨头。他一直在思考，想要找出办法，不致失去希望，这时他听见杰克低声说了几个字，听上去就像是在喘气，像是时断时续的呼吸。

大佬?

杰克?

我会死吗?

我觉得会。

冷，他说，妈的好冷。

多里戈·埃文斯一直在处理杰克的断肢，光脚丫子杵在齐踝深的血淋淋的烂泥里，上方就是那张临时凑成的竹制手术台，他外表保持着冷静，他知道自己尽管内心万丈惊涛，外表仍会显得冷静，这点很奇怪。他始终都在搜寻那条动脉，想要找到一些东西用来固定，脚趾也就不自觉地紧抠起烂泥来了。

后来总算找到了，他小心谨慎，确保自己能进行手术，让杰克活下去。缝好后他抬起头，发现杰克几分钟前就死了，可谁都不知道该怎么和他说。

19

幸田上校发现那名朝鲜中士越来越让人恼火了，无论干什么事，似乎都让人信不过，不可靠。就连矫揉造作地走来走去的模样和慢悠悠转身的姿态也不知为何显得假模假样。幸田上校上下打量着纵横交错的枕木、岩石、尘土、钢铁和好似蟑螂一般光着身子干活的俘虏时，便明白了为什么不能将朝鲜人派往前线。

他视察铁轨上的工作进度——路堤，侧轨，石山上开出的大口子，托举着乌云的灰色石灰崖，丛林峡谷上方架起的恢宏的柚木桥梁——一路上都在琢磨自己为什么没在那条小路上宰了那个俘虏，朝鲜中士又是如何目睹了他那奇怪的行为。可是，即便此刻，他仍然没有记起那句俳句音节的确切顺序。朝鲜中士让他心里恼火得很，那家伙装模作样地微笑，想以此取悦他，不管他说什么，都一味地附和，让人觉得荒唐，还总是吹嘘他们的作业效率。幸田上校很清楚每一句奉承话的背后都是蔑视，每一句附和背后都是嘲讽，每一句吹嘘背后都是肆无忌惮的优越感。他有种预感，这么做能让这朝鲜人下不来台，再不济也能把他惹得恼羞成怒，于是他就下令给俘虏数人头，这么做没道理，但这就是他现在能做的事。

令守卫震惊的是，点完数竟然少了九个人，有九个俘虏不见了。半小时后，第二次点数，八个人听闻此事便神秘地现了身。一脸凶相的日本上校命令躲起来的八个人出列，接受惩罚，而且要他们供出第九个失踪者的身份和行踪。

见没人出列，他便下令把负责这队人马的中士找出来，要将他狠狠地惩罚一通，以儆效尤。忙活了一阵之后，终于搞明白第九个人就是中士本人，他没在铁路线上，而是在营地里。

傍晚返回营地后，幸田上校把中村狠狠地责骂了一通，他之所以暴怒，是因为自己竟然把那首俳句给忘了，那个俘虏的脑袋也因此没砍成，而且还是当着朝鲜中士的面。备觉羞辱的日本少校找到了那个他始终记不住名字的朝鲜中士，狠狠地扇了他几巴掌，得知了那个俘虏的名字，没想到的是那人竟然就躲在医院里，于是下令全体列队，要当着所有俘虏的面惩罚那名俘虏。

对巨蜥来说，被人扇耳光不是什么大不了的事儿，但他对那个命令却感到不怎么舒心：俘虏加德纳那件事他处理得挺好，这样的指责对他来说简直毫无道理。尽管加德纳有时候喜欢唱唱歌、吹吹口哨，让他不爽，但这人偶尔还是能派上用场的。就在几天前，巨蜥还从加德纳给军士们准备的新鲜牛肉里弄到了一部分。可是，事情也只能这样了。确实倒霉，但他觉得挨打以后，加德纳还会需要他，他也需要加德纳。所以该干什么还得干什么。你可以和整个世界作对，但赢的总还是世界。他又能怎么办?

于是，巨蜥去医院找到了加德纳，此前，正是他自己把加德纳打发到那儿去的。由于加德纳走不了路，巨蜥就命令两个陪同的守卫把他拖到列队的集合场上接受惩罚。

20

白天正在消逝，天气也凉了下来，那些人都在琢磨着，至少现在在这儿是不用干活了。不管是几分钟还是多长时间，他们都能休息休息，休息总归是受欢迎的，在他们的世界里，除了食物，休息的受欢迎程度是最高的。但他们又不想待在这儿。

他们站在集合场的正中央，一百来号干轻活的俘虏傍晚时分被聚集到季风雨中，目睹黑皮加德纳为自己没犯的罪行而遭巨蜥毒打，可加德纳就连对淋湿的猴子都会心生怜悯。俘虏从铁路线上络绎返回，守卫便让他们加入这孤寂凄凉的队列中，列队的人数也就愈来愈多。

巨蜥打累了，另两个守卫就会上前继续打。湿漉漉的果香味儿忽然间从丛林里涌来，一些人闻出了雪利酒的香味儿，便想起了和家人共度的圣诞节和母亲常做的果酱布丁。当一个守卫来回扇加德纳耳光，还有一个揍他身子的时候，有些俘虏便沉湎于回忆之中，试图以此变得欢快，他们想起了烤南瓜、烤羊排、李子布丁，更有啤酒就着畅饮。尽管他们也会将加德纳的挨打和自己相关联，过个六天他们说不定也得死，也有可能七年后再死，但眼下这事也受不了他们的控制，因此也就不用多想，就像石头落下，暴雨来临，想也没用。事情就这样，还不如找点其他事情琢磨琢磨。

羊头莫顿用脚趾钩住烂泥，再把烂泥压紧实，战前他有时候也干体力活，给房子打地基的时候就这么干，他这时动作很慢，小心翼翼，生怕别人注意到他这个违禁的动作。吉米·比奇洛沿着食指卷起大拇指的指尖，如此轻微的触感令他身临其境，想起和一个女人躺在床上，那女人的手指轻柔地摩挲着他的臀部。他记得她将他拉近亲吻的时候，唇上茸毛般淡淡的胡须，令人痴迷。

又打了十分钟，休息好的巨蜥或许觉得俘虏们的注意力都没在这边，便命令全体往前走六步。此时，击打和扇耳光的声音尽管发闷，但聚在那儿的人都能感受得到。现在，那几近赤身裸体的人正在被穿制服的守卫毒打，想不看也难。守卫每朝他擂上一拳，用竹竿打上一次，他那张湿淋淋肿胀的脸都会显露出备感震惊的怪异表情。

救命！黑皮加德纳呻吟着，救命！

或许，他那断续的喊叫声听起来是这样吧。黑皮的呼吸很怪，也相当费力，半是喘息，半是呼噜呼噜声，偶尔会哼哼唧唧，他的身子一直在承受着毒打，想要勉力地活下去，只是此时此刻，每一次这样的呼吸声都已无法被彻底过滤。可是，他们竟然还能将这些声音过滤得干干净净。

蜥蜴布朗库西正在努力看清梅茜的脸。每天，他都会爱意缱绻地看兔子亨德里克斯画的那张铅笔画，可当他想要看得更深入，想要回忆起她的时候，一切却都变得模糊起来。对梅·韦斯特的幻想越来越强烈，而梅茜的本来面目却日益暗淡。殴打没有停止，他仍在努力回忆，因为他很清楚自己的生命是否完满，完全取决于对某些东西的信念，或者说是对任何东西的信念，除了眼前发生的事。

于是，他们看着，却没看见；听着，却没听见；他们知道，而且知道得很清楚，却仍然尽量不去明白。但偶尔，俘虏也会受一些新奇的东西引诱而看到毒打，比如，巨蜥找来的那根小小的柚木棍朝黑皮加德纳的脑袋上挥去，或者他抽黑皮加德纳的身子时用的那根竹竿有他胳膊那么粗，好像那个俘虏就是一块特别脏的毯子而已。一下又一下，砸在魔鬼的脸上，魔鬼的面具上。

俘虏都已饥肠辘辘，念头也都越来越多地转到了晚饭上，尽管晚饭实在是寒碜，但仍旧是实实在在的，仍旧在等待着他们；毒打是要剥夺他们享用晚饭的乐趣。他们一整天都在干活，除了那一小块饭团，再没什么东西能支撑他们。他们在热浪和大雨中劳碌。他们砸开岩石，运送尘土，锯开巨大的柚木和竹子，再把它们拖走。他们上工来回要走七英里地。只能等到打完，或者黑皮死了，他们才能吃饭，他们有个隐秘的希望，就是不管怎么样，这件事儿能尽快了结。

还有人从铁路线上踉踉跄跄地返回，俘虏的人数达到了两百多，后来又超过了三百。他们只能像其他人那样眼巴巴地瞅着别人在泥泞里把那个人打得死去活来，谁都没法说一句话，做一件事，来改变这个无法改变的事件进程。

他们想朝守卫扑过去，抓住巨蜥和另两个人，把他们打得人事不省，砸碎他们的脑壳，直到稀水般的灰色物质流淌而出，把他们绑在树上，用他们的刺刀来回戳他们的肚子，把他们红蓝相间的肠子当成链子裹住他们的脑袋，这时候他们还活着，这样那些守卫才能感受到他们的恨意中的一小部分。俘虏们心里这么想着，后来又琢磨着不能这么想。打的时间越长，他们枯瘦空洞的脸庞也就只会变得越枯瘦，越空洞。后来，这些没男人样、没人样的人，听见一个熟悉的声音在大喊——

病人！

他们看见是多里戈·埃文斯朝这儿奔过来，精神短暂地高涨了起来。多里戈·埃文斯溃疡化脓的脚踝擦过了锋利的竹堆，他喊得更响了——

病人！病人！

但巨蜥压根儿没理会这个澳大利亚指挥官。另一个守卫把他推到了第一排俘虏那儿，这时，中村少校正大踏步从集合场那头走来，后面跟着福原中尉，他们来视察惩罚的情况。

多里戈·埃文斯跨出队列，恳求日本军官停止惩罚。有些俘虏注意到，中村微微弓着腰，表示对上校更高军衔的尊重，但上校并没有鞠躬致意，这让中村十分恼火。

他们听到他说：这人病得很厉害。他需要休息，吃药，不能打。

而在他身后，殴打还在继续。

21

中村边听边以脚后跟为支点晃来晃去。他浑身发痒，口干舌燥，气不打一处来，又焦躁不安。他需要沙雾，一片就成。看犯人被打，他也得不到什么乐趣。但和这样的人搅和在一起，还能怎么办？能做什么？父母善良温柔，也把他抚养成了善良温柔的人。命令是他下的，看别人如此遭罪，他也痛苦，这证明了他是个多么善良温柔的人。否则的话，他为什么会如此痛心呢？恰恰因为他是个好人——他把自己的好理解为懂得服从、尊重，一种痛苦的责任——所以他才能下令实施惩罚。

因为殴打能服务于更高的善。一夜之间，他们那个区段铁路线的工作量就有了极大的提升。还因为俘虏今天特别艰难，守卫们都能感受到这一点，结果他们也变得不安，惩罚俘虏能使守卫重申自己的权威，也能让俘虏想起他们神圣的职责。

还有一件事，那就是发现战俘少了人的是幸田上校，因此也就让他，中村，还有所有那些听命于他的工程师和守卫，都没了脸面。惩罚与罪行无关，而和荣誉有关。现在这种情况，自然别无选择：要么为天皇和铁路而存在，毕竟，铁路就是天皇意志的化身，要么就没有活下去的理由，甚至连一死了之的理由也没有。

福原告诉他澳大利亚上校一直在讲药的事。什么药？中村心里想。中央指挥部什么东西都没给他们，没器械，没食物，当然也没药物，就几把残破的手持工具，还下达了不可能完成的命令，要从这一片绿色的荒漠里无中生有地建造一个奇迹。还有朝鲜人。一无是处的朝鲜人。怪不得不把他们派到前线去打仗。就连让他们看管澳大利亚俘虏都信不过。他也需要药物。他需要沙雾。因为如果他没有及时将自己那个区段的铁路建成，他就没办法，只能无地自容，自杀谢罪。他不想自杀，但没让天皇满意，他也就回不了本岛。他不会那样，他还是个有用的人。为了在接下来几个小时干完不得不干的那件事，只需要一丁点儿沙雾就行了。

殴打继续进行，中村注意到朝鲜中士打人的时候似乎力道小了下来，而且心不在焉，这让中村气得不行。好吧，朝鲜人就是朝鲜人，就是没法把事情干明白。也许他也累了吧，但那不是借口。中村下令惩罚，这命令很有必要，而且也是很有道理的，可那守卫好像就没把命令当回事儿。

福原一直在翻译澳大利亚上校的声明，说那个俘虏什么罪都没有，是被一个守卫打发回医院的，因为他生病了。中村仍然站在那儿，痒得厉害，消磨着时间，观看朝鲜人给那个俘虏挠痒痒。俘虏看上去晕头转向的，但仍然能用身体抵挡守卫软绵绵的击打。俘虏一旦跌跌撞撞，中村就觉得他是在用跌跌撞撞的方式，随着竹竿的挥动左右摇摆，而守卫竟然也没去阻止这出闹剧。俘虏就是在取笑这样的惩罚方式。中村怒火中烧，皮肤也痒得更厉害了，他只想要沙雾药片，可是到底还要等多久啊？眼下他就只能眼巴巴看着他们这样无精打采，愚不可及。

澳大利亚上校改变了策略，似乎想表明自己才是上级，因阻止不了殴打而受到了冒犯。福原告诉中村，澳大利亚上校声称他和朝鲜中士说话的时候，中士完全不理会他，而他可是上校，也是指挥官，这种做法没把他的军衔放在眼里，贬损了他的荣誉。

中村朝福原快速地转过身。现在不用再惩罚了，事情都完了，这本来就是一场拙劣的表演秀，已经达到了目的。但中村转身的时候，左脚踩到了自己那条一直拖在地上的绑腿布，右脚的靴子旋拧了过来，也不知是怎么搞的，他想抬起左脚，却被右脚的靴子绊了一下，就这么四仰八叉地摔在了烂泥里。

没人说话。殴打突然就停了，见日本少校站了起来，又匆匆忙忙继续开打。裤腿的一边沾上了污泥，衬衫也弄脏了。

中村扫视着敌人和盟友的脸，强烈地感觉到每个人都目睹了他那屈辱性的一跤。俘虏。朝鲜人。日本军官。他实在是受够了。累了。凌晨三点起他就没睡过。还有很多事要干，这一天正在收尾，铁路的进度比往常又慢得更多了。羞愧难当、怒气冲冲、污泥遍身的中村看见俘虏扔在那儿的一堆工具。他的头脑瞬间就清晰了。澳大利亚上校虽然令人难以忍受，可他的那个问题却让中村感同身受，身为一名军官，他也觉得自己受到了羞辱。他明白了究竟该如何来解决澳大利亚上校和他自己的问题。

他走到工具那儿，挑了根锄柄，在手里掂量了几下，像挥棒球棍那样挥了挥，就径直走过澳大利亚上校身边，来到朝鲜中士抽打俘虏的那个地方。他让朝鲜中士立正。中村双腿站定，把锄柄往后一甩，好似挥动武士刀一般挥起锄柄，狠狠地砸在了他的左腰上。

朝鲜人哼唧了一下，摇晃起来，差点摔倒，费了好大的劲才勉强摆出立正的姿势。中村将锄柄举过头顶，抡圆了，一下就砸在朝鲜人的脖子上。结束时，再反手一击，砸中了朝鲜中士的脑侧，巨蜥膝盖一软，单膝跪了下来。中村用日语冲着他大吼，把锄柄朝他的脑袋一扔，就走回到多里戈·埃文斯身边，鞠了个躬。多里戈·埃文斯也不自觉地鞠躬回了礼。

中村平静地说了起来。福原就为澳大利亚上校翻译，说守卫对澳大利亚上校蛮横无礼，所以受到了惩罚，现在可以继续惩罚俘虏了。

巨蜥在他们面前站了起来，抄起锄柄，踉踉跄跄地走了几步，来到黑皮加德纳身边，站稳了身子，然后高高地举起锄柄，以加倍的劲头将锄柄砸向俘虏的后背。黑皮加德纳跪倒在地，正要勉强站起身，巨蜥又冲着他的脸踹了一脚。

澳大利亚上校又开始提出抗议，中村就挥手让译员别吱声。

这不是罪不罪的问题，他疲倦地说。

黑皮加德纳枯瘦赤裸的身子设法让自己扛过去，协调自己的动作，准备再次抵御接下来的打击，可他的动作已难显优雅。他已把握不准时机。他刚要站起身，守卫的竹竿就打在他的脸颊上。他的脑袋啪地甩向一边，喘着粗气，往后一个趔趄，勉强撑着不让自己倒下，但他的身体已经变得笨拙。他一个没站稳，就摔了下去。

那些守卫过来轮流踢加德纳，中村低声吟诵着芭蕉的俳句。福原疑惑地看着他。

没错，中村说，念给他听吧。

福原还在瞅着他。

他喜欢诗歌，中村说。

这首诗在日语里很美，福原回答道。

念给他听吧。

翻译成英语我觉得就不美了。

念给他听吧。

福原用手抻平裤边，朝澳大利亚人转过身去。他挺起身板，好让自己的脖子显得更长，于是就朗诵起了自己所做的翻译：

痛苦之世——
若樱花盛开，
便盛开吧。

22

多里戈·埃文斯看着中村，中村正在疯了似的挠着大腿。多里戈·埃文斯心里很清楚，一切都是为了建成这条铁路，而正是这条铁路，使成千上万的人此时此刻忍受如此巨大的痛苦，这条毫无意义的铁路线，遍布着路堤、碎石和尸首，遍布着凿空的土地、漫天的尘土、炸裂的岩石和更多的尸首，遍布着竹架、摇摇欲坠的桥梁、柚木枕木和愈来愈多的尸首，遍布着数不胜数的道钉和势不可当的铁轨，尸首一具连着一具，一具连着一具，为了让这条铁路存在，他很清楚黑皮加德纳必须受到惩罚。那时，他倒是颇为钦佩中村那种可怕的意志力，对中村的钦佩，甚至都超过了对黑皮加德纳惨遭殴打的绝望之情，他钦佩中村不屈的力量，以荣誉为准则的正义，而且不允许任何质疑。因为多里戈·埃文斯在自己身上却找不到能与之匹敌的那股生命力。

中村板着脸，套着苦行僧似的破烂制服，在抽打巨蜥的时候，在咆哮如雷发出命令的时候，多里戈·埃文斯已不再觉得中村是昨天晚上一起打牌的那个陌生但拥有人性的军官，不是那天早晨拿生命讨价还价的那个严厉但奉行实用主义的指挥官，而是一股恐怖的力量，牢牢地掌控着个体、群体、民族，违反其本性，贬斥其主张，将之任意扭曲，用一种不顾一切的宿命论将挡在眼前的万物摧毁殆尽。

巨蜥蹲下身，像消防员那样把黑皮加德纳抄了起来，往肩上一甩，再将他竖立成站姿。出现了奇怪的停顿，似乎殴打已经停止，等黑皮一保持好平衡，三个守卫便又用竹竿和锄柄劈头盖脸地打去，直到再次把他打倒在地为止。于是就形成了殴打、倒地、踢踹、拽起来继续打的模式。

巨蜥又将黑皮加德纳拉起来站好，准备将他再次击倒，还飞快地反手给了他两巴掌，多里戈·埃文斯看着这一幕，感觉到骇人的震颤正在撼动大地，他们这些人却万般无奈，只能随之一起鼓噪。而那不祥的鼓噪声恰是这种生活的真谛。

必须停下来，多里戈·埃文斯说，这是错误的做法。他在生病。他病得很重。

但这话甚至都算不上是在争论，中村只是挥了挥手，用一种崭新的和善语气和他不厌其烦地讲了起来。

中村少校说他有多余的奎宁，福原说，可以让病人干活。天皇的意志就是命令，铁路需要这样。

鼓噪声继续轰鸣，愈来愈响亮。

多里戈·埃文斯明白中村想要帮忙，但打人的命令是他下的，对此他也无能为力。奎宁能帮到其他人。能帮，中村就会帮，奎宁可以让他帮助那些人。但他不能让这鼓噪声停下。他帮不了黑皮加德纳。铁路需要这样。中村明白这一点。多里戈·埃文斯只能接受。他也是铁路的一部分。中村也是。黑皮加德纳也是，可他的那一部分是要遭受毒打，他们所有人只能各自以自己的方式来回应这可怕的鼓噪声。

为了保护自己，黑皮加德纳的身体、胳膊和腿剧烈地动着，这成了守卫们的天然障碍，就像大雨、竹子或岩石，要么不予理会，要么砍断砸坏。只有当他停止反抗了，他们才不再把他弄起来站好，他的喊叫声变成了悠长的喘息声，犹如扯裂的风箱，他们打人的节奏也慢了下来，像是在干体力活。

多里戈·埃文斯观看的时候，内心不能平静。这儿有三百个人正在观看三个人毒打他们熟悉的那个人，可他们却没有采取任何行动。他们会这么一直观看下去，始终不会采取任何行动。不知不觉间，他们全都赞同了眼前所发生的事，与这鼓噪声始终保持同步，他们这些人里面，多里戈是头一个，他赶来得太迟，做得太少，现在却又不知不觉地同意了眼前的这件事。他不明白事情怎么会到了这种地步，只知道眼下确实是这种局面。

有那么一刻，他觉得自己掌握了这个恐怖世界的真相，置身于这个世界，人根本无法逃离恐怖，暴力是永恒的、伟大的，是唯一的真理，比它所创造的文明伟大得多，比人所敬拜的任何神明都要伟大得多，因为它才是唯一的真神。就好像人之所以存在，就是为了传输暴力，确保暴力的统治永恒常在。因为世界没变，暴力会一直存在，永远不会遭到根除，人会被踩死，被拳头打死，被他人的恐怖吓死，直至时间的尽头，而整个人类的历史就是一部暴力的历史。

可是这些感受太陌生，太有力量，让人把握不住，它们在多里戈·埃文斯的头脑中挣扎了一会儿，然后就消失不见了。他身后的中村已经走开。日本军官的思绪也同样混乱，令他不安，难以理解，更无法把握。其他一些更令人安心、令人宽慰的想法，比如关于职责、天皇和日本民族的想法，以及对明天铁路建造紧迫而实际的问题的担忧，它们代替了先前的那些想法。而中村的头脑就像是转轮里的老鼠，再次返回到如何兢兢业业地完成分配给他的那个职责上去了。

不到十分钟，他就把殴打这件事给彻底忘了，只是过了一个小时，等到他走回来，经过集合场，看见俘虏仍旧挺立在那儿时，他这才意识到惩罚这件事还没结束。现在已到了晚上，另两个守卫擎着两个防风灯照明，俘虏身上的破布不知怎么掉了，光着身子，施行惩罚的三个守卫身上的制服都被雨水、烂泥和血水浸得黑乎乎的。俘虏已不再抵抗或躲避，而是像一袋谷糠那样被动地承受着击打。守卫不用棍子揍的时候，就用脚踢他，像踢破皮球一样。那个时候，他已不成人形，而像个奇形怪状的怪物。

中村之前本来就想让他们住手来着，但想想还是别去干涉的好。服用了三片沙雾后，他精神倍增，便去找友川下士，让他前往河边的营地，从泰国商人那儿买瓶湄公河威士忌回来。沙雾和威士忌，中村心想，要的就是这些东西。

鼓噪声仍在轰鸣，等到其他守卫打累停手了，巨蜥还在继续用锄柄打黑皮加德纳，一丝不苟，兢兢业业，富有节奏感。

对这鼓噪声而言，只可能存在一种结果。

23

黑皮加德纳睁开眼睛，眨了眨。雨滴落在他的脸上。他双手抵着烂泥，却仍止不住地往下陷。他正在屎堆里浮游。他想站起来。却做不到。他浮游着，屎越来越多。他想蜷起身子，保护自己。但没用，他还是会陷落到肮脏的坑洞里。如果闭上眼睛，他又能感受到自己正在遭受殴打。如果睁开眼睛，他就会在屎堆里淹溺，他想让自己浮起来，想要爬出去。可是太滑了，又这么黑，找不到可以撑手的地方，等到真要爬了，他又没力气爬出去。他的身子已经不听使唤了。它只是对踢打产生反应，每打一下，身子都会扭曲。他不知道自己那样已经多长时间了。有时候，他觉得根本就没尽头，有时候却又觉得没多久。有一刻，他听到了母亲的声音。呼吸越来越困难了。他感受着柔软的雨滴，看见鲜红色的油渍涂抹在褐色的烂泥上，又听见母亲在呼喊，但听不清楚她在说什么，是她在喊他回家，还是大海的轰鸣？将世界和他相连的那根绳子正在越拉越长，他想拽着绳子把自己拉起来，他拼了命地想把自己拽回家，母亲正在呼唤他。他想叫她，但从他口中喊出的思绪却沿着一条悠长的河流，向着大海奔腾而去。他又眨了眨眼睛。一只猴子在啸叫，牙齿雪白。山脊上方，笑盈盈的月亮。什么都抓不住，他正在下沉。他听见了海的轰鸣。不，他说，或者以为自己在说，不，不是大海。不！不！

24

他们是在半夜发现他的。他头朝下漂浮在便所里，公共厕所那条既深又长的壕沟里，雨水搅得屎块乱溅。等到终于打完，大家把他断骨伤筋的身子抬到了医院里，而他不知怎么做到的，竟然从医院一路把自己拖到了这儿。人们猜想，他在蹲下时失去了平衡，翻倒了进去。结果没力气爬出来，就淹死了。

总要去拉屎的地方拉，吉米 · 比奇洛说。他自告奋勇，绑了绳子，下到屎洞里把尸体给捞出来。行了，他冲上头拉绳子的人喊，污物都没到了他的大腿根。行了。

他用第二根绳子绕圈绑尸体的时候，对着尸体说起了话。

唉，黑皮，你他妈就是太缺心眼。你就不能拉铺上吗，别人睡得稀里糊涂，不都这样干吗？你他妈就不能把毯子折得好点吗？

大家把黑皮加德纳的尸体拽出来的时候，吉米 · 比奇洛就着煤油灯的灯光瞥了一眼。尸体上裹的都是蛆，上面还有奇怪的瘀伤、挤压伤，尸身骨断肢残，污秽不堪，有那么一会儿，他觉得那不可能是黑皮。

他们抬着他的尸体去了医院。羊头莫顿提了一煤油罐的水，用他那双既粗暴又温柔的矿工之手将黑黝黝的身体上的污秽去掉，准备次日下葬。

这是一个死亡的日子，倒不是因为这一天有多特殊，而是因为这就是普通的一天，如今每天都是死亡的日子，唯一压迫着他们的问题只有谁会是接下来的那个人，这个问题已经得到解答。他们心怀感激，毕竟那是别人，但这感激之情与饥饿、恐惧和孤独一起，咬噬着他们的内脏，直到那个问题再次出现，不断刷新，变得不容置疑。他们唯一能给出的答案只能是这个：他们必须互相扶持。对他们而言，今后无论何时，都没有“我”这一说，只有“我们”。

25

第二天清晨，公鸡麦克尼斯在帆布包里翻寻《我的奋斗》那本书，用十分钟的记忆训练开启一天的日子。他在半夜里醒来过，一个想法令他苦恼万分：如果当时他走出队列，承认不去上工是他的主意，加德纳是否就可以逃过一死。但他推测，如果他这么做了，说不定死的就会是他。也许不会。也许他们俩都会死。他告诉自己，日本人你是摸不透的。他觉得加德纳是负责他们那队人的中士，又生了病，反正横竖都是个死，这个想法令他觉得宽慰。

昨天，公鸡麦克尼斯站那儿劈石头的时候，日本人命令犯事的俘虏出来，当时响彻他脑海的并不是日本人的咆哮，而是加德纳的笑声，他手上拿着蛋壳被活捉的时候，加德纳也是这么笑的。那个时候，公鸡本来是可以站出来的，可他心里头想的全都是加德纳从他那里偷了那只已经发黑的鸭蛋，后来又用鸭蛋的蛋壳将他取笑了一通。前一天早晨加德纳主导的那通羞辱仍使他难以释怀，觉得痛苦，而对加德纳遭毒打的回忆反倒没那么痛苦。不，公鸡麦克尼斯心里想，他是不会去帮这样的人的。但他并没想过要杀了他。

不。我没这么想过，他喃喃自语道，不是的。

他嘴里嘬着生姜色的胡子，摸到了帆布包底的饭盒，然后就是那本湿乎乎、硬邦邦、已经卷边的《我的奋斗》，他正准备把书抽出来的时候，手碰到了一件制式衬衫，经历过千辛万苦，这件衬衫竟然到现在还保存着。他向来都会把这件衣服折好熨平，但现在它却鼓了起来。他松开那本书，四处摸了摸，又从帆布包里掏出了一只鸭蛋。他的下嘴唇耷拉了下来。发现鸭蛋还在的释然感很快被难以言表的恐惧感所吞噬。他飞快地把鸭蛋放回到帆布包里，就好像那是个奇耻大辱，得赶快藏好，随后他就取出了那本《我的奋斗》。

不管如何努力，他仍然一个字都背不出来。

26

几十年后，吉米·比奇洛仍然坚持要孩子把衣服折成那样，折边得始终向外。他家就在霍巴特郊外，外墙封了挡雨板，他会打开橱柜的抽屉，确保衣服的折边都已向外，孩子都安全无恙。如果孩子没把衣服向外折好，他也从来不会打孩子、扇他们耳光。他会恳求，然后命令，最后就会气急败坏地亲自把衣服再折一遍，码放好，孩子则紧张地待在一边等候着。他会有种难以名状的恐惧感，连他自己都说不清楚为什么会这样，而孩子们也会充满困惑地度过余生，掺杂着爱与恐惧，只是这一切已经超越了抽屉的开与关，超越了父亲的沮丧与嘟囔。他知道孩子们没法理解。可他们看不见吗？他们怎么就不知道呢？这不都是明摆着的事嘛，应该理解得了啊。你根本就不知道什么时候一切都会改变，无论是一种情绪，一个决定，还是一条毯子。

一种人生。

他们什么都不懂。他们只知道，无论干什么，他都不会去伤害他们。在最坏的情形下，他会把他们搁在膝盖上，翻个个儿，抬起手，然后手就高高地停在半空中，就在他们屁股的上方。有时候，他们能感觉到他的膝盖和大腿都在战栗。他们会抬起头偷瞄一眼，看见他的手在颤抖，眼睛湿漉漉的。他们怎么会明白，父亲这么做是在千方百计保护他们，不让枪托出其不意地砸在他们柔软的脸颊上，父亲想要警告他们，这个艰难的世界充斥着种种恐怖，不警惕、不聪明、没有做好准备的人就会倒大霉，他这么做，是想在没人能有所准备的事情面前，为他们做好准备。他们只知道一件事，那就是他永远不会去伤害他们。

他的身体颤抖着，晃来晃去，他们知道他一边说着“行了”，突然就把他们从膝上扶起来，让他们站好，他们知道这是什么意思。他眼睛看向别处，张开手，挥一挥，让他们走开。

行了。行不？就这一次。下次把折边往外放。要往外。一直都要往外。行不？

他们就会跑到外面，到阳光底下。

他琢磨着，或许他没能给爱留出时间和空间。他把爱揽入怀抱，而爱却飘然远逝。或许他就是这么懵懵懂懂地选择了那些陈词滥调，而非随性无序的爱，选择了把毯子折得整整齐齐，而非展开紧锁的双臂，至于为什么，他也说不清。

可有时候，爱就在那儿：朝一扇敞开的窗户望出去，看见小秋获仰起头，笑容灿烂地冲他挥着手，他震惊地发现爱竟然就在后院玩耍，洒水器的水呈菱形朝着晒蔫的草茎喷射，他震惊地发现自己竟然如此幸运，不仅能活下来，还知道有爱的存在，可以爱人，也能被人爱。他会注视着孩子在阳光明媚的户外嬉戏。羞耻。奇妙。天气始终是如此阳光明媚。

27

铁路线又怎么样了呢？大日本帝国的梦想迷失于放射性尘埃之中，铁路既没了目的，也没了支撑。对铁路负有责任的日本工程师和守卫，关押的关押，遣返的遣返，维护铁路的那些俘虏也获得了释放。战争结束，不到几个星期，铁路线就迎来了自己的末日。泰国人弃之如敝屣，英国人把它拆了，部落民把它挖出来卖钱。

又过了一段时间，铁路线开始扭曲变形。坡道崩塌，路堤和桥梁被水冲走，坑洞被填满。废弃让位于变形。本是死亡昂首阔步之地，生命却又回了潮。

铁路线欢迎雨水和阳光。种子在乱坟岗里生根发芽，四处都是头颅、股骨和断裂的锄柄，卷须攀缘着道钉和锁骨，在柚木枕木和胫骨、肩胛骨、脊椎骨、腓骨和股骨四周横冲直撞。

铁路线欢迎野草落户路堤，那是俘虏们唱着短歌扛着泥土和岩石搭建起来的；铁路线欢迎白蚁咬啮坠落的桥梁木材，那是俘虏们砍下木头扛过来的；铁路线欢迎锈蚀遍布铁轨，那是俘虏们排着长队肩扛过来的；铁路线欢迎腐朽和毁坏。

最终，余下的只有热浪和雨云，昆虫和鸟兽植被，它们既不知道，也不在乎。人只是万物之中的一种，万物也都想活下去，而最高形式的生命就是自由：人之成为人，云之成为云，竹之成为竹。

时间会再过个几十年。有些人会认为回忆至关重要，便将少数几个区段清理干净，最终将这儿变成了奇异的死而复生之地，没有躯干，只剩双腿——旅游景点，圣地，国家级景点。

铁路线崩塌了，就如所有的线路一样；它毫无意义，余下的也终将灰飞烟灭。人始终都在渴望意义和希望，但往昔的编年史只是些沾满烂泥的故事，充满了混沌。

至于那庞大的废墟，无边无际，深埋于地下，孤独而平展的丛林绵延远去。而帝国的梦想与亡者，只剩下高高的荒草而已。

肆

这露水之世

仅是露水之世——

然而。

——小林一茶

1

乌鸦似芝麻一般散落于新宿区罗生门嶙峋的屋顶上，有人扔了块石头，惊起的鸦群腾空而起飞入东京的天空，这座城市还没能从往昔的烟尘中恢复稳固。在鸦群拍打的翅膀之下，这座城市几乎已不存在。不久之前，这群乌鸦还靠着焦黑的尸体活得有滋有味，在这大火弥漫的城市里，尸首已是司空见惯之物。如今，鸦群正在飞越一片广袤焦黑、几乎被掀起的平原，穿梭于怪异而拥挤的迷宫之中，徜徉于这迷宫中的还有孤儿寡母，缺胳膊少腿的退役士兵，以及疯子、濒死者、无望之人，偶尔会有一辆美国士兵的吉普车经过他们的巷道。在一九四六年苦寒的冬日，所谓的重建不过是些帐篷、窝棚和锡皮盖的小屋，运气好的还能在里面挤挤，其他人只能将就着待在地铁、火车站或废墟中的坑洞里。

扔石头的人叫中村天智，前大日本帝国陆军第二铁道团的少校，此刻正在拱道里躲避一场凄苦的雨；大火烧毁了房子，落下房梁和残砖碎瓦，偶然的倒塌，或者是正确的挖掘，形成了这条后街中的拱道。仿佛这堆瓦砾就是通往这座伟大城市的大门，必须穿过这条喧杂的隧道进出摧毁殆尽的新宿区风月场的当地人把它称为新宿区罗生门。狐狸、老鼠、妓女和小偷都是新宿区罗生门最常见的居民，他们住在坑洞、巢穴和半塌的屋子里。即便站在这摇摇欲坠的门洞下，中村也能瞥见富士山，它再次雄踞于他们的世界之上，就像伟大的葛饰北斋一个半世纪以前画它时一样清晰可见，千变万化却又岿然不动，静谧而又不朽。

然而，富士山主宰的这个世界如今却成了致命的修罗场，每天都有人死去，却还得继续熬下去。街巷里到处都是喝烧酒喝得不省人事的人，这种要人命的便宜劣酒是饥肠辘辘、绝望之人的选择，还有吃从军队的库房里偷来的沙雾的，或者又喝烧酒，又吃沙雾。中村一贫如洗，服用沙雾的习惯也打破了，他已下定决心再也不碰这种东西。饿狗成群结队、龇牙咧嘴地在从前是马路、现在已经沉陷的巷子里游荡，比狗还饿的孩子在街上干些偷东西、要饭、拉皮条的勾当。

狼，全都是狼，中村心想。

他们目光呆滞，行动迅速，中村觉得他们身上有股诡异的气息，既可怜巴巴，又虎视眈眈。他们看上去骨瘦如柴，也就六七岁的模样，实际上大多已十多岁了。女人四处卖身，有些人因为拒绝卖给美国人而获得了一种奇异的荣誉感，但收入也减少了。不过，绝大多数女人都沉湎于当妓女带来的吃饱喝足中。一天晚上，他和这样一个女人过夜之后，对那女人做生意的方式很恼火，便问她怎么会去搭理美国人，因为他从中也看到了自己现在的处境。她笑盈盈的红唇间夹了根刚点上的好彩香烟，问他——

我们现在不都是妓女吗?

自从两个半月前遭部队遣散后，中村一直居住在这些流离者和废墟堆间，混在这些人里面，他就是个无名小卒，对此他感到高兴。他只带着一根撬棍，既用作工具来维持朝不保夕的生活，又当作自卫的武器，每隔几分钟，他都能从痒得不行的身子上抓下好多跳蚤碾死。用这根撬棍，他从倒塌的楼房里，从东京的泥沙堆和灰烬里撬出断裂的木头框子，尽可能把它们拆开，卖给生木炭炉的人。帝国曾经的伟大都城，如今已是焦黑的残垣断壁，中村在里面四处翻寻时，想着去哪里可以喝点味噌汤、吃碗米饭。偶尔，四处搜寻也能获得意想不到的奖赏：前一天，他挖出了深埋在瓦砾堆里的几颗不新鲜的橡子，就连老鼠都没找到。但自从吃了橡子之后，他就一直没吃过东西。

为了不再想饥饿的肚子，他从地上捡起了一张被人踩过的报纸。报纸是几天前的，他费力读了好几则报道，却一个字也没看进去，直到有一则报道突然吸引了他的注意力。他读得很仔细，一字不漏。报道说的是美军发布通缉令，要逮捕更多前战俘营管理人员，调查其可能犯下的战争罪。文章末尾列出了嫌疑犯的通缉名单，在名单中间，他发现了长久以来最担心的事情——他的名字赫然在列，一名待审的乙级战犯。

中村身上又开始发痒。他不是战犯，美国人才是真正的战犯，但他们能杀了他，再把他的生平编造成谎言。他的怒火愈燃愈旺。但潜藏在怒火之下的，却是每天对生存的考量，是单调乏味却无处不在的如兽类般的恐惧，知道自己终究逃不过命运的捉弄。因为在中村看来，体型高大、大声喧哗的美国人几乎无处不在，他听说美国人正在搜捕那些他们认为的战犯，紧追不舍，与战俘营有关的列在名单最上面。他决心想方设法活下去，别被抓到，也别被处决，因为他的荣誉感要求他这样做。他痒得越来越厉害，他把手伸进裤子里死命地挠裆部，揪出一撮结了痂的皮肤、毛发和跳蚤，往地上一扔。

在等着天气变好的这段时间，中村用手指上上下下摩挲着撬棍暗淡的绿色漆面，碾死了手上几只卡在指甲和撬棍之间的跳蚤。他思考着自己的处境：靠找木头没法活下去；撬棍在起钉子的时候断了半个撬尖，而且两天前一根锯齿状的房梁意外砸到了他身上，他半边脸一直隐隐作痛；令人无处可逃的酷寒让他更加饥饿，现在美国人又在找他。中村又看了看报纸上名单中他的名字，恐惧地意识到美国人追踪他至少已经有好几天了，有条不紊地追踪线索，排除虚假信息源，锁定目标，每过一个小时，美国人就离他更近一点，他就离绞索上的死亡更近一点。中村意识到，想要活命，就得行动起来，这意味着他现在必须考虑做任何事。但后来这种抗争的情绪让位给了彻底的绝望和失败感。他能做什么？做什么呢？中村心想，守护荣誉的做法就是像其他人一样自杀。

就在中村决定将命运掌握在自己手中、有尊严地死去时，他听见上方传来闷声闷气的喊叫声。他无法遏制满心的好奇，想看看为什么会有喊叫声，似乎做点什么，不论什么，都比思索他自己惨淡的命运要好。

他爬出凹坑，站在雨中，缓缓转过头来，仔细地听着。他听见一个女人发出的嘶嘶声。声音是从上面什么地方传来的，就在罗生门左侧的瓦砾堆里。

中村尽量轻手轻脚爬上了一大堆砖块和倒塌的建筑——那构成了拱道的左翼，手上紧紧地攥着撬棍。他发现乱石堆里有个小洞，拳头大小。透过洞眼，可以看到被炸毁的房间的残骸，光线从墙上的缺口照进来，那儿原来应该是墙的上半部分。中村看得出这房间以前也许曾整洁得体，可如今要透过厚厚一层灰尘和煤烟，才能看出菊花图案的墙纸，中村觉得它似乎已经成了动物的巢穴。一张腐烂残损的榻榻米和几块靠垫凑成了一张床，边上有一张三脚桌，用碎砖撑着，桌面上有一面脏兮兮的镜子。

女人的嘶嘶声又响起来，这次相当近，中村朝声音的方向扭过身去，看到屋子远处的一个角落。那里站着一个妓女和一个男孩，男孩十六七岁的模样，手上握着把长长的厨刀。他们脚下躺着一个穿军装的美国军人，喉咙刚被割开，仍在往外微弱地喷血。妓女在责备男孩，问他为什么杀那美国人，但她没有伤心，只是很生气。

躲在他们的视线之外，中村快速地把屋内的情况看清，但吸引他注意的并不是杀人这件事，他根本没把那个死掉的美国军人放在心上，而是临时梳妆台上的东西：两只煎饺和一块美国巧克力。

2

中村小心翼翼、轻手轻脚地从窥视孔那儿爬了下来，再爬上罗生门的顶部，绕到墙上的缺口处。他慢慢抬起头，凑到盖得并不严实的铁皮屋顶上，妓女正在死人的口袋里东翻西找。当她把美国人的尸体翻过来时，他发出了轻轻的哼哼声。她往后一跳，但随后就意识到那不过是尸体肺部挤压出的空气而已，于是继续翻他的衣服。她从背后的口袋里抽出了一卷美元钞票。

但中村最关注的还是煎饺。他记得在满洲国服役时整天吃煎饺，那时他全不在意。回忆着当时吃的煎饺，再想想眼前又可能吃到了，他的嘴里满是口水。

中村满脑子都是那两个煎饺，其他什么都想不起，他蜷起身体从那洞里一跃而下。他在屋子里打了个滚，弹跳而起，手上挥舞着撬棍。那一刻，在美国人的尸体旁，三个人就这么大眼瞪小眼彼此盯着，妓女穿着昂贵的花纹图案衬衫、宽松的长裤和漂亮的黑色木屐，手上握着一沓美元，男孩手持厨刀，中村握着撬棍。

男孩咆哮一声，持刀扑向中村，中村此时的意识异常清晰，他感到恐惧却又出奇地平静，他微微蹲下以保持平衡，随后像挥刀一般抡起了撬棍。撬棍横扫而过，上扬的弧线正好砸在男孩的脑袋上，发出了软绵绵、松松垮垮的撞击声。就像榔头砸进西瓜，埋在里面。中村觉得那声音在空中停留得绵远而悠长。那诡异的永恒也只是一瞬间，男孩往前疾冲的动势骤然而止。在他悄无声息地倒下之前，中村觉得时间奇怪地停止了一刹那。

中村和妓女都没说话。尽管男孩的身子还在猛烈抽动，但他们都清楚他已经死了。血涌了出来，痉挛减缓，之后便停止了。中村注意到男孩肮脏的长发上一大片跳蚤仿佛突然间恐慌了起来。他强烈地感受到屋子里弥漫着一股冷彻骨髓的潮湿尘土的气息。

妓女抽泣起来。中村两步走到三脚桌前，把两只煎饺一股脑儿塞进了湿乎乎的嘴里。他一边狼吞虎咽地吃着，一边牢牢地盯着那个女人。他想到一个新的点子。

他没多话，用撬棍指了指她手里的那沓美元。她哆嗦着把钱递了过去。他把钱塞进口袋，然后用伸出的撬棍头撩起她那件印花衬衫的下摆。她慢慢地从撬棍上抬起眼睛，与他四目相对，然后低下头，往后退了一步，开始脱衣服。

她赤身裸体，有点罗圈腿。难看的细瘦大腿上长满小疮，呈毛茛花般的黄色。胯部丝滑的毛发与下面雪白的鳞皮形成了鲜明对照。乳房不像乳房，而像隆起的肿块，皮肤呈现病态的颜色。中村此刻能闻到她身上的气味，很久没洗过澡，汗津津的，好似冬末厩房里的奶牛。

她走到三脚梳妆台旁，在肮脏的榻榻米上躺下，双脚正对着他。他能听到她发出短促的喘息声。她让他觉得厌恶，卖身给美国的魔鬼，此刻又要把肮脏污秽的身子供奉给他。他捡起妓女的衣服，把巧克力塞入口袋，准备往洞外爬去。他停了一会儿，看着那两具尸体。

美国人早已没了气息。日本男孩脸肿得厉害。杀戮太多了，中村心想。也许他应该觉得悔恨、愧疚，最早在满洲国时他有过那种感觉。但死人的脸很快变得模糊不清了。他努力想记起其中任何一张脸。死了就是死了，他心想，就这么回事儿。不过，有两具尸体，其中一具还是美国人的……要是不小心的话，会给他惹来麻烦，毕竟他已经是个通缉犯了。

中村绕过一大摊黑乎乎的污血走到那个美国人身边，跪下来看他。他闻到了滴滴涕的味道，被遣散时，他们用这东西给他灭跳蚤。他觉得这美国人属于其他物种，个子这么大，长相也很奇怪。丛林里的澳大利亚人完全不长这个样，不像这个死去的大块头美国人。

为了确保自己不碰到尸体，他巧妙地用撬棍的一头探入美国人半松半合的拳头里，把撬棍横放在他胸口上。仔细想了想，他又在那人的手里来回搅动撬棍，猛地捅他的手指，然后把撬棍丢到那摊污血里。只要妓女消失，什么都不吐露，美国人和警方就会得出一个显而易见的结论：皮条客想抢劫美国人，随后发生打斗，两人双双没命。

他一面这样想着，一面转过身，把身子探入齐胸高的洞口，这时他听见身后的妓女也站了起来。中村没去理会她，直到感觉她想抓住他的脚踝。为了挣脱开，他只好朝她身上狠狠地踹了两脚，她四仰八叉地倒回美国人的尸体旁。

他在外面的瓦砾堆上往下滑时，听见身后传来喊叫声。他转过身，看见妓女用胳膊捂着血渍斑斑的小胸脯，身子探在洞外，好像在说美国人强奸她，她弟弟赶来保护她。中村没完全听明白，也没兴趣去弄明白。他又爬回洞口，抓住她的肩膀，把一块砖头举到她呜咽的脑袋边。

忘掉刚才的事，中村说，忘了他，忘了你弟弟，忘了我。

妓女号啕大哭。他把砖头往她嘴上啪地一捂。

忘了，你就能活下来，他气冲冲地说。

他把她推回洞里，爬下新宿区罗生门，往市里走去。

用从妓女那儿抢来的五十美元，他买到假的身份证明。他把她的衣服卖给了另一个妓女，用得到的钱买了张到神户的火车票。此时他正坐在车窗都给炸没了的三等车厢里，穿越酷寒的冬夜，远离他铁道团中村天智少校的过去，进入他作为大日本帝国陆军列兵木村吉雄的未来。

神户的情况也没比东京好到哪儿去。城市里到处都是坑坑洼洼，泥泞遍地，砖头堆成山，钢筋似铁丝般扭曲，日本人好似蟑螂一般在废墟中爬行。但中村觉得他与那个死去的美国人和男孩隔开了必要的距离。好几个月里，他干些小偷小摸的勾当，做些黑市买卖，就这样勉强维持生计。但他从未感到安全。有一次，他从远处认出了一个从前在战俘营的高个子澳大利亚军官。中村怕的就是这个，之后的一个星期，他只敢在晚上上街。

他开始密切关注战争罪的审判。他读到有个日本士兵殴打过一个逃跑多次的战俘，被判为战犯绞死了。中村觉得这事难以理解。

就殴打过一次？

他在日本军队时一直被人打，而打其他士兵是他的职责。不是吗？受训期间，他被打晕过两次，一次还被打破了鼓膜。他还被人用棒球棍打过屁股，就因为洗上司内裤时表现得“不够积极”。当新兵时，由于听错了命令，他被三个军官打得不省人事。他被命令一整天站在集合场上保持战备状态，累倒下后，其他人就朝他扑来，说他违反命令，把他打得失去了意识。

所以打一次怎么就成了战犯呢？再说了，战俘是什么？《战地服务条例》不是特别规定被俘军官必须自杀吗？战俘是什么？什么都不是，就这么简单。没有羞耻，没有气节。那就不是人。

就殴打过一次？

他是个善良的军官，别的军官指责他，说他在处理严重违纪的时候，只知道打耳光。

你太心软了，中村记得因为友川下士行为不端而扇他耳光时，幸田上校对他说，这样的事只是扇个耳光？要是我会狠狠地抽他，让他永世都忘不了。

这样想着，中村恨不得对着神户清澈的天空怒喊，战俘到底是什么？是什么啊？

3

崔胜明坐在黑暗中的竹凳上，作为一个死刑犯，这算是对他开恩了。他听说那些前战俘在曼谷发现了金黎后，直接把他从妓院的顶楼扔了下去。他觉得这合情合理，完全说得通。他希望那些人把金黎摔死时，金黎能冲他们吐口唾沫。金黎以前和他一样都是守卫，杀过战俘，所以战争结束后他们杀了他。这很好理解，不像他自己现在的处境，谁都理解不了。他鄙视澳大利亚人的虚伪，用正义的仪式来掩饰他们的复仇。他心里很清楚他们也想杀他，为什么还要伪装呢？

他没有手表或钟。除了凭直觉，他无法知道夜晚还会持续多久。但他的直觉似乎已经不再起作用。夜晚没有止境，却又从他身边匆匆而过。樟宜监狱夜里上了锁，大概在两小时前。如果他仔细想想，就能推断出现在已接近半夜。可他没想到这一点，事实上他什么都没想。崔胜明迷失在一个无法思考的地方。他的思绪在两种情绪之间富有节奏地交替。一种是恐慌，像一阵克制不住、停不下来的咳嗽一样发生在他身上，让他发疯似的在樟宜监狱的牢房里来回踱步，想逃出生天，却又发现自己无力回天，既逃不出牢房，也逃脱不了即将来临的死亡。

然后他的思绪又转向愤怒，不是因为他的命运，也不是因为他无法逃脱，而是因为一件事实令他备受折磨。由于他是作为日本军队的一员而被囚禁的，他们应当继续支付他五十日元的月工资，但战争结束到现在两年了，他一分钱也没见到过。他的愤怒不是出于对钱的计算或者贪婪，而是因为对动机的思考，也是因为他感到不公平。五十日元是他留在那儿的唯一理由。那为什么不让他得到钱呢？

因为他心里很清楚以后再也拿不到钱了，他知道五十日元很荒唐，可他还是莫名其妙地被剥夺了，他的思绪又猛地回到恐慌，他又开始在牢房里踱步，手指顺着墙面摸来摸去，他在窗上的栅栏上、牢门上推着、摸着，寻找着逃跑的可能，直到再次意识到逃出去是不可能了，他的思绪又猛地变为愤怒，因为那被剥夺的五十日元。

对他的审判是在澳大利亚军事法庭上进行的，持续了整整两天。

除了直接询问他时，整个程序全讲英语，他几乎一个字也听不懂。审判结束时，脸像被风吹过的蜡烛、嗓音像掘墓人的法官头一次直视崔胜明，讲起话来。口译员目不转睛地盯着法官的嘴唇，用支离破碎的日语在崔胜明的耳边轻声翻译。

口译员说，由于——由于呈上的书面证词——存在矛盾——参与谋杀——澳大利亚帝国军队弗兰克·加德纳中士的指控——不成立。随后又切换至随意的口吻说，这是个好消息，非常好。

接着他又开始磕磕绊绊地翻译。

以下指控——下令杀害二等兵瓦特·库尼——成立——另有几项较轻的指控——虐待，包括不供给食物和药品，导致本可以避免的痛苦和死亡。被——被判为乙级战犯——将对你——处以绞刑。

这次口译员没添加自己的注解。

还说了很多话，但崔胜明什么都听不进去了。在法庭上受审时，崔胜明努力想把事情解释清楚，他只是个朝鲜中士，根本无权下令处死战俘，但澳大利亚律师征引一位日本军官幸田上校的审讯证词，说他下达过命令。幸田的证词已经给好几个朝鲜及中国台湾的守卫定了罪，崔胜明也听说他本人后来被无罪释放。崔胜明指出，所谓下令处死库尼时，库尼已经不在战俘营了。但混乱不堪、残缺不全的营地记录无法证明这一点。

他的澳大利亚辩护律师是个胖子，眼睛湿乎乎、亮晶晶的，让他想起了手术刀的刀刃。宣判后，辩护律师劝他提出上诉，恳求法庭宽大处理。崔胜明决心要死在异国他乡，他看不出延长这种痛苦有什么意义。他和其他关在樟宜监狱的朝鲜及中国台湾的乙级、丙级战犯都注意到，赢得战争的盟军常常会释放那些与日本贵族阶层有联系的军官，像他们这样层级低的人就会成为替罪羊被绞死。崔胜明想起了中村少校，他从未被逮捕过，毫无疑问以后也不会被逮捕；还有幸田上校，又获得了自由。这两人很有可能都在什么地方替美国人干活。

反正都一样，崔胜明说。

什么？辩护律师问，湿漉漉的眼睛来回闪动着。

反正都一样，崔胜明说，他这么说是想表明自己已经听天由命，但辩护律师却以为他同意上诉，力求减刑。辩护律师提交了上诉书，崔胜明的生命和折磨又延长了四个月。

崔胜明注意到樟宜监狱里的每个人对自己的命运都有不同的看法，并因此虚构了各自过去的所作所为。有些人断然否认指控，但最后要么被绞死，要么长期关押。有些人承认罪责，但拒绝承认澳大利亚审判的权威性。他们最后也被绞死或监禁，刑期有长有短。还有些人不愿承担责任，指出下级守卫或士兵是没法拒绝日本军事体系的权威的，更别说拒绝执行天皇的意志了。私下里他们都问过这样一个简单的问题：既然他们以及他们的所作所为是天皇意志的表现，那为什么天皇仍是自由的呢？为什么美国人支持天皇，却把他们绞死？他们不过是天皇的工具而已。

但他们心里清楚，天皇永远都不会被绞死，而他们会。就像他们曾经替天皇打人、折磨人、杀人，现在那些不愿承担责任的人还得替天皇登上绞刑架。他们和认罪的以及否认指控的人，结局都一样糟，都会被绞死，都会一个接一个地在活板门下死命扭动，同样双腿乱蹬，同样裤裆里拉屎，突然肿胀的阴茎同样乱喷尿和精液。

受审时，崔胜明知道了许多事——日内瓦公约、指挥链、日本军事结构等，一直以来他对这些事只有模糊的概念。他发现那些曾经让他又怕又恨的澳大利亚人，以一种奇怪的方式把他当作另一个人并给予重视——他们称为巨蜥的魔鬼。发现自己在他们的仇恨里占据了如此重要的地位，崔胜明不无得意。

因为他感觉得到澳大利亚人对他的鄙视，就像他在日本人身上感觉到的一样。他很清楚自己又什么都不是了，就像小时候在朝鲜一样，被发现悄声讲朝鲜语不讲日语而在教室最后面罚站；就像他替日本人家干活时一样，他的地位甚至比家里的宠物还要低；在日本军队里也一样，比级别最低的日本士兵更低等。现在，就连金黎的命都比他好。然而，他认识的一些人干的坏事比他和金黎都要多，却都保住了命。怎么会这样？为什么？没一件事说得通。

从另一方面来看，殴打澳大利亚战俘很有意义。他觉得在殴打个子比他大的澳大利亚士兵时，虽然时间很短暂，但自己还是个人物，想扇他们多少下都可以，还可以用拳头，用藤条、锄柄或钢条打他们。要是澳大利亚人倒地呻吟，那他就更觉得自己了不起。他隐约知道有人因为他的殴打而死。不管怎样，他们也许都要死。那种地方，那个时间，再多的思考也无法让人明白发生了什么。现在他唯一后悔的就是杀得还不够多。他希望当时自己能从杀人中获得更多愉悦，能从与杀人紧密相关的生活中获得更多愉悦。

当澳大利亚人在审判期间相互交谈时，崔胜明意识到，这场审判超越了仇恨。这是一种他从未感受过的生活的确定性，高高在上的日本人肯定一直都能感受到。在别人赋予他对澳大利亚人的生杀予夺之权后，最初他殴打那些人只是因为他从小到大形成的日本式做事方式，他不觉得把动作太慢或逃避责任的人打一顿有什么大不了的。

在釜山，他接受了和日本帝国陆军二等兵同样严格的军事训练。只不过他们不是日本人，全都是朝鲜人，也永远不会成为士兵：他们的工作就是看管因软弱而不敢自杀才投降的敌军士兵。他也接受行军、射击、刺刀格斗训练，还学了扇耳光，日本人始终认为哪怕是最小的过错，也得扇耳光。就算只有一个人犯错，所有人也都得挨打。他们每天都让受训的朝鲜守卫面对面站成两排，每个受训者必须打对面的受训者，右手打左脸，左手打右脸，轮流打，直到被打的人脸肿得厉害才停下来。一切命令都必须服从。扇耳光和服从命令就是崔胜明的生活，右手打左脸，左手打右脸。他很想逃走、回家，但他知道，如果他真这么干了，日本当局就会找他家人的麻烦。再说，很快他就能每月挣五十日元了。

他记得当时他悄悄跟对面的人说要是能出手轻点，他也会报之以礼。他们的诡计很快就被日本军官识破了。那个军官长得很好看，新兵都敬仰他。崔胜明甚至模仿他走路的姿势，以及别人跟他讲话时他缓慢而恰到好处的转身方式。此刻，那个军官在崔胜明耳边咆哮。

想假装？他吼道。假装不疼好了。

崔胜明的腰两侧被一根短铁棍狠狠地击打，他尿血尿了好几天。次日清晨，新兵又排成两排互相扇耳光，崔胜明带着一种绝望的愤怒打了对方，后来这愤怒再也没离开过他，右手打左脸，左手打右脸。

他当时只是个瘦小的十六岁朝鲜孩子，起先被派到遥远的丛林时，他看到个子高大、年纪也比他大的澳大利亚人就害怕，他们长得像红毛猩猩，后背宽阔，手臂粗壮，大腿上全都是毛。他们总在吹口哨、唱歌。在他的印象中，朝鲜人和日本人从来不在大庭广众之下这么做，他恨这种陌生的快活。于是，他的惩罚严格来说比应有的力度更过分，他要让他们知道他比他们厉害，要让他们明白他们的快活该结束了。过了一段时间，那些人开始消瘦、萎缩，胳膊变细了，腿也变得枯瘦；口哨吹得少了，只是有时还会唱歌。

说实话，战俘们都是自找的。他们想方设法逃避干活，当逃避不了时，就马马虎虎、懒懒散散地干活。尽管这种情况比之前出现得少了，但他在的时候，他们还是会时不时吹口哨、唱歌。他们什么都偷，食物、工具、钱。如果活干砸了，他们就看作一场胜利。他们都瘦得皮包骨，会在铁道上干活的时候死掉。走路去上工有人死，干完走回去也有人死。睡着睡着就死了，等着吃东西也会死。有时挨打也会死。

看他们死了，崔胜明会对这世界、对那些人感到愤怒。他感到愤怒是因为缺少食物和药品不是他的错。暴发疟疾和霍乱也不是他的错。他们当俘虏也不是他的错。那是命，到那儿是他们的命，也是他的命，死在那儿是他们的命，死在这儿是他的命。他每天必须满足日本工程师需要的上工人数，确保他们完成日本工程师要求的工作。他只是尽他的职责。没吃的，没药，可铁路线必须建成，工作必须干完，结果总是那样，对他、对他们来说都是如此。那都是他做的，他做完了自己的工作，他们区段的铁路线完工了。崔胜明对这样的成就很自豪，那是他短暂一生中唯一的成就。他做了这些事，这些事让他感觉很好。

他勃然大怒的时刻也是他欣喜若狂的时刻。在他黑暗无知的世界里，他感到自由，甚至，他有生以来第一次觉得自己是活着的。他的憎恨和恐惧，他的怒火和自豪，他的胜利和荣耀，全都在他伤害别人时聚集而来，至少他现在是这么看的，他的生命在那些短暂的时刻里有了意义。也是在这样的时刻，他从仇恨中逃离。

虽然工程师要把铁路建成的压力很大，但他还是能从中找到愉悦和兴趣，他打得越狠，那些人就越是不像人，越是不吹口哨不唱歌，他就越是知道自己更像个人。只要不停地踢，不停地打，他就是自由的。他听说过大日本帝国陆军在新几内亚吃了澳大利亚人和美国人，他觉得那不仅仅是为了填饱饥肠辘辘的肚子。他知道什么都不能是辩护理由，澳大利亚人、眼睛像手术刀的律师和长得像烛油滴落的法官根本无法理解。他当守卫时，活得像个野兽，举止像个野兽，也像野兽一样去理解、思考。他明白这样野兽一般的人，是他唯一被允许成为的与人有关的东西。

发现自己只有成为野兽才能成为人，他没觉得有什么羞耻的，只是对这种兽性会把他引向何方感到困惑。绞刑处死的判决翻译给他听时，他像头野兽一样承受着，并不理解，只是隐隐地意识到自己曾经拥有过自由，现在末日已到。

法官蜡烛芯一般的眼睛俯视着他，火苗一闪一闪，他用已经空洞无神的眼睛向上看去；他来回摇着头，觉得莫名的恐怖终于压到了他的身上。他本想问那五十日元究竟是怎么回事，却没说出口。此刻他又开始在牢房里来回踱步，寻找一个或许能逃走的办法。但是没有办法，从来都没有。

4

他们很快都死了，而且死得很奇怪，车祸、自杀和缓慢加重的疾病。他们的孩子大多先天出了某种问题，残疾、智障，或者显而易见的古怪。他们的婚姻生活大多磕磕绊绊，就算能维持下去，经常更多是因为当时的习俗，而不是说他们有能力将所有的错误纠正过来；对他们中的有些人来说，错误实在太严重了。他们有独自住到乡野的；有和别人住城里，整天喝得烂醉如泥的。有像公牛赫伯特那样疯疯癫癫的，他喝酒喝得丢了驾照，再想喝了就骑马去城里，在和老婆签了自杀协议后，他们一起服下毒，醒来发现老婆死了，自己还活着，在那之后他想喝酒的时候实在太多了。他们要么缄默不语，要么滔滔不绝，比如公鸡麦克尼斯。他长得很胖，到处给人看切除阑尾的刀疤，讲日本人怎么用刺刀刺他。真他妈像他们做的，公鸡，加利波利·冯·凯斯勒说。那天，他走进大草坪退伍军人联合会时，正赶上麦克尼斯的表演。

别担心，公鸡麦克尼斯说，凯斯就这德行。他一直都是个共产主义者，但人还不错。那个日本守卫叫山狮，战后审判时我还做过证。

他们就这么喝着酒。就这么喝个不停，不管喝多少，都不可能醉倒。退役时，军队的那些庸医对他们和他们的家人说不要谈论与战俘营有关的事，谈这个对他们没好处。首先，这事和英雄凯旋不沾边。不是科科达战役，也不是开着兰开斯特轰炸机飞越鲁尔河谷。不是“提尔皮茨号”战舰、科尔迪茨要塞，也不是托布鲁克港口。那是什么呢？是给黄种人当奴隶。他们在“希望和铁锚”酒馆碰面时，大马哈鱼费伊这么说。

不是什么可吹牛的事，羊头莫顿说。

咱这些人挺有趣。有的不见了。罗尼·欧文娶了个意大利女人，她告诉羊头莫顿的老婆萨莉，说结婚两年后才知道他当过兵。就这样有趣。

牛肉粉贝克多年来只字不提，后来有天晚上，他拿枪把炉子给崩了，吉米·比奇洛说，打了个稀巴烂。就像奶酪刨丝器的背面那样，打成了筛子。打完他又沉默了。也是这样有趣。

可怜的老家伙蜥蜴布朗库西，羊头莫顿说，他的故事太让人难过，谁都不想再提起。在战俘营期间，他一直把他老婆的铅笔素描带在身边，后来坐上地狱船去了日本，在长崎的三菱造船厂干活，原子弹爆炸时船厂没了，他不知怎么活了下来，那素描始终在身边。他在山里找了个安全的地方，一路走去，河里的死尸像柴火漂着，活下来的人皮肤脱落成海草似的长条，他们都在逃离；他在路上见到的人都像炭化的雕塑，走着的，骑车的，跑着的；他经过在燃着蓝色大火、下着黑雨的地狱里疼得死去活来的日本人，他们像他记忆中的战俘一样，死的时候喊着妈妈。那时候，他整天想看见兔子亨德里克斯那天早上在叙利亚村子里画的梅茜，那村子弥漫着苦难中人的气味。

他试图把她想象成不属于这个世界的人，只要她在那儿，他就不会死，也不会发疯，只要她在那儿，那世界就还是好好的。坐美国的飞机去马尼拉时，他把那张明信片给美国水手看，水手也说他运气好。后来，他终于登上了一艘开往墨尔本的船，到了弗里曼特尔，他给家里打了个电话。

这里是戴夫和梅茜家，一个男人的声音应答，我是戴夫。

蜥蜴布朗库西把电话挂了。等那船驶出弗里曼特尔，第一天晚上有人发现他从船上翻下去了，后来就再也没找到过他。

突然间，啤酒像是生火的燃料。他们喝着酒，想让自己的感觉跟没喝酒时一样，就像战前他们不喝酒时的感觉。那天晚上，他们感觉自己还强悍有劲，完整无缺，还没完蛋，他们因发生的所有事哈哈大笑。当他们大笑时，战争根本不算什么，死去的人都活在他们之间，对他们而言，发生的那些事只不过让他们心里怦怦闹得慌，他们需要再喝上一杯来减缓这种感觉。

那天晚上，蜥蜴布朗库西还活在他们之间，小瓦特·库尼还活在他们之间，小龙虾伯罗斯、彩虹杰克和小不点儿米德尔顿都活在他们之间，所有死去的人。羊头莫顿说他有时甚至会亲切地想起那个悲惨的混蛋公鸡麦克尼斯，那家伙早就该死了。加利波利·冯·凯斯勒出现时穿了条旧毛线裤，裤脚磨损得像是从流浪汉那里买来的，他提到了黑皮加德纳，吉米·比奇洛开始唱——

每一天，以不同的方式，好上一点点。

那天晚上，在“希望和铁锚”酒馆，他们在壁炉旁站着，直到裤子后面烘得实在太烫，他们才又跑去喝啤酒了。那是一九四八年，也可能是一九四七年。不管怎么样，那都不怎么像是夜晚，待在室内的感觉不错，挺暖和的。自从退役以来，他们就没聚在一起过。吉米·比奇洛很少说话。他回来后发现他的婚姻和离开前不一样了。或者说，他和离开前的他不一样了。

我在尽力做到最好，他在聚会上说。

还有孩子。最后他有了四个孩子，被人称为居家男人。其实他不是。他只是个有四个孩子的男人。大家没再多聊黑皮加德纳，只有加利波利·冯·凯斯勒说起尼基塔瑞斯。

没错，羊头莫顿说，该死的尼基塔瑞斯鱼铺。他一直念叨着，不是吗？

5

吉米·比奇洛一声不吭。他在努力，这才是重点，对吗？但他没说。他想当个音乐家、当个名人的想法没能实现。他在锌厂做库房管理员。他最爱的大乐团爵士乐已不再风行。新的音乐，比波普爵士乐和现代爵士乐在他看来不能算音乐，只是假装从交通堵塞中创作出音乐的嘈杂噪音。不能用它来伴舞，不可能爱上这种音乐，吉米想。这不是艾尔·波利的曲风。也不是班尼·古德曼或公爵乐队的曲风。这是音乐的终结。对吉米·比奇洛这样的人来说，也是希望的终结。大乐团爵士乐就算没有散场，也肯定已经被雪藏了。

他相信的那些东西正在驶向大海，消失得无影无踪，永远找不见了。他以为回来就能找到的那些东西。他希望能成为的，让自己的生活有意义的那些东西。结果发现它们一文不值。他不再对生活有归属感，他的生活已经分崩离析，能让他继续生活的东西，工作，家庭，都已经崩塌。他想改善和杜茜的关系，改善他和生活的关系，改善他和比波普、摇摆乐的关系，可都没用了。他想改善情况，他想，但已经不可能了。

但那并不是他们离开酒馆，沿伊丽莎白街向尼基塔瑞斯鱼铺走去的原因。要把所有的错误纠正过来。他们离开是因为时近午夜，酒馆关门了，他们都喝得烂醉，被赶出来了，也没别的事好干。

那是霍巴特的一个春夜，天气寒冷，纷飞的雪落在山上，港口泛着泡沫，雨夹雪扑打、刮擦着窗子和锡皮屋顶，像被锁在屋外的醉汉。

他们沿着伊丽莎白街一路踏雪去了尼基塔瑞斯鱼铺，加利波利·冯·凯斯勒穿着他那条磨破了的裤子走在前头。就算朝马路那头发射一颗迫击炮，也打不着一个人。鱼铺不像他们在营地时想象的那样，到处都是人，蒸汽腾腾，弥漫着煎炸食品的气味，黑皮的女朋友端坐在那儿等着他们走入店内，干他们必须干的事。不，根本就不是那回事。

到了门口把人拒之门外，跟修女的格言似的，羊头莫顿说。

尼基塔瑞斯关门了，门上了锁，店内死气沉沉，灯全关了，只剩前侧照亮长条形鱼缸的灯。鱼在玻璃后面来回游动着。一对扁头鱼，一条喇叭鱼，两条银鲹和一条革鲹。除了盯着鱼缸的他们，夜色迷离的马路上空无一人。

好吧，羊头莫顿说，不能说它们肯定不快乐。

也许在战俘营时，我们也不是什么时候都不快乐，吉米·比奇洛说。

他们四处站着，手插在兜里，耸着肩让自己暖和一点，两腿跳来跳去的，像在等待午夜火车驶来，或驶离。

我们这帮醉鬼还能想明白什么，加利波利·冯·凯斯勒说，就连老娘们儿都比我们强。

吉米·比奇洛觉得自己像个空壳子，内心空空如也。他已经很难去感受什么了。他希望去感受，但这不是靠希望就能成功的。他捡了块石头，在掌心里转来转去。他抬头看铺子的橱窗。那是一块很大的玻璃平板，上面漆着漂亮的“尼基塔瑞斯鱼铺”字样，精致又招摇。他把手往后一挥，毫无征兆地用力把石头朝窗子扔了过去。

他们听见玻璃的碎裂声。不是立刻碎裂的。而是像时间，缓慢地裂了条大口子，发出一声叹息。吉米·比奇洛漾起了笑容，像是有人将他的嘴角割开了。

接着他们全都扔起了石头，窗子四分五裂，轰然倒下，他们便走了进去。加利波利·冯·凯斯勒像个喜欢即兴表演的果农，他拿起薯条炸锅，把鱼捞了出来。失败了几次之后，他们把鱼全捞进两个涮拖把的水桶里，然后走回了码头，尽量小心不把水晃出来。

码头上有几条捕龙虾和鱼的小船随着涌浪晃来荡去，涌浪甚至深入到了港口，一阵刺骨的寒风掠过小海湾。羊头莫顿站在宪法码头边缘，把脑袋探入桶里，喊道：

你们都他妈自由啦！

然后把水桶倒干净。

鱼落入了水声中。

6

第二天晚上在“希望和铁锚”酒馆里时，他们又兴致勃勃地讲起了这事儿，只是越来越觉得丢脸。最后，吉米·比奇洛说他们得再去尼基塔瑞斯看看，把窗子给他修好。时间还早，店里的灯还亮着。窗子已经换好了，只是还没漆上字。

店里几个老太太正在炸锅旁忙碌，卖鱼的地方有个男孩，正在用力地擦拭展示架。羊头莫顿问尼基塔瑞斯先生在不在。小家伙不见了，不一会儿又从后屋回来了，带着一个小个子老头，干瘪的身子完好无损地保留着不苟言笑的特征——他年轻时是个石匠。他满头银发，皮肤和没能成功漂白弄干净的污浊一个颜色。他的黑眼睛潮湿空洞，身上有股烟草和茴香味。

尼基塔瑞斯先生，吉米·比奇洛说。

小伙子们想干吗？老头说，口音很重。听上去有些疲惫而恼怒。我今天过得糟透了。你们想要什么？

尼基塔瑞斯先生，吉米·比奇洛说，我们——

到那边那位女士那儿点单。

我们——

帕菲迪斯夫人就在那儿，他说着，用关节粗大的手指指了指，她会帮你们安排的。

我们是来道歉的，吉米·比奇洛说。

我们有个哥们儿，羊头莫顿开了腔。这次希腊老头没吭声。他背弓得厉害，很难看清他的眼睛，羊头莫顿给他讲故事时，他的眼睛在黑白地砖上打转。

讲完后，吉米·比奇洛说他们要向尼基塔瑞斯老头赔偿打碎的窗户，还有鱼和其他损失。

希腊老头迟迟不回答。他抬起眼睛环顾四周，转着头，轮流打量他们，轻轻点了点头。

他是你们的兄弟?

他和所有的移民一样，似乎对新掌握的这门语言最古老、最真诚的词语有着天生正确的直觉。他说这个词的方式，完全摒除了哥们儿这个词包含的那种不太可靠的含义。

是的，羊头莫顿说，我们的兄弟。

羊头莫顿掏出钱包。尼基塔瑞斯先生，我们该给你多少钱?

我叫马可斯，他说，叫我马可就行了。

尼基塔瑞斯先生，你家的窗户，是我们打碎的。

他颤颤巍巍地伸出苍老的手，摆了摆。

不用，他说，拿走吧。

他问他们饿不饿，没等回答，就说他们是客人，必须吃点。

坐下吃吧，希腊老头说，吃点吧，小伙子们。

他们面面相觑，不知道该怎么做。

你们是我的客人。说着，他拖出一把椅子，手放在吉米·比奇洛的肩上。请坐，他说，你们一定得吃。

于是，大家都坐了下来。

你们想喝酒吗?我有些红酒，你们会喜欢的。我没想到还会给客人上这酒，可别大惊小怪的，不过，小伙子们，你们想喝多少就喝多少。

他走到炸锅旁，盛了满满一滤网的薯条，走了回来。

你们喜欢小鲨鱼还是梭鱼？有人喜欢鲨鱼，但相信我，梭鱼刺多，这没错，但味儿香甜。非常香甜。你们一定得吃，他说，吃点吧。

他把鱼和薯条端到桌上，又到柜台后给小玻璃杯斟上红酒，也端了过来。然后，他在他们边上坐了下来。他们吃，他就听他们聊天。等到他们说够了，他就说这样的冬天意味着来年夏天杏树会长得很好，真的。接着他讲起了自己的生活，讲起了家乡利普索斯岛，那儿风景很美，日子却过得艰难。他还讲了身故的妻子，以及他们年轻时结婚前的生活。丰富的生活。美好的生活。真的。别人告诉他来他的鱼铺吃东西会很开心。他希望那是真的。

我真这样想，他说，那就是生活。

你有孩子吗？吉米·比奇洛问。

三个女儿，他回答道，都是好孩子。成了家，过得不错。还有个儿子。也是好孩子。好——

希腊老头结巴了一会儿，说得含糊不清，他的脸似乎颤抖地偏离了尴尬的主轴。他抬起骨节粗大的手指捂住了脸，犹如修剪了叶片的老杏树，枝条在秋日的劲风里瑟瑟发抖。仿佛他正在设法撑住自己的脸，使它回到稳定的样子。

一九四三年，他在新几内亚被杀害了，他说，在布干维尔岛。

店里慢慢空了下来，员工收拾干净，锁上门离开了，马路上渐渐消沉下来，唯有零零星星的车子溅水而过。店内，他们给希腊老头讲了许多事，一直讲到很晚，讲到所有酒馆都关门了。但他们不在乎。他们继续坐着。聊起了捕鱼、食物、风向和石雕；聊起种西红柿，养家禽，烤羊排，捕龙虾和扇贝；聊起说故事，讲笑话；他们的故事没什么意义，聊得欢畅才最重要；这本身就是一场脆弱而又美丽的梦。

很难解释炸鱼、炸薯条、便宜红酒在他们心里有多美妙。它们味道好极了。希腊老头给他们泡了咖啡，装在小杯子里，又浓又黑又甜，他给他们端来女儿做的核桃饼。一切既陌生又亲切。吉米·比奇洛想，简单的椅子坐得舒服，这地方也让人觉得不错，人又好，只要那个夜晚持续下去，世界上就再也没有他想去的地方了。

7

一九四八年秋，多里戈·埃文斯到了悉尼，从道格拉斯 DC–3 飞机上下来后，发现她在等他，这让他惊恐不已，又深受感动。日本人和德国人一九四五年就投降了，但多里戈·埃文斯还没有投降，短时间内也不打算投降。他勇敢地继续他的战争，抓住一切送上门的逆境、阴谋、紧急外交、冒险行动的机会。但不可避免的是，这样的机会日渐稀少。许多年后，他发现很难承认的是，尽管战争期间当了三年半的战俘，但从某种本质意义上看他是自由的。

于是，多里戈·埃文斯尽可能推迟回国，但在东南亚各个军队机构工作了十九个月之后——工作内容无所不包，如遣返回国、战争公墓和战后重建等事务——他已经囊中空空，要么继续走从军的老路，要么重拾平民生活的各种可能性。他不清楚这会有什么样的可能性，但它们突然吸引住了他，而军队不再像过去那样到处跑，败仗、胜仗，还有活着的人——活着的人！——不断地把已形成的东西撕成碎片，将坚实之物消融成空。财富、名声、成功、奉承——这些后来之物似乎只会加重他今后在平民生活中发现的那种无意义感。他永远不能承认，是死亡赋予了他生命的意义。

逆境能激发出我们最好的一面，日常生活却将我们扼杀，坐他边上的一个矮矮胖胖的战争公墓委员会军官说。此时 DC–3 正在悉尼上空的暴风雨中盘旋降落，颠簸得相当厉害。

他穿过停机坪，朝着一小撮他不认识的人走去，决心过上崭新的平常生活。毕竟自从他们最后一次见面至今的七年间，他克服了那么多艰难险阻，他决心凭着魅力和勇气面对这新生活，他知道时间很快就会将很久以前的荒唐冲刷殆尽。几乎所有的东西，或者说，他觉得几乎所有的东西，都会被冲去。

向前走。他低声对自己说，挤出一个他认为很迷人的微笑。向着风车冲锋。

一个传统意义上的漂亮女人挥动一只戴着手套的手，他知道这个手势传递的是一种传统的荣耀感：欢快，狂喜，释然，他觉得应该还有爱；他害怕那被辩护的忠诚。这些对他来说都没什么意义，因为他已置身其外。虽然经过寥寥数语，他认出了她的声音，但经历过潮气弥漫的亚洲，这里的夏日清风显得温和而空荡荡，不知何故，竟让人怅然若失，接吻之后，他仍无法记起她的名字。她的双唇干巴巴的，令人失望，就像亲吻尘土，谢天谢地，他总算想起来了。

艾拉，他说。

没错，他想，是这个名字。感觉比铁锈腐蚀得更严重。

哦——艾拉。

哦，艾拉，他更轻柔地说了一遍，希望只要将她的名字多念上几遍，舌头上就能再冒出几个词，关于这个名字和他，以及他们。但是没有。艾拉·兰斯伯瑞只是微笑着。

什么都别说，亲爱的，她说，别说虚假的话。我受不了虚假的人。

他说，可我就是个彻头彻尾虚假的人。我就是这样的人。

她又微笑起来，那种无所不知却又一无所知的乏味笑容越发令他不快，异常干燥的双唇告诉他一切都已安排妥当，他什么都不用担心。他想起一九四一年他向她求了婚，为了亲吻她的乳房。他终于记起，登船起航前的最后一次探亲，那是他和艾拉共度的最后一晚，他无法停止想念艾米。艾拉一直问他为什么不求婚，为了能喘上一口气，也为了逃脱对艾米的无尽思念和由此而来的负疚感，他努力想在这复杂的迷宫中找到一条路，通往艾拉的乳沟，他必须向她问出那个终极的谜语：艾拉，你愿意嫁给我吗?

她难道不知道他真实的想法吗？真的不知道吗?

在她的乳房间他并未找到遗忘。关于艾拉的一切只会使他愈发痛苦地念起艾米。那时他觉得羞愧，如今这羞愧更甚。

所以，我才这么爱你，阿尔文，她说。

阿尔文？他一时不明白她说的是谁，然后他才记起阿尔文就是他。那感觉也比铁锈腐蚀得更严重。

因为你什么都是，就是不虚假。

说完，她就将他紧紧揽入怀中，令人窒息却又无法逃脱，接下来几天里，他遇见的所有人全都毋庸置疑地接受了他们即将结婚的想法——毫无疑问，七年前在战争的阴影中，他即将动身前往海外时仓促做出的订婚决定，现在必然得出一个不再需要细想或重新考虑的结论。这期间他几经生死，而她唯一的生活——至少在多里戈·埃文斯看来是这样——就是想念他，可他根本认不出这份思念中的他。偶尔，他内心里也会觉得愤懑，想要反叛，可他又感到一种从未有过的疲惫，与他自己个人的、非理性的、毫无疑问是错误的恐惧感相比，让更广泛的共同意志来安排他的生活要简单得多。无论如何，他觉得他的头脑是一个充满恐惧的战俘营。他不希望赋予自己的头脑不必要的重要性。他看得出身边的许多人因为他即将成婚而十分兴奋，他们比他清醒得多，理智得多，于是他任由自己顺从于他们的清醒和理智，虽然这和他自己的古怪想法相左，但他希望他们能把他拉到一个崭新美好的地方。他的天性中有那么一股孩子气，对任何新奇未知的东西都会不可避免地产生好奇心，特别是那种令人恐惧的东西。没有什么比和艾拉·兰斯伯瑞结婚更令他恐惧了，所以三周后他喝得晕晕乎乎，穿上她给他选的那套新西装，跟她结了婚。他觉得他的那身打扮和他们在圣保罗大教堂的婚礼都是那么矫揉造作。

甚至还没接吻，他又把自己的名字给忘了，她身上的香粉气息让他迷迷糊糊的，后来，他总算想起来了。阿尔文，对，就是这名字——我，阿尔文，他说。他扭头看着她，她化着妆，装饰着蕾丝花边和橘黄色的花朵，但他只看见了她那张狭窄的脸和他总觉得有点让人厌恶的奇怪鼻子，还有那细长的弯眉，他看不到她半点吸引力。接受你，艾拉，他的声音既轻且柔，而即将成为艾拉·埃文斯的艾拉·兰斯伯瑞只是微漾笑容，双唇轻启，什么都没说。

我不是阿尔文，在婚礼的招待会上他想这么说，我是个彻头彻尾虚假的人。可他还是撒了谎，他说分离七年之后，爱情依旧存在，奥德修斯和他的随从也经历了神话般的七年。尽管与他真正相似的古典英雄是那头公羊——哄堂大笑——但艾拉就是他的珀涅罗珀，他很高兴最终抵达了他的伊萨基岛——掌声欢呼。

他的余生将会随环境与期望而定，将陌生的重负称为责任。他越是因自己的婚姻、因自己既当不好丈夫又当不好父亲而内疚，便越是拼命想在公共生活中多做好事。所谓的好事、责任，所谓的本可以一逃了之、如今却懒得逃离的东西，其实全都是他人的期望。而糟糕的、邪恶的是他自己，第一次和妻子之外的女人睡觉时，他这么想，那时他们的蜜月刚刚过去一个月，那女人是他妻子最好的朋友琼 · 纽斯泰，拥有令人迷醉的湿润双唇和调皮的笑容。在索伦托一间简陋的小屋子里，时值正午，所有人都恰巧跑到别的地方去了。

而万般的体验都是一座拱门，
未曾游历的世界从中熠熠生辉……

他对她轻声念着这首诗，手指上上下下摩挲着蚊帐，然后转过身，朝向她，低下脑袋，用下唇的边缘拨弄她深色的乳头，一边仍在她的乳房上轻柔呼吸，一边继续吟诵丁尼生的诗句：

……当我移步，
世界的边缘永远渐行渐远。

那天晚上他们在户外烧烤，因为挂在库尔加迪冷柜里的肉由于气温过高正在变质，尽管对肉的配给规定不久前已经取消，他们仍然觉得这么好的肉扔了实在可惜。他后来想，也许他喝得太多了，也许喝得还不够多，反正他头晕得厉害，肚子里也翻江倒海。他觉得隐隐横亘于他和艾拉之间的东西太大，根本不该出现在这儿，他觉得虚浮膨胀，神经紧绷，从今以后，他再也不想向艾拉隐瞒任何东西了，可琼·纽斯泰又忌妒多里戈关注的是她最好的朋友，他的妻子。他在干什么？他思忖着。难道他希望被发现吗？

牛肉在滚烫的赤桉木炭上炙烤，但他切下去时，肉还没烤好。那一刻，他的思绪又回到了那儿，那天他例行巡诊，穿过营区，开始第二轮诊疗，当时正逢季风雨，在“速度计”期间。当他走近溃疡病房时，整个人被腐肉熏天的臭气裹住。他记得烂肉的臭味太过刺鼻，吉米·比奇洛时不时得跑到外面去呕吐。

8

判刑后，崔胜明被转到樟宜监狱的P厅，日本人、朝鲜人，还有中国台湾人，所有的死刑犯都平等地关押于此。他领到一件脏兮兮的褐色囚服，上面标有英文字母CD。别人告诉他，字母的意思是他被判了死刑。崔胜明注意到那儿的每个CD都拼命想在余下的日子里做些什么活动，每个人似乎都既不沮丧，也不过分担心未来如何。他自己觉得身上的某种重压消失了，有些别的什么东西慢慢地、严严实实地包裹住他，仿佛一辈子的恐惧和自卑都消失不见了。那些东西再也没有任何意义了。因为现在轮到他要被宰了。

每天清晨，他们被赶出牢房，洗漱一下，开始又一天占据身心的无所事事。他们光着膀子坐在牢房中央闷热的活动厅，要么下围棋或象棋，要么把屈指可数的几本书或杂志翻来覆去地重读，要么独自枯坐。每隔几周，一个戴着银边眼镜的印度上尉就会拿着处刑通知前来，蝌蚪般的眼睛对着他们来来回回地缓缓扫视。俘虏们静静地等待着，恐惧得不敢动弹，想知道谁会死，听到不是自己而是边上的人被点了名，每个人都如释重负。

印度上尉第三次来的时候，崔胜明知道自己要死了，不是因为他有什么预感，在那个时刻，他似乎什么感觉都没有了。他也不是从别人递给他的那张纸条上知道的。他拿着那张纸，可他无法将自己和自己的生命同那张纸上所写的字关联起来。

他抬起头环顾P厅。那是一张纸，没有任何意义，而他是一个人。崔胜明认为，一个人是有意义的。崔胜明想说的是，一个人的生命里有这么多东西，这么多变化。一个人，不管好坏，都意义重大。这个毫无意义且永远不会变化的东西不可能终结他内心所有转变、变化的东西——好的、坏的、宏大的。

可它确实终结了。

其他人都大大地松了一口气，他感觉那如释重负犹如一股燃烧的火焰，这时他终于明白自己第二天一早就要被处决了。

监狱为四个将被处死的人提供了日本料理和香烟。一名佛教僧侣会列席。从未琢磨过宗教的崔胜明想起父亲（虽然他也没怎么念及过父亲）曾说过他是个天道教徒，这名佛教僧侣的在场令他大为光火。

崔胜明低头看着自己的米饭、味噌汤和天妇罗。他特别想吃母亲做的辣泡菜，他恨这淡而无味的日本料理。但憎恨与怒火眼下对他毫无益处。他吃不下这最后一餐。如果他吃了最后的一餐，那就真成了最后一餐了。如果不吃，那在吃之前他就不会死。在他决定哪一餐是最后一餐之前，也许还会有其他几餐饭。但他不同意这就是最后一餐。吃最后一餐就是同意他的死亡无可避免。他还没有对自己的死亡表示同意。

他抽着烟，一声不吭，其他几个要被处死的人聊起自己爱的人。

他不同意他们的那些话，也不同意那张纸，在它的映衬之下，他的生命仿佛是一股宇宙的力量。

饭后，他仍旧一声不吭，守卫抬了磅秤进来，放在地上，示意他站到上面去。他们称了崔胜明的体重，量了他的身高。他知道为什么，别人告诉过他。他们怎么知道的是个谜。他们告诉他时就好像对绞刑架的了解是从娘胎里带来的似的。

他们说，刽子手会按照他的身高体重来确定麻绳的长度和承重量，使之正确下落，确保力量最大化，在他摔下去的一刹那正好拉断他的脖子。刽子手会塞满一个和崔胜明体重相当的沙袋，再把它系在麻绳上，吊上一整晚，把绳子抻开，等明天崔胜明从活动板上掉下去时，绳子就不会往上弹。绳子不弹，他的脖子肯定会立马折断。

他记得有个日本军官在受刑之前的那天晚上表现出惊人的镇定。守卫过来帮他称体重时，他用磕磕巴巴的英语告诉他们他是为日本而死，让战俘拼命干活是为了天皇，他没什么好羞耻的。作为一名军人，他很清楚自己之所以会死，是因为他的国家战败了。

崔胜明也很想这样头脑清晰、坚定。日本人做到了，至少他过去一直觉得日本人做到了。如今他明白了用拳头打，用靴子踢，把战俘打得稀巴烂时的那种感受——澳大利亚人也做到了。每个人都做到了，世界上每个人都做到了。也许只除了他。

绞刑架在活动厅后面，崔胜明和另外三个人此时都坐在那儿，等待着最后一次被关进去。每到执行死刑的那一天，还没确认受刑日期的死刑犯们都会待在这座厅里，他们能听见受刑者走上绞刑架的脚步声和临终遗言。日本军官喊“天皇万岁！”，活动板啪地打开，便立刻传来一声沉闷的撞击声。

但他是一个朝鲜人，这样的态度对他有什么好处呢？崔胜明想。

他没为他的国家做过任何事，他的国家也什么都没为他做过。他没有特定的信仰。他想到他的父母，想象他们听到他的死讯时的痛苦，至于他的死因，除了每个月五十日元，他没法给他们一个更好的理由。

他们在死亡的前厅等待时，一个即将处死、名叫最上健二的守卫唱起了歌。他们曾在同一个战俘营里工作过。他们叫他山狮，他从没伤害过一个人，但他也得死。崔胜明记得有个澳大利亚人唱歌，他让那人别唱了，但最上健二唱歌，他什么也做不了。一个日本军官独自跳起了华尔兹。接着，他们被带回各自的囚房。

他睡不着觉。他几乎痛苦地感到活着、醒着，还想品尝、感知他生命中的每一秒。他时而处于没法逃脱的恐慌之中，时而又因拿不到五十日元而愤怒，为了不让自己的头脑在两者间疯狂摇摆，他尽力去回忆其他人是如何上绞刑架的。

伟大的朝鲜万岁！一个朝鲜人走上通往死亡的十三级台阶时这么喊道。

什么伟大的朝鲜？崔胜明不明白。我的五十日元怎么办？我不是朝鲜人，他自忖道，我不是日本人。我是一个殖民地的人。我的五十日元去哪儿了？他想知道。哪儿？

他的父亲是个农民，曾想让他接受教育，但那时日子艰难，他在小学读了三年，学了点日本神话故事和历史之后，就外出打工，去了一户朝鲜人家当用人。那家人给他提供食宿，每月两日元，还经常毒打他。那年他八岁。十二岁时，他去一户日本人家里干活，那家人也给他提供食宿，每月六日元，时不时揍他一顿。十五岁时，他听说日本人招守卫，去帝国其他地方的战俘营工作。月薪是五十日元。他十三岁的妹妹也向日本人报名去满洲国当慰安妇，报酬和他的差不多。她告诉他她会在医院里照看士兵，和他一样，妹妹很兴奋。由于他妹妹不会读写，后来他再也没从她那儿得到过任何音信，自从他知道了慰安妇是怎么一回事，他就尽力不去想她，如果想了，他希望她已经死了，为了她好。

他有许多名字，有朝鲜名崔胜明，在釜山时他们给他取了日本名三谷秋良，便于叫他；现在看守叫他的澳大利亚名，巨蜥。可他发现他不知道自己是谁。有些死刑犯对朝鲜和日本的战争、历史、宗教、正义等有自己强烈的看法。崔胜明意识到他对任何东西都没看法。但他觉得其他人的看法并不比没有看法强，那些并不是他们的看法，而是口号、无线电广播、演讲、军队手册宣扬的观点，他们在日本军队受训时挨过无数次毒打，把这些观点全都吸收了进去。在釜山，因为他说话声音太轻，站姿错误，那些人扇他耳光；因为他表现得太像朝鲜人，那些人扇他耳光；为了教他怎么扇其他人的耳光，怎么扇得尽可能狠，那些人扇他耳光。崔胜明恨极了。他想逃跑，回自己的家。但他心里清楚，如果逃跑，他会受到惩罚，更糟的是他家里人也会跟着遭殃。他们说扇他耳光是为了使他能成为强大的日本士兵，但他知道他永远都成不了日本兵。他会当个监狱看守，看管那些算不上人的人，那些选择投降而非死亡的人。

坐在死囚牢房里，崔胜明绝望地想要拥有一个自己的观点。他希望经过漫漫长夜，最终有个观点会降临到他头上，向他敞开，这个观点能让他理解、体会什么是平静。他希望能像日本军官那样信仰天皇，或像朝鲜守卫那样信仰朝鲜。或许他应该多要点报酬，不该只有五十日元。但那个观点没来，很快早晨到了。

牢房开始变亮，他想要平静下来，他需要小时候替日本人家干活时体会过的那种感觉。那家日本人的父亲是个工程师，在苏格兰受过训练。他穿格子花呢衣服，和英国人一样，有条宠物狗，它吃得比崔胜明好多了，日本人家用各种食物把它喂得饱饱的。那家人很爱那条狗，崔胜明的日常工作之一就是遛狗。那狗眼睛大大的，看崔胜明时脑袋动来动去，等着他再扔一条棍子过去。一天，那狗跟着崔胜明去市场上买东西。他抄近路从小巷子里走时，脚趾踢到了横在路上的旧砖块。他怒火中烧，捡起那砖块，狗看他的眼神充满了信任和爱意，脑袋晃来晃去，等着崔胜明把砖块像扔球或者棍子一样扔出来。崔胜明却把砖块狠狠地砸在狗的脑袋上，一下又一下，直到双手沾满了乌黑又黏稠的血和软骨。

他把狗的尸体卖给屠户，得了十日元，然后返回日本人家。空气甜丝丝的，一阵微风吹在他的脸上，凉爽又舒服，走过的每一个人似乎都在微笑，都很友好，他感受到了一种巨大的平静感和成就感。他是多么渴望那种感觉，渴望再次体会杀死另一个生物带来的那种奇异的力量和自由。但牢房没东西可杀，他没法重拾那种感受，其他人倒是可以从他的死亡中得到那样的快感，跟他杀死日本工程师的那条狗时的快感一样。牢房的光线更亮了，他先看见他的双手，然后是他的腿，再然后是他的脚，他突然觉得腹中涌起一股恐惧感。崔胜明知道，他再也无法在这清晨的光中看清自己了。

守卫过来带他去绞刑架，他拼力抵挡。他看见一只蟑螂，想把蟑螂杀了。但没时间了。守卫把他的双手捆在背后，叫来一个医生，通过翻译问他是否愿意服用镇定药物。崔胜明尖叫起来。他还是能看见那只蟑螂。他被强行灌下了四片苯巴比妥以舒缓他的神经，但他的身体太兴奋，他把药片都吐了出来。医生还没来得及给他注射吗啡，他就设法用鞋跟碾死了那只蟑螂。他觉得恶心，有些头晕，两名看守架着他出了P厅，向绞刑架走去。现在，一切都发生得非常快。他们走进院子，他看见两只沙袋靠在墙边。院子里有十几个人，或许更多，六个人在绞刑架上，多数人在底下。他们扶着他走上铺着草垫的斜坡，来到绞刑架前。绳子比他想象的要粗得多，他一时呆住了。那绳子让他想起船上的缆绳。粗大强壮的绳结让他感受到了一丝残忍的快感。他想对绳索说，我明白，你想要我。他的思绪平静，甚至隐约有一分愉悦，但他的脸抽动得厉害。好多人，没一个人说话，他的脸止不住地抽搐。在他旁边大概五米远，另一个活动板敞开着，已经打开过了，里面是一条紧绷的绳索。他意识到，绳子的那一头，看不见的地方，最上健二就挂在那儿。

有人问他是否有话要说。他抬起头。某处的钟声敲响。他想说他有个观点。有人轻轻地笑了。他低头看着那些士兵和记者。他没有观点。有人付他五十日元，五十算不上什么大数目，更别提什么观点了。五十日元什么都不算。他看见眼前的活动板上用粉笔画的线，他知道那是他双脚该站的地方。五十日元！他想说。士兵一直抓着他的胳膊。他能看见粉笔的尘埃，它们仿佛白色的巨石。他垂下脑袋，头罩落了下来。他闭上眼睛又睁开。过去几个月漫长得似乎没有终点，现在一切却发生得这么快。他能感受到头罩的帆布，不知怎么，黑得比他自己眼睛里的黑夜还要令人惧怕，他又闭上眼睛。清晨已经很热了。头罩里实在太闷。他感觉绞索落到头上，同时他意识到自己的两个脚踝也被绑了起来。他想让那些人慢点，再等等，但随着那些人动作果断地一抽一送，他感觉绞索勒紧他的脖子，他唯一能发出的只有不由自主倒吸一口气的声音。他觉得呼吸困难。他的脸失控地剧烈抽动。他甚至不能向那些人吐唾沫，就像他希望金黎被杀前做的那样。士兵押着他的胳膊让他向前踏了两步，他知道自己正站在活动板上的粉笔线上。他最后的念头是想挠挠发痒的鼻子，这时他感到脚下的地板突然消失不见了，只听到活动板猛地向下打开发出的撞击声。停！他想大喊。我的五十日元怎么办——

9

很多年过去了。他遇到了一个叫川端郁子的年轻护士，她的父母在战争末期神户的大轰炸中双双身亡。和平后，她弟弟饿死了。那座城市也成了一片残垣断瓦的荒原。郁子的故事实在太普通，她和其他许多人一样，觉得还是不说为好。

郁子的皮肤颇有光泽，右脸颊上有块很大的胎记，这两点不知为何打动了中村，虽然他自己不愿承认。她的笑容懒洋洋的，他觉得既撩人情欲，又使人恼火。她会用那样的笑容来结束他们之间的任何分歧，这既让他心里受用，有时也会让他觉得暗示了他一丝愚蠢和性格上的软弱。

中村通过郁子在医院里找了份工作，起先是当护工，之后在库房当办事员。他很乐意把黑市的那些买卖抛诸脑后，毕竟赚不到什么钱，还特别不安全，他始终最担心的还是被人曝光，交到美国人的手上。即便在干这份新工作时，他也会避免和他人接触，但那时候许多人都是这样，在中村看来，每个人似乎都明白为什么那么多人不想让别人了解自己。他搬去和郁子一起住，既为了远离人群，也为了有人陪伴。她身体健康，又很会持家，他很庆幸能找到这样一个有这些优点的女人。

他尽管一向喜欢独来独往，但也逐渐养成了和医院里一个叫佐藤亀谷的医生下围棋的习惯，好几年来，习惯变成了信任，接着又变成了沉默的友谊。来自大分市的佐藤对病人尽心尽责，他性格安静，为人谦虚，和其他医生不同，他有个怪习惯：从来不穿白大褂。佐藤的围棋水平远高于中村，一天晚上，当过兵的中村问外科医生下好围棋的秘诀是什么。

是这样的，木村先生，佐藤说，万物皆有其模式和结构。只是我们看不见。我们的工作就是发现那个隐藏的模式和结构，并在其中发挥作用，成为它的一部分。

很显然，佐藤看出这位老兵不怎么理解他的回答。于是，他用两根指头轻轻捅了捅中村肚子的一侧，继续说。

如果要切除阑尾，我会在这儿开刀，根据我在九州大学所学的模式和结构，把肌肉分隔开，切除发炎的阑尾，这样危险最小，对病人来说压力也最小。

接着，他们聊起了九州大学，它是日本最好的医科大学之一。中村记得在报纸上读过一则报道，说有些医生受到审判和监禁，因为美国人声称他们在不使用麻醉剂的情况下活体解剖美国飞行员。当时，报道和判决让中村相当愤怒，他又气愤地提起了这个话题，情绪激烈地说——

美国人在撒谎!

佐藤从围棋棋盘上抬起头，又垂了下去，落下一个黑子。

我就在那儿，木村先生，佐藤说。

中村盯着佐藤，直到谦逊的外科医生抬起眼睛，也瞪着他，眼神中带着怪异的决绝。

战争快结束时，我就在那儿实习，在石山福次郎教授手下干活。一天，有人让我去重兵看守的病房把一名美国飞行员带过来。他个子很高，鼻子极窄，一头红色的鬈发。他身上有一处伤口，是抓住他的士兵开枪打的，但他信任我。我把轮床推过去，他自己躺了上去。有人告诉我不带他去手术室，而是要带到解剖学系的解剖室去。

中村一下来了兴趣。

去那儿？

到了那儿，他还很信任我。我指了指解剖台。屋子里挤了好些医生、护士和其他实习医生，还有几个军官。石山教授还没来。美国人其实是自己站起来，然后躺到那张解剖台上的。还冲我眨了眨眼睛。你知道美国人是怎么眨眼睛的吧。一边眨眼，一边笑。就好像我在和他开玩笑似的。

中村说，接下来，他被麻醉，石山教授给他的伤口做了手术。

佐藤的手心还捏了一颗棋子，大拇指来来回回摩挲着棱镜形状铿亮的表面，似在按摩一只黑色的盲眼。

不，佐藤说，两个护工用皮带把他的四肢、躯干和脑袋绑在解剖台上。这期间，石山教授到了，开始对其他人讲话。他说解剖活体有助于获取重要的科学数据，能在接下来的大型战役中帮助我们的士兵。这样的工作并不容易，但所有伟大的科学成就都需要牺牲和奉献。通过这种方式，他们作为医生和科学家可以证明自己有能力为天皇效劳。

中村看着围棋棋盘，但思绪早已不在下棋上了。

我记得我曾为能在那儿感到骄傲，佐藤说。

对中村来说，佐藤所说的一切他完全理解，毕竟，同样的论点，只是根据不同情况做了相应调整，也决定了他的整个成年生活。尽管他没仔细想，但佐藤故事里那种熟悉的模式和节奏让中村确信，即便石山教授不使用麻醉剂，他的行为也是正确且合乎道德的。

美国人还是没有挣扎，佐藤说，他做梦也想不到即将发生在他身上的事。石山教授动手之前，我们朝那名病人鞠躬，就好像那是一台普通的手术。也许这让他放心了。石山教授先切开了他的腹部，切除部分肝脏，然后缝合伤口。接着，他又切除了胆囊和一部分胃。起先，美国人看上去是个聪明、有活力的年轻人，现在却看上去衰老又虚弱。他的嘴里被塞了口衔，但他很快就叫都叫不出来了。最后，石山教授取出他的心脏。心脏还在跳动。他把它放到天平上，天平颤了颤。

佐藤的故事犹如升腾的河水漫过裸露的巨石般，从中村身上漫了过去。它在他周围流淌，然后冲过他的身体，最终漫过了他。但他的内心不为所动。尽管这意味着美国人说的话句句属实，他，中村，全都错了，但这么做的理由在中村看来完全合理，他觉得把一个意识清醒的人切割的故事没什么好大惊小怪的。

这件事让人觉得奇怪，但一开始我也没有多想，佐藤继续说，毕竟，那是战争。接下来的几天，又对另外几名飞行员做了其他手术，一个人被打开了纵隔，另一个人脸部的神经根被切断。在我参与的最后一例手术中，那个军人的颅骨上被钻了四个孔，然后往大脑里插入一把刀，看会发生什么。

他们在为员工修建的一座小花园里下棋。时值春季，在佐藤说话的间歇，中村能听见傍晚的鸟鸣声。花园里有棵枫树，将最后一抹余晖变成了丝丝缕缕明暗交错、闪烁着的光点。

战后，石山教授在监狱里上吊自杀了，佐藤说，他们抓了其他几个人，判处死刑，然后又给他们减刑，最后把他们全都释放了。有一段时间，我想我也会受审吧，但现在，都已经过了这么久了。美国人想要忘却，我们也是。

佐藤把正在读的那张报纸推给中村。

看看这个，他说。

他指着一篇带照片的小文章，讲的是日本血库创建者内藤良一先生的慈善工作，他的公司买卖血液，办得很成功。

我有同事在满洲国和内藤先生共事过。内藤先生是他们的领导者之一，我们最优秀的科学家在那里做类似的工作。活体解剖。还有其他许多事情。在俘虏身上试验生化武器、炭疽病毒，据说还有鼠疫病毒。还在俘虏身上试验火焰喷射器和手榴弹。这是一项规模庞大的行动，受到最高层的支持。今天，内藤先生成了广受尊敬的人物。为什么呢？因为无论我们的政府还是美国人，都不想再把过去挖出来。美国人对我们的生化武器研究感兴趣，这能帮助他们做好和苏联人开战的准备。我们在中国人身上做生化武器实验，他们想要用在朝鲜人身上。我的意思是，如果你运气不好，或者是个无足轻重的小人物，或者你是朝鲜人，就会被绞死。但美国人现在想做的是生意。

我们也都是战争的受害者，中村说。

佐藤没说话。中村发自内心地觉得，他和日本人民一样，是被诬陷的善良、正直的好人。是受害者，没错，他、郁子，他那些被处死的战友，还有日本本身。这样的感情解释了发生在他身上的一切，甚至给他的秘密、逃避、伪造身份、与他人渐行渐远的悲惨生活增添了几分光彩。但佐藤的故事又让他觉得兴奋，仿佛其中有一个神圣的解放事业的远景。

你知道地震快结束时那个奇怪的声音吗？佐藤问。他疲倦的脸笼罩在逐渐暗淡的光线下，逐渐变得幽暗。他继续说，震动和疯狂的晃动之后，所有的东西——挂着的画、镜子、窗框里的玻璃、钩子上的钥匙，所有东西都在颤动，发出奇怪的声音。在屋外，你了解的每一样东西都永远消失不见了。

当然，中村说。

就好像世界正在发出闪烁的声音。

对，中村说。

当解剖室天平上的不锈钢盆被美国人的心脏震得啪嗒作响时，就是这样的声音。就好像世界都在颤抖。

佐藤的脸上漾起奇异的笑容。

你知道他为什么信任我吗?

石山教授?

不，那个美国飞行员。

不知道。

因为他以为我穿白大褂意味着我会帮助他。

10

中村和佐藤后来再没说起过佐藤的过往，但他的故事里有什么东西开始困扰中村。随后几个月，他们下围棋的次数越来越少。这位外科医生以前在中村眼里是个和善又有趣的伙伴，现在却不知为何变得沉闷乏味，下棋也成了不得不忍受的负担，而非值得享受的乐趣。令人奇怪且无法解释的是，他觉得那种感觉变成了相互的。佐藤不再到库房的办公室来和中村抽烟，中村也会避开医院中佐藤有可能出现的地方。最后，他们不再一起下围棋了。

和佐藤疏远之后，中村和其他人亲近起来，他发现自己内心的力量不知何故变得更为真实，也更像一个人了。他逐渐理解到有许多人像他一样将自己视为战争的受害者，他们骄傲、善良，尽忠职守，不愿蒙羞。他意识到一个时期结束了——那时没有人是自己所称的那个人，没有人是他们表面看上去的样子，每个人都只记得可以谈论的事情。随着最后一名关在牢房里的战犯获释，中村不再隐姓埋名，他决定承认真相，过上有尊严的生活，于是改回了自己的真实姓名。第二年，他和郁子结了婚。

他们有两个女儿，都很健康，在成长的过程中深爱着她们温柔的父亲。小女儿冬子六岁时被校车撞倒，差点死去。冬子那时候最重要的记忆是父亲没日没夜地陪在她的床头，垂着头。在两个女儿看来，他是来自另外一个世界的人，扣错衬衫的扣子，忘记系皮带，生怕伤到蜘蛛或蚊子，他会抓住蜘蛛放到外面去，他也不愿把蚊子拍死。

他变成了一个他理想中的好人，只有他能感觉到这种转变的奇怪之处。这是否虚伪呢？是不是在赎罪呢？负罪？羞耻？刻意而为，还是无意为之？谎言，还是真实？毕竟，他见识过太多死亡，有时候他甚至觉得自己或许和某些人的死亡有关，这么想的时候他有种野蛮的自豪感，这是一种毋庸置疑的感觉，丝毫没有矛盾之处。但他觉得他没有责任，时间侵蚀了他对所犯罪行的记忆，反而滋养出种种行善的故事，以及情有可原的场景。随着时间的流逝，他发现没有困扰的记忆反倒使他产生了困扰。

一九五九年春，中村应聘了日本血库的一个职位，他这么做更多是出于好奇，而非乐观的心态。令他吃惊的是，他竟然得到了面试邀约。一个冬日早晨，他一大早坐火车去了大阪。到了日本血库总部，他一直等到近午饭时间，才被领入一间宽敞的主管办公室，而他原以为会在一间会议室。落座后他又等待着。办公室里没人。一刻钟后，他身后的门打开了，一个声音告诉他别转身，继续坐着就好。他觉得手指从他的后脖颈上呈弧形掠过。然后，在他身后，一个男人的声音开始吟诵：

海行兮，愿为水中浮尸，
山形兮，愿为草下腐尸……

中村当然知道《海行兮》，这首古老的诗歌在战争期间几乎家喻户晓，广播里每一次宣告战斗时，都会播放这首歌，广播总是一成不变地宣告日本士兵死得其所，而非耻辱投降。中村吟诵了末尾的两句，好像它们是一个暗号：

大君身边死，
义无反顾。

他感觉到那只手又落在他的脖子上。

这么好的脖子，了不起的脖子，他身后的那人说。

中村转身抬起头。那人头发变白了，一根根刺着，身形更结实了，可那张脸，尽管有些下垂，还微微笑着，但仍旧像是鲨鱼鳍。

我一定得看你的脖子。我一定得确定你就是我认为的那个人。你看，我一点都没忘记。

幸田捕捉到中村询问的眼神，解释道。

几个满洲国的老战友觉得我可以在这儿做些有用的事。

接下来的面试草草过了，似乎一切老早就已安排妥当。他准备离开的时候，幸田祝贺他获得了新的职位。那天晚上回家后，中村把这事说给郁子听时，差点没抽泣起来。

他问郁子，你怎能预料到会有这样的善举？

几十年后，一名年轻的日本民族主义记者大友太郎希望能纠正人们对日本在大东亚战争中扮演的角色的许多误解，便去采访已一百零五岁的著名老兵幸田四郎。他读过二十世纪五十年代末幸田在一些禅宗杂志上发表的几篇文章，讲解了日本武士道内在的精神根源。幸田认为，受禅宗启发的日本人正是因此才认识到，生与死之间毫无分别，所以尽管物质匮乏，他们仍旧拥有可怕的军事力量。但当大友太郎和病房的医护人员及当地的电视台工作人员前去祝贺他一百零五岁寿辰时，他却并不在家。

大友太郎年纪轻轻，很有干劲，他执意坚持，甚至拜访了幸田的长女凉子，向她表明了自己的善意，希望通过她能见到那位老兵。但凉子却给大友太郎泼了冷水，说她父亲不会和陌生人说话，尤其是谈论战争和当时服役的情况，这段历史很容易遭到歪曲。他如今年事极高，只想当个活菩萨，她就是这样告诉大友太郎的。

大友看出凉子显然对她父亲没什么兴趣。于是他决定最好不去理会她，便和几个信奉民族主义的朋友开始组织活动庆祝幸田的一百零五岁寿辰。这是一场尊重和崇奉老兵的活动，也会向民众宣传日本二十世纪战争时期遭人误解的精神根源。但大友每次去拜访幸田时，似乎总是没人在家。

凉子的举止和幸田不开门的奇怪举动开始让大友太郎觉得不安，一天晚上，他和老同学——如今已是警督的桥本武——喝酒的时候，说了很多。

桥本听出了异样。经过一些周折，他设法查阅了社保记录，发现凉子在父亲的事务上拥有全权代理权。两个月前，幸田的账户被人取出了两百万日元。桥本获得搜查令，前去搜查了幸田的公寓。公寓就坐落在城里以前还算不错的地方，曾经时髦的居民区已年久失修。底楼之上的外墙用螺栓随意固定了一些铁条笼，用来接一些掉落下来的灰泥。由于电梯门打不开，桥本和手下的三个人只能爬楼梯上了七楼。

公寓内的书架上摆满了诗集，桥本发现床上躺着一具老人的干尸。没有气味。他已经死了很多年了，桥本心想，也许几十年。桥本武伸出左手，慢慢地揭起印花床罩。缓慢腐烂的尸体流出的体液在床单上留下了厚实的深色污渍。在这层光晕之中，躺着幸田四郎，皮肤犹如羊皮纸般覆盖在骨架上。

如今已归西天的活菩萨身边的床头柜上，有一本老旧的芭蕉的著名纪行书《奥之细道》。桥本打开书，有一页夹了一片干枯的草叶，他翻到那一页。

他读道，日日夜夜皆永恒的旅客，流逝的年岁亦如此。

11

作为指挥官，这应该是约翰·梅纳杜的工作，但他没心思做这事；他对什么都没心思，无论是在铁路线上，还是回澳大利亚之后。多里戈·埃文斯收到了一封牛肉粉贝克写来的信，信中说，他听说没人去看过彩虹杰克的遗孀，约翰·梅纳杜应该把保管的勋章给她，但看来根本就没送到她手上过。于是，蜜月回来后过了几个月，多里戈·埃文斯乘坐澳大利亚国家航空公司的飞机去了霍巴特，对他来说，婚姻不过仅此而已，没什么值得他追寻的。他在与尼基塔瑞斯鱼铺隔两扇门的一家酒馆里找到了约翰·梅纳杜。

在丛林里的时候，约翰·梅纳杜发现自己根本就不是个当领导的料。有的人，像“大佬”，就能当领导，约翰·梅纳杜心想，但他不行，这有点奇怪，因为他父亲曾告诉他，他是个当领导的料，领导力只和性格有关。在赫钦斯学校上学的时候，别人告诉他，他是个当领导的料，因为只有领导才能入读赫钦斯学校。别人告诉他，当领导是他天然的宿命，因为所有天生能当领导的人都有这个天然的宿命，赫钦斯学校里的男孩都是这样。世界就这么不停地告诉他，并且由于他读的学校以及社会关系，他那毋庸置疑的品性和不可逆转的宿命，约翰·梅纳杜直接去上了军官学校。约翰·梅纳杜相信这一切都是真的，是不证自明的，自己就是个领导者，直到上了铁路线。后来，他发现他最关心的不在于帮助他人，而是保住自己的命，父亲关于性格的说法没错，但看错了他的儿子。

约翰·梅纳杜能理解权威。那天，约翰·梅纳杜就坐在与尼基塔瑞斯鱼铺隔了两扇门的酒馆里，面前放着梭鱼鱼排，他那帅气的长相依然如故，生活也依然如故，但他知道自己其实一无所有。他不明白为什么多里戈·埃文斯这样的人有领导力，这家伙就是个卑鄙可耻的花花公子，长相丑陋，为人孤僻，喜欢躲在人群里，对任何权威都不放在心上，自己却会假借上帝之名发号施令。他把帮约翰·梅纳杜的忙变成了一件无足挂齿的小事。

对不起，约翰·梅纳杜对多里戈·埃文斯说，我去看莱斯·惠特尔的夫人了。那种事我干不了第二次。你记得莱斯吗？

记得。他是在《魂断蓝桥》里把罗伯特·泰勒演得惟妙惟肖的那个人。这么多人里面，他和彩虹杰克演对手戏，对不对？

我不记得了。你听说过他是怎么死的吗？

没有。

他最后去了日本的营地。在内海底下的煤矿里给日本人当奴工。他们都饿得半死。战争结束时，美国佬把物资空投给了那儿的战俘营。“美国解放者”投放的是四十四加仑铁桶，里面塞满了吃的。它们慢慢地飞下来，像夏天的蒲公英那样轻盈，有人这么说。到处都是人，大家都很兴奋。后来，四十四加仑铁桶下落，砸到了屋顶，所到之处都砸了个稀巴烂。一个装满好时巧克力的四十四加仑铁桶正好落在了莱斯·惠特尔身上，把他活生生给压死了。

他把一只鞋盒递给多里戈·埃文斯，鞋盒里有几条绶带和勋章，都卷在了一起。盒盖上用胶带粘了彩虹杰克夫人的名字和地址。

那算是什么死法呢？约翰·梅纳杜说着，目光盯着鞋盒。饿得奄奄一息的人被吃的东西砸死了？而且是我们自己人干的？被好时巧克力砸死了。真他妈的啊，多里戈，都是好时巧克力干的好事。你会怎么说？

你是怎么说的？

说正确的话。撒谎。她是个很端庄的女人，矮矮胖胖的，但很端庄。她听着我撒谎，很长时间都没说话。然后她说，我从来就没真正了解过他，真的。很悲哀。我还想去了解他呢。

彩虹杰克的夫人就住在内卡附近几英里远的地方，村子坐落在半山腰的森林里，下方就是霍巴特。听见多里戈·埃文斯在问路，酒吧服务生把他介绍给了一个小个子男人，那人开着瀑布酿酒厂的卡车，要去那个方向送货。他可以把多里戈放下来，两个小时后回家，再来接他。

出霍巴特没多远，下起了雪。卡车挡风玻璃上只有一根雨刮器在动，在冬日的世界里扫出了一小片圆锥形，桉树和树蕨上积了新下的雪，朝着马路倾斜。一切都银装素裹，多里戈·埃文斯发现自己的思绪也随之消融在了雪色里。他伸出一只手，手指探入空中，想看看还有没有其他不了解的方法可以阻止股动脉的血流尽。他的手指推撞着空荡，寒冷，雪白，虚无。

够冷的吧？酿酒厂司机说，他注意到多里戈的手指一直在动来动去。他从方向盘上抬起一只戴着羊毛手套的手，说道，所以我就戴这个，不然准得他妈的冻死，南极的斯科特，就是我，哥们儿。

他们往山上驶去，穿过蕨树村，经过内卡。驶到农场最远的那头，酿酒厂司机把多里戈·埃文斯放在了农场入口，入口处由两根缀满了苔藓的绿色柱子和一扇断开的门构成，那扇门就躺在白雪覆盖的小径边上。农场一派凋敝景象，雪片纷纷扬扬，白茫茫一片，万籁俱寂，使这地方有种废弃之感。篱笆和畜栏歪歪扭扭地斜倚在那儿，有几处干脆就倒伏在了地上。牲畜棚显露着倦怠感，一间用竖板条搭起来的小烘干房已经塌陷。

他在一间水泥砌的小奶棚里找到了她，她正在搅奶。她穿了条棉裙，上面绘有飞旋的红色木槿，身上套了件自己织的羊毛衫，手肘处已经开线。她光着两条腿，腿毛没剃，都是瘀青。他觉得她脸上仅存一丝破碎的希望，嘴唇的线条颤颤巍巍，到了两端便分开来，成了细细的线。

他报上姓名和部队番号，还没来得及说其他的，她就领他穿过厨房进了客厅，厨房中央的燃灶噼噼啪啪地响着，很暖和，客厅里却又冷又暗。她称呼他长官。他说不用客气，她便称他埃文斯先生。他坐在一把堆满了东西的潮乎乎的扶手椅上。

视线穿过厅堂和一扇敞开的门，他看见镶了珠子、漆了米黄色亮光漆的护墙板一路伸到天花板，前面有一张铁床。他希望她和杰克在一起的时候有过一些快乐。他想象得出冬日夜晚他们在一起的情景，再过短短几个小时，冬夜就要来临，他们俩在一起很温馨，或许还一起看着卧室里的火焰燃成灰烬，杰克抽着长红牌香烟吞云吐雾。

12

我们有五个孩子，她说，两个男孩，三个女孩。小格温妮和她爸就像一个模子里刻出来的。老幺泰瑞是杰克走之后出生的，从没见过他爸。

长时间的沉默。多里戈·埃文斯从做手术的过程当中学会了等待别人说话，说出自己真心想说的话。

我受不了一个人的日子，她最后开了口，一个人，我觉得好害怕。他打仗时，不在家的日子我就和孩子睡一起。一回忆起过去，她就漾起了笑容。我们六个全挤在床上。很荒唐，是吧？

水壶发出哨音，她进了厨房。他后悔让她把他的军大衣给拿走了。她回来的时候端着一只破了口的绿色搪瓷茶壶，还有一块大奶油蛋糕吃剩的残余。

下了雪，就很安静，她说，雪像一条厚厚的大毯子。所以我就喜欢孩子在身边。但小的今天在杰克姐姐家，大孩子在上学。她顿了顿。杰克很喜欢下雪，但是，天哪，我有时真的觉得害怕。

她把蛋糕递了过去，他没要。她把放蛋糕的盘子搁在靠墙的桌子上，用食指把边缘的碎屑往盘子里扫了会儿，然后，头也不抬地说——

你相信爱情吗，埃文斯先生？

这个问题出其不意。他知道没必要回答。

因为我觉得你得去爱。爱不是别人给你的。你得去爱。

她停了下来，也许是在等一句评语或断语，但多里戈·埃文斯什么都没说，她似乎更大胆了，又继续说。

我就是这样想的，埃文斯先生。

请叫我多里戈。

多里戈。我真的是这样想的，多里戈。我觉得杰克和我，我们会去爱。

她坐了下来，问他是否介意她抽烟。杰克在的时候，他像蒸汽车般吞云吐雾的时候，她从来不会这样抽烟，她说，可现在，他不在这儿了，似乎有了烟，他就在了，能起到点作用。

是长红牌，嗯？她说着，从鲜红的烟盒里取出一根烟。杰克不抽忍冬。抽高档一点的，可以弥补霉运。杰克这人向来有点傻里傻气。带点傻气，和一个嘴甜的女人喝得醉醺醺，他过去常这么说，哪个傻子会不开心呢？

她吐了口烟，把香烟放到烟灰缸里，盯着看。她头也不抬地说，你相信爱情吗，埃文斯先生？

她在烟缸里把烟屁股揉来揉去。

相信吗？

他想，外面，在这座山和山上的大雪之外，还存在着一个世界，那儿的人多到不可胜数。他能在城市里、热浪中、光亮下看见那些人。他能看见这栋房子，偏远，孤零零的，如此遥不可及，他有一种感觉，对她和杰克来说，这房子就是一个宇宙，他们俩就在宇宙的中心，尽管只有短短的一瞬间。有那么一刻，他就在康沃尔国王酒店里，和艾米在房间里。在那个他们认为属于他们的房间里，有大海，有阳光，有阴影，法式对开门上白色的油漆片片剥落，门锁锈迹斑斑，午后三时的清风，夜间拍岸的海浪——他记得那景象也像是宇宙的中心。

我不信，她说，是的，我不信。爱情这个词太小了，你不觉得吗，埃文斯先生？我有个朋友在蕨树村教钢琴。她很有音乐天赋。我这人五音不全。但有一天，她告诉我，每间房间都有一个音符。你自己得去找到它。她唱了起来，起起落落的。突然，一个音符回到我们身边，从墙上弹落，又从地板上升了起来，整个空间都充满了美妙的嗡鸣声。多美的声音啊。就像你抛出一颗李子，一个果园回到了你的身边。你怎么敢相信呢，埃文斯先生。两样完全不同的东西，音符和房间，找到了彼此。听上去……完全相符。我是不是很荒唐？你是不是觉得那就是我们所说的爱情，埃文斯先生？是那个回到你身边的音符，你哪怕不想被找到，它也会找到你。有朝一日，你遇到了一个人，每一样东西都会以一种奇怪的方式回到你身边，还发出嗡鸣声？那就对了。很美。我解释得一点都不好，是吧？她说。我这人不是很会讲话。可我们就是那样的。杰克和我。我们其实并不了解彼此。我不确定我是否喜欢他的一切。我觉得我身上有让他生气的地方。但我就是那个房间，他就是那个音符，现在，他走了。一切都安静了。

那时我和杰克在一起，多里戈开口说道，直到最后一刻，他特别想抽一根长红牌香烟。

13

床垫凹凸不平，中间还有个小凹坑，里面胡乱填了件北霍巴特足球队的套头衫。他转了个身侧躺着，让身子顺着轮廓线，顺着干涸的河床与平原、斜坡与洼地移动。让自己和垫子的形状贴合好之后，他便往她身上靠过去，用膝盖从下往上顶开她的膝盖，大腿垫在她的大腿下，胳膊肘放在她的胯骨上，手伸到她身前，用这种方式将她抱住。能将困扰他俩的这么多事情悉数讲出口，又丝毫不跟语言混淆，确实让人松了一大口气。她受不了独自一人。或许他们同床共枕是为了取暖。或许他们搂住彼此就是为了对抗沉默，希望那个声音能再回来。两个人都知道，躺在身边的那个人心里明白那声音再也不会回来了。他能听见雨雪开始掠过锡皮屋顶。和她在一起很温暖，这就够了。或许，那就是全部。他感受到了没有尽头的时间。到七月份，他就三十四了。他们搂在一起，没有说话，直到听见车道尽头酿酒厂卡车的喇叭声响起。

他离开后，她把勋章全都倒入了火堆里。几天以后，她把灰烬耙出来，有那么一刻，她不敢确定壁炉盘上那块熔渣究竟是什么东西，然后她就把那东西扔进了鸡窝里。十九年后，一九六七年的那场大火横扫一切，将一切夷为平地。啤酒花农场当时由她的儿子经营，她的那栋木屋和他后建的砖房，她和杰克的相片，一切都燃成了灰。那块原本是勋章的熔渣半掩半埋在原本的鸡舍里，又落了一层灰烬。又过了一些年之后，上面长出了水蕨、山茱萸和桃金娘，直到这原本是杰克的梦想生活之地成为一片森林，森林落下叶子、树皮和树枝，随着时间的流逝，层层叠叠的腐土、泥炭和新生命的底下，灰烬消失不见。

她和一个年纪比她小的男人结了婚，男人对她好，她也对那男人好，但同彩虹杰克和她那时候相比不是一回事。他在一次拖拉机事故中去世，于是她又比那男人活得久。

生命即将终结之际，她意识到自己再也记不得杰克的模样了。记不得他的声音、气味，外面下雪时，他是怎么搂着她、抚摸她，又是怎么抽着长红牌香烟吞云吐雾的。有时候，她睡着了，却觉得自己闻到了他抽的长红牌香烟的那股烟味儿。有时候，她回忆起房间的嗡鸣声。但她无法留住那气味，那想法，那声音，睡眠将她带往更深的地方，越来越远。她一直在回忆，除了有那么一段时间，很短的一段时间，她并不觉得孤单和寒冷，其他的她什么都不记得。

卡车沿着山路往回驶去，多里戈·埃文斯和酿酒厂的卡车司机聊了起来，陌生人之间时常如此，他随便说了说自己为什么要来这儿。

他们之间有些事很了不起，他说，他死了，我活着，但他有的东西我从没经历过。

什么东西？

他们是夫妻，多里戈·埃文斯说。

夫妻，酿酒厂司机说，我妈和我爸，他们也是夫妻。我和我老婆，嗯，我们是“诺曼底登陆”。每天都是。

他踩了两次离合器，几乎站到了刹车板上，使卡车减速到了爬行的速度，以便过一条U形弯道，穿越森林的这条路蜿蜒曲折，有无数U形弯道。道路变直后，他把卡车挂回二挡，又继续说。

夫妻？我的意思是，不对。她是个好女人。但爱情呢？

爱情，多里戈·埃文斯说，对，我猜那是爱情吧。

酿酒厂的卡车司机一直思考着这问题，琢磨了好几英里地。后来他说：

说不定很多人根本就没经历过爱情。

这想法从没出现在多里戈·埃文斯的头脑中。

也许不是这样。

也许，我们就是这样得到了自己的脸，自己的生命，自己的命运，自己的幸福和不幸福。有人得到很多，有人得到很少。爱情也一样。就像喝啤酒的玻璃杯大小不同。你杯子里有很多，你杯子里很少，你喝了，就没了。你先是知道这一点，可又不知道了。也许，我们什么都掌控不了。没人可以像砌墙、造房子那样把爱情弄出来。他们爱上了，就像着凉感冒一样。爱情先是会把他们整得很惨，然后就走了，还假模假样地说那是一条通往地狱的路。

就这些?

她就这么过着，卡车司机说，你说你是哪儿来的?

内陆。

我也觉得，卡车司机说，对他来说，这个信息既可以解释，也可以终结这场过于私密的谈话。

下午飞墨尔本的飞机倾斜机身，转弯，平稳飞去，透过舷窗，多里戈·埃文斯可以看见白雪皑皑的山脉映衬着湛蓝晴空。世界存在着，他心想。仅仅存在而已。然后，世界消失在一片白茫茫之中，他发现自己的思绪也随之而去。他伸出一只手，将手指探入空中，仿佛还能及时找到那条股动脉。

你能感觉到从这儿传来的一股寒意。庞大的螺旋桨引擎震耳欲聋的勃动营造出蚕茧般温馨的气氛，从中传来了一个动听的声音。多里戈·埃文斯转过身，这才意识到身边坐着一个迷人的女人。她身上那件矢车菊蓝的提花衬衫刚好露出一抹乳沟，白皙的乳房高高地挺立着。

能感觉到，他说。

你去哪儿？她问。

他笑了笑。

你的手看上去都冻僵了，她说。

她就这么过着，他说，突然意识到自己的手指正往外伸，推撞着空荡，寒冷，雪白，虚无。

伍

人生在世
行走于地狱的屋顶
凝望花朵。
——小林一茶

1

中村天智为了招聘财务副经理，参加了一次长时间的面试，结束后，他揉着僵硬的脖子，发现上面竟然多了个肿块，在此之前，他的嗓子已经莫名其妙地嘶哑了好几个星期。他没怎么留意，他也确实没时间去留意。他在人事部门的工作比往常都要忙，而且他还在排队申请高级经理一职，就更不值得考虑生没生病的问题了。

但他的嗓子越来越疼。等到开始觉得吞咽食物都疼时，他就把饮食量降到最低，主要靠喝味噌汤维持。直到开始咳血，他才不敢怠慢，去看了医生。诊断相当明确：中村得的是喉癌。

肿瘤切除后，尽管说话的嗓音受到手术的一些影响，中村仍从容地接受了这个打击。他把自己看成一个幸存者，将现在那种尖细的嗓音视为某种荣誉的标志。他觉得那是上天对他的眷顾，眷顾的程度完全超越了想象。但三个月后，他用手指摸脖子时，又摸到了一个小肿块，绷得紧紧的，感觉很怪。他没把这事放在心上。但那个肿块不断变大，更多的手术和放疗使他变得很虚弱，比实际年龄苍老了许多。他的唾液腺有强烈的烧灼感，现在只能吞流食，可即便那样也很困难。通过这次折磨，他认识到郁子是个多么非凡的女性。因为她全身心地投入到对他的照料之中，始终都是那么轻柔欢快，似乎对他干巴巴的、散发着臭味的身体毫不在意。从痛不欲生的治疗中逐渐恢复过来的时候，他渐渐意识到她身上的味道那么清新好闻，她的皮肤也仍旧那么富有光泽，就好像她的整个身体就是美好的总和。有时候，她洋溢着的健康令他难以承受，这种健康完美地体现在她那仿佛时时刻刻都流露出的慵懒笑意中。

每天清晨去上班之前，她都会早起两个小时，看他有什么需要，帮他打理好。他很欣赏她那务实的天性，但他最爱的还是她的陪伴和抚摸。过了一段时间，他会想方设法让她坐在自己身边，用她的指背轻柔地摩挲他的脸颊。尽管她觉得这样坐着什么也不做——她就是这么说的——简直是在浪费她的时间，但这种无所事事却是中村生命里的头等大事。这样他就不会觉得恐惧，疼痛也得以忍受，他不明白自己怎么能这么长时间无视妻子的善良。

而且，不止于此：他妻子的善良也将他内心的善大量激发了出来。他以忍耐与幽默来对待自己的病痛。他会花时间去看望那些病得比他还重的人，甚至还为一个给老人送饭的慈善机构工作。他对所有人都更和善、更体贴：无论是家人、朋友、邻居，还是陌生人。中村天智对自己心中竟有这么多的善意也感到震惊。他断定，自己就是个好人。这个想法在他面对癌症时为他带来了巨大的安慰和平静，这一点令所有了解他的人都很惊讶。

2

那段时间，中村天智虽然虚弱，却还是在恢复体力，当他意识到自己这辈子受到了太多的眷顾时，他收到了友川亚纪寄来的一封信，友川亚纪是他建造铁路时排里的一个士兵。他的这个老部下多年来一直在找自己的指挥官，信中写道，希望这信最终能送到他的手里。

中村过去一直对友川的狭隘和谄媚很恼怒，但他现在却用一种全新的眼光来看待自己的这个老部下，认为他是个高尚的好人，他们有许多共同的记忆。中村被友川的忠诚打动，他觉得这和妻子的善良、女儿的好心肠同样重要，女儿们每天晚上都会坐在他身边和他聊天，所以他需要用善意来回报友川。自从在新宿区罗生门的战犯嫌疑名单上念到自己的名字那天起，中村就定下规矩，避免和以前的战友进行任何形式的接触，除了替幸田工作这个偶发事件，他一直坚守这个规矩。

但今天，这种态度让他觉得有些自私和荒唐。盟军报复的时期已经过去了。后来住到北海道北岛的友川应该是追踪到了许多以前的战友，了解到了他们种种不同的命运。不仅如此，他们以前那个团的铁路工程师甚至还回了趟泰国——当时叫作暹罗——发现一九四四年走过暹缅铁路的火车头早已成了个锈迹斑斑的铁壳子。他们正在修复它，最终的目的是将它运回日本，陈列在靖国神社内，以纪念他们的伟大成就。

听闻这项了不起的工程之后，中村天智意识到，随着年龄的增长，自己受到了这么多眷顾，已不必再怀有畏惧之心。随着恐惧的消失，他希望能展现自豪的心情，和其他人一起分享那种自豪感。友川的信在他的脑海中标注出了他最终不再受恐惧胁迫的时刻，从新宿区罗生门的那天起，他一直生活在这种恐惧的阴影之下。虽然病体欠佳，但中村仍然决定要去一趟最北端冰天雪地的札幌市，和老战友再次相聚。

他到的时候正值隆冬时节，札幌市一年一度的冰雪节正在如火如荼地筹备着。中村在电视上看到，一九六六年冰雪节的主题是日本电影和电视上广受欢迎的怪物。他从札幌机场坐出租车前往友川的公寓，路上看见日本自卫队的士兵正在搭建巨大的冰雕。

司机驶过时，执意把那些怪物的名字一个个念出来：吐火的乌龟加美拉，巨型机器人哥斯拉，脑门硕大、獠牙外凸的红色眼镜蛇，巨蛾摩斯拉，脑袋和触须奇大无比的断头台国王。这些名字对中村来说毫无意义，但他很欣赏日本精致的工匠手艺，这种努力代表了日本不屈的精神。

友川住在政府开发的高层住宅楼内，中村在复杂的楼区里迷了路。等找到正确的单元时，他早已是又累又冷。还是老样子啊，友川！能再次见到他实在让人高兴！这家伙长胖了，头也更秃了，中村觉得他甚至还变矮了，不过，友川还是顶着那个白萝卜似的脑袋，即便那个白萝卜被脸上斑斑点点的老年斑弄得有点脏，让中村隐约觉得有点像爬行动物。虽然友川仍然有点讨厌，但他看见自己过去的长官却那么高兴，那么坦诚，那么真挚自然，以前友川身上恼人的地方，中村现在决心在其中发现亲切甚至迷人之处。

友川的老婆甚至比他还矮，倒霉的是，还有点地包天，所以有时候说话给人的感觉是把字给吃了。尽管如此，或者说正是因为如此，她颇为自信。就中村的喜好而言，她那样有一点过，但他仍然选择性地将她的过分亲热看作她热情、善良的证据，正是这样的品质使友川太太成了个特殊的女人。

长官，您真是个才华横溢的人哪。友川太太边说边领他进入西式风格的客厅，里面摆了两张超级大的软扶手椅。您是军人、商人，还是我们自个儿的北斋！

中村天智用一个微笑来掩饰他的困惑，他不清楚友川太太是把他和那位永恒不朽的画家弄混了，还是发音不对。而实际上，她并没有弄混。

长官，您还画画吗？

她拿了张部队的明信片，递给了中村。明信片上有一幅友川的小像，画的是一九四三年他还在铁路线上时的样子。显然，友川太太以为是中村画了这幅画，因为明信片背面有中村的问候和一句简短的记录，说友川健康状况良好。

外面，天空黑压压地布满了雪云。

对不起，中村说，我得休息一会儿。

他说过之后，便坐了下来。他发现西式的扶手椅既粗陋又让人不适；坐在里面就像被某个怪物抱着，透不过气来。这趟旅途带来的疲惫远远超过了他的想象，为了这趟旅途，他特意将吗啡的剂量减至最低，以免显得呆滞，但吗啡对他的影响仍远超往常。

他感到一种奇怪的飘忽和疏离感，并不完全令他不舒服，与此同时，他强烈地感觉到房间里的每一个声音、每一种气味，甚至空气的流动都变得特别清晰。家居装饰都成了活物，甚至奇丑的扶手椅都活了过来，他觉得他能理解所有的事情，但每次想要把这种理解诉诸语言时，它又远离了他。突然，他想回家了，他知道只有对友川夫妇的拜访结束之后，才有可能回家。他一直闭着眼睛，意识之中周围的世界都是那么活色生香，他从未有过这种体验，最后当他终于敞开心扉去迎纳这欢乐时，他也意识到自己马上就要死了。

3

多里戈·埃文斯中年发福，外表变得臃肿，一脸耽于空想的模样，好像从各个方面来看都过度劳累、过度紧张了，艾拉喜欢说他那模样像是音量上调到了十一：有股令人肃然起敬的气场，却又有种古怪的疏离感，陌生的眼神充满疑问。对他的崇拜者来说，这增添了他的魅力，甚至令他显得优雅。对他的批评者而言，这又使得他那令人恼火的与众不同多了一个侧面。他做事果决的阳刚气概没变，加上他高大的身材和中年微驼的身姿，他很清楚别人时常会将之误解为一种庄重的气质，而他也乐得有这样一层引起混淆的面具替他遮挡。

战后这几十年来，他觉得自己的灵魂在沉睡，尽管他也想唤起它，接二连三地偷情，有时甚至同时出轨多人，失控，毫无意义地同情心泛滥，不计后果地手术，可这些都没用。他的灵魂仍在沉睡。作为医生，他欣赏的是现实，口中说教的也是现实，更想将现实付诸实践。可事实上，他却对现实是否存在充满怀疑。他曾是法老式奴隶制下的一员，巅峰时期的太阳神国王让他理解了非现实才是生命中最伟大的力量。他觉得如今自己的生命就是巨大的非现实，生命里每一样无足轻重的东西——职业抱负、对个人地位的追求、墙纸的色彩、办公室的大小或专用停车位这样的事情——都被赋予了最重大的意义，而每一样重要的东西——愉悦、欢乐、友谊、爱情——却似乎不知为何变得无关紧要。生命大多沉闷，普遍都很怪异。

他发现自己不再惧怕封闭的空间、人群、电车、火车——所有那些令他压抑、遮蔽光亮的东西，可如今的其他许多东西在他看来也都是在遮蔽光亮。他见识过太多，不会再因其他填充夜晚、白天、年岁，有时甚至是生命中最好的部分的东西而感到恐惧，但他确实觉得那些填充都很无聊。不过，他能应对无聊，那些数不清的纪念晚会、筹款早餐、慈善活动、雪利酒会，令人眩晕、恐惧的宴会，还有想要拉他当赞助者的医院和大学理事会的会议，无穷无尽的慈善组织、俱乐部、社团。

一切都让他感到无聊。艾拉让他无聊。艾拉的朋友让他无聊。家让他厌倦头疼。他自己也让他无聊。他对常规的手术越来越厌倦，他知道负责任的手术必须尽可能常规；非常规的手术会牵涉到并发症，病情会恶化，会命悬一线，会骤然丧命，但有时也能救回来。偷情做爱让他无聊，他猜想这是为什么他这么热切地追蜂逐蝶，想象在某个地方有某个人能打破这麻木的魔咒，打破他灵魂奇异的沉睡状态。时不时会有个女人对他产生误解，幻想和他共度今后的岁月。他会迅速将那女人浪漫的恶疾治好。因此，她们都认为他只是对肉体的欢愉感兴趣；其实，没有什么比这更让他觉得乏味。

他越是向前进发，风车就越是向后退却。他想起了希腊人的惩罚观，就是让你始终无法得到你最渴望的东西。所以，西西弗斯成功地把巨石推到悬崖顶上，只是为了让它再滚下来，他就必须回到山底，第二天再次重复这项千篇一律的任务。所以，将众神的食物带给凡人的坦塔洛斯才会永远饥渴，受罚站在湖中，每次想要蹲下去喝水，水就会消退，每次想要伸手去摘果子吃，头顶上那结满果实的树枝就会升到他够不着的高处。或许地狱就是这样，多里戈得出结论，就是永恒重复同样的失败。或许，他已经在那里了。像苏格拉底喝毒芹汁身亡时才发现灵魂不死一样，多里戈在他的爱缺席时发现了爱的真正对象：其他女人永远都不是艾米。

当激情开始消退，他便回到感官的舞台上，却又发现感官甚至比不加修饰的性还要枯燥。感官荒谬、可笑，令人难以置信，当然也不属于现在他周围的墨尔本社交活动中会谈论的话题。他很想在别人面前嘲笑自己，可他根本做不到。

他知道，在他内心遥不可及的深处，沉睡着他既无法理解，也无法触及的骚动不安，那骚动也是一种虚无，一些未竟之事。他喝酒，为什么不喝呢？午餐时喝几杯葡萄酒，有时早茶的时候也会喝点威士忌，午餐前喝一两杯内格罗尼（这习惯是他从一位美国少校那儿学来的，当时他在神户，和占领军在一起），再喝点葡萄酒，之后喝白兰地与威士忌，然后再喝点威士忌，接着继续喝。如今他的脾气难以预料和控制，有时还挺恶毒。他就是一头冬天的狮子，时常用语言、冷漠去伤害她，对她的爱意和殷勤大发雷霆。她父亲的葬礼办完之后，他无缘无故以一个牵强的理由对她大吼大叫。他想去爱她，他希望能爱她；他害怕他真的爱她，但并非丈夫对妻子的那种爱。他想要伤害她，让她也意识到他不适合她，引出一个回应，好让他从酣眠中挣脱出来。他期待着一个永远不会到来的结局。而她受到的伤害，她的痛苦，她的泪水，她的悲伤，非但没有终结他灵魂的冬眠，反而加深了它。

4

艾拉无法理解没有爱的生活。父母爱她，她也深爱父母。她的爱就是她自己，她一直在寻找可以倾注的对象。她倾听多里戈讲他在医院里遇到的问题，和多里戈一起为失去的病人悲悼。他和那些愚蠢的官僚斗争，和那些不同意他治疗方法的外科医生斗争，说那些官僚不只会害死他，也会毁了澳大利亚的医疗体系，她饱含同情与理解。

她成了一个引人注目的成熟女人，满头乌发染色之后更为显眼，再加上黝黑的皮肤，优雅沉稳的气质，对他人的关心，随和的天性，其他女人对她都很欣赏。她身材丰满姣好，肤色焕发容光，浑身散发着活力，让人看不出她的年纪。男人们喜欢她的样子，她举手投足的姿态，夏日黝黑的双腿，也喜欢她听男人们谈论自我时专注的微笑。她唯一的美中不足之处是鼻尖稍微有些上翘，从某些特定的角度看去，她的脸庞不知怎么就像一幅讽刺漫画。绝大多数人从来没注意到这一点。这么多年来，多里戈看到它的次数越来越多，直到某些时刻，比如早晨刚醒来，比如下班回家，他只能看到她的这个瑕疵，其他什么都看不到。

她对多里戈和多里戈的生活毫无保留地信任，她重复他的观点，仿佛那些观点是她自己的，而她的这种做法总让他觉得挫败。该死的官僚，她会这么说，被他们害死的何止病人。她也会详细讲述某些愚蠢的外科医生有多么无知。

他听她说话的时候，能看见的只有她那微微上翘的鼻子，这使她那张曾经非常漂亮的脸蛋显得特别滑稽，他想她其实没那么漂亮，反而长得很古怪。每次听她把他一个月或一个礼拜前讲的话鹦鹉学舌一通，他就会惊讶于那些观点的陈腐平庸，以及她重复这些陈词滥调时的忠诚。可是，如若她斗胆说他的那些话平庸而且荒唐，他肯定会勃然大怒。他需要她的赞同，可一旦无条件地得到了，他又弃之如敝屣。

她对孩子也是处处赞同，这点尤其让多里戈恼火。

父母的职责就是管教孩子，他这么对她说，他们的职责就是好好活着。

这话一说完，他就设法将自己的挫败感隐藏起来，不去看她的脸，也就不会聚焦在她的鼻尖上了。

我同意你的说法，她会这么说，完全同意。如果父母不管教孩子，那我们还能干什么?

多里戈，孩子，她的朋友，还有她的那个大家庭，他们全都是她了解这个世界的途径。有他们在，世界就成了一个更为宽广奇妙的地方，没他们在就不行。尽管她希望能从多里戈那里获得同样的爱，尽管她的希望落空了，可她仍然觉得没有他的爱并不是不去爱他的理由。问题是她爱他。她的爱没有理由，也不会屈从于理性。爱需要回报，可她的爱到最后却并没有这样的要求。

但他晚上不在的时候，她会醒着躺在床上，睡不着。她会想他和自己，继而感受到无边的悲伤。她也许是一个轻信的女人，但她绝不蠢。她再三重复他的那些话，附和他的那些观点，并不是因为她没自己的想法，而是因为她的天性使她想要按他人的意愿活着。没了爱，世界是什么？只有东西、物体、光亮、黑暗。

该死的官僚。愚蠢的外科医生。唉，那个可怜的男人，她会这么说。一遍又一遍。然后，莫名其妙地，她会哭起来，哭到再也哭不动为止。

5

有那么一会儿，中村天智没有说话。他想记起参战之前自己所信奉的那个日本；在他的记忆中，美丽、高贵的日本意志强大而坚定，他以完整而纯粹的灵魂为之服务。他回忆起了在暹罗的那天，战俘给他和他的手下画肖像画，但那回忆困扰着他，至于为什么会这样，他并不清楚，回忆时的努力和吗啡的效果使他很快把刚才的想法忘得一干二净。他只记得远处，视线之外，那些冰冻的怪物正笼罩着整座城市，他去友川夫妇家的途中经过了那些冰冻的怪物，返回机场时也会从那些冰冻的怪物底下经过。他意识到友川正在对他说话，他想要集中注意力，但怪物好像此刻就在屋子里。

您知道吧，友川正在说话，但他看上去就像怪物加美拉，一开始我很害怕，以为他们要把我当战犯给抓起来。我以前常常想：真是个天大的玩笑！因为他们只关心我们对盟军的俘虏干了什么。

中村能听见友川的声音，但看见的却是一只正在喷火的硕大无朋的乌龟。

我还想起我们在满洲国对那些中国佬做的事，还有我们在他们女人身上找的乐子！乌龟说道，带着股硫黄的气息。

这时，中村彻底醒了，不安地打量着四周，但他意识到友川太太在厨房里，听不见他们说话。

我敢保证，您都记得。那只巨大的乌龟——中村得提醒自己乌龟其实就是友川——继续说。所以，我觉得那些战俘应该过得很轻松，他们应该为和我们一起建造了那条铁路感到自豪才对。可他们却因为这件事要把我们吊死，居然不是因为我们对中国佬干的那些事！真的，实在让人想不通。反正我是这么觉得的。

友川太太端着吃的回到屋子里，友川突然看起来又像人了，他换了个话题。但中村一直在思考友川说的那些话以及其中的常识性智慧。他们花了十五个月就把铁路建成了，而英国人说再给五倍的时间都建不起来。他揉了揉脖子，新的肿块就连那天都在长，也许这只是中村的感觉，他认为自己能感受到那个肿块每分每秒都在他体内疯长，正在将他蚕食。当然，他也试着不去这样想。稍加努力，他就能不去想这事，而是将注意力集中到他最关心的事情上：战争，关于战争的想法也在他体内疯长着。

他们曾和疾病、饥饿、盟军的空袭对抗。让病人干活不是件简单的事，但如果仅靠几个少到几乎没有的健康人，怎么能把铁路建成呢？他知道自己险些受到指控，说他造成了数百个劳工和战俘的死亡。到底有多少呢？他不知道。

在没有尽头的丛林里，运输这么困难，疾病和死亡成了家常便饭，他知道自己靠着忠诚和荣誉感无私地履行了职责。铁路是大和魂的胜利。他们已经证明，在欧洲人用上所有先进的科技都不敢尝试的地方，大和魂取得了胜利。没有办法造铁轨，他们就采取策略把帝国全境——爪哇、新加坡和马来亚——不重要的轨道拆除，运到暹罗。缺乏重型施工机械，他们就转而依赖精神作用于肉体产生的奇迹。他没有能力阻止死亡，因为铁路是为天皇而建的，所以必须建成，要建成铁路，没有其他办法。他悲伤地忆起他和友川的那些战友们，他们有的死于丛林的热病，有的死于美国人的绞刑，可他们虽死犹荣。

他的思绪又飞快地飘开了去，猛地回到童年时代，那个孩子过着一种符合不言自明的自然秩序的生活，他试图回到那个孩子身上。可他很清楚他已不再是那个孩子，不知何故，他在某个地方与那个孩子对世界的理解产生了分歧。他又听见了郁子的声音，看见了那个让人恼火的愚蠢笑容，他被一种羞耻控制住了，而这羞耻也是种恐惧。曾经他觉得正确和真实的东西全都变得错误而虚假，而他也和这些东西一起改变了。怎么会这样呢？生命怎么会沦落到这样的地步呢？他开始对即将来临的死亡感到害怕，倒不是因为他会死，而是因为他意识到他从未如他所愿地活过。中村天智并不理解事情为何会变成这样。

他很清楚妻子和女儿爱他的善良，那善良曾经拯救过一只蚊子的生命，也正是这始终如一的善良，使他不管多么痛苦、怀疑，还是将自己的生命奉献给了帝国和天皇。这善良不像郁子的耐心护理——上班前早起两小时，用指背摩挲他的脸颊。这是一种截然不同的善良，天皇就是它此时与未来的化身。为了这善良，为了天皇，中村流尽了他人的血，也心甘情愿地流尽自己的血。他告诉自己，通过为这种广大无边的善服务，他发现自己不是一个人，而是千千万万个人，他会做出极其可怕的事情，如果不知道他们是在为终极的善服务，他也许会认为自己是在作恶。他热爱诗歌胜过一切，而天皇就是一首一个词写就的诗，或许，他想，是最伟大的诗，这首诗涵盖了宇宙，超越了所有的道德与苦难。和所有伟大的艺术一样，它也超越了善与恶。

可是，不知为什么，这首诗变成恐怖之物，成了怪兽和尸体，虽然他努力不往这方面想。他知道他已在自己的内心深处发现了几乎无边的扼杀怜悯的能力，以残忍为乐，只因与这广大无边的善相比，任何人的生命都不值一提。那一刻，他正在被友川那张压迫人的扶手椅所吞噬，他心想：要是这一切都是为了掩盖最恐怖的邪恶呢？

这想法太可怕了，千万不能多想。在日渐稀少的清醒时刻，中村意识到，最紧迫的并非他体内生与死的那场战斗，而是究竟梦想当个好人，还是继续充满冰雪怪兽和爬行尸体的噩梦。他怀着在暹罗的丛林里、在新宿罗生门的废墟里、在日本血库里发挥过巨大用处的钢铁意志，决定从此以后，他必须将毕生所做的事看作好人的善举。

他的头脑瞬间平静下来。他一直用自己的力量来为帝国和天皇效劳。他希望告诉孩子他会平静、体面地走向亡者之地，他的父母和战友都在那儿等待着他。但他对自己是善良的这件事的看法却越来越难以坚持。郁子触摸他的时候，那个看法几近崩塌，他发现她这个年纪皮肤竟然还是如此美丽，还有她那稍显愚蠢的笑容，这时他本能地明白，她的善源于内心，而这正是他所缺乏的。他努力回忆生命当中好的事情，与天皇的意志、命令和威权没有关系的事情，以此来建构另一种善的观念，这样或许还能让他看到善良生活的可能性。他记得给一个澳大利亚医生提供过奎宁。他对暴力殴打感到痛心疾首。但这些回忆被一种弥漫的绝望感取代，这种绝望与骷髅般的身影在雨中、在泥中爬行的画面交织在一起，在友川公寓的怪物间，他开始看到那些尸体爬来爬去，在无休无止的雨和燃烧的地狱之火中。中村天智心里很清楚，那些可怕的肉体迎接死亡时，并不比他迎接死亡时更情愿。

你还记得那个会画画的俘虏吗？友川问。我告诉她那不是您画的，可她就是不听。那是个澳大利亚人。他经常和那个中士跑来跑去。就是那个喜欢晚上唱歌的人。他们讲的那些故事都很可怕！还有俘虏唱歌，没有比这更糟的事了。

我们究竟是怎么活下来的，中村心想。

那是我这辈子最幸福的时光，友川说。

在中村的思绪之外，大雪沉重地、无休止地席卷了整个世界，将存在的痕迹悉数抹尽。很快他就会死去，所有善与恶都将化为虚无。怪物会融化，而后融入黑色的海洋。那一刻，他觉得自己闻见了滴滴涕的气味，见到了很多东西：佐藤从围棋棋盘上抬起头，想要说什么话，虱子从一个男孩的尸体上跳开，一个不成人形的人瘫倒在丛林空地的烂泥里。他有一种这辈子也算欺骗过命运的获得感。

身体突然震动了一下，他醒了过来。他不知道自己到底睡了多久。

来点鲤鱼寿司吧，长官？友川太太用她那种半是聊天、半是吞咽的奇怪说话方式问道。

中村无动于衷，可他的身体却在颤抖，他想象美国人的心脏放到医院的磅秤上时，也这样颤抖过。

我从菜市场里买的。有点咸，但我们就喜欢鲤鱼寿司咸一点。

中村摇了摇头。

翌年春，友川夫妇收到了中村太太寄来的一张卡片，说她丈夫去世了。她没向他们提及他临终时的那些胡言乱语，他为琐事发怒的坏脾气，也没提及他对照料他的妻女的恶毒谩骂，连抚摸他的脸颊或只是微笑这样最简单的事都会引来他的攻击。相反，她写到了他去世前一晚的情景，他知道自己的生命即将结束，作为一个业余诗人，按照传统，他开始写他的辞世诗。

临终还是如此谦虚，中村太太写道，他挣扎了好几个小时，但由于病体虚弱，最后说自己实在没有能力写一首比百花更好的辞世诗了，他说，百花的辞世诗表达了他心中的所思所想，远比他所写的要美丽得多。中村太太又写道，她觉得中村先生的绝笔应当是受去年冬日札幌的那次拜访启发，因此她将辞世诗寄一份给他们。中村先生去世之时，家人都陪在身边，中村太太结尾写道。他们知道他是个好人，连见到动物受苦都于心不忍。他知道自己受到了上天的眷顾，很幸运，得以走过有意义的一生。

友川太太拿起抄有此首辞世诗的另一页纸，朗诵给丈夫听：

冬日之冰

融入清澄之水——

清澄的是我的心。

6

有时候，我觉得他是这世界上最孤独的人。一天晚上，参加外科医生协会执行委员会晚宴的时候，艾拉·埃文斯如此宣告。所有人都笑了起来。亲爱的老多里戈吗？她想象得出他们会这样想。所有男人最好的朋友？所有女人的隐秘欲望？

但他清楚她知道这一点。他在婚姻生活中孤独，和孩子在一起时孤独，在手术室里孤独，在无数的医学、体育、慈善、老兵协会里孤独，在千人战俘大会上发言时孤独。他周身围裹着一层倦怠的空洞感，一层无法穿透的虚空笼罩着这个对同事出了名地友善的人，好像他早已生活在另一个永远无法逃离的地方——他永恒不懈地拆解的，究竟是一个没有边界的梦想，还是无休无止的梦魇，没人说得清。他就是一座无法再次点亮的灯塔。在梦里，他能听见母亲从厨房里叫他：孩子，过来，孩子。但当他去了厨房，却发现里面又黑又冷，一堆烧焦的横梁、灰烬，一股煤气味，家里根本没人。

不过，多里戈·埃文斯并未将婚姻视为一片荒原。远非如此。其一，他有种强烈的感受，把自己的婚姻看作失败的事或是认为自己不爱艾拉，其实都没什么用。其二，从包办婚姻——得承认，是他们自己包办的婚姻——这一实际的角度来看，他们都在努力地尝试去爱。他第一次遇见艾拉的时候，由于彼此都想着结婚，他就从是否适合当妻子的角度来看待她。在他年轻的心灵里，爱或多或少就是婚姻，上面有锦缎织就的诗行。而且，作为一个显然会有所成就的男人的妻子，艾拉在他看来似乎是完美的：爱他，顺着他，甚至比他更坚定地认为他会出人头地。艾拉谨守成规，爱好文学。他把这一切都看成了爱，虽然结婚之后很快就觉得这远远不够，但他也只能承认现实。

后来，艾拉怀了孩子，身体光泽焕发，丰满的乳房和黝黑的乳头妙不可言，她的想法出其不意，她的光环异彩纷呈，毫无沉闷之感，那时他对她爱得很深。在他偷情无数而她再也无法忍受和他同床共枕之前，他会拥着她的后背，嗅着她的气息，感受难得的平静。他没有费心向她解释，对他来说，发生性关系并不代表不忠，和别人睡觉才是不忠。他从来没有跟别人睡过觉。

他们有三个孩子，杰西卡，玛丽和斯图尔特，他越是远行，对他们的爱就越深。他采取的是一种善意放任的态度，却没料到他们之间的关系竟然同他和艾拉的一样糟糕。他们之间的敌意和冷漠让他觉得难以承受，这伤透了他的心，他希望这样的状态不会永久，他看到他们再现他对艾拉的残酷无情时，他只能恳求他们别这么绝情。他承认自己不是个称职的父亲，但他坚持到底，因为他做任何事情都坚持到底。他不知道这么做是否意味着屈服于自己内心的恐惧。

与他人共处时，他和艾拉状态最好，彼此还会欣赏对方，甚至在一次晚餐时，他还听艾拉说，他真可爱。可爱！她愿意和他待在一起，他对此既欣赏，又怜悯。他听见她对朋友说得特别真诚，她说战争和战俘营从来没放过他。她似乎想把他塑造成一个悲剧，他见识过很多悲剧，她竟然这么天真，这么夸大其词，想把她丈夫也变成一个悲剧，这让他愤怒。他希望她能骂他，因为他已经变成了一个混蛋。但对艾拉而言，这样太直白，况且，她以自己的方式爱着他，也就是说，虽然他早已自暴自弃，她仍然拒绝放弃他。她剪弗朗索瓦兹·哈蒂[1]的发型，抽紫色寿百年牌香烟，力图展现一种优雅时髦的距离感，或许她希望这能对他产生诱惑力。她仍然很脆弱，对他来说，这一点始终是她最有趣的特征，只是她的脆弱感已越来越多地裹入香气缭绕的烟雾之中，让他觉得反胃。

你到底想要什么？艾拉一边问，一边取下唇边的寿百年。这个问题确实无解。当他撒谎说什么都不要，或者撒谎说宁静，或者说你，我们，她就会说，阿尔文，你到底想要什么？告诉我吧，什么？什么？

到底是什么？他想知道。

是她们的身体，性，是不是？她说，她的冷静比任何愤怒都更刺痛他。只是为了把你下面弄湿？她说。是不是？

她的平静，她卑鄙的坦诚，她无尽的悲哀，她变成这样都是他一手造成的吗？

你想要的就是这些东西？艾拉边抽着寿百年边说，是吗？

是吗？他恨透了这烟雾。他担心是自己让她变得这么粗俗，她根本不是这样的人。他心想正是有这世界上的种种安排，才会导致文明每天都在犯罪，个体会因这罪而囚禁终生。人接受这种情况的存在，他们要么忽视它，称之为时事、政治、战争，要么划分出一个和文明无关的空间，称之为私人生活。在私人生活领域，他们越是与文明决裂，私人生活就越成为一种隐秘的生活，他们就越感到自由。但事实并非如此。你永远摆脱不了这世界，分享生活就是分享罪孽。任何东西都无法洗净他的感受。他抬起头，看着艾拉。

是不是那样？艾拉说。

---

① 弗朗索瓦兹·哈蒂（Françoise Hardy，1944— ），法国创作型女歌手。

不是这样的，他说。

他回答的措辞听上去很不自然，似乎无论是他还是艾拉都没法相信这话；更糟的是，这听上去很无力，她只能摇摇头作罢。虽然她说了那些话，但她喜欢的还是有力的谎言，而非无力的真相。

除了新近展露的坦诚，人到中年的艾拉还喷起了浓烈的香水，与闷浊的寿百年烟雾纠缠交错，使她犹如裹上了一层香氛，这香氛时不时令他兴奋，甚至引起肉欲，但绝大多数时候，而且愈来愈频繁的是，他觉得那烟气特别污浊和幽闭，好似一柜子的旧衣服，最后只能捐给慈善机构。他真希望她别再喷那种香水，别再抽寿百年，别再剪弗朗索瓦兹·哈蒂那样的发型。因为他觉得这一切是用她的勇敢、骄傲和巨大的悲哀组成的伪装，而那悲哀太令人痛苦，在他们家里悸动不休。他真希望没让她这么难受过。

7

他和艾拉在一起的头几年，他经常想起艾米。他想自己究竟对艾米了解些什么呢。他也说不清楚。这似乎是一种超越了爱的力量。他记得他们的初次相遇波澜不惊。他注意到她唇上那颗掩映于尘粒之中的美人痣，不是因为她有多漂亮，而是因为当视线穿透尘埃飞舞的光柱，看到的她尤为引人瞩目。他想起了他们之间那场奇异的谈话，倒不是因为对话本身令人着迷，而是因为它隐约让他觉得愉快。他记得次日返回书店去买那本卡图卢斯诗集，他记忆最深的是书，而不是她。和戴着红色山茶花的女孩偶遇是一场有趣的邂逅，他觉得很快就会忘掉。

战后的最初几年他没有将艾米忘却，的确在一段时间里，艾米是他存在的全部理由，只是同样确定的是，如今她已开始从他的思绪中消散。他想方设法地逃避记忆的消亡，却发现对往昔的追逐只会不可避免地导致更多的迷失，这让他悲从中来。留住一个姿势、一种气息、一个微笑，使之凝固不动，便是将其制成石膏的死亡面具，可一旦触碰，那面具就会在他的指间碎成齑粉，化作尘埃。这么多年来，他对艾米的回忆已然粉碎，艾拉成了他最强大的盟友和最信赖的顾问。他勃然大怒时，她安慰他，面对艰难险阻时，她鼓励他，渐渐地，一件又一件事过去，在生活如泥石流般崩塌时，他对艾米的记忆被慢慢掩埋，直到他根本记不清关于她的事情。过去好几个星期，他才发现竟然没想过艾米，后来几个星期又变成了几个月，一连好几个月，他竟然都没有特别地记起过她。他开始闻到自己身上那种同样笼罩一切的古怪的共谋气息，来自一些两人共用的东西——食物、毛巾、餐具、杯子，一些共同追求的生活目标，可从前，基思·墨夫内身上的这种气息却令他作呕。

他和艾拉之间的共同经历也越来越散发着共谋的气息，好像抚育孩子，两人以实际且温柔的方式支持彼此，经年累月的私下交流和细小的亲密时刻——醒来时彼此的气味，孩子不舒服时两人颤抖的呼吸声，疾病、哀伤与关怀，出其不意、自觉自愿的温柔，所有这一切不知为何变得越来越比爱——不管爱是什么——更有约束力、更重要、更无可置疑。他和艾拉绑在了一起。可这一切却在多里戈·埃文斯心里造成了一种最彻底、最牢不可破的孤独感，如此喧嚣，以至于他只能一次又一次地和另一个女人在一起，打破这聒噪不休的静默。虽然活力日渐消退，可他仍不知疲倦地继续他那堂吉诃德式的风流韵事。如果说其中没有真情实意，如果说有各种危险，那么这正是他想要的。但这一切远远无法终结他的孤独所发出的呐喊，反而使之无限放大。

正如远古的陨石撞击可以解释如今大湖的来源，艾米的缺席影响了一切，甚至当——尤其是——他没想起她的时候。他断然拒绝前往阿德莱德，即使重大的专业会议或老兵活动在那儿举办时也是如此。他唯一一次对园艺显露兴趣是在他们搬进图拉克的新房子时，他把一株非常漂亮的红色大山茶花拔了出来，让艾拉非常生气。除此之外，他都把园艺交给艾拉和园丁。奇怪的是，他对艾拉常年不断的背叛，恰是以一种奇怪的方式忠于对艾米的回忆，似乎正是通过不断背叛艾拉来纪念艾米。他从没想过要采用这种方式，若有人这么说了，他肯定会觉得可怕，可那些年里他遇见的女人没一个在他心目中有特别的意义。

于是，女人来来去去，她们愤怒、困惑、震惊；他的婚姻仍在继续；他的工作也在继续，地位越来越高。许多科室、刊物、全国性健康调查都由他来主导，他发现人的善意往往和他们的地位成反比，所以在一次晚宴上，当他听到有一个人把他的那种挥霍无度的生活称作耀眼的职业生涯时，他觉得特别挫败。这种感觉过去之后，他陷入迷茫的失意之中。他被迫经常出差；长时间的乏味与等待之间，穿插着与那些同样遭受功成名就之苦的人不必要的见面晤谈。密闭的房间有一股挥之不去、令人不适的化学剂的气味，在辗转难眠的夜晚，他想着为什么让他感兴趣的人会越来越少。不可思议的是，他的名气越来越大。新闻报道、电视访谈、专家组、委员会，他得参加许多乏味至极的社会活动，这些活动平淡而无边无际，他担心如果他看得太专注，可能会望见地球的曲面。世界就是这样，他心想。就是这样。

一天晚上，他被叫回医院去做急性阑尾炎手术。年轻的病人名叫艾米 · 加斯科因。

朋友，恋人，爱，他一边洗手，一边喃喃自语。

隔壁水池洗手的护士长早已习惯他的吟诵，便笑了起来，问这是哪首诗。当他们走入手术室时，多里戈 · 埃文斯意识到，这是几年来他第一次有意识地想起艾米。

我忘了，他说。

他从太阳上窃取光亮，坠落到地球。有那么一刻，他不得不暂时离开手术台，让自己冷静下来，以免其他人看见他手里的手术刀在颤抖。

8

这些年，多里戈 · 埃文斯和哥哥汤姆又恢复了联系。他从中发现了缓解孤独的某种安慰，他在其他时候总会感到孤独，即使是同艾拉和孩子在一起，或者说尤其是与他们在一起时。他发现和汤姆在一起的时候，时常会有兄弟之间某种特殊的亲密感，他们起初是每月打一次电话，过一段时间，变成了每年隆冬时节他去一次悉尼，后来，随着名声越来越大，他去悉尼的次数也越来越多。这是一种轻松的陪伴，许多事都不用多说，尴尬和错误无足挂齿，聊些鸡毛蒜皮的小事，却能产生某种神秘的灵魂交流的感觉。除了血缘关系，他们几乎毫无共同点，多里戈 · 埃文斯越来越觉得自己只是一个宏大整体的一部分，哥哥是另一个跟他不同却互相补足的部分，他们之间的会面不是对自我的彰显，相反，自我在彼此的融合中愉快地消解。

他们的父亲只比母亲多活了几年，一九三六年死于心脏病发作；作为七个孩子中最小的那个，多里戈和哥哥姐姐并无多少来往，大萧条来临前的那些年，他们在澳大利亚各奔东西，打工糊口。四个姐姐去了维多利亚州西部地区的棉纺厂；他对她们毫不了解，姐姐们饱受生活的摧残，五十年代相继过世，他去参加了她们的葬礼。他视她们的丈夫和孩子为陌生人，但他们来找他时，他仍出手相助。最后去世的玛西是他们中年纪最大的，多里戈供养了他整整十几年，直到一九六二年玛西因未经确诊的癌症死于墨尔本。他的长兄阿尔伯特在昆士兰最北边找了个切甘蔗的工作，一九五六年在制糖厂的爆炸事故中身亡。汤姆最后搬到了悉尼，结了婚，没孩子，在雷德芬铁道院当工人，退休后，就在巴尔曼的后院里种种菜，在当地的酒馆里玩玩飞镖。

一九六七年二月，艾拉计划带孩子们去塔斯马尼亚的姐姐家度假一周，她姐姐最近和丈夫搬到了那儿。这些假期的计划与筹备过程全无多里戈的参与，它们看起来是共同幸福生活的高潮，实际上却是他们的家庭残留的最后一丝遗迹。他同意艾拉制订的度假计划，可他们都很讨厌假期，认为所谓的家庭时光只不过是一种矫枉过正的惩罚措施而已。

在他们即将飞往霍巴特的那个星期六，他接到电话说哥哥汤姆心脏病发作，这使他心情复杂。一方面，他很担心；另一方面，这使他有充足的理由可以避开塔斯马尼亚至少一两天。那天晚上，他设法坐上了前往悉尼的飞机，但汤姆用了太多的镇静剂，整个周日人都不太清醒。直到周一，多里戈才得以和他较长时间地谈话。

汤姆说，他在肯特酒店里突发心脏病栽倒在地，当时他正准备扔出一支正中靶心的飞镖。

靶心?

十拿九稳，汤姆说，结果倒好，脸丢大了。手套里还捏着飞镖，就倒地上去了，弄得一身尿臊味儿。还不如找个没人的地方摔，比如番茄地里。

他哥哥异乎寻常地健谈，多里戈很快发现自己沉浸在对塔斯马尼亚童年时光的回忆中。汤姆兴致勃勃地讲克利夫兰的故事，有的多里戈知道，许多他压根儿就没听过。汤姆提起道吉·耶茨的名字，他还记得道吉经常吹嘘自己能跑过火车。为了证明这一点，他脱掉衣服，只穿一条白色的长内裤，和朗塞斯顿开往霍巴特的特快列车赛跑，一路穿过克利夫兰丛林的薄荷桉丛和银色的金合欢花丛。火车鸣着笛转过拐角，朝科纳拉关口驶去，消失在视野之外，道吉倒在地上，精疲力竭，满身擦伤，承认自己输了。

他对什么都感兴趣，道吉，多里戈说。

八十五岁还一个人跳舞，汤姆说，最后收藏了利兰 P76。这种车你是不可能放手的。他让人把他趴着埋了，以后谁都只能亲他的屁股。但我总是想起他穿着那条白色的长内裤，跑着穿过树丛。和生活很像，是吧?你觉得你能跑赢，以为你比它强，但每次它都会愚弄你。生活把你撞到地上，鸣着汽笛扑哧扑哧就开走了，高兴得像鸡奸一样。

两人都笑了。

你知道道吉是杰基·马圭尔的表亲吗?汤姆说。

多里戈不知道。他动情地回忆起了给汤姆和杰基·马圭尔朗读诗歌和罗丝大婶读者来信的事。

杰基老伙计啊，汤姆说，是个好人。最棒的家伙。对丛林很熟悉。他老婆是黑人，你知道吧?

那一刻，多里戈怎么都想不起杰基·马圭尔太太是谁。然后，一段沉睡已久的回忆推开门，进入了他的脑海——这段回忆对他造成的困扰、对他的塑造都远超他的想象。他听说过关于西班牙贵族血统的模糊传闻，那是塔斯马尼亚人的传统托词之一，但多里戈不知道她是原住民，这让他想到了一个一直想问的问题。

那是很多年前的事了，就在她消失之前，我见过你和她在一起。

和杰基·马圭尔太太？

你在吻她。

吻她？在哪儿？

就在圣安德鲁斯客栈后面的老鸡窝那里。

我没吻她。

我看见你们俩了。她搂着你。

我那时刚射完兔子回来。她在挂洗好的衣服。我没事可干，就给她搭了把手。现在回想起来，我看得出她当时肯定很不好受。但那时没这种感觉。我们只是在说话。聊了些家常。聊了些人。我说了些没对别人说过的话。都是我亲眼见到的。关于战争的事。然后我就受不了了。我记得。我开始喘不过气，话也说不清。人也迷糊了。她像抱孩子一样抱着我。就是这样，差不多吧。

你把脸埋在了她脖子里。

我在哭，多里戈。哭，真的。

她后来怎么了，汤姆？为什么不见了？我一直想知道她后来怎么样了。

杰基老伙计啊，他老是揍她。他爱她，可她比他年轻二十岁，她并不开心，他也知道。但你能怎么办？罗丝大婶也帮不了你。杰基是个好人，可只要一沾酒，她就有的受。我就知道这么多。但她去了哪儿，我真不知道。很多年里我都不知道。后来，我收到一封她的信，信寄到了悉尼。她去过墨尔本，后来又去了新西兰。在奥塔戈嫁给了一个泥瓦工。对那个人没再多提。那封信别的什么也没说。信里附了张纸条，是她那儿的女儿写的，说妈妈让在她死后把信寄给我。就是这样。我猜是因为那儿的其他人要读这封信，所以信里没提老伙计杰基，也没提到她在塔斯马尼亚这儿的家人。

话题转到了他们在克利夫兰的足球比赛，又转到乔·派克的马车，再转到有一天，卡梅伦上校的手下端着枪跟在汤姆的狗后面进了他们的厨房，说那狗杀了卡梅伦上校的羊，汤姆端着枪从卧室里出来，说打死我的狗，我就打死你。

汤姆现在有点累。多里戈道了别，把他哥哥安顿好，告诉他医生能把他照料好，然后离开了。他走到走廊上时，听见背后传来一个苍老而嘶哑的声音。

露丝！

多里戈·埃文斯停下脚步，转过了身。在泛着砷绿色光晕的病房里，他哥哥正想靠着枕头的斜坡支起身子，突然他看上去完全不像汤姆了，在他弟弟的心目中，那一刻之前，他始终都是年轻力壮，充满了活力的形象，可眼下他就像是个病入膏肓的苍老之人。

她的名字叫露丝。

多里戈·埃文斯站在那儿，凝视着这个是他哥哥的陌生人，不是很明白汤姆的意思，也不清楚他想要什么。他走回病房，在汤姆的床边坐下。汤姆咂着嘴，又准备开始说话了。多里戈等待着。汤姆本来弓着腰，这时靠稳当了，就挺了挺身子，当他再次开口说话时，没看自己的弟弟，而是看着远处的那堵墙。

杰基·马圭尔太太。她的名字叫露丝，多瑞。露丝。露丝还有个孩子。

说到这儿，他停了下来。多里戈没吱声。汤姆又靠着枕头把自己支起了一点，咕哝着，咳嗽了几声。

是啊，有个孩子。一九二〇年七月。是她的第三个孩子。她是怎么藏得这么严实的，我不知道。可她做到了。杰基不在家，想去内陆找活儿干，我觉得他应该在迪亚曼蒂纳找到了活儿，他在那儿有个哥们儿。杰基对这孩子一无所知。克利夫兰没人知道。她整天都穿得松松垮垮的，你还记得那儿是什么样子，不是巴黎，而是中世纪，你可以隐瞒一切。所以，我觉得她藏得不赖。她在朗塞斯顿生下这孩子。是个小子。他们把孩子送到了霍巴特。那天，我讲到战争就崩溃了，她就像我说的那样抱着我。她把孩子的事儿说给我听了。她刚知道那孩子经历过什么。

为什么，汤姆？

汤姆疲倦的眼神变得锐利，虚弱的身子也绷紧了，多里戈觉得他从小就一直崇拜的那个人又出现了。

我他妈就是孩子他爸，这就是为什么。

汤姆终于转身看着他弟弟。他的双眼像钉子一样盯着多里戈的眼睛，瞳孔小得出奇，一片空洞，看上去像是用火柴在旧报纸上烧出的两个洞。

一个姓加德纳的家庭把孩子抚养长大。是个有钱人家。这让她生气。也让我生气。可你有什么法子呢？不是为有人照顾孩子而生气，而是为我们没照顾他而生气。没人想找到孩子，把他要回来，把大家的生活都搞砸——他的、他们的、她的、我的。不。没哪个傻瓜会这么干。这种事你只能承受。战争结束后，我碰到了一个霍巴特人，他认识那家人。他们把那孩子叫作弗兰克。他在战争中死了。我唯一的儿子，我从来没见过他。在泰国一个该死的战俘营里，你在那里待过。

9

从越南战场来休养的美国大兵遍布悉尼。此时已近黄昏，城市闷热无比，为了逃避热浪和美国大兵，为了消化汤姆刚才告诉他的那些话，时常对病人说走路堪称良药的多里戈·埃文斯决定遵从自己的建议。

他从医院走到了环形码头，然后为了避开如织的人潮，便穿过悉尼港湾大桥，去拜访一个住在基里比利的外科医生朋友。混迹在闲庭信步的观光者中很愉快，大桥上的步行道很宽阔，从桥上望去，悉尼宽广浩大，令人振奋。

他在桥中间停下了脚步。一阵微弱的东风将凉爽的海水气息吹来，他凝望着桥底下的海水喷吐蓝白相间的波浪。从近处望去，赭色的塔吊如哨兵一般矗立于新歌剧院巨大裸露的风帆四周，歌剧院错综复杂的骨架令多里戈想起了干巴巴的胶质叶片上蕾丝般的精细纹路。远处，薄暮的阳光正在将城市折叠，使之成为坚硬明亮的光与影的条纹。他从栏杆上抬起身，继续走去，却一眼瞥见了远处的她，她正从暗处踏入光亮之中。

过了一会儿，他又看见她向他走来，支撑着桥北端的巨大砂岩桥塔的拱廊将她框在其中，她的头颅犹如沉船的残骸，漂浮于周围行人构成的涌浪之间。他在宽阔的步行道外侧，置身于大桥巨大的钢铁架构投下的阴影中。他的全部注意力都集中在这个正从内侧向他走来的陌生人身上，一个行走在阳光下的幽灵，再次消失在了他的视线之中。

他第三次从人群中认出她，这次离得更近。她戴着时髦的墨镜，穿着无袖的深蓝色套装，臀部围了条白色飘带。她带着两个孩子，都是小女孩，每人挽着她的一只手。车辆的噪音在大桥钢铁铆钉的笼子里回响激荡，他能看见孩子在笑，在说话，她在回答。尽管他听不见，但他仍然知道：她不是幽灵。

他还以为她已经死了，可现在她却正向他走来，明显上了年纪，但对他而言，时间将她变得更美，并未使她逊色。似乎岁月并未夺走她，只是将她的本真展现了出来。

艾米。

他意识到岁月的深渊——与其间那些历史性的战争、著名的发明、数不胜数的恐怖和奇迹一道——根本无关紧要。炸弹、冷战、古巴和晶体管收音机，对她傲然的步态、她不完美的行事作风、她渴求解放的乳房和深藏不露的双眼没有丝毫的影响。在他看来，她那漂过的发色比天然的色泽更有吸引力；她的身体消瘦了一点，为她增添了神秘感；她清瘦的脸线条明朗，洋溢着一股得之不易的镇定自若感。

从第一次在阿德莱德书店尘埃飞舞的光柱里见到她起，已过去四分之一个世纪，他震惊地发现，她身上的这些变化竟然对他毫无影响。那么多他原本以为早已失去的感情如今又回来了，与他第一次体验到它们时同样强烈。

他该停下脚步，还是继续从她身边走过？他该喊出声，还是一言不发？他得做出决定。在这短暂的时间内，他需要将已知和未知的生活称重、对比，他如今的生活，他们彼时的生活，她如今令人难以想象的生活。他能将那两个孩子看得很清楚，足以从她们身上认出她难以磨灭的特质。她们身上和她不同的地方让他难过，那程度远超他的想象。或许，她的婚姻生活很幸福。他觉得难以呼吸。他继续朝她走去，一千个愚蠢、疯狂的念头在他的脑海中奔腾。他告诉自己不能闯入她的生活，引起混乱；他告诉自己他必须这样做，一切还没有失去，他们还可以重新开始。

她越来越近。他试图放慢脚步，思绪却疯狂旋转。他内心翻江倒海，难以把握平衡。现在离得更近了，可以看见她上唇边的一颗小痣。现在他觉得她不像以前那样漂亮了，或者说她根本就不漂亮。只是他渴望她而已。她戴了条项链，瞬间勾起了令人难以自持的涌动的回忆。她是否看见了他？他会向她呼喊。喊吧！这时，借着她身后灿烂的阳光，他看见她用拇指和食指捏住衣服，往乳沟上提了提。或许，就在那一刻，他期望在那超越一切的光亮中，她能将他迎入怀中，迎入她的生活。

但只在万物之初才有光。

他刚想说什么，却意识到他们已交错而过，未发一言。他继续行走在阴影中，继续目视前方。他理解错了。她，他，他们，爱——尤其是爱——彻头彻尾地错了。他把时间理解错了。他没法相信，但又不得不信。她的死亡，他的生活，他们，一切，一切都错了。他的错如此沉重，如此不可抵挡，他无法与之对抗，无法转过身，呼喊，往回跑。直到走到桥的另一边，他才终于找到力量转身。

艾米不见了。

他站在步行道中央，四周人流汹涌，仿佛他只是城市里的又一个障碍，一根柱子，一个垃圾桶，一具尸体。他想起了罗得的妻子，那个故事就是个谎言。只有不转身回望才会变成盐柱。他意识到本该拦住她，但现在再也不能了。他本不该往前走，可他还是走了。

他选择了吗？她呢？真的有过选择吗？或者，生活只是将人放在一起，然后将他们卷起清除？

在他四周，在他身后，在他前面，到处都是人，朝四面八方行进。光亮中狂乱飞舞的粒子早已不见，他知道如今一切都已消失，消失在钢筋与石头中，消失在大海与阳光中，消失在无云的蓝天、起伏的热浪中，消失在赭色的塔吊和雷鸣般的高速路中。

他在那里继续站了一会儿，一个无足轻重的人，置身于高耸的半圆钢架与轰鸣的车流声中，置身于湛蓝的白昼和粼粼波光的海水间。他想：当你失去了深爱的那个人，世界竟然如此空无。

他转身继续往回走，在千万条路中无路可走。他原以为她死了。但现在他终于明白了：她活着，他却死了。

10

走过大桥后，艾米在环形码头给两个外甥女买了冰淇淋，乘坐渡轮返回了姐姐在曼利的家。这么多年来，她一直以为他死了。直到最近这段时间，他的声名与日俱增，她才意识到战争期间他并没有死。为什么，为什么，她坐在渡轮的后甲板，注视着波光闪闪的海水向后退去，她又一次想到如果他活着，为什么不回来找她呢？为什么？她思来想去，就这样回到姐姐的家。为什么？她精疲力竭，躺在床上的时候还在想。他违背了承诺，她没法原谅他。

她从来没想过他或许以为她在大爆炸中死了，而不是像她一样，第二天早上才得知爆炸的消息。基思告诉她多里戈死了，她伤心欲绝，开车去了他们第一次去的海滩，好在那儿思念多里戈，最后却在那里睡了一晚上。

最近几年，她有时会突发奇想，想要去找多里戈。有几次她差点就去了，甚至找出他的电话号码记了下来，但她并没有真的做什么。每次想到要联系他，她都觉得无法承受。她想从他那儿得到什么呢？如果有的话，他会想从她这儿得到什么呢？有时她怀疑他是否还清楚地记得她。无论如何，她能说些什么呢？说以为他死了？

该怎么告诉他，基思去世之后她继承了遗产，过得很舒适；战争过后很久，她结了第二次婚，很愉快，很有趣，和一个只会亏钱、不会赚钱的玩赌马的人，输光赌注后他就人间蒸发，据说去了美国。这次婚姻就是这样。还有一两次短暂的邂逅，算是吧。也可以不算是。该怎么告诉他那不是爱，就连和那个赌马的人都不是呢？一些云淡风轻的东西，一顶帽子，一条裙子，一朵云。但谁会记得一朵云呢？

每当她真要落笔写信、打电话的时候，她就会看到摆在她眼前的巨大障碍，他从没找过她，战后也没信守诺言回到她身边，这些都是他对她的拒绝。如今，他们的地位全变了：他成了名人多里戈·埃文斯，冉冉升起，而她是个无名之辈，逐渐沉沦。后来，诊断出来了。该怎么告诉他这件事呢？

她姐姐第二次打电话过来。

喂，她说，再等一分钟。

她很疲惫。关于他的许多事情，她都已经忘了。但那是他。他没死，她也没有。这就够了。她摘下项链，在指间把玩上面的珍珠。她有许多感受。然后，她放下了项链。他已经变成了某个人，或者说不仅仅是某个人，她能看出他正在变成某个非人的东西。

而她很快就会成为虚无。她的肿瘤医生告诉她，接下来是最强效的治疗，但从本质上来说是没用的。她做过两次切除手术，手术期间她尽力熬了过去，但现在手术都没用了，她姐姐答应来照顾她。她的梦早已破灭。

如今，她从日落，从很少几个她爱着的朋友那里，从城市的魅力中寻找快乐——温暖的清晨，暴雨过后沥青和房屋的气息，海滩上每天举行的夏日狂欢，阳光明媚的午后在桥上看风景，偶遇的陌生人，有时会带外甥女玩，沉浸在回忆中那种愉悦的孤独是夏日的夜晚所允许的。有时她觉得幸福。

时不时地，她会回忆起海边的一个房间，有月亮，还有他，飘浮于黑暗钟面上的绿色指针，海浪拍岸的轰鸣声，以及一种她以前从未体验过、以后也不再有的感觉。

她不会去联系他。他有他的生活，她也有她自己的：他们的结合是做梦都梦不到的。梦不到的事情，就永远做不到。

再过十八个月——比她预想的多六个月——她就会被埋葬在郊区的公墓里，一块不起眼的墓地，在一片同样不起眼的墓园之中。没人会再来看她，过上一段时间，连外甥女的回忆也会逐渐消散，然后，如她们一般，最终烟消云散。唯一留存的，在地底的长夜里闪闪发光的，只有那条珍珠项链，她要求把这条项链一同落葬。

11

那天晚上，多里戈·埃文斯飞往墨尔本，第二天又从那里坐早班飞机去了霍巴特；在波音707的引擎震耳欲聋的轰鸣声及其引发的奇异的遗忘状态中，他觉得自己仿佛置身于一座安静的迷失城。在霍巴特的降落受到了岛屿南部丛林大火引发的强风与浓烟的干扰，飞机犹如沸锅里的一粒豆子颠来倒去。他们在灰烬的气味和裹挟热浪的劲风中下了飞机。

来机场迎接他的是老弗莱迪·西摩，他是外科医生学会在塔斯马尼亚分会的负责人，多年来饱受争议，有点古怪的是，他开一辆一九四八年的老款绿色福特水星。车和他一样，保养得相当好，完全看不出沧桑岁月。外科医生学会当天在霍巴特酒店举办了欢迎多里戈的午宴。结束后，多里戈准备去蕨树村，村子在霍巴特郊外，坐落于风景优美的山间林地，艾拉的姐姐和家人住在那儿。他用机场的公用电话给艾拉打了电话；她姐姐开车外出了，要下午两三点才回来。不管怎么说，天气太热了，除了和孩子待在一起，什么事都干不了。她说待在大片的桉树荫底下特别凉爽，实在找不到比这更好的地方了。

午餐比多里戈预想的愉快；至少可以让他分分心，不去想蜂拥而入的其他事情。但就在要喝雪利酒、抽雪茄时，传来消息说火情急剧恶化，靠近最南部的那些村镇，包括蕨树村，现在都受到了大火的威胁。

多里戈·埃文斯找了部酒店的电话，试着拨艾拉姐姐家的号码，但线路断了，接线员说，几乎所有通往山上房子的线路都断了。多里戈·埃文斯转而求助弗莱迪·西摩，问可不可以借他的车钥匙，弗莱迪·西摩刚点上烟，正急促地小口吸着，粉色珊瑚般下陷的双颊随之一颤一颤。

我爱你，埃文斯，老外科医生说着，吐出一口羽毛般的烟气，就像爱我的儿子。所以，你可以像儿子一样，把车面目全非地还回来，而我会像父亲一样表示原谅。

蕨树村距市区二十分钟车程。此刻的风刮得厉害，热浪逼人。一上福特水星，他就被后视镜里那张满是烟尘的脸吓傻了，车外，烟尘似旋涡一般打着旋，犹如黑色的雪花。

福特水星开起来就像水桶，路感很模糊，但它的 V8 引擎动力充沛。平常雄伟的山脉迷失在浓厚的烟云里，不见了，不到几分钟，能见度就降到了几米，多里戈打开车大灯。时不时能见到一辆汽车从阴霾里出现，载着车里的人往城里逃，就像他曾经见过的躲避战乱的叙利亚村民。有些车子被烧焦了；有一辆没了挡风玻璃，令人难以置信；还有一辆车的漆面上起了很多黑色的大气泡。他从霍巴特远郊驶入浓密高耸的树林，林中路此时已成了弯弯扭扭的深沟。

转过拐角，他遇见了警察设的路障，禁止任何车辆再往前开。一个孤零零的警察把脑袋探入一九四八年的福特水星，让多里戈回头。

上面是死亡地带，哥们儿，他说着，把拇指朝身后蕨树村的方向动了动。

多里戈描述了艾拉和孩子的长相，问他们是否从路障这儿经过。年轻的警察说他在这儿已经两个小时了，没看到他描述的人。说不定他们早就逃走了。

多里戈·埃文斯盘算着，从他打电话到现在差不多有一个半小时，那时艾拉和孩子说不定就已经逃走了。但她不太可能在镇子没受到威胁时就离开，再说了，她也没车。多里戈·埃文斯希望他们已经逃走，但万一他们没走呢，他得行动起来。

大火是从休恩烧过来的，警察接着说，从东边来的。我听说了一些可怕的传闻，这火是因主火场的余烬着起来的，而这余烬离主火场足有二十英里远。说话时，闪着火星的灰烬落到了引擎盖上，好似在证明警察所言不虚。

疯了才会到上面去，他最后说。

我的家人都在上面，多里戈·埃文斯说着，降到最低挡，不去才是疯了。

说完，他礼貌地请警察让开。警察拒绝了，他就松开离合器，撞开路障，嘴里嘟囔着对弗莱迪·西摩很抱歉的话。

不到半里地，火焰就将他包围了，但看上去不似主火线那么凶猛，但究竟主火线是什么样，多里戈·埃文斯也不知道。他也不知道艾拉的姐姐住在哪里，以前他从来没去看过她，虽然他有地址，但门牌号都看不见了。路上也一片混乱，燃烧的树枝横七竖八地倒在路上，被丢弃的着火的汽车，雨点般落下的余烬和滚滚浓烟。他以和步行差不多的速度往前开着车，近二十年前，他乘坐瀑布酿酒厂的卡车在同一条路上行进。在这个地方，他曾经在暴风雪中思考爱情，现在却绝望地在浓烟之中寻找家人，他扫视车道、路边空地、房屋，不停地按喇叭。但一个人都没有。他猜想要么人都走了，要么是死了。天空早已不见，只能偶尔瞥见在地狱般的红光映照下翻腾的蓝黑色云朵。他继续开车，聚精会神地搜寻着，把耳朵贴在车窗上，车窗放低，好让他听见人的声音，不论什么声音。

后来，他听见了某个人的声音，但在其他所有声音中，他把它当作树木爆裂时蒸腾的树汁发出的呼啸声，就没多想。接着，那个声音又响起来，更微弱，但不一样了。他停下车子，走了出去。

12

当艾拉·埃文斯姐姐家房子边上的五号房蹿起了火焰之后，艾拉找到在后院的洒水器底下玩耍的三个孩子——杰西、玛丽和小斯图威[1]——此时，洒水器里根本没水渗出来。她告诉孩子，他们得步行前往霍巴特。

霍巴特？有多远？杰西问。

艾拉也不清楚。七英里？十英里？她一阵惊恐。

我们必须马上离开，她说。

杰西和玛丽只穿着泳衣和塑料凉鞋，斯图威穿着内裤。到处都有火在往外蹿，艾拉没工夫和杰西争论，杰西坚持要把圣诞节收到的四十五转速唱机带上。这是个独特的唱机，能当吹风机用，上面连了根管子，还有顶塑料帽，她决定戴上帽子，防止火星把头发燎焦。除了她目前为止收到的唯一一台四十五转速唱机，她还带了姨妈送的一张吉恩·皮特尼的单曲老唱片。

他们沿着马路快速走去，擦过烧焦的树叶和已成焦炭的软蕨树叶，它们从天而降，从他们的脸上、头发上往下落。他们看着沥青从路的边缘处滴落，看着通红的余烬飘浮于空中，好似无数蝴蝶，光焰随着一阵阵劲风起伏闪烁。他们经过年老的钢琴教师麦克休恩太太家时，木栅栏正在燃烧，他们冲她喊，让她一起走，但她举着斧子，正忙着把栅栏劈倒，阻止火势蔓延到房子，没听见他们的喊声。

起先，这一切有一种充满魔力的兴奋感，母亲的惊恐让三个孩

---

① 杰西（Jess）为杰西卡（Jessica）的昵称，斯图威（Stewie）为斯图尔特（Stewart）的昵称。

子觉得他们更坚强，甚至还有点优越感。他们进入了另一个世界，成人的世界，那儿的每一样东西都有截然不同的分量，那儿的人心里想什么就说什么，你在那儿做的事都很重要，你迄今为止毫无意义的生命此时对他们和你来说都至关重要。这是他们第一次品尝死亡，他们永远都不会忘记。

他们往山下走了差不多一英里时，兴奋感开始消退，恐惧感逐渐增长。他们离家时看上去还离得远的大火现在已向他们逼近。斯图威哭了起来，因为余烬正在灼烧他的皮肤。他抱怨大火没完没了。这么说也不无道理，因为火焰已充斥着整片天空，将空气耗尽。他们来到一栋石头房子前，那栋房子看起来稳固又安全，不像路上经过的那些木头房子，火还没烧过来，就已经冒烟，小小的火苗到处舔着房檐。

艾拉走到前门按了按门铃。响起一阵难听的铃声。门只打开了一点，刚好可以交谈。艾拉透过缝隙，看到一位老太太，她穿了身镶黑边的白色羊毛套装，像是准备去参加慈善午宴。艾拉现在只穿了一条绿色的印花棉裙，脚上趿了双人字拖，浑身脏得不成样，满是油腻的煤灰和汗水。艾拉很清楚，老太太觉得她和自己不是一个阶层的人，并把她那几个近乎赤身裸体的脏孩子看成淘气鬼。艾拉本想请求在房子里暂避，但她刚张嘴，却听见自己只问能否给孩子们喝点水。她不得不问了两遍。那女人一言不发地打开门，把他们领进了房子背后整洁的厨房。她取出一只旧的塑料杯。

拿着。她说着，把杯子递了过去，杯缘夹在她拇指和弯曲的食指中间。水龙头在那儿。

孩子们只想离开：他们知道那老太太想让他们走，他们恨她和这栋房子，甚至超过对大火的恐惧。但那女人的势利反倒让艾拉决定留下来。斯图威疼得哭了起来，艾拉问老太太是否有孩子穿的旧衣服可以借给她，用来保护儿子不受火星和余烬的灼伤。

那女人打开衣柜，艾拉看见柜子里一排排整齐码放着熨烫过的孩子衣服。都是很好的衣服。大多数是男孩的。她能嗅出樟脑丸的气味，她总会把这种气味同永恒感相关联，永远不会发生改变的地点和物件让人心安。老太太转过身，把一件折好的衣服递给艾拉。艾拉手腕一抖，将衣服展开。

是女孩子的旧衣服，一条破损的红裙子。

谢谢你，艾拉说。

不知何故，她无法使避难的想法和难以平息的羞辱感达成和解。她给儿子穿上破旧的红裙，带着他们回到了大火中，她相信这么做没错，而且相当明智。

当他们回到路上的时候，火势已经毫无理智可言。他们身后狂风大作，风朝他们刮来，到处是火，狂风像鞭子似的将红色的余烬刮得猛烈打旋，好似发着光的魔幻的旋风，所经之处一片火海。他们一直在逃离火焰，但此时火焰把他们包围了。

我们被包围了，斯图威说着，又哭了起来。

够了，艾拉说着，紧紧抓着他。我们得去霍巴特。跟在我后面，手拉手，不管干什么都别松开。

他们就这样紧紧相连，这条细细的希望与恐惧之线一直延伸至狂风、烟雾和火海之中。玛丽哭了起来，因为她的脚起泡了。

我们到了霍巴特，就帮你把脚治好，艾拉说。

周围的树木和房子都在燃烧，现在前方也是一片火海，艾拉不停地催促他们快走。她抱着斯图威，玛丽跟在后面，一手拽着她的衣服，一手牵着杰西，他们都很害怕，不知道没法守在一块儿的话，他们会怎么样。透过火焰和狂风的呼啸，传来一声断裂声，前方山上的一棵树倒在路上燃成了火球。艾拉找到一条绕过火焰的小径，继续前行，绕过之后，又经过了一辆汽车燃烧的残骸，还经过了一根燃烧着的倒伏的电线杆，电线好似毛线在他们四周缠绕。前方的火势比他们身后的更猛，玛丽的脚起泡起得厉害，热气蒸腾中，艾拉突然停下脚步，转身面对孩子们。

我们得往回走，孩子们，快，她说，别犯蠢傻磨蹭了。

她从来不会说重话。他们知道情况有变。

快，她不停地说，快！

不去霍巴特了？一直没说话的杰西问。我们要是去霍巴特，就安全了。她的声音很喘。我们一定要去！

杰西往前冲，推开他们，要从他们身边进入火海。艾拉抓住她，狠狠地扇了她一巴掌。

再往前走，我们就会变成烤肉。我们得找其他地方，避开火势。

杰西开始尖叫，艾拉又狠狠地扇了她一巴掌。杰西哭了起来，把留声机往地上一扔，摔碎了。他们的喉咙里一股焦油味，呼吸困难，眼睛一直在流泪，鼻子也在淌鼻涕。他们连前面几步之外的地方都看不清，只能靠偶尔看见的车道起始处、马路转弯处、路牌，才知道自己究竟身在何方。

他们来到一栋没有花园的房子跟前，枯死的草坪中央只有一棵老苹果树和一座石棉水泥窝棚。这儿没东西可烧，大火在他们身后熊熊燃烧；枯死的草坪上出现了小火苗，虽然没东西可烧，但火还是着了起来。

就这儿，艾拉说着，推开石棉水泥窝棚的门，心想，这儿，我们都要死在这儿了吗？

他们挤在里面，虽然热得汗流浃背，喘不过气，却还是搂在一起。仿佛大火已将世界上的空气吸食殆尽。他们听见有个像是喷气式客机的声音从他们头顶轰隆隆过去。而火焰像饥饿的野兽从门缝底下舔了进来，可怕的长舌足有三英尺长，杰西往后一蹿，尖叫着撞到了一个摆满瓶子的架子。

杰西！艾拉吼道。

她扶住架子，上面摆满了瓶瓶罐罐，里面装着泡在松节油和工业酒精里的刷子。她紧紧抓住架子，让他们别动。

不管干什么，都别撞这架子，也别撞我。看着吉恩，艾拉说。

杰西还戴着那顶既能当唱机又能当吹风机的塑料帽子，上面都是火星和灰烬燎出的黑洞，她在阴影中举着一路带过来的那张四十五转速的吉恩·皮特尼唱片。热浪之中，唱片已经变成了布丁碗的形状。

看着吉恩，孩子们，艾拉说，看着吉恩。

几分钟后，空气越来越热，但声音消停了，火焰也不再往门缝里舔。他们听见了一个奇怪的声音。艾拉慢慢地打开门。谁都没动。他们往外看。

一切都不可思议。房子不见了，残骸还在冒烟，边上的苹果树仍然在，有点烧焦，但情况还好，马路另一边的森林正在剧烈地燃烧。

他们又听见了那个奇怪的声音，意识到那是汽车喇叭声，随着汽车离他们越来越远，喇叭声越来越弱。艾拉拖过斯图威，一把抱起他，姑娘们跟着她一起跑了出去，他们透过大火大喊起来，但汽车已经驶远，消失在了马路前方的浓烟之中。他们喊得更响了。

然后，汽车停了下来。是一辆一九四八年的绿色福特水星，白色车胎。孩子们永远忘不了这一点。驾驶座的车门打开，一个男人走了出来。他转过身，他们看见是父亲来找他们了。

他们开始朝他跑去，他也朝他们跑了过来，穿过浓烟、热浪和火焰。跑到跟前后，多里戈抓过斯图威，一只手把他甩到胯上。另一只手猛地张开，搂住艾拉的头，将她的脸紧紧地抵在自己的脸上。他紧紧地抱着她，女孩们也抱着他俩，就像是盘根错节的树根攀缘着一棵朽烂的树。很快，他便松开艾拉，他们一起往汽车那儿逃去。孩子们这辈子从没见过父亲对母亲展现过这样深厚的感情。

13

多里戈认为现在只有向着已经部分烧光的森林深处前进才有活命的机会，不能往霍巴特去，火势已经蔓延到了那儿，于是他开着车往家人原先逃离路线的反方向驶去。有些房子和林木还在，但那个不想收留他们、把自己孩子的衣服给别人的老太太的房子，如今已是一片废墟，只剩下冒烟的锡皮和灰烬，还有一根光秃秃的烟囱。在麦克休恩太太想要砍倒栅栏拯救房子的地方，从浓烟中已很难分辨得出房子和栅栏究竟在哪里。

他们驶入了一片奇异的夜色之中。绕过拐角，漆黑的天空让位给了一面庞大的红色火墙，距离他们差不多有半英里地，火焰在他们上方升腾不息。这是新起的火，是从其他方向烧过来的，应该还加入了好几处火势较小的火焰，形成了一座密不透风的地狱。火声震天。他们一边开车，一边盯着望了好一会儿。艾拉打破了这种沉迷的状态。

这就是火线，她说。

多里戈踩下刹车，把福特水星猛地掉了个头，先是啪地挂上一挡，再往刚来的方向疾速驶了回去。他像着了魔，一路驶过跌落的电线和燃烧的汽车残骸。但没几分钟，火线就赶上了他们，他行驶在两侧的火墙之间，绕过四处坠落的燃烧的树枝，驶过爆炸的房屋，马路上没障碍时，他就尽可能地加速驶离，不行的时候才转弯或减速。一团有电车那么大、似煤气火焰那么蓝的火球凭空出现在马路上，朝着他们滚来。福特水星急转弯绕过火球，再笔直往前开去。多里戈发现自己别无选择，只能不去理会那些从浓烟里冒出来的残砖碎瓦、棍子、树枝、木桩，它们时不时地撞在车上，又从车上弹了起来。他嘟嘟囔囔的，挡杆上下拨个不停，方向盘左右转得飞快，白色轮胎在冒泡的黑色柏油路上发出刺耳的声音，火焰嘶吼着，狂风尖啸，与上方的树枝好似机关枪一般的诡异爆裂声混杂在一起，只能偶尔听见轮胎碾地的声音。

他们爬上一道山坡，看见前方大约一百米远的路上，一棵燃烧着的巨树正在倒下。树干落地时砰地弹起，火焰沿着树干蹿得老高，燃烧的树冠正好落在一个整洁的前院里，瞬间形成了一堆篝火，与燃烧的房子融合。多里戈把膝盖挤向车门，使尽全身力气踩下刹车踏板。福特水星的四个轮胎开始打滑，朝侧边甩动，直直地滑向树身，在离着火的树干几米远的地方停下了。

没一个人说话。

多里戈·埃文斯放在方向盘上的手已经湿透，他喘着粗气，权衡接下来该怎么办。他们的情况可以说是糟透了。马路两头眼下都已被彻底切断，前面是着火的树，后面就是火线。他先后在衬衫和裤子上擦了擦手。他们被困住了。他朝后座上的孩子转过身。他心里难受。他们紧紧抱在一起，沾满煤灰的脸上，眼睛显得又大又白。

抓紧了，他说。

他猛地把车子挂上倒挡，朝着火线倒了一会儿车，到离火线很近时猛踩油门。车速加快到正好可以撞开花园的木围栏，那棵着火巨树的树冠就落在花园里。他们直冲进火中。他吼叫着让其他人趴下，踩了两次离合器换到一挡，然后松开离合器，猛踩油门。

向着风车冲锋。

V8 引擎骤然咆哮起来，连杆哐啷乱响，他们撞进燃烧的灌木丛，离房子还差一点点距离，那儿的火势最大，但多里戈冒险搏了一把，那儿的树枝最小。那一刻，四周充斥着火焰与噪音。引擎发出狂野的尖啸声，炽烈的热浪似要穿透玻璃和铁壳，将灼人的火苗吹入，每一样东西都变成了红色；火焰、树枝发出爆裂声，金属壁板扭曲变形发出刮挠声与呻吟声，轮胎失去和抓回牵引力的摩擦声。驾驶座那侧的后排车窗碎裂了。火星、余烬和几根着火的树枝飞入车内，艾拉和孩子们开始尖叫，孩子们吓得躲到了后排座位最远的一头。在这最惊恐的一两秒钟之内，车子慢慢停了下来，底盘卡到了什么东西。接着，突然间，篝火神不知鬼不觉地赶到了他们后头，他们加速朝着另一道朽烂的围栏冲去，木头被撞得瞬间碎裂，四溅而开。挡风玻璃布满了裂痕，白茫茫一片，他冲艾拉大吼，要她把玻璃踢掉，玻璃掉了之后，他们发现又回到了马路上，已经驶过倒在地上的树干，朝霍巴特驶去。他一手握着方向盘，转过身，用另一只手——他那双外科医生的手，他一向保护得很好——抓起后座上着火的木棍，从砸烂的车窗处扔了出去。

一九四八年福特水星的绿色车漆已经泛黑起泡，沿着那座燃烧的大山厉吼着蜿蜒向下驶去，艾拉看向多里戈，他左手的手指肿起很多小气球大小的水疱，烧伤得很厉害，应该需要植皮。真是个让人捉摸不透的男人，她心想，实在是捉摸不透。她意识到她对他一无所知，他们的婚姻在开始前就已经结束，他们俩谁也无法改变这一切。福特水星现在只剩下三个轮胎，另外一个已经解体，只剩轮毂，车子在转一个大弯时倾侧得厉害，透过烟雾，他们终于瞥见了眼前犹如圣地的警方路障。

我觉得这应该是弗莱迪 · 西摩最后一次请你用午餐了，艾拉 · 埃文斯说。

后座上，三个默不作声、煤烟熏黑的孩子将一切都记在了心里——呛人的木馏油臭气，狂风与火焰的咆哮声，汽车左冲右突时猛烈的颠动，热浪，犹如屠宰的鲜肉般生猛裸露的情绪，还有生活在一起的两个人饱受折磨且无望的感情。他们从未相爱，但也为时未晚；两个人分离而又共享的生命；一种情感、疾病、灾难、玩笑和劳作的共谋；婚姻，人类奇异而恐怖的没完没了。

一个家庭。

14

老年人对过去充满悔恨，乔迪 · 比奇洛的父亲曾经这么告诉过她。她父亲。吉米 · 比奇洛从来没有真正成为她的父亲。他似乎不仅缺席了乔迪的生活，还缺席了自己的生活。他是个邮件分拣工，从没显示出对提升地位有什么兴趣。上中学时，有一天，她要在澳新军团日做一个课程报告，就让她父亲说说他眼里的那场战争。他说真的没什么好说的。见女儿还是揪着不放，他就进了卧室，出来的时候拿了只旧军号。他把吹嘴擦了擦，吹了几个放屁音，把女儿惹得哈哈笑。接着，他找了几个准音后，便放下军号，清清嗓子，吸足气，昂头挺胸，摆出女儿完全不熟悉的军姿，吹起了《最后一班岗》。

就这个？

我就知道这个，他说，知道这个就够了，对所有人来说。

这个做不了学校的报告，爸爸。

做不了。

这首歌有点孤独，乔迪说。

吉米·比奇洛想了想，然后说他猜是那么回事，但他从来不会有这样的感觉。感觉正好相反。

乔迪翻过几本讲战俘的书。

肯定很艰难吧，她说。

艰难？他回了一句。算不上吧。我们只是必须遭罪。我们还算走运。

这首歌是什么意思？她问。

那是个谜，他沉默了一会儿说，越是个谜，就越有嚼头。

乔迪十九岁的时候，母亲死于白血病。吉米·比奇洛比老婆多活了二十八年。他不太把自己当回事儿，开始坚信这世界归根结底就是场喜剧。他很享受他人的陪伴，他在自己的生活中，或者说在这种看待生活的方式中发现了很多，他和其他人都对此感到惊讶。他周围，各种各样的回忆层出不穷，可他却回忆得越来越少。几个笑话，几个故事，黑皮加德纳让他尝的那个鸭蛋的滋味，还有希望，善良。他记得埋葬小瓦特·库尼的事儿。他记得瓦特爱每个人；他总是等在厨房里，直到最后一个人进来吃饭，不管多晚，他总会为那人留点吃的，不管食物多少，确保每个人能吃到点东西。看着他的坟墓，没人愿意第一个把沾着草皮的泥土扔下去。他不记得瓦特·库尼死在前往三塔山关口的行军途中，也不记得行军途中任何残忍的事。对他来说，那些事都不是真实的。

他的几个儿子开始越来越多地纠正他的回忆。他们知道些什么？显然比他知道的多。历史学家，记者，纪录片导演，甚至就连他自己的家人都会指出他陈述中的各种错误、遗漏和彻头彻尾的自相矛盾之处。他们把他当什么人？他妈的大英百科全书吗？他当时在场。就这么回事儿。他在磁带录音机上播放的《无歌》也是个谜，因为那一刻他看见有一个人站在树桩上唱歌，原本感受不到的东西现在都能感受到了，原本理解不了的东西现在也都能理解了。他的语言和回忆什么都不是。每一样东西都在他心里。他们难道看不见吗？他们难道就不能随他去吗？

他的思绪慢慢地将战俘营的回忆提炼成了某种美好的东西。就好像把当俘虏的羞辱一点一滴挤压走了。首先，他忘记了所有的恐惧，后来又忘记了日本人对他们施加的暴行。到了老年，他可以坦诚地说自己不记得任何暴力行为。能把暴力的记忆带回来的东西，书籍、纪录片、历史学家，他都会一概避开。后来，他对疾病和惨死，对霍乱、脚气病和糙皮病的回忆也都烟消云散，甚至连泥泞也不见了，再后来对饥饿的回忆也消失不见。一天午后，他终于意识到他完全不记得当战俘的那段经历了。他的头脑仍然清晰；他知道自己当过战俘，就像他知道自己曾是一个胎儿。但这些经历什么也没留下。存在着的是人性善良这一不可逆转的信念，这信念无可辩驳、异常美丽。到九十四岁时，他终于成了一个自由的人。

自此以后，他能从风声、从雨声中得到莫大的快乐。他对酷热天气里拂晓予人的感受惊异不已。他因陌生人的微笑而满心欢喜。他努力培养习惯和友谊，觉得它们才是唯一的选择，来代替他认为自己应采取的选择。他饲养了一群色彩鲜亮的绿色、蓝色和红色玫瑰鹦鹉，它们飞到他的院子里，来吃他为它们放在外面的食物和水。后来，又飞来了鹪鹩和霸道的吸蜜鸟，叽叽喳喳的火尾雀，偶尔还有猩红色的知更鸟，亮蓝色的鹪鹩和它们灰褐色的女眷，脾气古怪、闪闪发亮的扇尾鸽，伯劳鸟，绣眼鸟，叫声清亮的斑食蜜鸟。有时候，他会在自家走廊的长凳上一坐就是好几个小时，看鸟儿喂食、洗澡、休息、梳毛、玩耍。在它们那谜一般的飞翔姿态与美丽外观之中，在它们难以解释的抵达与飞离之中，他觉得他看到了自己的生活。

他在养老院喂鸟时，从楼梯上掉下来摔死了。他死后，乔迪在父亲的衣柜里找到了他的军号。它又旧又脏，布满了凹坑。原本系绳带的地方却绑了块打结的红色破布。在一场旧物出售活动中，她把军号卖掉了。

有时候，他的笑声会不期然回到她的耳边——在超市的过道里找洗碗碟的洗涤剂时，在牙医的候诊室里翻阅明星杂志时。每当这个时候，她就会记起父亲舍不得打她的模样，手在她头顶颤抖，她听到他说——

我就知道这个。知道这个就够了，对所有人来说。

于是她又问，这首歌是什么意思？

周围的世界，超市的过道和货架，牙医的候诊室和沙发，车库里廉价卖出的东西，摆在她面前两张桌子上、属于她父亲的那些杂物，一个声音在说，五块钱，卖吗？当她把它递过去时，破旧的军号颤抖着，没有回答。

太对了，陌生人接过它时，她好像听见军号在说。或者是她在说吗？太对了。

15

凌晨三点，多里戈 · 埃文斯开车经过帕拉玛塔的一个交叉路口——地点、时间，以及他体内酒精测数这样的细节，后来从未公开解释过——他发现自己飞了起来，突然被抛向空中，再也没有回到地上。一车醉醺醺的年轻人开着偷来的斯巴鲁翼豹，在逃避警察的时候冲过红灯，径直撞上了多里戈 · 埃文斯那辆颇有年头的宾利，两辆车全部报废，两个人丧生，澳大利亚最伟大的战争英雄之一受了致命伤，他穿过汽车的挡风玻璃飞了出去。

他在生死交界挣扎了整整三天，那段时间里，他做了关于他的人生的最特别、最离奇的梦。光涌入教堂大厅，他和艾米坐在里面。炫目、美丽的光，他跌跌撞撞，来来回回，在这超然遗忘的光的沐浴下进进出出，投入女人的怀中。他在飞翔，他嗅着艾米赤裸的后背，他飞得越来越高。在他周围，举国都在准备哀悼，同时也在讨论年轻人的堕落，将一代人崇高的英雄行为与另一代人卑劣、谋杀的罪行对比。他震惊地意识到自己的生命才刚开始，在那片早已清理干净的遥远的柚木丛林里，在一个不复存在的名为暹罗的国度里，有一个不再活着的人终于酣然睡去。

16

多里戈 · 埃文斯从一场可怕的死亡噩梦中醒了过来。他意识到自己实在是太疲倦了，人群在列队聚集时，他睡着了一小会儿。差不多已是午夜。他转身面对七百个聚在他面前的俘虏，解释说他的任务是要挑选一百号人前往另一个深入暹罗丛林一百英里的营地去。早晨列队结束之后就得马上出发。点过人头，接着又点了一遍，不知为何，两次数字对不上。越来越多的人从铁路线上踉踉跄跄地走过来，状况变得更混乱了。中士们试图说明谁在那儿，谁不在，为什么不在。即便这么晚了，福原的军装仍一丝不苟。他和守卫发生了激烈的争执，一个澳大利亚中士被狠狠地扇了耳光，混乱过后，再次开始点数。

一小时前，中村少校和福原来找他，命令他挑选出一百个人前往三塔山关口附近的营地。

这些人不应该再干活了，多里戈·埃文斯争执道，这座营地里没有一个俘虏还能行军。

中村少校坚持一定要选出一百个人。

除非你不再这么对待俘虏，否则他们都得死，多里戈·埃文斯说。

中村少校说道，如果澳大利亚上校不愿选，那就由他来选。

他们都会死的，多里戈·埃文斯说。

福原中尉再次做了翻译；中村少校听着，然后又说了几句。中尉转身朝向多里戈。

中村少校说那非常好，福原中尉说，省了日本军队很多大米。

埃文斯明白，一旦中村来选，他就会不加分辨，病得最重的人都会入选，或许最有可能选上的就是病得最重的人，因为他们对中村来说已没什么用，他们全都会死。反过来，如果多里戈·埃文斯来选，他会挑出最健康的人，他觉得最有可能活下来的人。但不管怎么说，绝大多数人还是会死。这是他的选择：要么拒绝帮助死神的代理人，要么成为死神的奴仆。

列队点名继续，干轻活的、做饭的、在医院的那些人都被赶了过来，他们站在那儿，又病又饿，时不时还有人累得瘫倒在地，躺在烂泥里。俘虏们看见一长列日本士兵走了出来，沿着坑洼不平的小道走去。小道就在集合场远端，如果没有因季风雨而无法通行，就会被当作铁路的补给通路。

日本士兵正在向缅甸前线进发，还要经过数百英里令人疲惫的丛林。他们浑身脏兮兮的，累得不成样，但仍趁着夜色加紧赶路，只发出几声咕噜和呻吟，推着、拖着整个车轴没在泥泞里的大炮。有的人看上去病了，许多人还很年轻，可能还在上学，所有人看上去都很凄惨。

多里戈·埃文斯已经好几个月没这么近距离地看过日本士兵了。在爪哇，他变得很尊敬他们，不认为他们是目光短浅的小丑，而是相当厉害的战士，“小丑”是情报官员告诉澳大利亚人的。这些日本士兵显然已经行军一整天，晚上还要赶往另一条恐怖的战线，他们看上去和战俘一样，被战争摧残得厉害，伤痕累累，浑身湿透，筋疲力尽。多里戈和一名擎着防风灯的士兵对视了一眼。在他孩子气的脸上，眼睛显得很大，看上去柔软而脆弱。他应该还不到十七岁。他在这名澳大利亚军官身上会看到什么呢，多里戈·埃文斯不知道，但应该不是憎恨或魔鬼。他绊了一下，停下脚步，始终盯着澳大利亚人。或许他看到了什么，或许他累得什么都没看到。多里戈·埃文斯突然有种强烈的冲动，想要将他搂在怀里。

一个日本中士看见那名士兵呆呆地看着，便突然大踏步走了过去，用竹条粗暴地抽打他的脸。那名士兵立马挺直身子，喊出几句道歉的话，目光又盯向前方的丛林。多里戈·埃文斯很清楚，这名士兵并不理解这样打他的目的何在，就像战俘不理解自己为什么会有如此悲惨的命运。他的家离这儿有多远？多里戈思忖着，是农场还是城市？某个地方，某个山谷，一条巷子，一条胡同，他说不定梦到过，一个阳光明媚，微风和煦，雨水清新的地方，那儿的人关心他，呵护他，与他一同欢笑，那地方远离腐烂的臭气、令人窒息的绿植，远离痛苦和那些只知憎恨、教唆憎恨的恶人，这些人使这世界充满了恨意。当那个男孩士兵艰难地跋涉而去时，多里戈能看到他脸上被抽打过的地方在冒血，他身上那件普通的军服又脏又破，还发了霉，但他对这些已浑然不在意。可是，当接到命令时，他，这个举着防风灯、眼神柔和的男孩，也会残忍地杀戮，最后轮到自己被杀。

那个狠狠打了男孩的日本中士这时休息了一会儿。看着队伍进入漆黑的丛林，他点上一根烟，喷了一口。另一个军士走了过来，他笑着把烟递了过去，还开了个玩笑。这时，那队娃娃兵的队列已被黑暗吞噬。多里戈 · 埃文斯觉得整个战争仿佛正在他面前展开。

队伍彻底消失在丛林后，暴雨倾盆而下。天空漆黑一片，除了几盏煤油灯和守卫的火把，没有任何光亮。唯一的声音是雨水从附近柚树上激流般滚滚而下的声响，暴雨来回扫荡，多里戈 · 埃文斯觉得这雨像一个坚固的、流动的、活生生的东西，暴雨和他们设在这一小片空地上的营地所在的广袤柚木丛林好似形成了一座无边无际、神秘莫测的监狱，慢悠悠地将他们全部杀光。

终于，所有战俘都已确认到齐。多里戈 · 埃文斯举起防风灯，抬头凝视着，他担心自己会给他们留下消沉沮丧的印象，让他们觉得苦难已将他的精神压垮。他不能这么对他们。可他要做的却还要坏上千百倍。他看着这七百人，他曾经支持、照顾、诱哄、恳求、蒙骗过他们，想方设法让他们活下去，总是把他们的需求放在第一位。绝大多数人身上只穿一件战俘短裤，或系一条千疮百孔的破布，权当短裤，在沾满油污的灯光下，他们骨瘦如柴的身体让他心惊不已。许多人因疟疾而全身发抖，有的人站着把屎拉在了身上，他的任务是要从这里面挑出一百个人行进一百英里，深入丛林，走向未知，踏上不归路。

多里戈·埃文斯低头看去，虽然什么也看不见，但这仍然让他想起很少有人拥有活下去的关键物品——靴子。他把灯提在脚踝的高度，慢慢沿着第一排走去，看着那些赤裸的双脚，有的严重感染，有的因为脚气病而肿得厉害，有的溃疡很大，散发恶臭，犹如愤怒的火山口，几乎吞噬到了骨头。

他在一个人面前停了下来：没有得到治疗的溃疡在小腿外侧留下了细细一条完好无损的皮肤，其余部分都成了一处巨大的溃疡，触目惊心地往外冒着泛灰的脓汁。褪了皮的肌腱和筋膜裸露在外，肌肉被开着口子的静脉窦凿入、分隔，从中可以瞥见擦得红红的胫骨，像是被狗啃过一般。骨头也已开始腐烂，变成一片一片。他抬起眼睛，看着那个苍白消瘦的孩子。不，大马哈鱼费伊不能去。

列队结束后到医院报道，多里戈·埃文斯说。

下一个是哈利·道林。三个月前，多里戈成功摘除了他的阑尾，在这样的环境下，算是一场胜利，让他颇为自豪。现在道林的情况似乎还不算最糟。他有鞋子，溃疡也只是轻微的。多里戈抬头看着他，把手放在他的肩头。

哈利，他尽可能说得轻柔，仿佛在摇醒一个孩子。

我现在成了一个食腐的怪兽。

接下来是雷·霍尔，他们曾经想办法将他从霍乱手中夺了回来。多里戈也碰了碰他的肩头。

雷，他说。

汝已至死亡之盛宴。

雷，他说。

可怕的卡戎，心惊胆战，散发恶臭。

多里戈就这么沿着队列一路走去，那些他曾设法救过命的人，如今却不得不挑选、触摸、叫声名字，将那些他觉得能应付过去的、最有希望不死的、最有可能活下来的人一个个判处死刑。

走到末尾，多里戈后退一步，羞愧地垂着头。他想起了彩虹杰克，他让他遭了那么大的罪；黑皮加德纳，他眼睁睁地看着他拖了这么久死去。现在，又多了这一百个人。

他抬起头，周围站了一圈被他判了刑的人。他期望他们能诅咒他，转身走开，辱骂他，因为谁都明白这会是一场死亡行军。吉米·比奇洛向前走去。

照顾好你自己，上校，他说着，伸手握住了多里戈的手，感谢你做的一切。

你也是，吉米，多里戈·埃文斯说。

一个接一个，一百个人中剩下的每个人都同他握手，感谢他。

结束后，他走进队列边上的丛林，号啕大哭。

17

我们不确定他知道什么，一个护士说，她看到他狗一般漆黑的眼睛在病房的霓虹灯管下闪烁着生命的气息，但我觉得他听得见我，她说，真的。

尽管奄奄一息，他仍能辨认出他住的房间很不错，可以望见窗外巨大的无花果树，飘扬的根须，繁茂的绿叶。但他并没有家的感觉。那不像是他自己的地方。不是他出生的那座岛。拂晓时分，鸟儿的鸣声也不同，绿鹦鹉和甘甘凤头鹦鹉的叫声刺耳、欢快，而非柔软、轻盈、旋律复杂而婉转的啼鸣——那是他岛上的家园里鹪鹩、吸蜜鸟和绣眼鸟的鸣声，是动听的归家歌谣，他希望能和所有那些鸟儿一起飞翔、歌唱。这并非那条从女人腰间水杯状的凹处开始升起的路，它没有越过白锡般的海洋、抵达冉冉而起的月亮。

我目标坚定，他轻声吟诵着——

扬帆驶过日落，驶过西方群星沐浴之所
直至死亡。

他在说什么，一个护士问。

他在说胡话，另一个说，最好叫医生过来。要么是吗啡起作用了，要么是他快死了，其中一种情况，或者两种都有。有的人死前什么都不说，有的直接就没气儿了，有的净说胡话。

政客、记者和节目主持人争相对他这个他们从未理解过的人赞不绝口，而他只梦想能有一天：梦见黑皮加德纳和彩虹杰克，小不点儿米德尔顿，米克·格林，杰基·米洛斯基和吉卜赛人诺兰，小莱尼回马里的家看妈妈。梦见一百个人和他握手。一千个人，想起的名字，遗忘的名字，脸组成的海洋。朋友，恋人，爱。

生命堆叠着生命，他嘟哝着，如今每个字都是一种启示，就好像是为他而写的，诗就是他的生命，他的生命就是诗。

所余无几：但每个时辰均已得救

从那永恒的沉默之中，时光永续，

——时光永续……时光永续……有几句诗他忘了，他不记得这是哪首诗，是谁写的，眼下所记得的唯有这首诗，这首诗就是他。灰色的灵魂，他沮丧地思考着，他还记得吗？——对，是这句——

而这灰色的灵魂满怀
追随知识的欲望，犹如沉没的星辰
超越人类思想最遥远的疆域。

他觉得羞愧，觉得茫然，觉得自己的生命从来都只有羞愧和茫然，仿佛此刻光亮渐熄，他母亲正在喊，孩子！孩子！但他却找不到她，他正在回归地狱，一个他永远无法逃脱的地狱。

他记得丽奈特·梅森酣睡时的脸庞，他离开时喝的小瓶格兰菲迪威士忌，还有兔子亨德里克斯画的画，黑皮加德纳坐在一把奢华的椅子上，银色的小鱼在那里游来游去，叙利亚村子里，小龙虾伯罗斯和他的刺毛头即将消融于叙利亚的烟尘之中。不知为何，这个画面留存了下来，无休止地复制，但小龙虾伯罗斯已经消失了，再也不会有未来和意义与他的生命连在一起。有个穿蓝色军装的人站在他的上方。多里戈想对他说对不起，但他刚一张嘴，口水就淌了下来。

无论如何，他正倒退着飞速冲入一个越转越快的巨大旋涡之中，人、事物、地方都在圆形的旋涡中倒退，越来越深，没入一场悲伤、舞动的巨大风暴之中，风暴中的事物或完全遗忘，或部分被记起，故事、诗行、脸孔、遭误解的手势、被唾弃的爱，一朵红色的山茶花，一个哭泣的男人，一座木头教堂大厅，女人们，他从太阳里窃取的那一片光亮——

他记起了另一首诗，他能完整地看清那首诗，但他不想去看，也不想知道；他能看见卡戎灼烧的双眼正在凝视着他，但他不想看见卡戎，他能尝出银币塞入他口中的味道，他觉得自己正在变成虚无——

——他终于理解了其中的意义。

一个在场的苏丹护工见证了他的临终之言：

向前进，先生们。向着风车冲锋。

他觉得一张罗网在他的喉头愈收愈紧；他喘着粗气，一条腿蹬到了床外，抽动了一两下，猛地撞到钢质床架上，死了。

18

漫漫长夜，夜色渐浓，幽缓的弦月仍在从黑色的阶梯上缓慢地爬升着，夜色和着呻吟与鼾声发出悲叹。牛肉粉贝克出现在军官帐篷里，带来了黑皮加德纳溺死的消息。借着煤油灯的光亮，多里戈·埃文斯把这件事记在了日记里，标注为谋杀。这个词似乎还不够。哪个词够呢？在日记本旁边的小剃须镜里，他瞥见了自己可怕的样子，头发灰白蓬乱，怒气冲冲的眼睛燃着火焰，一块脏兮兮的破布在脖子上耷拉着。他变成那个摆渡人了吗？他把镜子面朝下放好。此时已近午夜，他知道他应该试着再睡几个小时，好有力气度过接下来的又一天。他想在拂晓时分第一个到达队列，去迎接那一百个人的到来，在他们离开前祝他们平安。

那天早晨，随卡车而来的有一袋邮件，这是他们九个月以来第一次看到邮件。和往常一样，信件的到来是随机的。有的人一下收到好几封，许多人一封都没有。有一封是艾拉寄给多里戈·埃文斯的。他本来打算等到现在，一天结束时读信，去享受它带来的巨大的快乐，睡着的时候也能填满他的梦，但早上列队之前信件被递给他时，他实在思乡心切，于是就撕开信封，当场看了起来。他不能相信她的消息，这件事一整天缠着他。一天结束时他又读了一遍，仍然觉得难以消化。

信是六个月之前的。写了好几页。艾拉写道，尽管一年多来从多里戈或他的部队那儿什么消息都听不到，但她知道他还活着。信中谈到了她的生活，谈到了墨尔本的种种日常细节。这一切他都相信。但和其他人不一样，那些人仔细地读家里寄来的信和卡片上的每个句子，多里戈·埃文斯却只对一个细节在意。信里附了一张剪报，标题是《阿德莱德酒店悲剧》。文中说康沃尔国王酒店的厨房发生煤气爆炸，酒店被炸毁，四人丧生，其中就有广受尊敬的酒店老板基思·墨夫内先生。另外三人下落不明，相信都已身亡，包括两名住客和墨夫内太太，酒店老板的妻子。

多里戈·埃文斯把这份剪报读了三遍，然后又读了第四遍。外面又下起了雨。他觉得很冷。他把军毯拉过来，紧紧地裹在身上，就着煤油灯的灯光，再读了一遍艾拉的信。

爸爸的一个高层朋友帮我询问了阿德莱德的验尸官办公室，艾拉写道，他说消息已经得到官方确认，但由于这是一场悲剧，考虑到人们的情感，怕影响士气，所以没刊登在报纸上。他们找到了牙齿。你能想象吗？可怜的基思 · 墨夫内太太现在也已经确认死亡了。很抱歉，多瑞。我知道你很喜欢姑父和姑妈。这样的悲剧使我意识到我有多么幸运。

基思 · 墨夫内太太？

有那么一会儿，这个名字并不比这则消息更容易理解。

基思 · 墨夫内太太。

在他心里，她一直都是艾米。他不知道这是一个谎言，艾拉对他说过的唯一谎言。

为了节省燃料，他灭了煤油灯，点了一小截蜡烛。他久久地注视着不愿熄灭的火焰。烟雾渐渐变细，又变成小粒煤尘，在烛火跃动的光晕中上下飞舞。他看着那光，看着那煤尘。仿佛存在着两个世界。这个世界和一个隐藏的世界，后者才是真实的世界，飞舞的颗粒旋转、闪烁，随心所欲地互相撞击，新世界随后便渐次成形。一个人的情感并不总是和生活相等同。有时候，和任何东西都不等同。他凝视着火焰。

艾米，恋人，爱，他悄声自语，仿佛这几个词本身就是起起落落的煤尘，似乎这蜡烛就是他的生活故事，而她是燃着的火焰。

他往自己那张杂乱无章的小床上躺了下去。

过了一会儿，他打开一本他一直在读的书，他一直希望书中的故事能有个美好的结局，他希望这段罗曼史有美好的结局，男女主人公最后以平和、快乐、救赎与理解之心找到爱情。

爱情是拥有一个灵魂的两个身体，他读着，翻过这一页。

但后面什么都没有，最后几页都被撕掉了，当作厕纸，或点烟用了，没有希望，没有快乐，也没有理解。没有最后一页。这本关于他的生活故事的书分崩离析了。他身下唯有泥泞，头顶唯有肮脏的天空。没有平和，没有希望。多里戈 · 埃文斯明白，那个爱情故事会永远继续下去，世界无穷无尽。

他会活在地狱里，因为爱也是地狱。

他把书放下。他睡不着觉，索性起身，来到棚子的边缘，外面雨势滂沱。月亮不见了。他重新点上煤油灯，走到营地远端那头竹子搭的小便池解手，返回的时候，他注意到泥泞小径边上，如墨的漆黑之中，生长着一朵暗红色的花。

他俯下身，用煤油灯照亮那个小小的奇迹。他站在那儿，在如瀑的暴雨中，就这么弓着腰站了很久。然后，他又重新挺直身子，继续走他的路。

图书在版编目（CIP）数据

深入北方的小路 /（澳）理查德·弗兰纳根著；张竝译. -- 海口：南海出版公司，2023.8
ISBN 978-7-5735-0512-5

Ⅰ. ①深… Ⅱ. ①理… ②张… Ⅲ. ①长篇小说－澳大利亚－现代 Ⅳ. ①I611.45

中国国家版本馆 CIP 数据核字（2023）第 107058 号

著作权合同登记号 图字：30-2023-057

深入北方的小路
〔澳〕理查德·弗兰纳根 著
张竝 译

出　　版　南海出版公司　(0898)66568511
　　　　　海口市海秀中路 51 号星华大厦五楼　邮编 570206
发　　行　新经典发行有限公司
　　　　　电话 (010)68423599　邮箱 editor@readinglife.com
经　　销　新华书店

责任编辑　侯明明
特邀编辑　张梦君　李　爱　刘丛琪　张　典
营销编辑　王　靖　柳艳娇　杨美德
装帧设计　韩　笑
内文制作　贾一帆

印　　刷　山东韵杰文化科技有限公司
开　　本　850 毫米 ×1092 毫米　1/32
印　　张　12.5
字　　数　283 千
版　　次　2023 年 8 月第 1 版
印　　次　2023 年 8 月第 1 次印刷
书　　号　ISBN 978-7-5735-0512-5
定　　价　69.00 元